Gabriella Santos de Lima

endless SKIES

GABRIELLA
SANTOS DE LIMA

endless SKIES

DIE WELT
ZWISCHEN DEINEN
WORTEN

Roman

PIPER

Mehr über unsere Autoren und Bücher:
www.piper.de

Wenn Ihnen dieser Roman gefallen hat, schreiben Sie uns unter Nennung des Titels »Endless Skies – Die Welt zwischen deinen Worten« an *empfehlungen@piper.de*, und wir empfehlen Ihnen gerne vergleichbare Bücher.

Von Gabriella Santos de Lima liegen im Piper Verlag vor:
Above the Clouds:
Band 1: Flaming Clouds – Der Himmel in deinen Farben
Band 2: Endless Skies – Die Welt zwischen deinen Worten
Band 3: Shining Stars – Die Sterne auf deiner Haut

Das Mottozitat stammt aus: Emily Dickinson, *The Poetry of Emily Dickinson* (*Word Cloud Classics*). Canterbury Classics, Simon and Schuster, 2015.
Das Zitat auf Seite 230 stammt aus: Franz Kafka, *The Metamorphosis, In the Penal Colony, and Other Stories.* Übersetzt von Willa Muir und Edwin Muir. Vorwort von Anne Rice. Knopf Doubleday Publishing Group, 1995.
Das Zitat auf Seite 248 stammt aus: Mabel Loomis Todd (Hg.), *Letters of Emily Dickinson.* Dover Publications, 2012.

FSC
www.fsc.org
MIX
Papier aus verantwortungsvollen Quellen
FSC® C083411

ISBN 978-3-492-06252-7

Redaktion: Catherine Beck
Satz: psb, Berlin
Gesetzt aus der Freight
Druck und Bindung: CPI books GmbH, Leck
Printed in the EU

Für J,
den Hai,
die Lücken

I’m nobody!
Who are you?
Are you nobody, too?

– *Emily Dickinson*

Playlist

Pyro von Kings of Leon
Marinade von Dope Lemon
Delilah von Florence + The Machine
There Goes The Fear von Doves
Chapel Song von Augustines
7 von Catfish and the Bottlemen
Seaside von The Kooks
I Want You von Kings of Leon
Please, Please, Please, Let Me Get What I Want von The Smiths
Tethered, Wrapped Around von Dekker
Ribs von Lorde
This Night Has Opened My Eyes von The Smiths
505 von Arctic Monkeys
I Bet You Look Good On The Dancefloor von Tamino (Cover)
Pink Rabbits von The National
Champagne Supernova von Oasis
My Cell von The Lumineers
Take Care von Beach House
Closing Time von Semisonic
Eternal Summer von The Strokes
Barcelona von George Ezra
Suburban Smell von The Districts
Cadaver Love Song von Icarus Himself
Heartbeats von José González

Glasgow von Catfish and the Bottlemen
Holy Smoke von Palace
Queen Of Peace von Florence + The Machine
Robbers von The 1975
It's called: Freefall von Rainbow Kitten Surprise
This Modern Love von Bloc Party

Unterwassersonne

Es war das seltsame Jahr, in dem die Richards nebenan auszogen, Mum auf die Wahrsagerin ihres Vertrauens stieß und ich der Welt den Krieg erklärte. Dieser eine Samstag legte den Grundstein. Ein lauer Maiabend, perfekt und grenzenlos in sich selbst, während Kings of Leon aus dem Handy spielten und Penn mir vom Grönlandhai erzählte.

»Er kann über fünfhundert Jahre alt werden. Stell dir das mal vor!«, sagte er ganz aufgeregt, in der faszinierten Stimmlage eines Jungen, der sich für die nächsten Jahrzehnte nicht um die Endlichkeit von Herzschlägen scheren würde. Penn hatte nämlich eine Zukunft. Und Ziele. Riesige und kalte Ziele von einem Studium am Scott Polar Research Institut mit anschließender Karriere als Arktisforscher. Zwei Tage später träumte ich zum ersten Mal, ich träume eine dunkle Unterwasserwelt, bestehend aus leuchtenden Krabben, Kraken und einem gigantischen Grönlandhai. Ich träumte, ich träume von Penn. Meinem besten Freund, der mir erklärte, jene Spezies wüchse jährlich bloß einen Zentimeter. Wie Taucher schwebten wir in der Tiefe, das Neopren Shirts unserer Lieblingsbands. Von irgendwo spielte *This Modern Love*, zu dem das Meer rhythmisch wogte.

»Hast du dich schon mal an der Mitternachtssonne verbrannt?«, fragte er immer.

Kapitel 1

Delilah

#Punktlandung

Ryders Schritte knirschten, während er den Zeigefingernagel aggressiv in den Daumen bohrte. Das war sein persönlicher Tick, die manische Erinnerung ans Schweigen und der beste journalistische Kniff, den er beherrschte. Geheimnisse und Gedanken strömten nämlich aus, wenn er lange genug nichts sagte. Das hatte die Erfahrung als Interviewer ihm zumindest bewiesen. Nur war Ryder gerade kein Reporter und ich keine Zeugin. Wir brauchten keine Stille, um unsere fette Schlagzeile zu enthüllen.

Wahrheit mischte sich unter die Luft, wenn wir am Frühstückstisch lachten oder noch vor Monaten Händchen haltend in den Victoria Park geschlendert waren. Wahrheit quetschte sich zwischen unsere Körper, wenn wir miteinander schliefen. Er am liebsten hinter mir, weil er sich so am besten in meinen Nacken graben konnte, dort, wo nur Haut, Haarspitzen und wilde Pulsschläge existierten. Keine Spur meines gut versteckten Gesichts, als hätte ich gefährlich grässliche Medusaaugen, die man in jedem Fall meiden müsste.

»Du machst also Schluss«, flüsterte ich.

Er hockte sich auf den gegenüberliegenden Platz, wo er die Hände zusammenfaltete. Ein diplomatisches Dreieck. Sein letzter und jämmerlicher Versuch von Objektivität.

»Komm schon, Lilah. Das kann keine Überraschung sein. Erinnerst du dich an den Donnerstag vor meiner Abreise? Wir waren bei *Dishoom*. Du hast dasselbe wie immer bestellt, ich ja auch, und wir haben über Mister Collans Seminar geredet. Dieses über Fake News, das er seit acht Semestern ohne aktualisierte Lektüreliste gibt. Ich habe diese unnötige Diskussion zwischen Wyatt und ihm erwähnt, erinnest du dich? Du hast so gelacht wie immer, aber …«

»Aber was?«

»Es war irgendwie anders.«

Ich zog die Brauen zusammen, dabei lagen mir schwere und hässliche Worte auf der Zunge. *Bullshit. Fahr zur Hölle. Deinetwegen bin ich vor zwei Tagen in einen Flieger nach Neuengland gestiegen, um dich an deinem Geburtstag zu überraschen. Und jetzt sitze ich vor dir. In Boston, während deines Praktikums. Mit dem verfluchten Geschmack von deinem Sperma im Mund. Weil du mir gerade noch deinen Schwanz hineingerammt hast. Und dann machst du ernsthaft mit mir Schluss, indem du sagst, mein Lachen sei wie immer gewesen, aber auch »irgendwie anders«? Fahr. Einfach. Zur. Hölle. Ryder.*

»Dass ich nach Boston gegangen bin, hat es klarer gemacht. Das mit uns, meine ich.«

Statt sofort zu antworten, sah ich an mir hinab. Ich trug nur einen Slip und eins seiner schlichten Shirts. Mein Mund öffnete sich, aber Ryder war schneller.

»Eine Frage für eine Frage?«

Eine Frage für eine Frage, nicht mehr als ein lächerliches Friedensangebot in seiner Welt, in der man keine Story gegen eine andere tauschte. Nieniemals. Was für ein Wahnsinnsdeal, Augenrollen hoch tausend. Trotzdem war er der einzige, der mir blieb.

»D-du hast vorhin gesagt, es ist schon lange zwischen uns so. Was meinst du mit diesem *so*?«

Er senkte den Blick. Und das war wie ein Schlag ins Gesicht.

»Stumpfsinnig«, flüsterte er.

»S-stumpfsinnig?«

»Ja, stumpfsinnig, verdammt noch mal! Ich meine, hast du mich in den letzten drei Monaten überhaupt vermisst? So vermisst, wie eine verliebte Freundin ihren Freund vermissen sollte?«

Lange blinzelte ich ihm entgegen. Die kurz geschorene Frisur, das herzförmige Muttermal unter dem Auge, die ausgefransten Shirtärmel. Zwischen uns dampften Tassen auf Untertellern neben Teebeutelschälchen. Ryder stellte Timer fürs Eierkochen und das Ziehen von Biokräutertee. Selbst in seinen Artikeln saß jeder Satz, Buchstabe für Buchstabe, als fände er immer die perfektste Kombination.

Ich wollte etwas sagen, Worte, Fragen, Laute, brachte jedoch nichts heraus. Und so blutete uns die Wahrheit doch aus den Poren. Plötzlich war alles zu eng. Diese untergemietete Wohnung, mein Körper, die gesamte Welt. Am liebsten wäre ich aufgestanden, gegangen, gerannt und dann gesprintet. Zur Mittagszeit ziellos durch Boston, den Public Garden, vorbei an den fauchenden Eichhörnchen, die Einkaufsstraße und den Hafen entlang. Bis zurück nach London, wo ich in Mums Badewanne gestiegen wäre, weil ich mich unter der surrenden Badezimmerbelüftung am lebendigsten fühlte.

Zerschnittenes Licht fiel mir auf die Hand, als ich mich aufrichtete.

»Ich packe meinen Koffer.«

*

Ich schmiss Kleidung ins Innenfach. Shirts, Unterwäsche, Sport-BH. In London hatte ich mich auf sieben Tage vorbereitet, jetzt zog ich den Reißverschluss nach nur dreien wieder zu.

»Hey, mach mal langsam. Du musst nicht sofort gehen! Wieso …«

Ryder redete vom Türrahmen aus auf mich ein, doch ich hörte nicht zu. Ich musste raus, weg, weiter. Bevor ich das Gepäck auf seine Rollen hievte, bestellte ich per App ein Uber.

»Du kannst doch nicht einfach so abhauen! Du weißt doch nicht mal, wann ein Flug geht!«

»Ich bin seit fast vier Jahren Flugbegleiterin bei Lond-Air. Wir haben täglich welche von Boston zurück. Um acht Uhr vierzig, vierzehn Uhr fünfundfünfzig und zweiundzwanzig Uhr fünfzehn. Natürlich weiß ich, wann ein Flug geht.«

»Trotzdem …«

Trotzdem was? Er hatte mir gesagt, unsere Beziehung sei stumpfsinnig gewesen. Das Praktikum, die Distanz, die Wochen voller Chattext-Beziehungsfloskeln hätten das klargemacht. Wieso noch zögern?

»Eine Frage für eine Frage.« Plötzlich wurde er unendlich leise. »Du hättest mir jede stellen können. Ob ich dich noch liebe. Ob ich dich vermisst habe. Wieso ich seit Wochen denke, wir sollten Schluss machen, und erst jetzt etwas gesagt habe. Stattdessen fragst du mich, was ich mit *so* meine. Vielleicht solltest du mal nachdenken, was das über dich und deine Gefühle zu mir aussagt.«

Meine Nasenflügel bebten. Ich wollte ihm entgegenschreien, wir hätten gerade noch im Bett gelegen, wo er meinen Namen gestöhnt hatte. In. Verfluchter. Dauerschleife. *Gott, Lilah, hör nie auf. Lilah, was machst du nur mit mir? Wieso fühlt sich das nur mit dir so an, Lilah?* Dass ich schon vor zwei Tagen in Boston gelandet war. Und er viel früher mit der Sprache hätte rausrücken sollen. Stattdessen hatten wir mit seinen Redaktionskollegen des *Boston Globe* angestoßen und so getan, als wären wir glücklich.

Doch er öffnete den Mund erneut.

»Ganz schön verzwickte Arktiseiswelt, was?«

Minusgradzacken bohrten sich mir durch Stoffe, schonungslos stechende fünf Stück. Ich gefror auf der Stelle zu einem Gletscher. Angefangen bei den Zehen, über die Beine, hinweg über die Leisten, abgeschlossen mit meinem Herzen.

»W-was hast du gesagt?«

»Du hast mich schon verstanden. Manchmal murmelst du seinen Namen im Schlaf.« Er zuckte die Achseln, ganz lässig, als wäre es angebracht. »Falls du es noch nicht wusstest.«

»K-keine Ahnung, was du meinst.«

»Bist du dir da sicher?«

Ryder schluckte. Mein Blick verharrte auf dem springenden Kehlkopf, als mein Handy vibrierte. Carlo Santos, ein schwarzer Honda, das Kennzeichen endete mit einer Dreiundzwanzig. Das Uber wartete.

»Wie auch immer, Ryder«, sagte ich und rollte den Koffer aus der Wohnung.

Als hätte ich die Worte überhört, wahrgenommen und schnell vergessen. Vergessen. Als könnte ich das. Als wüsste ich nicht, wie es ist, aneinandergereihte Buchstaben unsichtbar auf der Haut zu tragen, lebensgroß, eingebrannt ins Gesicht, für die Länge *meines* gesamten Lebens.

Im Uber rauschte der Bostoner Verkehr an mir vorbei. Wenn der Wagen über grüne Ampeln raste, fiel Atmen leichter. An roten überlegte ich, meinen Freundinnen zu schreiben. Aber meistens fuhren wir schon weiter, und der Gedanke blieb neben Fußgängern zurück.

Nur als diese Akkorde erklangen, starrte ich statt aus dem Fenster die Radioanzeige an. Es war Samstag, der zwanzigste Februar. Es war kurz nach eins. Es war der Tag, an dem sich der Freund von mir trennte, den ich nie gewollt hatte. Und im Radio lief *Pyro.*

»Kings of Leon-Fan, was?«, fragte der Fahrer amüsiert und drehte den Song auf.

All the black inside me is slowly seeping from the bone. Everything I cherish is slowly dying or it's gone.

Ich sah hinab auf meine Hände und dachte an Penns Abziehtattoo. Eine große Flamme zwischen zwei kleineren, in die Innenseite des kleinen Fingers gepresst, drei Leben lang her. Derselbe Finger, mit dem er das Handy bei seiner letzten Nachricht gehalten hatte. Die, die mich nie erreichte. Drei Punkte auf dem Bildschirm, die abbrachen. Regentropfenpunkte auf den Jeans, als ich mich an jenem weit entfernten Abend erhob. Beschämter Blick, bereuendes Schweigen, zwei riesige Augenpunkte in Penns Gesicht. Immer nur Punkte, ausgefüllte Kreise, eine eigentlich endlose Form.

Trotzdem endgültige Zeichen.

»Mam.« Der Fahrer drehte sich am Ziel nach mir um. »Logan International Airport. Da wären wir. Soll ich Ihnen mit dem Gepäck helfen?«

Durch die Scheibe erkannte ich die Flughafenfassade, bunte Koffer und sich verabschiedende Menschen. Ich beobachtete eine Frau, die sich einige Parkplätze entfernt an einen Typen klammerte. Seine Lederjacke wirkte abgewetzt, rissig und narbig. Als hätten sich schon Millionen Finger in den Stoff gekrallt. Tief einatmend wandte ich den Blick ab.

»Vielen Dank, aber das ist nicht nötig.«

Fünfzehn Minuten später kroch mir das Flughafentreiben beruhigend unter die Haut. Ich mochte die internationale Hektik und die farbigen Pässe, das Gepäckbandrattern und die grellen Anzeigetafeln, auf denen Mumbai, München und Miami dicht untereinander standen. Flughäfen waren echte Orte mit echten Menschen. Anfang, Ende, Mitte. Angsteinflößend und lebendig und echt. Flughäfen waren alles, was Ryder und ich nie gewesen waren.

Innerlich verfluchte ich die falsche Welt mit ihren falschen Menschen, als die Staff-Travel-App mir mitteilte, mein Flug sei mit acht Passagieren überbucht. Die echte falsche Welt natürlich, nie die andere.

Kapitel 2

Jonah

Terracotta

Als ich mich zum ersten Mal mit Delilah Dellaria unterhielt, redeten wir nicht miteinander.

Alles begann mit Bachs dritter Sinfonie. In den Beats dröhnte sie laut, während ich mir die zweite Zigarette anzündete. Klassische Musik und Kippen. Wäre ich eine Stadt, wäre in mir der Notstand ausgerufen. Heulende Sirenen, grelle Warnlichter, panische Menschenmassen. Stattdessen war ich ein einziger Mensch im Raucherbereich des Bostoner Airports. Außerdem war ich auch auf der Suche nach jemandem in Farbe. Am liebsten wäre mir eine blaue Person gewesen. Pazifikblau, Königsblau, Osloblau. Hauptsache Blau und Beruhigung.

Aber jede vorbeiströmende Silhouette war farblos.

In meiner linken Hosentasche vibrierte es dabei ununterbrochen. Cami, die Jungs, Gus. Ich dachte an Mum, die seit gestern nicht mehr mit mir redete. Da zog ich so tief, dass ich vom Husten beinahe abgekratzt wäre. Bei der plötzlichen Schulterberührung schob ich den linken Hörer zur Seite.

»Haste mal Feuer?«

Der Typ vor mir trug Hoodie, verschiedenfarbige Doc Martens und konnte kaum älter als neunzehn sein.

»Klar.«

Ich drückte die Kippe aus, kramte in der Jacke nach dem Feuerzeug und überreichte es ihm zusammen mit der Marlboroschachtel. Während ich den Rucksack vom Boden hievte, sah er mich verwirrt an.

»Ich bin kein Raucher«, erklärte ich.

»Du klingst wie mein Dad. *Ich rauche, aber ich bin kein Raucher.*«

Er zündete sich eine von meinen Kippen an, dicht über seinem Haar ein Flieger, der im Fünfundvierziggradwinkel anstieg. Beim Klicken der Flamme bekam er eine Farbe. Terracotta. Einfach so. Warmes Orangebraun. Glatt und simpel und schaurig, wenn man mit den Fingern darüberkratzte. Rauch vernebelte ihm das Gesicht, als ich mir den Hörer zurück über das Ohr stülpte.

»Wieso grinst'n du so dämlich?«, fragte er. »Hab ich was Lustiges gesagt oder ...«

Ich setzte einen Fuß vor den anderen und sah nicht zurück, obwohl ich das wollte. Zurück im Allgemeinen. Ich wollte zurück in Allans Wagen und zurück an Mums Esstisch, bevor ich gesagt hatte, was ich sagte. Selbst wenn ich die Worte nicht bereute, weil sie stimmten und uns allen mehr Realität ganz guttäte. Am allerallerliebsten wollte ich ein, zwei, drei, vier, vierundzwanzig Jahre zurück. Ich wollte einen neuen allerersten Moment der Welt. Ich wollte diesen Augenblick anhalten und in ihn hineinkriechen, Bachs Präludium in C-Dur im Hintergrund. Ich wollte mir genau jetzt eine weiche Farbe aussuchen. Vielleicht blasses Melonengrüngelb oder Klarhimmelhellblau, an das ich mich klammern würde. Meine Schuhe aber schlurften zielstrebig über den Flughafenboden, und ich blickte mir in die eigene Miene, widergespiegelt in einer Glasscheibe. Leider, leider war ich nicht melonengrüngelb oder klarhimmelhellblau. Schadeschokolade. Ich war Jonah und seit Wochen verfickt fahl. Nur ein taubengrauer Schimmer ummantelte mir den Kopf. Das war nicht ich, aber irgendwie ja schon.

Das Handy vibrierte wieder, diesmal mit den Namen meiner Schwester und meines Stiefvaters zugleich. Als hätten sie sich mit den Worten abgestimmt. Und Cami sie mir nicht bei unserer letzten Umarmung ins Ohr geflüstert. So ungefähr hundertmal, wir umgeben von hupenden Taxis.

> Allan: *Ich möchte dir da wirklich nicht reinreden, Jonah. Aber bist du dir zu hundert Prozent sicher? Du hast in London immer noch Zeit, darüber nachzudenken.*

> Cami: *Bist du dir wirklich wirklich wirklich wirklich sicher?*

Statt ihnen zu antworten, tippte ich die Mail, die ich schon längst hätte abschicken sollen. Keine losen Enden.

> *Sehr geehrter Mister Moran,*
> *ich danke Ihnen vielmals für das Jobangebot. Leider kann ich es nicht annehmen, da ich mich aus persönlichen Gründen entschieden habe, in London zu bleiben.*
> *Mit freundlichen Grüßen*
> *Jonah Lowell*

Ich steuerte den LondAir-Schalter an, wo ich Ewigkeiten wartete. Wie vor der Sicherheitskontrolle und dem anschließenden Passcheck. Mein Puls raste noch immer, aber ich gab die Suche nach farbigen Menschen auf. Stattdessen konzentrierte ich mich bloß auf Bach. Mittlerweile war das Orchester beim Scherzo angelangt, dem dritten Satz der Sinfonie. Eine leichte Stimmung, in der beschwingte Töne gleitend ineinanderflossen. Ich beschwor eine Klaviertastatur herauf, um mich beim Spielen zu betrachten. Richtiger Fingersatz und Anschlag, im Kopf begleitete ich Glenn Gould fehlerfrei. Tja, brachte nichts. Denn als ich im Gatebereich das Barschild ausmachte, hielt ich es nicht mehr aus. In mir war alles eng und kantig, nichts glitt, alles eckte an.

Ich war kein Raucher, aber ich wollte die Kippen vom Terracotta-Typen wieder.

Ich war kein Angsthase, doch würde ich in den nächsten sieben Stunden garantiert sterben.

Ich war Bachfanatiker, konnte mir aber nicht mal mein liebstes Präludium in C-Dur geben.

Die Beats abnehmend, steuerte ich auf das *Beer Works* zu. Dahingenäselte Durchsagen, Hektik, klackernde Absätze in Kombi mit Kofferrollen, das disharmonierte. Beim Anblick eines vorbeirauschenden Pärchens schluckte ich. Schnell machte ich die letzten Schritte auf die Bar zu, wo ich ein Glas Rotwein bestellte. Eine sichere Nummer, um gleich einzupennen. Ich schnappte mir einen rostigen Barhocker, darum bemüht, das Lokal nicht panisch nach glotzenden Besuchern abzuscannen. Eine Nebenwirkung von »ICH KANN NICHT GLAUBEN, DASS DU DAS GETAN

HAST, LOWELL!«. Die Konsequenz, die resultierte, wenn mir weder Alkoholrausch noch Londongetummel in den Knochen saßen. Direkt gegenüber schimmerten aneinandergereihte Alkoholflaschen, auf dem Bildschirm lief eine Footballschlacht. Dunkelblau gegen Limettengrün, gerade die Slo-Mo-Wiederholung irgendeines Tackles. Innerhalb von Sekunden wurde das Glas vor mir abgestellt. Ich murmelte ein »Danke«, hob den Stiel zum Trinken an, hielt aber inne. Kaum hörbar mischte sich ein leiseres Lied unter den Hintergrundjazz. Mit zusammengezogenen Brauen wandte ich den Blick nach links.

Und da saß sie.

Von Kopf bis Fuß eingekleidet in Schwarz. Ein leeres Glas in den Händen, spitz hervorstechende Knöchel. Diese mir noch fremde Frau – Delilah, wie sie mir erst viel später verraten würde. Ihr Haar war dunkel und reichte ihr bis knapp über die Schultern, die Haut durchsichtig blass. In dieser semi-gemütlichen Flughafenbar wirkte sie wie jeder andere Gast auch. Vor dem Gatetrubel geflüchtet, gedanklich versunken. Aber irgendwie tat sie es auch nicht. Sie erinnerte an einen ballernden Remix im Club, kurz vorm Heimkehren um fünf, du allein auf der Fläche, tanzend wie ein ewiger Zombie. Laut, dröhnend, stroboskopisch. Selbst der Barkeeper konnte nicht aufhören, ihr Blicke zuzuwerfen. Wein nippend fragte ich mich, welche Farbe sie wohl hätte. Und dann, dann dachte ich nicht, als ich in der Jacke nach dem Stift fischte. So wie immer, einfach so, so grundlos. Mein Kopf und ich, wir hatten es in diesem Jahr nicht gut miteinander. War leider mein Schicksal, da könne man nichts machen, hatte selbst Camis Tarotlegerin gemeint. »Dieses Jahr wird ihm sehr wehtun.« Haha, sag bloß, wäre ich nie drauf gekommen bei der Biografie.

Ich kritzelte Worte auf eine Serviette, die ich über die Theke schob. Noch bevor das Geschmiere sie erreichte, schlug sie den Blick auf. Sie machte keine Anstalten, die Ohrstöpsel rauszunehmen. Zusammengekniffene Lider, geisterhafter Blick. Was an ihr stach, war die Augenfarbe. Mitternachtsblau und leer.

Es tat weh, sie anzusehen.

Bei dem Gedanken verzog ich das Gesicht, weil das doch keinen Sinn ergab. Ich meine, seit wann tat der Anblick fremder Menschen weh? Vielleicht war sie doch eher der Typ Morrissey, rau und akustisch, wie in einer rohen Version von *I Know It's Over.*

Kurz überflog sie die Worte, dann musterte sie mich. Frisur, Stirn, Ohren, Wangen, Nase, Mund, Hals. Am Kragen meiner Lederjacke verharrte sie komischerweise am längsten. Anschließend griff sie nach dem Kuli. Ihr Geruch kitzelte mir dabei in der Nase. Herbes Männerduschgel und Gin zugleich. Interessant? Keinen Schimmer, wieso, aber ich prägte mir genau diese zwei, drei, vier Sekunden ein. Als hätte ich es schon damals gewusst. Fucking verdammt noch mal alles, alles, alles. Wie das gedämpfte Licht sich um ihr Haar schmiegte. Die elegante Art, mit der sie sich ruckartig erhob. Das nur angedeutete Winken, bevor sie auf klackernden Absätzen verschwand. Ich sah ihr nach, solange ich konnte. Und dann noch ein bisschen länger. Erst dann fiel mein Blick auf die Serviette.

All the black inside me is slowly seeping from the bone, hm?

Everything I cherish is slowly dying or it's gone, ja.
Du hast da übrigens Rotwein im linken Mundwinkel.

Ich wischte mir über den Mund, ehe ich das Handy zückte. Beim dritten Rufzeichen ging Gus ran.

»Hast du eine Ahnung, wie oft ich dich schon versucht habe zu erreichen? Mann, LJ! Wieso hast du dich nicht früher gemeldet? Ich –«

»At wird es mir nie verzeihen, oder?«

Kapitel 3

Delilah

#Flughafenwellen

Ringsum rauschten Schritte, Stimmen und Spülungen. In meinen Ohren piepte es. In mir drin starb es. Ich saß auf den Fliesen einer Toilettenkabine, facetimte mit Livy und umklammerte das Handy so fest, meine Finger krampften. Aber es war mir egal. Es war mir egal, dass der Boden unter mir schmutzig war, und es war mir egal, dass ich seit über zwanzig Minuten hier saß. Es war mir egal, dass Leute sich meinetwegen in die Hose pinkelten, und es war mir egal, dass ich Ryders Duschgel auf der Haut roch. Es war mir egal, dass ein Teil meines Herzens starb, obwohl ich das nicht wollte. Es. War. Mir. Egal.

»Okay, das reicht.« Livy stellte die Gießkanne ab, griff auf dem Schreibtisch nach dem Handy und hockte sich aufs Bett. »Ich verstehe nicht, wieso ich deine Pflanzen gießen soll und du mir dabei zuschauen willst. Das bringt nichts. Wir sollten über Ryder reden.«

»Keine Zeit. Der Flug, auf dem ich vielleicht einen Platz bekomme, geht in einer halben Stunde. Und um das mit Ryder zu besprechen, brauchen wir wahrscheinlich eine ganze Nacht. Und June. Und Wein. Am besten meine Lieblingsweinschorle von Tesco.«

Nachdem ich das Staff-Ticket gekauft hatte, wurde mein Gepäck auf gut Glück etikettiert. Als Airline-Angestellte konnte ich für den Bruchteil des Preises Flüge buchen. Immerzu, bis eine Stunde vor dem Start, ganz spontan und völlig bedingungslos. Der einzige Haken war: Ich kam nur mit, wenn Plätze frei blieben. An jedem Gate befand sich deshalb jemand, der auf verspätete Gäste hoffte. Heute war ich dieser Jemand. Eigentlich mochte ich diese Ungewissheit, Passagieren beim Einsteigen zuzusehen und gedanklich bereits Alternativpläne zu entwerfen. Eine Nacht länger in Madrid bleiben oder auf einen Flug mit Umstieg in Warschau switchen.

Bloß heute hätte ich nichts dagegen, auf direktem Weg nach Hause zu gelangen.

Mit einem Ozean zwischen uns, konnte ich Pixel-Livy nur beim Kopfschütteln beobachten. Wenn ich ihr sagte, ich wolle nicht darüber reden, redeten wir nicht darüber. Olivia Louise Green war eine Mathematikerin und gnadenlose Denkerin. Sie sagte nur wahre Dinge, selbst wenn sie wehtaten, doch meistens umarmte sie mich und flüsterte ein »Das wird schon, Lilah.« Und dann glaubte ich ihr.

»Du kannst dir noch eine Pflanze aussuchen, die ich gießen soll.«

»Genau deshalb bist du die beste Ersatz-Plantmum.« Ich wackelte mit den Brauen. »Du lässt mir immer ein paar übrig, um die ich mich kümmern kann.«

»Das ist so was von gelogen. June übertreibt es einfach nur mit allem.«

Achselzuckend musterte ich die Fensterbank. In meinem Zimmer war jeder Quadratzentimeter zugestellt mit Blumentöpfen. Ich mochte das grüne und lebende Gewusel. Das Gießen von Calatheas, das Abwischen von Monsteras, die feuchte Erde unter den Fingern, wenn sich ein neues Blatt bildete. Als hätte ich einmal alles richtig gemacht.

»Malmö sieht durstig aus. Sie rollt sich schon leicht ein.«

»Du bist die Einzige, die eine Tropenpflanze nach einer schwedischen Stadt benennt.«

Livy verdrehte die Augen, dann wackelte der Bildschirm, weil sie die Kameraansicht wechselte.

»Danke«, flüsterte ich zwei Minuten später.

»Kein Ding. Ich meine, vielleicht kümmere ich mich doch ein klitzekleines bisschen gern um dein grünes Chaos.« Sie lächelte ihr typisches Livy-Lächeln. Schief, krumm, fast zu schwach, um als echtes Lächeln durchzugehen. »Aber wirklich bloß ein bisschen.«

Ich grinste zurück, halb und irgendwie, während ich versprach, wegen des Flugs zu schreiben, sobald ich Bescheid wüsste. Bevor ich das Handy endgültig wegsteckte, fotografierte ich die Wandfliesen und postete das Bild in meine Insta-Story. Den Eintrag mit *Pyro* unterlegt, tippte ich in so kleiner Schrift, dass es nicht mehr lesbar war:

Vielleicht beobachten Flughafenhallen die ehrlichsten Küsse dieser Welt, aber vielleicht ertrinkt man auch am ehrlichsten in einer Gate-Toilettenkabine, ohne wirklich zu ertrinken. #Flughafenwellen

Zehn Minuten später erreichte ich Gate E10, wo mich die uniformierte Dame anstrahlte. Es war dieselbe, die mich eingecheckt hatte.

»Miss Dellaria!«, rief sie. »Ich habe gute Neuigkeiten!«

Hätte ich ihn nicht aus dem Augenwinkel bemerkt, hätte ich erleichtert ausgeatmet. Ein paar Reihen vom Schalter entfernt war er derjenige, der nun Kopfhörer über den Ohren trug. Große und massive Beats in einem Ferrariton. Der Rotweinmundtyp aus der Bar, der meine liebste Stelle aus *Pyro* dahingekritzelt hatte. Dunkelblondes Haar, graue Wirbelsturmaugen, abgewetzte Lederjacke. Sein Gesicht war eher interessant als schön, mit gefährlich kantigen Strukturen zum Zerdenken. Noch dazu hatte er einen fast verblassten Knutschfleck am Hals. Lila und alaskaförmig, eine breite Fläche mit welligen Rändern, unten auslaufend in kleinen Inseln. Skorpionstachel-Level. Ich hasste es, wie er mich in der Bar angesehen hatte. Grau, traurig, mich durchschauend. Als wäre es okay, Fremde mit so kribbelnden Blicken anzusehen, weil Typen wie er sich dessen doch bewusst waren. Das erkannte ich an ihrer allgemeinen Art. Unbekümmert, lässig, so selbstbewusst, sie schmierten mein Lieblingslied auf eine ranzige Serviette. Grundsätzlich wäre mir das egal gewesen. An einem anderen Tag, gestern zum Beispiel, hätte ich mich mit ihm über Kings of Leon unterhalten und dann unterschwellig klargemacht, ich hätte einen Freund.

Aber ich hatte keinen Freund mehr.

Als er mich anlächelte, verlangsamten sich meine Schritte. Er hatte ein schiefes Grinsen, das anders war als

Livys. Schräg, aber nicht krumm. Bloß eine Millisekunde zu lang blieb ich daran hängen.

In den nächsten fünf Minuten erklärte mir Ronda, wie ich ihrem Namensschild entnehmen konnte, ich hätte wirklich Glück. Ein Miami-Flug würde mit einstündiger Verspätung eintreffen, neun Anschlusspassagiere waren bereits auf die nächste Maschine umgebucht.

»Es ist sogar ein Fenstersitz«, flötete sie, bevor sie mir die ausgedruckte Bordkarte überreichte und ich einen Warteplatz ansteuerte.

Während eine Frauenstimme »Mister Dubois nach Zürich, Mister Dubois nach Zürich, bitte« ausrief, betrachtete ich das Außengeschehen. Dicht an dicht drängte sich Maschine an Maschine. Deutsche, italienische und norwegische Airlines mit den unverkennbaren Logos. Gleich würde ich die vibrierenden Triebwerke unter mir spüren, gleich würde sich mein Brustkorb weiten. Ich mochte den Startflug mehr als den Sinkflug. Die Schieflage der Kabine, der Druck auf den Ohren, das Ruckeln, wenn die Räder eingefahren wurden. Orte, Städte und Metropolen, die auf Miniaturgröße schrumpften. Handys ohne Netz, den Blick von über dreißigtausend Fuß auf die Welt. Das einmalige und nur dort oben existierende Gefühl, davonfliegen zu können. So als könnte man Menschen, Gedanken und Träume wie Koffer mit Übergewicht auf Gepäckbändern liegen lassen.

Ich entdeckte einen Rampagent in neongelber Jacke und wünschte mir, ich säße schon auf meinem Fensterplatz. Am besten wäre ein Nachtflug gewesen, mit mir als Crewmember statt als Passagierin. Wenn Letztere schnarchten und Besatzungsmitglieder in der *Cosmopolitan* blätterten, schaltete mein Kopf sich friedlich aus.

Als wäre alles unter mir ausradiert.

Wenn man Welten wirklich ausradieren könnte, würde ich mir eine neue ausmalen. Meine Pflanzen wären echte Städte, ihre beschrifteten Töpfe Landesgrenzen, Wurzeln würden ineinandergreifen, Berlin wäre Berlin und Lissabon zugleich. Außerdem läge ich in genau diesem Moment in Mums Badewanne, während Livy mir erläutern würde, wieso die Sache mit Ryder, rein logisch betrachtet, tatsächlich keine Rolle spielte. Neben ihr befände sich June, die meinen würde, es sei auch okay, wenn es mir nicht egal wäre. Dann würde sie mir Fotos zeigen, auf denen ich so lachte, als wäre alles egal. Egal, ob Fliegen wirklich die Welt ausradierte. Egal, ob es Letztere überhaupt gab. Und vielleicht hätte ich ihnen dann von der Mitternachtssonne und den Grönlandhaiträumen erzählt. Weil alles außerhalb der Welt existieren könnte, wenn es die Welt selbst nicht gäbe.

Aber ich verabschiedete mich aus meiner Traumwelt, weil das Handy vibrierte. Ich blinzelte Wes' Namen entgegen, einer meiner Kommilitonen an der Goldsmiths. Er fragte, ob ich Catherines neuesten Blogeintrag gelesen hätte. Seine zweite Nachricht bestand aus Fragezeichen, dringend und drängend, dazu hatte er einen Link geschickt.

Als ich *seinen* Namen erkannte, zitterten mir die Finger.

Kapitel 4

Jonah

Champagnergelbgrün

Ein Baby kreischte mir ins Ohr. Die Frau rechts machte Schsch-Geräusche. Ihre Schulter streifte mich, eine andere Schulter berührte mich links. Die schwitzenden Hände rieb ich mir ununterbrochen an den Jeans. Eine Regung, die meine linke Sitznachbarin angeekelt bemerkte. Wenn ich einen Blick auf ihren E-Reader warf, las ich bloß »Dixiklo«. Ohne Witz. Dixiklo hier, grünes Dixiklo da, komische Geräusche aus einem Dixiklo dort. Das Ganze war ziemlich lächerlich, aber ich dachte viel lieber an Dixiklos als daran, gleich dreißigtausend Fuß über dem Boden zu schweben. *Fuck*. Jetzt dachte ich wieder daran.

»No, no, no!«, rief die Mutter, bevor ihr Baby mir in die Haare fasste. »Perdón.« Sie löste den hartnäckigen Griff. »Er mag blonde Haare.«

Ich lächelte gequält, als würde ich das verstehen, was natürlich nicht der Fall war. Genau genommen verstand ich sowieso nichts mehr. Außer, dass es in Flugzeugen zu eng war. Und zu warm und zu laut und Gott, hyperventilierte mein Herz gerade? Konnten Herzen das überhaupt?

»Señor? Geht es Ihnen nicht gut?«

»W-was?«

»Sie sehen so *pálido* aus. Wie sagt man? Irgendwas mit b …«

»Blass. Mister Schweißhände sieht blass aus.« Das E-Reader-Mädchen seufzte. »Wieso gehen Sie nicht nach hinten und fragen nach einem Glas Wasser?«

»Ja.« Ich zupfte mir den Kragen. »Ja, doch, ja. Das ist eine wirklich gute Idee.«

»Dafür müssen Sie aufstehen, Blitzmerker.«

Sie rollte mit den Augen, während ich mich in Bewegung setzte. Wie ich durch den Gang torkelte, schweißgetränkt, schwankend, mit dem taubgrauen Gesicht. Das war definitiv Samstagnacht-Camden-High-Street-Level. Keine Ahnung, wieso ich dabei an Cami dachte, die sich vor leuchtenden Dingen fürchtete, wenn sie Bacardi Raspberry trank. Vor Ampeln, Taxirücklichtern und blinkenden Barschildern. »Voll verrückt, oder?«, erzählte sie immer. Dabei wollte ich gar nicht an sie denken. Für die nächsten sieben Stunden würde ich sie mir aus dem Kopf streichen. Gemeinsam mit Mum, Allan, Gus, At und den anderen. London, Boston, mein Kontostand, die Schuldgefühle, das unbestreitbare Ziehen im Herzen. Für die Flugdauer würde ich so tun, als hätte ich meine Probleme zusammen mit dem Gepäck aufgegeben. Das hatte ich nach dem Telefonat mit Gus beschlossen. Ich meine, wie könnte ich Flugangst und eine Existenzkrise gleichzeitig bewältigen? Camis seltsame Tarotlegerin behauptete, wir müssten in erster Linie nett zu uns selbst sein. Vielleicht war diese erzwungene Siebenstundenamnesie das beste Geschenk ever.

»Willkommen an Bord, Sir!« In der hintersten Bordküche strahlte mich der Flugbegleiter an. »Wie kann ich Ihnen helfen?«

»Hey, äh, könnte ich ein Wasser bekommen?«

»Natürlich!«

Er schenkte mir ein Glühbirnengrinsen, öffnete ein oberes Fach und reichte mir eine Flasche. Der Steward fühlte sich quietscheentengelb an. Einfach so.

»Sie sitzen auf dreiunddreißig B neben der Dame mit dem Baby, oder?«

»Ja?«

»Fantastisch! Ich wäre gleich sowieso zu Ihnen gekommen. Würde es Ihnen etwas ausmachen, den Platz zu wechseln?« Er zückte eine endlos lange Liste. »Ein vorheriger Flug hat Verspätung, also verpassen einige Passagiere diesen leider. In Reihe siebenundzwanzig sind deshalb zwei Sitze frei. Wenn Sie Ihren jetzigen verlassen, hätte die Dame mehr Raum für sich und das Baby.«

»Das wäre perfekt.«

Ich nickte, verabschiedete mich, taumelte zurück. Keine drei Minuten später fragte mich die Mutter, ob es mir besser ginge. Ich erwiderte ein »Ja«, lächelte nur semigequält und packte die Sachen zusammen. Jacke, Rucksack, Handyladekabel. Während ich erklärte, ich würde mich umsetzen, wirkte sie erleichtert. E-Reader-Mädchen tat so, als wäre sie im Dixiklo-Roman versunken.

Ich erahnte ihre Farbe trotzdem. Hell und gleichzeitig sprudelnd, ein bisschen wie Champagnergelbgrün.

In Reihe siebenundzwanzig erkannte ich sie augenblicklich. Die Frau aus der Bar. Großartig. Sie hockte am Fenster und hatte wieder Kopfhörer drin. Im Schoß ein iPad, auf den knappen zehn Zoll: eine glatte Winterkulisse inklusive eines Polarfuchses. Ihr Mantel und die Tasche lagen auf den freien Plätzen, also streckte ich den Arm aus. Bevor ich sie streifen konnte, bemerkte sie mich aus dem Augenwinkel. Schon wieder. Ruckartig setzte sie sich auf. Statt etwas zu sagen, zog sie die Stöpsel raus und scannte mich erneut ab. Schnell und konzentriert, ja nichts auslassen, alles ansehen, nirgends verweilen. Bis sie meine Finger erreichte, die sich um das Wasser krampften. Die blasse Haut zu dem dunklen Haar. Der tonnenschwere Blick, die zarten Lippen. Der elegante Mantel, der Oversized-Hoodie. *Pyro* in der Bar, eine Polarfuchsdoku auf dem Fensterplatz. Jepp, sie war so was von ein Mensch, an dem nichts zusammenpasste.

»Ich will dir nicht zu nahe treten, aber du siehst ziemlich beschissen aus.« Sie klang britisch, adrett und einstudiert höflich, obwohl sie »beschissen« gesagt hatte. »Du weißt, dass dir *Flugangst* auf die Stirn geschrieben steht, oder?«

»Natürlich.« Ich nickte auf ihre Sachen. »Könntest du das wegräumen? Ich habe meinen Sitz gewechselt, damit eine Mutter mehr Platz für ihr Baby hat.«

Wortlos schob sie den Kram beiseite, während ich den Rucksack verstaute und mich niederließ. Menschen, Gepäck, dreitausend Plastiktüten vom Duty Free. Es war immer noch zu warm und zu eng. Der Boden, die Wände, gleich würde alles vibrieren, und ich würde mich fragen, wieso ich mir das antat und es Flugzeuge überhaupt gab. Ich würde mir sagen, das sei wahnsinnig, Menschen könnten doch nicht über dem Boden schweben, dafür seien wir nicht gemacht, und dann würde ich mich fragen, wozu wir denn gemacht waren. Der Gedanke, bei dem alles komplett für den Arsch wäre. Zu komplexe Fragen für ein zu matschiges Gehirn.

Fuck, fuck, fuck.

Ablenkung. Ich brauchte Ablenkung. Mit zitternden Fingern pfriemelte ich das Handy aus der Hosentasche, doch alle Apps blinkten grell und aggressiv mit ungeöffneten Nachrichten. Vielleicht sollte ich es noch mal mit Bach versuchen. Ich wollte gerade nach den Beats greifen, zuckte aber zusammen.

»Fliegst du nach Hause?«

Ich drehte mich meiner Sitznachbarin zu. Hinter ihr startete eine asiatische Airline, darüber der kotzgräuliche Himmel. Ja. Kotz, kotz, kotz.

»Ich habe keine Ahnung, wer du bist. Aber ich kann dir nicht den ganzen Flug lang dabei zusehen, wie du dir die Finger ins Bein bohrst. Deine Knöchel sind weiß. Sieht echt schmerzhaft aus.«

Scheiße, sie hatte recht. Meine rechte Hand krallte sich eindeutig in die Jeans. Wieso zur Hölle bemerkte ich das erst jetzt? So fest, ich spürte die Nägel bis auf die Haut. Sie würden Spuren hinterlassen. Genauso wie der Safety-Movie mir im Hirn. Grell leuchtete er auf, Bilder von Notausgängen, aufblasbaren Rutschen und Schwimmwesten. Vorkehrungen für Horrorszenarien über Horrorszenarien. Die Möglichkeiten für einen Flugzeugabsturz schienen endlos. Fremde Sprachen von fremden Leuten, lautes Lachen, gefolgt von »Im Falle eines Notfalls folgen Sie den Anweisungen der Kabinenbesatzung«.

Mein Magen drehte sich um.

»Ich habe meine Familie besucht, aber eigentlich bin ich aus London«, murmelte ich. »Mein Stiefvater hatte Geburtstag. Bin mit meiner Schwester hingeflogen, also hatte die mich am Hals. War angeblich ihr Karma fürs Haareziehen, als wir Kinder waren, whatever.«

Tut mir wirklich leid, dass ich erst später nach Hause fliege, Jonahlein. Hahaha, klar, Cami, verarsch mal lieber wen anders.

»Und was machst du in London? Studierst du?«

»Du musst keinen Small Talk mit mir machen.«

»Leider doch. Ich habe da dieses Helfersyndrom. Vor allen Dingen gegenüber Menschen, die mich beim Musikhören stören und später neben mir krepieren.«

»Charmant. Ich ... ich habe gerade meinen Master für Lehramt gemacht.«

»Sport und Englisch?«

»Musik und Deutsch.«

»Du sprichst Deutsch?«

»Hab ein Semester in Hamburg studiert.«

»Was hat dir am besten gefallen?«

»In Hamburg?«

Sie nickte, bevor ich mich an die deutsche Metropole erinnerte. An Alster, Reeperbahn und Speicherstadt. An mein WG-Zimmer in St. Pauli, die toten Gassen am Morgen, das schillernde Geschiebe in den engen Straßen am Abend. Die U-Bahnen Richtung Dammtor, die Wochenenden an der Nordsee, den Flügel in dieser Bar, in der ich geklimpert hatte.

»Die Straße, in der ich gewohnt habe. Zwischen fünf und sechs Uhr morgens. Wenn die Letzten nach Hause getorkelt und genervte Angestellte aus der Bahn gestiegen sind. Manchmal habe ich das Ganze von meinem Fenster aus beobachtet. Nichts stand still, alles hat sich bewegt. Ich mochte das.«

Ringsum erinnerte eine Flugbegleiterin Passagiere ans Anschnallen. Mein Puls hämmerte mir aggressiv durch die eckigen Blutbahnen, als würde ich mich wappnen. Was doch absoluter Bullshit war. Ich würde für Stunden nur sitzen und bei jedem leichten Ruckeln denken »Okay, das war's.« Da gab's nichts, auf das ich mich vorbereiten konnte. Tja, verdammt doof gelaufen.

»Das hätte ich auch gemocht.« Sie verstaute die Handtasche unter dem Mittelsitz. »Wer ist dein Lieblingsmensch?«

»Was?«

»Wir rollen gleich Richtung Startbahn. Ich bezweifle, dass Small-Talk-Fragen noch reichen.« Sie strich sich einen Fussel von der dunklen Stoffhose. »Hast du eigentlich den ganzen Flug über so Panik?«

»Der Start ist das Schlimmste. Und ... scheiße, Turbulenzen. Aber wenn ich Glück habe, verschlafe ich die.«

Die Maschine regte sich. *Atmen, atmen, atmen.* Rückwärts entfernten wir uns vom Flughafengebäude. Immer weiter weg von Boston, Allans Haus im Back-Bay-Beacon-

Hill-Viertel und Mums Schweigen, das sich mit mir auf die Rückbank gequetscht hatte. Ich spürte ihr Schweigen hinter den Ohren, im Bauch und unter jedem Schritt. Superfantastischgroßartig. Nichtnichtnicht.

»Mein bester Freund«, flüsterte ich schließlich.

»Magst du Kings of Leon?«

»Smoother Themenwechsel.«

»Subtile Ironie.«

Sie lachte, was furchtbar war. Plötzlich fiel es mir schwer, sie nicht anzusehen, und das war doch auch scheiße. Aber ich fixierte die Sitztasche, blieb stark und dachte an den Wein, mit dem ich die Xanax runterspülen würde.

Wein, Wein, Wein, Schlaf, Schlaf, Schlaf, ich werde nicht sterben, ich werde nicht sterben, ich werde nicht sterben.

»Kings of Leon sind cool.« Ich blinzelte gegen die Decke an. »Ich schätze, du magst sie auch?«

»*Pyro* am meisten. Was ist dein Lieblingslied?«

»*I want you.*«

Über die Lautsprecher ertönte »Cabin Crew, prepare for departure«. Wir verharrten, es ruckelte, die Kabine begann zu vibrieren, ich wollte mich auflösen.

»Was hast du gesagt?«

»*I want you.*«

Ich wandte mich ihr doch zu. Hinter ihr raste die Flughafenlandschaft vorbei, Airbusse und Gebäude verschwammen zu graubraunen Flecken. Alles wackelte und brummte und ratterte. In meinem Brustkorb existierte kein Millimeter Weite. Da waren nur Atemnot und Panik. Ich dachte an beruhigende Farben. Blau über Blau in Blau. Glassplitterblau, Salzwasserblau. Novemberhimmelblau.

Doch es brachte nichts. *Fuck, fuck, fuck.* Welchen beschissenen Sinn hatte es, Synästhetiker zu sein, deshalb ständig Kopfschmerzen zu haben und Farben dann, wenn ich sie einmal wirklich gebraucht hätte, nicht zu fühlen?

Ich muss hier raus, dachte ich.

»Ich muss hier raus«, sagte ich laut, bevor ich am Gurt herumfummelte.

Das Gedankenkarussell stoppte nur, weil sich eine Hand auf meinen Oberschenkel legte.

»Ich glaube, du solltest mir deinen Namen verraten.«

Und ich glaube, ich sterbe, ich sterbe, ich sterbe.

Die Kabine wankte. Von links nach rechts, jede minimale Bewegung war zu heftig. Scheiße, das konnte doch verdammt noch mal nicht normal sein!

»Jonah«, flüsterte ich.

»Okay, Jonah.« Ihr Griff verstärkte sich. »Schau mich an.«

»Keine besonders brilliante Idee. Ich versuche mich gerade davon zu überzeugen, dass wir nicht keine Ahnung wie hoch über dem Boden schweben.«

»Dann eben so.« Ein langes Durchatmen. »Die Wahrscheinlichkeit, dass du auf diesem Flug stirbst, liegt bei eins zu sieben Millionen. *Eins zu sieben Millionen.* Wusstest du das? Vor jedem Flug wird alles in und an einer Maschine mehrmals kontrolliert. Von Dutzenden Leuten. Ich verspreche hoch und heilig, dir wird während der nächsten Stunden nichts passieren.«

»Das kannst du doch gar nicht versprechen.«

Ich sterbe, ich sterbe nicht, ich sterbe, ich sterbe nicht.

»Ich sterbe, ich sterbe nicht, ich sterbe, ich sterbe nicht.«

»Du stirbst, du stirbst nicht?«, fragte sie.

»Lass mich und meine Todesangst lieber in Ruhe.«

»Du solltest mich wirklich anschauen.« Tiefes Seufzen, feste Stimme. »Ehrlich, Jonah.«

Ehrlich, Jonah.

Nein, Jonah leider nicht ehrlich.

Ganz vorsichtig öffnete ich trotzdem die Augen.

»Gut«, murmelte sie.

Verflucht noch mal nicht gut, wollte ich schreien, denn wie sie mich aus dieser Nähe betrachtete, war komisch. Tiefblau, nachtblau, schwarzblau. Blau über Blau in Blau. Meine Sitznachbarin hatte einen Blick voller Beruhigung. Doch je länger wir uns anstarrten, desto bunter wurde sie. Ihre Wangen verfärbten sich, die Ohrringe leuchteten, ihre Lippen schimmerten. Das Flugzeug vibrierte, die konservierte Luft zwischen uns aber flimmerte.

Mayday, Mayday, Mayday.

Vielleicht stürzt diese Boeing gleich ab.

Mayday, Mayday, Mayday.

Vielleicht geht mein Herzschlag voraus.

Was zur Hölle?

Plötzlich nahm sie meine Hand. In Zeitlupentempo führte sie mir die Finger in den Schoß, an die Metallschnalle, entlang des Verschlusses, kantig und kalt, anschließend ein Kopfdeuten in die Kabine.

»Zuerst öffnest du den Gurt. Du folgst der Notfallbeleuchtung am Boden, Exit-Schilder gegenüber den Toiletten, dann Flugzeugtür. Wenn sie schreien *jump and slide,* springst du raus. Einige verletzten sich beim Rausrutschen, aber das sind meistens bloß Bein- oder Armbrüche.«

»W-was?«

»Das Notfallszenario, für den Fall, dass du einer von sieben Millionen bist. Manche beruhigt es, wenn sie wissen, was zu tun wäre. Also, das ist dein Mantra. Gurt, Notfallbeleuchtung, Exit-Schilder, Flugzeugtür, jump and slide. Gurt, Notfallbeleuchtung, Exit-Schilder, Tür, jump and slide. Gurt ...«

Als sie ihre Hand über meiner betrachtete, verstummte sie. Abrupt. Und da wusste ich, sie spürte es auch. Sie war in meiner Zone, ich war in ihrer Zone. Sie atmete mich ein, ich atmete sie ein. Großstadtnachthimmel, riesige Pupillen, Gin.

»Hey, äh, Jonah? Könntest du bitte etwas sagen? Ich bin mir unsicher, ob ich es besser oder schlimmer mache.«

»Ich ... ich glaube, es ist besser.«

Ich musterte ihre Finger. Knöchel und Nägel und eine Farbe, die nicht entscheiden konnte, was sie sein wollte. Schwarzlila oder Schwarzblau. Da war Wärme, die sie erzeugte. Nicht durch ihre Berührung. Ganz allgemein. Wärme wie Januarsonne, kalt, klar, aber blendend. Dabei war es doch fucking absurd! Sie war ein fremder Mensch und ich Flugangst auf zwei Beinen, ein Körper randvoll mit Panik. Und dieser Fantasie.

Kann ich dich kennenlernen?

WTF? Litt ich an einer verkorksten Version vom Stockholmsyndrom? Aviophobie-Retterin-Syndrom, oder was?

Als das Anschnallzeichen endlich (endlich!) erlosch, machte sie sich ruckartig von mir los. Ich hingegen fischte nach den Xanax, die ich mit Wasser nachspülte. Scheiß auf den Rotwein. Anschließend ließ ich den Kopf gegen die Lehne fallen. Gelb- und Orangetöne pulsierten mir vor den Augen. Der Schweiß auf meinen Händen. Der tiefschwarze Mantel zwischen uns. Das war der friedlichste Moment meines Lebens.

»Hättest du die nicht früher nehmen können?«, fragte sie leise.

»Eigentlich nehme ich sie immer nach dem Service. Aber das hätte ich never ever so lange ausgehalten. Ähm, danke übrigens. Für gerade.«

Ein abwesendes Nicken, ausweichende Blicke. Als hätten wir eine Grenze überschritten.

»*She said I want you, just exactly like I used to*«, murmelte sie. »*I want you*. Ich mag das Lied auch.«

Ich drehte mich ihr zu, in der Hoffnung, dieses imaginäre Syndrom würde sein Ende finden. Aber, scheiße, das war nicht so. Mein Herz rannte, meine Wangen waren safe krebsrot. Mir wurde bewusst, was ich ihr über mich verraten hatte. Dabei kannte ich nicht mal ihren Namen. Ich wollte sie gerade fragen, da blieb eine Flugbegleiterin neben mir stehen. Aus dem Nichts, Falten um Mund und Augenpartie, zwei Gläser in den Händen. »Delilah«, rief sie, bevor sie uns den Champagner, Sekt, was auch immer, entgegenhielt. Aus Reflex nahm ich es an, Kondenswasser auf den Fingern.

»Macy? Du hier? Ich hab dich beim Einsteigen gar nicht gesehen!«

»Ich war in der First. Der Kabinenchefin tut es echt leid, dass sie keine Plätze mehr in der Business frei hatte. Wenn ihr irgendwas braucht, sagt einfach Bescheid. Ein Extrakissen oder was anderes zu essen, ganz egal. Und kein Wunder, dass du diesem Tatum in Schanghai gleich verklickert hast, du hast einen Freund.« Sie blickte freundlich auf mich herab. »Ryder, richtig?«

Zum Antworten war ich zu perplex, aber der Flugbegleiterin schien das sowieso zu entgehen. Sie schenkte meiner Sitznachbarin bloß ein letztes Lächeln, ehe sie verschwand.

Ich richtete mich auf. Und natürlich, während sie am Alkohol nippte, hätte ich eine Million Dinge fragen können. Warum sie sich die Polarfuchsdoku ansah, wieso sie mit den Notfallvorkehrungen vertraut war, ob ich mir im Panikrausch eingebildet hatte, wir hätten einen Moment gehabt, warum die Flugbegleiterin uns Champagner aufgedrückt hatte, wieso sie überhaupt ihren Namen kannte. Delilah. Ein fließender Name, so verflucht passend, mit den zwei Ls in der Mitte und dem weichen D am Anfang.

Aber das alles fragte ich natürlich nicht.

»D-du hast einen Freund?«

Kapitel 5

Delilah

#Kriegserklärungen

Jonahs Blicke waren wie seine Stimme, und seine Stimme unterschied sich von allen Stimmen, die ich kannte. Dunkel, verhangen und rau. Ihr Ton erinnerte mich an selbst gedrehte Kippen, die man in WG-Küchen schweigend bis auf den Filter rauchte. An von innen beschlagene Scheiben, Schattenspiele auf unverputzten Wänden, das Nachhallen von heiserem Lachen in leeren Straßen, kurz bevor man Händchen haltend durch Haustüren schlich.

Ich hasste Zigaretten, das betrunkene Festklammern an fremden Menschen und die Art, wie Jonah mich betrachtete.

Mittlerweile hatten wir die Reiseflughöhe erreicht, das Anschnallzeichen war erloschen. Aus irgendeinem Grund schien ihm das Sicherheit zu geben, denn er wirkte nicht mehr so, als würde er gleich abkratzen.

»D-du hast einen Freund?«, fragte er.

»Nein.« Mein Mund prickelte wie eine Brausetablette auf Promille. »Ich habe keinen Freund. Zumindest nicht mehr, weil mein Ex mit mir Schluss gemacht hat. Am

Frühstückstisch. Ich, halb nackt. Mit einem Mund voll von Spermaresten. War natürlich mit Abstand der beste Moment meines gesamten Lebens.«

Was ich gesagt hatte, bemerkte ich erst, als es draußen war. Klar hätte ich hinzufügen sollen, es sei mir nur so rausgerutscht. Aber ich tat es nicht. Ich war ich, ein Mensch, der alles fühlen und nichts bereuen wollte. Ich machte Fehler. Viele, viele dumme und dämliche Fehler, doch es waren immer meine Fehler. Meine Aktionen, meine Entscheidungen. Und wenn ich mich entschied, dann blickte ich nicht mehr zurück.

Vergessen, vergessen, vergessen.

Während Jonah mein leeres Glas gegen seines austauschte, hörte ich auf nachzudenken. Für einen winzigen Moment nahm ich seinen Geruch wahr. Frühstückspancakes und Tabak. Könnte ein Parfum sein. *Heißer Flugangstmensch,* sinnlich und facettenreich, das Eau de Parfum des Jahres.

»Ich glaube, du solltest den auch trinken«, sagte er.

»Alkohol ist nie eine Lösung.«

»Auch gerade nicht?«

Achselzuckend nippte ich am neuen Champagner. Auf der linken Seite wurde ein Trolley nach vorn geschoben, Weißwein klirrte in Glasfläschchen, die Lippen meiner Kolleginnen strahlten hochsommerrot.

»Die, äh, Trennung hat dich kalt erwischt?«, fragte Jonah vorsichtig.

»Wir kennen uns kein bisschen. *Zero.* Das ist dir bewusst, oder?«

»Klar. Na ja, vorausgesetzt, dir ist bewusst, dass ich

dir eine halbe Panikattacke schulde. Ich meine, ohne dich wäre ich gerade ziemlich aufgeschmissen gewesen. Und glaub mir, ich möchte dir wirklich nicht zu nahe treten, aber das mit deiner Trennung erklärt auch deinen Blick. Er ist so ... leer.«

Ich kippte den Alkohol in einem Zug. Wahrscheinlich hätte ich es lassen sollen. Der starke Ginfizz in der Bar, die vorherige Champagnerflöte. Doch bei dem Wort zog sich alles in mir zusammen. *Leer.* Ein Begriff mit vier Buchstaben, die alles zusammenfassten, was ich niemals sein wollte. Ich stellte mir das Zuhause mit Leben zu und mein Leben mit noch mehr Leben voll. Ich war Flugbegleiterin und Studentin. Wäre ich eine Stadt, wäre ich hupendes New York und sonniges Miami zugleich. *Leer, leer, leer.* In meinem Kopf wurde das Wort mit jeder Wiederholung lauter. Es überschwemmte mir das Herz mit seinen nüchternen Buchstaben, ein Buchstabe für jede Kammer. Alle dunkel und salzig.

Vergessen, vergessen, vergessen, vergessen, vergessen, ver...

»Als meine Schwester sich von ihrem Ex-Freund getrennt hat, war sie super durch. Manchmal ist sie nachts vorbeigekommen und hat in meiner Küche erzählt, bis sie im Sitzen eingeschlafen ist. So richtig belangloses Zeug eigentlich. Na ja, nach ein paar Wochen haben ihre Nachtbesuche aufgehört. Außerdem hatte sie nicht mehr diesen leeren Blick, der ein bisschen aussah wie deiner.«

»Ist das jetzt Beweismittel A dafür, dass du ein guter Zuhörer bist, oder was?«

»Wir befinden uns zig Meilen über der Erde.« Jonah hob die Schultern. »Keinen Schimmer, wie du das siehst, aber für die nächsten sieben Stunden hast du keinen besseren Gesprächspartner als mich. Außer, du gehst zu der Flugbegleiterin, die dich kannte. Du heißt doch Delilah, oder?«

»Ja. Ich arbeite hier.«

Verwirrt ließ er den Blick durch die Kabine schweifen. Mittlerweile hatte der Service auf beiden Seiten begonnen, die Besatzung verteilte Chips in Minitüten und fragte nach Getränkewünschen. Wenn jemand ein Wasser bestellte, wurde eine Zitronenscheibe angeboten, bei jedem alkoholischen Getränk ein normales dazu. Wäre ich an ihren Stellen, würde ich auf Autopilot funktionieren. In der Rolle als Flugbegleiterin musste ich nie nachdenken. Ich wischte Spiegel in Toilettenkabinen ab, bespaßte Kinder mit Ausmalbüchern und sagte »Hallo« und »Danke« und »Bitte« in Sprachen, die ich nicht beherrschte. In Uniform vergaß ich alles unter mir. Passagiere flogen in den Urlaub und ich aus meinem Leben. Wieso konnte das jetzt nicht so sein? Why, why, why?

»Du bist Flugbegleiterin?«

Jonah rückte ans Sitzende, um mich von weiter weg zu betrachten. Als würde so das LondAir-Halstuch um meinen Hals erscheinen. Idiot.

»Dreimal darfst du raten, wie viele Passagiere ich vor panischen Zusammenbrüchen gerettet habe.«

»Ziemlich viele, würde ich mal schätzen.«

Wahrscheinlich hätte er mehr gesagt, wenn die Kollegin uns nicht erreicht hätte. Sie trug das blonde Haar in einem Flechtzopf, überreichte uns Salty Walkers und Drinks. Gleich darauf rollte der Trolley eine Reihe weiter.

Ich öffnete das bestellte Wasser mit einem Zischen, das Gesicht nach vorn gerichtet. Ich wollte nicht beobachten, wie Jonahs Augen sich weiteten. Bevor es zwischen Ryder und mir ernster geworden war, hatte ich den Männern bloß erzählt, ich studiere an der Goldsmiths. Die Klischeekommentare und Klischeeblicke bezüglich meines Jobs vermied ich so seit der Einstellung. Fragen wie »Stimmt es denn, was man sich über Piloten und Stewardessen erzählt?« langweilten mich so sehr wie die Art, in der sie sich dabei über die Lippen leckten.

»Du denkst an ihn, oder?«

»An wen?«, murmelte ich.

»Deinen Ex-Freund.«

Natürlich. Mein Ex-Freund. Ryder.

»Du willst dich also wirklich mit einer wildfremden Person über ihren Ex unterhalten?«

»Klingt echt unvorstellbar, so wie du das sagst. Es gibt doch verrücktere Dinge.«

»Zum Beispiel?«

»Vieles.«

Er fuhr sich mit der Hand über das Gesicht. Breite Innenfläche, rau aussehende Kuppen. Für einen Moment dachte ich, er würde Beispiele aufzählen. Doch da wanderte sein Blick an mir vorbei, hinaus aus dem Fenster und hinein in seine Panik. Schnell begutachtete er den Boden. Einen Atemzug lang linste ich ebenfalls nach draußen, Wolken auf lupenreinem Blau. Ein bisschen so, wie ich mir jenes der Gletscher vorstellte. Rotes, oranges und grünes Licht wurde im Inneren von Eisbergen nämlich verschluckt. Bei dem Gedanken hatte ich Penns Stimme im Ohr. Ich verbannte ihn jedoch, indem ich die Blende zuzog.

Vergessen, vergessen, vergessen.

Ich fischte nach meinem Handy, das ich Jonah mit dem letzten Screenshot hinhielt. Durch das grelle Display leuchtete sein Gesicht auf, die Haut, das winzige Muttermal über den dichten Brauen.

»Äh, und das ist was?«, fragte er.

»Meine Kommilitonin hat Studenten und Studentinnen gefragt, wie sie zu Beziehungen in unserer Generation stehen. Das hat Ryder ihr geantwortet.«

»Deine Kommilitonin? Ich dachte, du bist Flugbegleiterin.«

»Ich bin ein bisschen von allem.«

»Wir sind sehr tiefgründig, wie ich erkennen kann.«

Ich seufzte. »Ich studiere nebenbei Journalismus an der Goldsmiths.«

»Okay, das verstehe ich. Aber das eher weniger.« Er runzelte die Stirn, bevor er die Textstelle vorlas. »*Unsere heutige Welt ist schnelllebig. Sie überhitzt sich, stürzt ab und lädt gleich wieder von Neuem. Ich denke, viele Beziehungen entsprechen demselben Schema. Wir lernen uns kennen, ohne uns kennenzulernen. Ein bisschen an der Oberfläche kratzen, aber nicht zu tief,* ja nicht zu tief, *denn wir möchten unter keinen Umständen im anderen versinken, dafür sind wir dann doch zu egoistisch. Ich glaube nicht, dass wir nur Sex wollen. Ich glaube, wir wollen Gefühle, aber eben schnelle. Tiefe, aber nicht zu tiefe. Gefühle, die überhitzen, abstürzen und sich wieder aufladen können. Wegwerfgefühle eben.*«

Catherine Galloway, im selben Semester wie ich,

war hochbekannt für ihren Blog, auf dem sie Datinggeschichten tagebuchartig festhielt. Wenn man ihr auf dem Campus begegnete, übersah man sie schnell. Sie trug bloß schlichte Kleidung, die motivlosen Jutebeutel fest umklammert. In Seminaren sagte sie nichts, selten machte sie sich überhaupt Notizen. Auf ihrem Blog *Love, Catherine* aber schrieb sie schonungslos über Sex und Orgasmen, übers Sitzengelassenwerden und übers Selbstsitzenlassen. Über Fast-Gefühle und Nicht-Gefühle, über Herzschmerz und Liebesrausch. Sie beschrieb ihre Erkenntnisse zumeist in dieser gleichgültigen Erzählstimme, die angeblich charakteristisch für die werdenden Schriftsteller und Autorinnen unserer Generation war. Anlässlich ihres Blogjubiläums hatte sie einen Beitrag veröffentlicht, in dem sie zwanzig Personen interviewte.

»Das …« Ich zog mein Handy zurück. »Na ja, das muss mein Ex-Freund noch vor unserer Trennung gesagt haben.«

»Nicht sein Ernst.«

Ich zuckte mit den Achseln. Ryders Kommentar war alles, was ich nicht war. Aber er war auch gleichzeitig das, was uns beschrieb.

»Ich hatte nie einen Freund haben wollen«, flüsterte ich.

»Und wieso warst du dann in einer Beziehung?«

In dreißigtausend Fuß saß ich da und schwieg. Mit brennender Zunge und ertrinkendem Herzen. In einer Maschine, wo mich sogar die Sitztaschen an die liebste Version meiner selbst erinnerten. Glücklich und sorglos, ein Mensch in einer dahinschwebenden Röhre, in der die

Zeit im Fingerschnipstakt verflog. Penns Name lag mir auf der Zunge. Beinahe hätte ich es nicht mehr ausgehalten und geschrien, dass ich mich manchmal selbst nicht verstand, und manchmal, wenn ich nichts mehr denken wollte, dachte ich, ich vermisse Penn. Meinen besten, meinen allerallerbesten Freund. Seinetwegen war mein Leben in ein Vorher und Nachher unterteilt. Vorher und Nachher, was für ein pseudodramatischer Schwachsinn. Aber wenn dein bester Freund starb, änderte sich nun mal dein ganzes Leben. Dass du ihn unter einer Dezembersonne bestattet hattest, schwirrte dir IMMER im Kopf. Pausenlos. Manchmal sahst du die Konzertkarten, angeheftet an die Pinnwand, und wolltest ein Foto knipsen. Auf WhatsApp lächelte er dir ja noch zu, so Penn und so echt. Doch natürlich war es nicht echt, und Monate später, im Sommer, Anfang Juli, da stündest du einsam in der ersten Reihe des Bloc-Party-Konzerts und würdest verzweifelt mitsingen. Deine Stimme klänge schief, aber es wäre dir egal, weil du bei *do you wanna come over and kill some time?* endlich verstündest, er würde *nie* wieder spontan vorbeikommen. Genau dann würdest du verstehen, dass du eine beste Freundin mit einem toten besten Freund warst. Und das wiederum eine Kriegserklärung an die Welt war. Du würdest leben, doppelt, dreimal, viermal so viel wie die anderen, weil du nicht nur für dich, sondern auch für ihn existieren würdest.

»Weil ich in Ryder verliebt war.«

Als ich das sagte, konnte ich den Blick nicht heben.

Kapitel 6

Jonah

Polarbärenmaulrot

In meinem Mund schmeckte es nach Ratlosigkeit und Flugzeug. Ich wusste nicht, was ich sagen sollte. Nur dass ich es wollte. Cami wäre stolz auf mich gewesen. Herzlichen Glückwunsch, Bruderherz, hätte sie gelacht. Du hast es geschafft, nicht das Arschloch zu sein, für das dich meine Freundinnen halten. Gus hingegen hätte den Kopf geschüttelt. *Was ist denn mit dir los, Mann?* Ich hörte seine Stimme, gefolgt von dem Lachen, das verklungen wäre, hätte er mich intensiver gemustert. Keine Ahnung, hätte ich erwidert. Es ist einfach komisch, neben dieser Frau zu sitzen.

»Willst du erzählen, wie es mit ihm war?«

Sie ließ den Kopf gegen die Lehne fallen. »Eigentlich nicht.«

»*Eigentlich* hört sich wie *ich will nicht, aber ich muss* an. Findest du nicht?«

»No hate, aber du siehst nicht unbedingt wie eine meiner Freundinnen aus.«

»Autsch. Wie kannst du's wagen, so was zu sagen? Das

tut weh, Delilah.« Ich deutete mir aufs Herz. »Ganz, ganz tief hier drin.«

»Munterst du deine Schüler irgendwann mit denselben möchtegernwitzigen Kommentaren auf?«

»Nee, für die lasse ich mir was Besseres einfallen.«

»Bist du ...« Sie zögerte. »Bist du Lehrer, weil du nicht weißt, was du sonst werden willst? Oder willst du wirklich einer sein?«

Ich fuhr mir übers Gesicht.

»Schwieriges Thema? Sorry, ich wollte nicht –«

»Nein, was? Kein Problem. Es ist eigentlich kein schwieriges Thema.«

»Aber eigentlich doch.«

»Schlägst du mich gerade mit meinen eigenen Waffen?«

»Fühlt es sich so an?«

»Zu zweihundertdrei Prozent. Aber wir sitzen ja in einem Flugzeug. Das verkompliziert sowieso alles.«

»Hattest du schon immer so viel Angst vorm Fliegen?«

»Beifahrersyndrom.«

Daraufhin antwortete sie nicht, doch ich konnte trotzdem nicht aufhören, sie anzusehen.

»Okay.« Langsam richtete ich mich auf. »Wir haben noch ungefähr zwanzig Minuten, bis die Xanax anschlagen.«

Delilah war frisch getrennt und todtraurig. Ich war ein Arschloch, infiziert mit dieser verdrehten Stockholmsache. Scheiße, ich meine, ich blickte ihr immer zu lange auf die Lippen. Jedes. Verdammte. Mal. Dabei wollte ich doch besser sein oder musste oder sollte oder keine beschissene Ahnung.

»Zwanzig Minuten für was?«

»Was sind deine Lieblingsbands? Gehen die alle in die Richtung von Kings of Leon?«

»Hast du meine Frage nicht verstanden?«

»Du meine etwa nicht?«

»Bist du immer so unverschämt?«

»Nah. Nur wenn ich meine Panik überspielen muss.«

Sie schnaubte, während ich in der Sitztasche nach dem Bordmagazin griff.

»Mister Aviophobie will sich also den Reisetipp des Monats durchlesen?«

»Der war unter der Gürtellinie. By the way, ich setze hiernach nie wieder einen Fuß in einen Flieger.«

»Wohnt deine Familie nicht in Boston?«

»Jepp, nur meine Schwester nicht. Aber vielleicht besuchen sie mich ab jetzt immer in London.«

»Werden sie das?«

»Sehr wahrscheinlich nicht.«

»Was suchst du überhaupt im Magazin?«

»Ich versuche herauszufinden, wie das hier an Bord mit dem WLAN funktioniert.«

»Schläfst du nicht gleich ein?«

»Hoffentlich. Aber vorher muss ich dir eine Playlist erstellen.«

Verwirrt starrte sie mich an.

»Wie schon gesagt, dein Blick sagt alles, ohne dass du etwas sagen musst. Und ich bin dir wirklich was schuldig wegen gerade. Lass mich dir eine Playlist zusammenbasteln. Ein Liebeskummer-Mixtape sozusagen.«

»Ein Liebeskummer-Mixtape.« Sie wiederholte die

Worte vorsichtig, im Flüsterton. Als wären sie unsicheres Terrain. Garantiert Einbildung, doch etwas an ihr veränderte sich. Die Art, wie sie saß. Die Weise, in der sie mich betrachtete. Aufrechter und konzentrierter. Als wäre es plötzlich von größter Wichtigkeit, vollkommen gefasst zu wirken. »Machst du Menschen oft Mixtapes?«

»Manchmal.«

»Du bist der einzige Mensch, der seiner Sitznachbarin eine Playlist erstellen will. Mit absoluter Sicherheit.«

»Möglich.«

Ich lachte, sie lachte nicht mit. Drei lange Sekunden sah sich mich an.

»Okay. Ein Liebeskummer-Mixtape. Von dir, einer mir fremden Person, für mich, einer dir völlig fremden Person. Aber sei gewarnt, Jonah. Ich möchte nur traurige Lieder. Richtig tiefe Stimmen und Lyrics.«

»Keine Sorge, das krieg ich hin.« Ich nickte zum Magazin hinüber. »Verrätst du mir, wie man sich ins WLAN einloggt?«

Delilah beugte sich zur Handtasche vor, wo sie nach dem Portemonnaie fischte. Klein, schwarz, fast quadratisch, mit sehr vielen Rissen und einem verrosteten Logo. Es klirrte, während sie im Münzfach wühlte.

»Hier.« Sie hielt mir einen bedruckten Zettel entgegen. »Du verbindest dich mit dem Router und folgst den Anweisungen. Wenn du auf der Seite zum Bezahlen bist, benutzt du den Code. Super easy.«

Innerhalb der nächsten Minuten loggte ich mich also ein. Irgendwann rollte eine Flugbegleiterin den Abfalleimer an uns vorbei. Sie fragte nach »Müll?«, den wir nicht hatten. Ich ließ die Finger über den Bildschirm fliegen, öffnete Spotify und kreierte eine neue Playlist. *Lichtblau.* Einfach so. Der erste Song, den ich hinzufügte, war *Pyro,* und dann wusste ich nicht, wie lange ich mich durch meine Lieblingssongs scrollte. Als ich *Marinade* anklickte, widmete Delilah sich wieder dem iPad. Die schwarzen Kopfhörer in den Ohren, diesmal einen Eisbären vor den Augen. Er lag auf der Schnauze, alles rings um sein Maul blutrot verfärbt. Das Display beschien sie noch blasser. Ich verharrte auf ihrem Kinn, für eine Millisekunde auf ihren Lippen und zuletzt auf dem Schwung ihrer Nase. Weiter nach oben traute ich mich nicht.

So strange.

Was, was, was zum Teufel ist das hier eigentlich? Eine Nebenwirkung von den Xanax?

Trotzdem machte ich mich erneut an die Playlist. Siebzehn Songs, nur den ersten und letzten wählte ich mit Bedacht. Raue Stimmen, nackte Lieder. Genauso, wie sie es gewollt hatte. Die Playlistmission beendet, fühlte ich mich wie während des Boardings. Ich wollte sie nicht streifen, sei es nur am Oberarm. Ich hatte kein Problem mit Berührungen, dennoch war da diese Hemmschwelle, mein Finger auf ihrem Pullover, als wäre das falsch. Aber brachte ja nichts. Flüchtig tippte ich sie an.

»Die Playlist heißt *Lichtblau.*« Ich hielt das iPhone in die Luft, sie pulte einen Stöpsel raus. »Du kannst den Namen bei Spotify eingeben.«

»Danke.«

Zwischen Zeigefinger und Daumen rollte sie die Schnüre ein. Kopfhörerkabel und Finger. Eine winzige

Regung, so hypnotisierend. Ich flüsterte das leiseste »Kein Problem« ever, bevor ich eine weitere Xanax reinschmiss. Erst dann nahm ich den Geruch wahr, der in der Kabine waberte. Verkohlter Käse und starke Gewürze. Hinter uns wurde lautstark irgendetwas zugeschlagen.

»Es gibt Käsetortellini. Die Gourmetspezialität vom amerikanischen Catering. Tagelang erhöhter Cholesterinwert inklusive. Haha. Willst du dir die wirklich entgehen lassen?«

»Echt praktisch, wenn man das Menü kennt. Aber ich glaube, das mit den Tortellini wird nichts. Mir ist jetzt schon schlecht.«

Kurz beäugte sie mich, ihr Blick war ein »Ja dann«.

Räuspernd kramte ich die Beats aus der Sitztasche. Ich würde es noch mal mit Bach probieren. Hoffnung stirbt zuletzt, wenn man nicht im Flieger stirbt. Oder so. Doch bei den Chords von *Pink Rabbits* segelte mein Plan über Bord. Delilah hörte den Song so laut, ich hörte ihn auch. Verzerrt, wie im Rausch, bis zum Refrain, dort stellte ich ihn mir ebenfalls ein. Und so lief auf unseren Handys dasselbe Lied im selben Moment. Als würde das etwas bedeuten. Sie auf dem Ich-möchte-nicht-mehr-denken-Krawallpegel, ich auf der Bitte-lass-mich-einschlafen-und-für-die-nächsten-sieben-Stunden-nicht-mehr-aufwachen-Lautstärke.

Bei meinem letzten Seitenblick flog eine Schnee-Eule gen Horizont. Wie ich auf Delilahs Gesicht verweilte, jagte mir Angst ein. Ihr seid nur zwei wildfremde Menschen in Richtung London, Mann, dachte ich. Nur zwei fremde Menschen, nur zwei fremde Menschen, nur zwei fremde Menschen. Sie hatte bloß meine Lieblingslieder auf den Ohren. Und ich das verdammte Duschgel ihres Ex-Freunds in der Nase.

Ich schloss die Lider, doch sobald sie mir zufielen, erinnerte ich mich an mein zuletzt erstelltes Mixtape. *Please, Please, Please, Let Me Get What I Want,* nach dem Titel des Smiths-Songs. *Für Mabel* hatte ich noch darunter geschrieben. Natürlich für Mabel. Ich presste die Augen so fest zusammen, dass es wehtat.

Überall.

Kapitel 7

Delilah

#Kopfstraßenschilder

Jonah und ich machten einen Deal, von dem er nichts wusste. In Reihe siebenundzwanzig tauschten wir Panikattacke gegen Playlist. Ich half ihm durch den Startflug. Er erstellte mir ein Mixtape gegen den leeren Blick. Siebzehn seiner liebsten Lieder als Gegenmittel für die schweren Gedanken. *Lichtblau.* Überhaupt, was war das für ein spezieller Farbton? Ich nahm das Wort auseinander. Licht und Blau. Gletscher und Filter. Luftbläschen und Arktis. Polarforscher und Penn. Mein Kopf war eine Landschaft voll von Erinnerungen, die wehtaten. Ein bisschen wie das Meer in meinen Träumen. Dicht, dunkel, sehr salzig, alles erdrückend. Es war egal, an welcher Ecke ich abbog. Ich stieß entweder mit Erinnerungen an Ryder oder an Penn zusammen. Beide schmerzten auf verschiedene Arten, dabei waren mir die von Ryder lieber. Bilder von ihm waren stechend wie Flammen, feuerrot und wütend orange, doch vergänglich auf die Art, wie eben alles vergänglich war.

Ich wagte einen Blick nach rechts, wo sich Jonahs Brust

gleichmäßig hob und senkte. Die blonden Strähnen standen ihm wirr vom Kopf ab, die Hoodieärmel hochgekrempelt. Er hatte sehnige Arme und große Handflächen, wie ich bereits festgestellt hatte. Ich fragte mich, wie viele Frauen er mit ihnen schon an sich gezogen hatte.

Ryder sagte in dem Interview mit Catherine-*Love, Catherine,* Sex bedeute uns nicht alles. Viel Küssen, Packen und Gestöhne, aber es ginge auch um den Hauch von Gefühlen. Ich wollte nicht, dass er recht hatte. Ich wollte nicht, dass Erinnerungen an ihn wie Straßenschilder an mir vorbeirauschten. Aber er hatte nun mal recht. Und ich sah blinkende Schilder, an denen ich nie hatte vorbeifahren wollen. Wo zum Teufel ich falsch abgebogen war? Keine Ahnung.

Alles hatte an diesem Januartag begonnen. Nach einem Seminar hatte Ryder mich angesprochen, ich sei ihm auf dem Campus aufgefallen, hatte er gesagt. Lächelnd, völlig frei und sorglos, als versteckten wir uns alle nicht hinter Touchscreens. Genau genommen, fing es klassisch an. Ständig vibrierende Handys, ein eingeworfenes *Ich denk an dich,* das zwischen grellen Emojis wichtig hervorstach. Späte Dates, wandernde Hände, das erste Mal küssten wir uns unter dichtem Zigarettenqualm im Außenbereich des XOXO. Er hatte seinen speziellen Lieblingscocktail getrunken. Süß und trüb zugleich, da war etwas in seinem Kuss gewesen, was perfekt mit meinen Gin-Lippen harmonierte.

Sehr lange küsste ich Ryder vor diesem Club.

Das erste Mal Sex war wie sein Kuss. Irgendetwas klickte. Und mein Körper war ein Ort voller Leere und

Ruhe. Zwei Dinge, aus denen mein Leben nie bestehen würde. Wir machten es auf der Couch, im Stehen an der Wand und dann in seinem Bett. Meine Slipprobe bestand er mühelos. *Anything you can do I can do bleeding* stand auf der Vorderseite, was Ryder mit »Ich mag deine Unterwäsche sehr« kommentierte. Am nächsten Tag landete ich in Johannesburg, und während die Besatzung neben Löwenbabys (unter Drogen gesetzt, aua, aua, aua) posierte, fuhr ich seine halbmondförmigen Abdrücke nach.

Wir betraten das Eis.

Anfangs waren wir nur die Idee einer Idee gewesen. Keine Kontrollnachrichten, Dates mit anderen, das klassische *Friends with Benefits*-System, ohne dass wir die Netflix-and-Chill-Ausrede brauchten. Ich fand heraus, das er David Foster Wallace und Tesco-Tütensuppen vergötterte. Außerdem erzählte er mir haufenweise unnützes Zeug. Sex in Washington sei gesetzlich nur in Missionarsstellung erlaubt, aus dem Wort »Regierung« konnten wir das Anagramm »Genug Irre« bilden.

Der Boden unter ihm knirschte.

Unsere Beziehung war nie ein Herzstück. Ich wollte mich nienienie verlieben. Das war mein Ernst, nur war es trotzdem passiert. So heimlich und leise, ich bemerkte es gar nicht. Nach der Idee wurden wir zu Stichpunkten, zu der Rohfassung eines Essays, noch völlig wirr, mit einer Passage, bestehend aus nervigen Dauerfragen. *Was zum Teufel seid ihr denn jetzt?* Die erste Deadline unserer Beziehung verpassten wir. Nur Vögeln, bloß Treffen. Bis dieser Maiabend kam. Mai, schon wieder, natürlich. Wir gabelten Take-away auf meiner Matratze, die Pflanzen ringsum.

»Du bist so echt, Lilah«, flüsterte er, als wären die anderen Menschen es nicht. »Ich könnte dir für immer zuhören.«

Da knirschte der Boden auch unter mir.

Wir fielen ins Eiswasser, keine Schwimmwesten, kein Rettungsschiff in Sicht, nur Herzen, die kurz aufglühten.

Dann war es auch schon wieder vorbei.

Ruckartig klappte ich die iPad-Hülle zu. *Marinade* von Dope Lemon dröhnte mir in die Ohren, eingestellt auf Dauerschleife. Es war Halbsong und Halbgeschichte. *She* wollte nahe einem Fluss sterben, um von einer Welle davongetragen zu werden, ich hätte es wechseln müssen. Ich verstand nicht mal, wieso es auf der Playlist war. Einmal noch, dachte ich, als ich die Blende öffnete. Unendliches Blau, eine abgeschnittene Wolkendecke, die grauweiße Flugzeugwand. Hastig machte ich ein Foto.

Als du gestorben bist, habe ich mir die Haut bis aufs Knochengerüst runtergeschrubbt, weil ich nichts zwischen meinem Herzen und der Welt haben wollte. #HerzAusStumpfsinn

Wieder setzte ich die Worte zu winzig ins Bild, unter tiefem Luftholen ließ ich sie dann frei. In Lichtgeschwindigkeit flogen sie zwischen Satelliten umher, bis sie sich auf fremden Touchscreens versteckten. Nur ich wusste von dem Satz, mein Geheimnis vor den Tausenden Abonnenten. Bevor ich den Shuffle-Modus einstellte, blieb ich erneut an Jonah hängen. Die Lippen standen leicht offen, die Hände entspannt im Schoß. Er musste im Tiefschlaf sein, aber nichts an ihm wirkte friedlich. Beim genaueren Hinsehen erkannte ich die Ecken und Kanten, die unter seiner Stirn aneinanderstießen. Für einen Moment stellte ich ihn mir als Lehrer vor, der mit abgewetzter Lederjacke und Kafkas gesammelten Werken ein Klassenzimmer betrat.

Ringsum stocherten Passagiere in zähen Tortellini, auf den Bildschirmen LondAirs »exzellentes« Kinopanorama. *Maleficent 2* und die Neuverfilmung von *Jumanji* waren Dauerbrenner. Das nächste Lied begann, ich schloss die Augen. Sanfte Klaviertöne, todtraurige Melodie. Ein instrumentales Stück namens *Moscow Blue.*

*

Ich blinzelte den freien Plätzen entgegen. Zusammenklebende Lider, trockener Hals. Wie lange ich geschlafen hatte? Keinen Schimmer. Ich zog mir die Stöpsel raus und berührte den Monitor. Wir waren ein knappes Stück vor Irland. Ich nippte am Wasser, bevor ich über ausgestreckte Beine hinweg zur Bordküche stolperte. Ich wollte einen Blick in den Toilettenspiegel werfen, anschließend die Besatzung besuchen. Ich kannte niemanden der Economy-Crew, doch das machte nichts. Fremdheit existierte hier nicht, Pass-Stempel und Dauerjetlag verbanden uns auf ewig. Die jetzige würde mich begrüßen, jemand würde mir einen Business-Class-Tee aufgießen, ich würde sie nach dem Aufenthalt fragen. Sie würden erklären, das Wetter sei zu schlecht für Unternehmungen gewesen, außerdem wäre der Layover zu kurz, das wüsste ich ja. Sie würden mir von Netflix-Serien erzählen, sie würden über den besten Take-away-Schalter in Hotelumgebung diskutieren. Und während sie die Preise im Gegensatz zu den Spesen setzen würden, würde ich nickend lächeln, insgeheim aber darüber nachdenken, was zum Teufel in den letzten Stunden passiert war. Ryder, *Pyro*, Penn eingefroren in meinen Gedanken, *Lichtblau*, erstellt nur für mich, von Jonah.

Beim Betreten der Bordküche wünschte ich mir einen Ozean zwischen mir und diesem Februarsamstag. Doch ich musste schlucken, weil der Ozean nicht stimmte. Ich wollte keinen Abstand, ich wollte eine Pause. Stillstand zwischen meinem nackten Herzen und der Welt mit ihren immer zuckenden Händen. Vielleicht ein bisschen Frieden. Aber in der Luft lag nur der Geruch von verbrannter Sahnesoße, Käse, Instantkaffee.

Und plötzlich etwas anderem.

Ich blieb abrupt stehen, als ich Jonah bemerkte. Angelehnt an der Bordküchenfassade, die nur während des Service besetzt war. Zwei Öfen, Kaffeemaschinen, Ablageflächen, auf denen sich nun Wasserflaschen, Apfelsinen und weitere Snacks türmten. Jonah wirkte anders als vor Stunden. Ich musterte die dunklen Talib Doc Martens, verbeult und verbraucht, die Jeans, schwarz und zerrissen, wieder den Hoodie. Gerade umklammerte er das Handy. Zusammengezogene Brauen, die Spur eines Kopfschüttelns. Ich dachte an seine verhangenen Augen und das schiefe Grinsen. Jonah hatte einen nebeligen Blick und eine unzugängliche Ausstrahlung. Bemüht leicht und charmant, aber darunter stimmte etwas nicht. Da waren tatsächlich Kanten und Schatten, wenn er nicht unverschämt selbstischer dahinwitzelte, als müsse er seine Panik überspielen. So wie jetzt. Die Fingerknöchel standen weiß hervor, wobei ihm der Kiefer mahlte. Mit der

Lederjacke hätte ich ihn auf Mister Jonah Flugangst Finster getauft.

Jonah nahm mich bloß wahr, weil jemand in den anliegenden Toiletten die Spülung betätigte. Scharf durchschnitt das Geräusch die schlafende Stille. Ich zuckte zusammen, er zuckte zusammen. Im selben Moment kreuzten sich unsere Blicke.

»Delilah.« Das schiefe Lächeln erschien in Rekordgeschwindigkeit. »Oder sollte ich lieber Sleeping Beauty sagen? Ein Baby hat die komplette Kabine zusammengeschrien. Aber davon scheinst du ja null-Komma-null mitgekriegt zu haben.«

Er schüttelte amüsiert den Kopf, während ich nach einer Apfelsine griff.

»Du siehst besser aus«, murmelte ich.

»Du meinst, nicht mehr ganz so beschissen?«

Jonah lachte. Der Laut kam tief aus seiner Brust und kroch mir direkt in die Ohren. In der Luft wurde es plötzlich wärmer, obwohl die Kabinentemperatur stets kühl war. Wenn ich aus dem gegenüberliegenden Fenster schauen würde, sähe ich in die Nacht, darunter der Ozean. Dunkel auf Dunkel, keine Spur von Sonne. Trotzdem war mir unter dem Pullover heiß.

»Jepp«, sagte ich. »Du siehst nicht mehr so aus, als würdest du gleich vor Panik abkratzen.«

»Ich war echt nah dran.«

Ich schälte die Frucht über dem Mülleimer und zerteilte sie in zwei Hälften, bevor ich ihm eine anbot.

»Danke, nein.«

»Anti-Vitamine?«

»Anti-Alles.«

Ich verdrehte die Augen.

»Wie findest du die Playlist? Hast du sie schon gehört?«

»Nur ein paar Lieder. Ich bin vorhin sofort eingeschlafen.«

»Einfach so? Ohne Tabletten?«

»Ja. Schätze, das ist so ein Mechanismus in meinem Körper. Auf einem Nachtflug haben wir meistens zwei Stunden Schlafpause. Wenn ich eine halbe davon brauche, um einzuschlafen, wär's suboptimal.«

»Wie lange bist du eigentlich schon Flugbegleiterin?«

»Über drei Jahre.« Ich pulte weiße Fäden von einem Fruchtstück. »Ich mochte das instrumentale Klavierstück übrigens. *Moscow Blue.*«

»Moscow Blue? D-das war auf der Playlist?«

»Hätte es das etwa nicht sein sollen?«

Sein Zögern. Wie er den Mund öffnete und doch wieder schloss. Die Füße, die kaum merklich vor sich hin traten. Alles verriet ihn.

»Was ist?« Ich bemühte mich um einen leichten Ton. »Wolltest du dich etwa nicht als Klassikfan outen?«

»Was? Nein. Ich mag Klassik. Ich bin Musiklehrer, schon vergessen? Ich hab sogar mal selbst ziemlich intensiv Klavier gespielt.«

Leise Worte, tiefe Stimme. Ich wollte nachhaken und herausfinden, wieso er plötzlich so traurig klang. Dabei waren wir nicht mehr als zusammengewürfelte Sitznachbarn. Trotzdem ... trotzdem was? Trotzdem war mir immer noch so warm. Trotzdem drängten sich Fragen in meiner Kopflandschaft dicht an dicht. Trotzdem setzte ich zum Sprechen an. Trotzdem war ich froh, als diese Dame in die Bordküche tapste.

»Pardon, könnte ich da mal hin?«

Zögerlich deutete sie auf meinen Platz, lächelnd stellte ich mich neben Jonah auf. Wir beobachteten schweigend, wie sie nach Wasserflaschen und zwei Tüten Brotchips griff. Na ja, ich beobachtete sie, Jonah beäugte mich. Als ich dachte, seine Blicke würden kribbeln? Da lag ich komplett falsch. Nichts prickelte, alles pochte. Die Passagierin ging mit watschelnden Schritten davon, und ich wandte mich ihm ebenfalls zu.

»Ist was?«, fragte ich.

Ich steckte mir ein Apfelsinenstück in den Mund. Während ich kaute, fuhr er sich über die Wangen, die Ader an seinem Hals stark pulsierend. Fast parallel verlief sie zu dem Knutschfleck.

»D-dein Lächeln. Als du die Frau gerade angegrinst hast, das war echt krass. Dein ganzes Gesicht hat irgendwie aufgeleuchtet.«

»Lass mich raten, das hast du noch nie bei jemandem gesehen?«

»Noch nie, nein.«

»Meine Mum meint, das hätte ich von meinem Dad.«

Jonah sah mich stumm an.

Und genau das war das Problem an Flugzeugen, dachte ich. Stauräume, Sitzplätze und Gänge, alles so platzsparend wie möglich konzipiert, alles zu eng und überwuchert. Beschriftungen von Notausgängen, vollbepackte Sitztaschen, bis zum Umfallen beladene Getränketrolleys. An einem Ende knallte immer eine Wagentür zu, weil sie klemmte. Ein Baby kreischte, Freundinnen unterhielten sich, ungeduldige Passagiere riefen nach Kaffee. Meilen vom Erdboden entfernt, fiel uns Atmen zwischen Fremden schwer. So wie mir jetzt. Jetzt, als es tatsächlich still war. Obwohl nichts eng wirkte, die Gänge frei von Service und Koffern.

Jonah und ich waren Passagiere auf benachbarten Sitzen.

Jonah und ich waren zwei Augenpaare in einer Bordküche, in einer Masse gemeinsam allein, abgeschottet durch den Vorhang. Viel zu nah in unserer Nähe, mit meinem Herzen, das einen halben Schlag schneller schlug, als wäre dieser Moment zwischen uns heimlich, innig und etwas, das man mit Blicken festhalten müsste.

Ich richtete mich auf, doch ich spürte das Pulsieren in den Zehen, Beinen, Leisten, Ellbogen, dem Hals, dem Kopf. Im Herzen. Hastig senkte ich den Blick. Und bemerkte den klebrigen Fruchtsaft, der mir über die Knöchel rann. Im selben Moment hörten wir das Stöhnen. Aus dem Nichts, laut und erregt und sehr dringlich.

»Was, zum Teufel?«

Jonahs Stimme klang so tief, als könnte man in ihr ertrinken.

Ich schwöre, ich wollte das nicht denken.

Kapitel 8

Jonah

Flugzeugfensternachtaussichtsblau

Zwei Passagiere hatten Sex in der Flugzeugtoilette, während Delilah mich vollkommen aus der Bahn warf.

Sie stand mir gegenüber, viel zu dicht, in dieser engen Stoffhose und mit dem Geruch nach Apfelsinen. Der Pullover war zu groß, die Augen zu leer. Trotzdem war da etwas, an ihr, über ihr, versteckt im Gesicht. Wahrscheinlich in ihrem Blick. Wie sie gelächelt hatte, wie alles an ihr aufgeleuchtet war. Ich war high von den Xanax. Ich *musste* high von den Xanax sein.

»*Kannst du ... ja ... fuck ... o mein ...*«, raues Ratschen und halb unterdrücktes Gestöhne. Flugzeugwände waren zu dünn.

»Das kann nicht deren Ernst sein«, murmelte Delilah.

»Safe wollen die erwischt werden.«

Angewidert sah sie mich an.

»Komm schon.« Ich hob die Schultern. »Die wissen doch, wo sie es treiben, und strengen sich nicht mal an, leise zu sein.«

»Da scheint sich aber jemand auszukennen.«

»Ich? Haha, ja, unbedingt. Ich habe offensichtlich nichts Besseres zu tun, als Toilettensex geil zu finden. Dreitausend Fuß über dem Boden, was ich ja immer noch vergessen möchte.«

Sie rollte unbeeindruckt mit den Augen, machte einen Schritt nach vorn und wieder zurück. Stirnrunzelnd beäugte sie sich. Der Hoodie, die Hose, die Absatzstiefel. Als sie den Kopf schüttelte, wollte ich meinen auch schütteln. Delilah war so verdammt traurig und schön. Trotz zerzauster Frisur und unendlich müdem Gesicht.

WTF?

»Scheiße, ich kann so nicht anklopfen. Ohne Uniform nehmen die mich nicht ernst. Ich sollte jemanden von der Besatzung holen. Das Paar muss eine schriftliche Verwarnung bekommen. Das ist Erregung öffentlichen Ärgernisses, in manchen Fällen bedeutet das auch Flugverbot, das …«

Die Stimmen wurde lauter.

»*O. Mein. Gott.*«

Es wurde gestöhnt, ein Schrei, kurz und gedämpft, dann Stille. Bloß das Flugzeugrauschen. Krampfhaft blinzelte Delilah dem Waschraum entgegen, die Hände zu Fäusten geballt. Der Wasserhahn rauschte, ein hastiges Kichern, die Tür wurde leise geöffnet. Zwei Teenager stolperten auf Socken heraus. Geschätzte sechzehn, ein Mädchen in Haremshose und ein Typ mit Brille. Ihre Gesichter waren feuerrot, zwischen den Fingern umklammerten sie Waschbeutel.

»Sind das etwa Alibizahnbürsten?« Delilah legte den Kopf schräg.

»Ist das Trick siebzehn, wenn man so tun will, als hätte man nicht gerade in einer bazillenverseuchten Flugzeugtoilette gevögelt?«

»Ausgezeichnete Vermutung, Jonah. Was meinen denn unsere Experten?«

Sie lächelte die beiden an. Süß, unschuldig, so gut gespielt, die Ironie war nur zu erahnen. Ihre Haut blendete, ihr Blick strömte.

Mir
direkt
ins
verfluchte
Herz.

Vielleicht lag es an dem Licht, wie es sich über ihrem Haar zerstreute. Keine Ahnung. Ich wusste, die Teenager verschwanden beschämt hinter dem Vorhang. Ich wusste, Delilah fasste sich an die Schläfen. Und ich wusste, dass ihr Lächeln fake gewesen war. Aber ich verstand nicht, wieso meine Füße wie festgefroren schienen, als sie in den Gang deutete.

»Ich gebe der Crew mal Bescheid, dass sie die Toilette wegen ausgelaufener Körperflüssigkeiten sperren sollten.«

Sie verschwand, hinterließ aber zwei Dinge. Ihren Geruch und diesen Gedanken zwischen anderen Gedanken. Blauer als Blau, mehr Drohung als Farbe.

Hör auf mit dem Starren. In ihr Gesicht, die Lippen, den Hintern, die Beine. Hör auf, hör auf, hör auf.

Ich nahm sieben Atemzüge, bevor ich halbwegs geordnet zurück in Reihe siebenundzwanzig ging. Gleich darauf wurde es in der Kabine heller. Weit entfernt erkannte ich das E-Reader-Mädchen. Unsere Blicke kreuzten sich, mein Knutschfleck brannte.

*

Die Flugbegleiterin drückte mir eine Box in die Hand, bevor sie den Trolley weiterrollte. In London war es kurz nach eins am Morgen, die meisten Passagiere schliefen, bloß einige Bildschirme leuchteten. Joghurt löffelnd war Delilah in das iPad vertieft. Den Kopf seitlich an die Wand gelehnt, abgekapselt vom Fluggeschehen, so weit wie nur möglich von mir entfernt. Vor einer halben Stunde hatte sie sich wieder hingesetzt. Ein hastiges Nicken, teils höflich und teils gleichgültig, als hätte sie keine Ahnung, dass ihr Lächeln Dinge durcheinanderbrachte.

Ich öffnete die Snackbox. Sandwich, Joghurt, ein Saftpäckchen. Mein Magen überschlug sich. Ich überlegte, ob ich noch eine Pizza im Gefrierfach hatte, da stupste Delilah mich an. Ich nahm mir die Beats von den Ohrmuscheln.

»*There goes the fear.* Wieso ist das Lied in der Playlist?«

»Du hörst sie? Bist du mal nicht in dein Winterwunderland vertieft, haha?«

»Das ist ein Expeditionsbericht über Spitzbergen.«

»Du interessiert dich für die Arktis?«

»Mein bester Freund wollte mal Polarforscher werden. Wieso hast du es in die Playlist gemacht? Es ist so ...«

»... gar nicht herzzerreißendtraurig?«

»Ja.«

»Ich weiß.«

»Lässt du dir immer alles aus der Nase ziehen, Jonah?«

»Eigentlich nicht. Ich steh bloß nicht so darauf, wenn man mich beim Musikhören stört.«

Bevor sie die Lippen aufeinanderpresste, zuckten ihre Mundwinkel. Nur kurz, eine Millisekunde, höchstens zwei. Hätte ich sie nicht so genau gemustert, wäre es mir entgangen. Aber so war das nun mal zwischen uns. Wir waren Wörter wie »nur« und »zu sehr«. Schnell dahingehaspelte und genuschelte Buchstaben. Betont lässig, doch alles verratend. Sie war eine Fremde, die ich eine Spur *zu* intensiv musterte. Ich hatte den Geschmack von Apfelsinen *nur* fast auf der Zunge.

»Es ist der letzte Song in der Playlist. Man setzt keine Lieder ans Ende, die einem den Rest geben. Die müssen mitten ins Herz gehen. Auf eine gute Art. Das ist genauso wie auf Konzerten. Da will man doch auch irgendwie positiv verändert rauskommen. *But don't look back when leaving town today.* Ich finde, das ist ein guter Schlusssatz. Dann noch dieser unendlich lange instrumentale Teil zum Schluss. Ich, ja, ich fand das passend.«

»Du hast die Lieder der Reihenfolge nach angeordnet?«

»Nur das erste und das letzte.«

»Du scheinst dich gut mit Konzerten auszukennen.«

»Besuch halt gern welche. Du etwa nicht?«

»Klar.«

»Was war dein liebstes?«

»Alle von Bloc Party. *This Modern Love* mag ich live total.«

You told me you wanted to eat up my sadness. Well jump on, enjoy, you can gorge away. Ich dachte an den Song, während ich sie musterte. Auf ihre Art, alles fokussierend, nirgendwo lange verweilend.

»Das Lied passt zu dir.«

»Wie meinst du das?«

»So, wie ich es gesagt habe.«

»Wieso heißt die Playlist eigentlich *Lichtblau?*«

»Ich mag Farben.«

»Wow, danke für die so ausführliche Antwort. Dafür verdienst du zehn Punkte mit extra Fleißsternchen.«

Ich lachte. Ringsum schnarchten schlafende Passagiere, wache Passagiere zogen an Plastikstrohhalmen. Ich atmete Mitternachtsfrühstück und Delilahs Augenrollen ein.

»Nach welcher Farbe hättest du die Playlist denn benannt?«, fragte ich.

»Es muss eine Farbe sein?«

»Ja.«

Sie dachte über die Antwort nach. Dann, ganz plötzlich, schob sie die Sonnenblende nach oben.

»Flugzeugfensternachtaussichtsblau. Ich mag das Dunkle und die Lichtpunkte dazwischen. Wenn der Himmel so aussieht, möchte ich nie landen. Passt irgendwie zu Liebeskummer.«

Flugzeugfensternachtaussichtsblau. Stumm rollte ich das Wort auf der Zunge. Für den winzigsten Moment hielt sie meinem Blick stand. Fünf Minuten später wurde die Kabine Kopfschmerz erregend hell. Sofort verstellte sie den Sitz in die aufrechte Position.

»Gibt es Filme, bei denen du weinst?«

»Äh, was?«

»Wir landen«, sagte sie langsam. »Brauchst du keine Ablenkung, um, na ja, du weißt schon, nicht durchzudrehen zum Beispiel?«

Kapitel 9

Delilah

#Herzeisfluten

Jonah behauptete, er habe nur bei einem Film jemals weinen müssen. Er kündigte die Antwort mit gesenktem Ton an, super dramatisch, als würde er mir das größte Geheimnis verraten. Während er die Lippen teilte, rutschte ich an die Sitzkante. Millimeter für Millimeter, damit er es ja nicht bemerkte.

»*500 Days of Summer*«, flüsterte er.

»Der Liebesfilm? Reden wir von derselben Summer und demselben Tom?«

»Und derselben Grußkartenredaktion und demselben Smiths-Song im Aufzug. Das ist übrigens meine Lieblingsszene. Tom mit den Kopfhörern und Summer, die ihn anspricht. Was ist mit dir? Weinst du bei Filmen?«

Hinter Jonah wurde der Abfalleimer nach vorn geschoben. Die Kollegin sammelte Margarine beschmierte Frühstücksboxen ein, ihr Lächeln war schief und blass, ganz anders als das, mit dem sie einsteigende Passagiere begrüßt hatte. Wäre ich an ihrer Stelle, würden mir die Füße in den Uniformschuhen schmerzen. Ich würde mich ausgelaugt fühlen, erschöpft vom Nachtflug und Jetlag, dreckig von den Kaffeeflecken und dem Geruch von Sahnesoße. Jetzt aber war es anders. Ich war eine Mischung aus hellwach und todmüde zugleich, gute fünf Stunden Schlaf in den Gliedern, Ryders letzte Worte in den Gedanken. Die, die ich ja vergessen, vergessen, vergessen hatte.

»Bei fast allen«, antwortete ich leise. »Was ist deine liebste Downtown-Bar?«

»Wir machen also mit der Fragerunde weiter?«

Trotz hochgezogener Brauen zählte er drei Lieblingspubs auf. *The Four Quarters* in Peckham, das *Picadally Institute, Bar Kick* in Shoreditch. Meine plötzliche Frage warf ihn kein bisschen aus der Bahn. Er erklärte mir ausgiebig, wieso er welches Lokal mochte, während seine Finger rhythmisch auf die Jeans klopften. Ich legte den Kopf schräg. Vor dem Klavier wirkte er bestimmt wie eine Art manischer Musiker, aufgelöst zwischen einzelnen Klängen, die Lederjackenschultern gebeugt. So wie er lachte, unverkennbar und schief, aber perfekt in seiner eigenen Art.

Fast hätte ich ihm erzählt, dass ich am *Bar Kick* vorbeilief, wenn ich einen Umweg zu meinem Lieblingscafé machte. Doch da blinkte das Anschnallzeichen auf. Er schluckte, ich erinnerte mich an den unausgesprochenen Deal. Playlist gegen Panikattacke. Also bombardierte ich Jonah weiter mit Fragen. Belanglose und leichte Mittagspausenfragen, die mir falsch schienen, wenn ich den Nachthimmel neben mir wahrnahm. Es war zwei Uhr morgens und ich ja auf der ständigen Suche nach den versteckten Eisbergen in Menschen. Nach dem Kalten zwischen Gedanken, nach allem Schmelzenden darunter. Auf den Polarkappen schmolz ewiges Eis sechsmal so hastig wie in den Achtzigern. Menschen erwärmten die Welt lebensgefährlich schnell, manchmal erwärmten Menschen sich auch gegenseitig. Es brauchte nur die richtige Frage, damit das Eis knackte. Blicke veränderten sich, Atemzüge wurden freier und Worte wahrer. Das waren die Momente, für die ich während Interviews lebte. Ich mochte das Echte, das Einbrechen, das Gedankenlösen. Aber an Jonah fiel nichts. An ihm war alles leicht, so wie Gewitterwolken leicht waren. Schwebend, doch elektrisch.

Irgendwann wurden unsere Boxen ebenfalls abgeräumt. Er klemmte den Tisch zurück, ich erfragte sein Sternzeichen. Löwe. Stolz, selbstbewusst und direkt. Planet Sonne, Element Feuer. Ich hakte nicht nach, ob er sich mit dem Horoskop identifizierte oder bei welcher *500-Days-of-Summer*-Szene er weinte. Stattdessen antwortete er mir, dass er lieber mit blauem statt schwarzem Kugelschreiber schrieb.

»Du solltest ein Buch schreiben. *Fünfhundertvierundsiebzig Fragen für jeden Anlass – von Lieblingsschokolade bis zur Schuhgröße, so finden Sie wirklich alles heraus.* Das wäre ein passender Titel.«

»Hmm, ich weiß nicht, vielleicht nenne ich es auch *Wie man seinen Flugsitznachbarn davor bewahrt, aus dem Fenster zu springen.*«

Wir lachten. Mittlerweile war die Kabine gedimmt worden, Lichtpunkte neben mir wurden größer, kantiger und weniger schön. Weiter durchlöcherte ich ihn mit Fragen, unnütz, unnötig, zusammenhanglos, doch Jonah wich nicht aus. Zitternd blieb er sitzen, redete, mit dieser Stimme, die nach tausend Kippen und zu wenig Schlaf klang. Wir unterhielten uns, doch ich linste ständig aus dem Fenster, nie hinüber in seine Miene, voller Züge zum Zerdenken. Blonde Bartstoppeln, markante Brauen. Als der Flieger auf die Landebahn krachte, klatschten einsame Hände.

»Meine Damen und Herren, ich heiße Sie herzlich in London Heathrow willkommen.«

Hastig griff Jonah nach seiner Wasserflasche, die er in einem Schluck exte. Obwohl wir noch rollten, wurden Gurte klickend geöffnet. Der Geschmack von Ungeduld verdrängte den Geruch von Tortelliniresten.

»Danke.« Er blinzelte. »Für alles. Noch mal. Wirklich.«

»Keine große Sache. Ich meine, eigentlich sollte ich mich bei dir bedanken. Du hast mir ein Mixtape erstellt. Das habe ich für immer. Irgendwie zumindest.«

Es war wie in der Bordküche, Jonahs gesamte Existenz verriet ihn. Er konnte Ecken und Kanten und Schatten verstecken, an diesem Gedanken jedoch scheiterte er.

Dein Mixtape habe ich für immer.

Hier passierte es, hier, als ich es am wenigsten erwartet hatte. Ein Beginn im Abschied, ein Anfang im Ende. Das war Klischee, nichts Neues, in meinem Donnerstagsseminar hätte Catherine Galloway gesagt: »Langweilig, das kann man doch besser.« Doch auf mich bezogen, war es gelogen. Ich war nicht besser, ich war schlechter. An mir erstickte man sich, selbst wenn sie es waren, die mir ihre Geschlechtsteile in den Rachen rammten. Hätte man in mich hineingeleuchtet, tief, tief in mich hineingelauscht, würde man sie hören. Möwen, die kreischend über das ewige Eis kreisten. Sie suchten Meer und Unendlichkeit, die sie nie fanden. Als wüssten sie nicht, dass ich alles in Rekordgeschwindigkeit verschlang. Informationen, Bilder, Berührungen, Küsse.

Menschen.

Angedockt am Gate, sprang die Menge raketenruckartig von den Plätzen. Von überall erklang Gemurmel und Gepolter, langsam regte sich alles. Tief durchatmend, richtete ich mich auf. Jonah und ich, wir waren Sitznachbarn, flüchtige Bekannte, keine Menschen, die sich Playlisten für Ewigkeiten erstellten. Ich hätte Nein sagen sollen, aber ich hatte Ja gesagt, und ich wollte nichts bereuen. Dennoch war dieses Etwas zwischen uns unbestreitbar. Knisternd, doch unsichtbar. Und unangebracht. Ryder, der Knutschfleck. Die Frau am Flughafen, eisige Penn-Landschaften. Trotzdem schob ich jedes Bedenken beiseite und scannte ihn so ab, wie ich es vor Ryder getan hätte. Wildes Haar, Wolkenaugen, genau richtig breite Schultern, wie er sich bewegte, so lässig und bestimmt.

Wir hätten Sex gehabt.

WG-Zimmer-Sex, heiß, schmutzig, stürmisch wie sein Blick, ich auf ihm, viel Stöhnen, zu laut, seine Lederjacke irgendwo auf dem Boden, mein Slip auf kaltem Laminat, mit seiner Hand zwischen meinen Beinen und dem Mund auf meinen Brüsten.

»Fuck, fuck, fuck«, hätte er gesagt.

»Mehr, mehr, mehr, mehr«, hätte ich gemeint.

»Ja, ja, ja«, hätten wir synchron geschrien.

Danach hätten wir uns nie wiedergesehen.

Denn im Morgen hätte ich mich rausgeschlichen,

hinein in den Tag und zu Fuß in die eigene WG, bis mich die Eiswellen in meinem Herzen überschwemmt hätten.

»*But don't look back when leaving town today*«, sagte Jonah plötzlich.

»W-was?«

Er blieb mir eine Antwort schuldig. Für immer. Denn er zuckte bloß die Achseln, anschließend löste er den Sicherheitsgurt und erhob sich.

»Hast du hier irgendwo auch Gepäck?«

Aus der Nähe bemerkte ich, dass sein Reißverschluss rostete. Ich dachte an die Frau mit dem Mantel. Wie sie sich in genau diesen Jackenstoff gekrallt hatte, als könnte man das fantastisch. Als wären abgewetzte Lederjacken die sichersten Rettungsanker zwischen Flughafenwellen. Vielleicht war der Knutschfleck von ihr.

Ich schüttelte den Kopf.

»Okay, na ja, dann ...«

Es existierte keine richtige Verabschiedung zwischen Sitznachbarn mit einem Deal. Also erlöste ich ihn. Ich schenkte ihm ein Winken, kombiniert mit einem Lächeln. Nur ein halbes, das war wichtig, weil Jonah mir so ebenfalls ein wortloses »Mach's gut« gab. Der dunkle Rucksack, die blonde Chaosfrisur. Ich sah ihm nach, obwohl ich nicht wollte.

Er drehte sich nicht um.

Erst nachdem er aus meinem Blickfeld verschwunden war, zückte ich das Handy. Ich holte tief Luft und knipste das Sitzpolster ab, anschließend erinnerte ich mich an Ryders Worte, die ich leider nicht vergessen, vergessen, vergessen konnte.

Wer »verzwickte Arktiseiswelt« sagt, muss sich unter eine eiswürfelkalte Dusche stellen und die Luft anhalten, bis er nichts mehr spürt. Vorher ist es verboten, die Worte unter all meinen Schichten auszugraben. #Selkieblut #HeKnows

Kapitel 10

Delilah

#Supermarktpflanzen

Ich passierte den Duty Free, es roch nach *Memoire* von Gucci und Armanis *Sì*. Jedem in Uniform schenkte ich ein Lächeln, das nur verwirrt erwidert wurde. Ich war eine unsichtbare Komplizin. Mit den klackernden Boots vergaß ich das. Ich lief im Schneckentempo, um eine weitere Begegnung mit Jonah zu vermeiden. Heathrow war kein Ort, an dem man sich zum zweiten Mal verabschiedete. Hinterher würde ich unser wortloses »Mach's gut« zunichtemachen, indem ich erklärte, ich wohne keine halbe Meile vom *Bar Kick*. Hätte ich mich auf den Sockenstiefeln an das Gepäckband schleichen können, hätte ich es getan. Dabei war es gar nicht nötig. Nur wenige Passagiere warteten, die Koffer aus Boston mussten schon lange vor sich hin kreisen. Mein Gepäck erkannte ich sofort. Rhonda vom Schalter hatte es mit einem neonorangen Business-Etikett umbunden, damit es als Erstes ausgeladen wurde. Als Kollegin tat man, was man konnte.

Während ich es in Richtung Ausgang rollte, hielt ich das Gesicht gesenkt. In Ankunftshallen wurden erschöpfte

Menschen mit Blumensträußen und aufgeregten Gesichtern herbeigesehnt. Ich war nie eine davon, aber es machte mir nichts aus. Ich war *geben statt nehmen.* Eine Wasserflaschenverteilerin, die nie ein »Danke« bekam. Ich bestand selbst dann aus makellosem Lächeln, wenn ein Gast mir »Hey, Sweetie« hinterherrief.

Unmittelbar vor den Schiebetüren betrachtete ich die Koffermaserung und dachte an Ryder. Zwischen Interviewnotizen fand ich immer eine Stelle, an der ich wünschte, ich hätte tiefer gebohrt. Wenn ich unsere letzte Unterhaltung nun rekonstruierte, ich mit dem Koffer, er barfuß in Boxershorts, fragte ich mich, ob das nicht auch so eine Notiz war. Im Arrival-Bereich quetschten sich fremde Gespräche in fremden Sprachen in meinen Kopf. Bei dem Gedanken an die Tube-Fahrt musste ich ein Seufzen unterdrücken. Vielleicht würde ich den neuesten Roman von Farrah Decker auf dem iPad beginnen. Ich war Teil von *London. Culture.*, dem kulturjournalistischen Blog meines Fachbereichs, wo ich seit vier Semestern die Rezensionen zu Alumni-Romanen schrieb. Es war meine Lieblingsbeschäftigung als Journalismusstudentin. Die Interviews mit den Autorinnen, der Austausch mit den Schriftstellern. Auf dem Blog besaß ich sogar eine Seite, ich in Schwarz-Weiß, mein Name fett gedruckt.

Als hätte ich wirklich etwas zu sagen.

Ich hielt die Kopfhörerschnüre gerade zwischen den Fingern, als ich ihn bemerkte. Wartend stand Jonah vor der Zeitschriftenhandlung. Er winkte. Lächelnd, als wäre nichts dabei. Das Ende von unserem »Mach's gut«, der Anfang von einem neuen. Du kommst ein Jahr zu spät,

Jonah, dachte ich. Wir können nicht vögeln. Im selben Moment wurde mein Name gerufen.

»Lilah!«

Ich wandte den Blick nach links. Und tatsächlich, ich hatte mich nicht getäuscht. Es war June, die mir gemeinsam mit Livy zuwinkte. Als wäre die Ankunftshalle der Parkplatz hinterm Schulhof, ich die Viertklässlerin, die von der Klassenfahrt nach Hause kehrte. Hastig warf ich Jonah einen Blick zu, stumm und entschuldigend. Mit einem Kloß im Hals ging ich auf meine Freundinnen zu.

In meiner Cloud existierten zig Bilder von uns, gemeinsam in Uniform posierend. Vielleicht war es deshalb komisch, sie hier ohne Halstuch anzutreffen. Selbst wenn Livy letzten Sommer gekündigt hatte. June steckte nun in einem hochgeschlossenen Trenchcoat, in der linken Hand eine Korbmarante mit löchrigen Blättern, in der rechten ein mit Edding beschriftetes Plakat. Es war nach drei Uhr morgens, Leute warteten mit rot geränderten Augen. Junes schwarzer Eyeliner jedoch saß millimeterperfekt. Livy hingegen trug nicht den Hauch von Make-up, einfache Jeans und einen Rollkragenpullover unter der Jacke. Ihre Augen wirkten klein und müde, aber auch sie hielt mir eine verkümmerte Zimmerpflanze entgegen. Eine Geigenfeige in Miniaturgröße mit zu vielen braunen Stellen.

»Willkommen zu Hause!«

June hob das Plakat an, während ich die Worte überflog. *Welcome Home, Gemini-Lilah* in geschwungenen Schreibschriftbuchstaben. Verspielt, verschnörkelt, bedacht. Definitiv ihre Schrift.

»Äh, was zum Teufel macht ihr hier?«

»Wir holen dich ab.« Livy zog einen Autoschlüssel hervor.

»Und wir bringen Pflanzen!« June nickte auf die zerkratzten Töpfe. »Wenn wir uns schon in die Ankunftshalle wagen, dann doch nicht mit leeren Händen. Letzte Woche hast du gesagt, du würdest am liebsten alle Supermarktpflanzen aufkaufen. Was war noch mal dein Argument? Sie sähen immer so traurig aus? Jetzt kannst du zumindest die zwei retten.«

»Ich habe auch schon Ideen für Namen.«

»Livy-Liebling, du willst eine auf *Ryder das Journalistenarschloch* taufen. Ich meine, hallo? Wir können die Städtenamen-Tradition nicht brechen. Nicht wegen einem Typen, Mann. Das ist es lowkey nicht wert.«

»Mir schon. Und zwar *overkey.*«

Eine Sekunde lang war ich sprachlos. Ich war nur vier Tage von zu Hause weg gewesen, keine Seltenheit im Leben als Flugbegleiterin. Weder Livy noch June nannten mich Gemini-Lilah, weil bloß ich diejenige mit der Schwäche für Astrologie war. Livy-Libra und Cancer-Queen, die von mir ausgedachten Spitznamen meiner Freundinnen. Die, die nachts nach Heathrow gefahren waren. Eine völlig unnötige und schlafraubende Aktion. Trotzdem konnte ich nicht anders, als ein »Danke« zu flüstern. Bevor ich sie in eine Umarmung zog, ließ ich den Blick durch die Gegend schweifen. Dort, wo Jonah gestanden hatte, stand niemand mehr.

Mach's wirklich gut, Mister Finster Flugangst.

Kapitel 11

Jonah

Lichtblau

Ich dachte an Delilah, während ich den Schlüssel hervorkramte. Das überraschte Gesicht in der Ankunftshalle. Der verwirrte Blick, die gerunzelte Stirn. Dass die rotblonde Frau nach ihr gerufen hatte, hatte mich vor mir selbst gerettet. Als hätte ich unter einer Donnerschlagdusche gestanden, aufgedrehte Lautsprecher zwischen jeder Fliesenreihe. *Supersonic* von Oasis auf Maximallautstärke. *You need to be yourself. You can't be nobody else.* Natürlich machte es mich zum größten Vollidioten, die Bordkarte mit meiner Handynummer weggeworfen zu haben. Aber sie Delilah wirklich zu geben, wäre noch wahnsinniger gewesen. Ich hatte mir vor dem Gepäckband sogar Worte zurechtgelegt. Unglaublich, ey.

»Du bist seit nicht mal vierundzwanzig Stunden getrennt. Meine Handynummer ist das Letzte, was du gebrauchen kannst. Das weiß ich. Ich habe auch wirklich versucht, einfach weiterzugehen. Als du gemeint hast, du hast die Playlist für immer, hätte ich dir fast gesagt, ich finde diesen Gedanken absurderweise schön. Und als ich auf dem Handy die Abfahrtszeit meiner Tube Line gesehen habe, da, keine Ahnung, da habe ich mir einfach gedacht, ich würde es bereuen, dir die Nummer nicht zumindest angeboten zu haben.«

Was für ein Bullshit. Wozu sollte Delilah sich schon bei mir melden? Außerdem hatte ich ein fucking Tattoo in der Armbeuge, das mich daran erinnerte, gebrochene Herzen jeglicher Art von mir fernzuhalten. Beides Tatsachen, die sich, zurück auf dem Erdboden, nicht mit Panik und Fluggeugrauschen übertönen ließen.

Ja, ich hatte ihr ein Mixtape erstellt.

Ja, ich hätte ihr für immer Fragen beantworten können.

Ja, ich fand sie schön und heiß und irgendwie besonders.

Verquirlte Scheiße, ich hatte ihr sogar aus Versehen *Moscow Blue* drauf gemacht. Aber am Ende war sie nur das, was sie von vornherein gewesen war. Eine Sitznachbarin, eine flüchtige Begegnung, ein Mensch, von dem ich mich nonchalant am Ende verabschiedet hatte.

Als ich mein Treppenhaus betrat, verinnerlichte ich das. Na ja, so semi zumindest. Hier roch es nach Kondomen und Pisse. Lecker. Gemeinsam mit Gus wohnte ich auf fünfundfünfzig Quadratmetern in Camden. Über uns teilten sich drei Dragqueens die Etage, an manchen Tagen hörte ich, wie sie mit den Mörderschuhen rumstöckelten. Aber mich störte das nicht. Stewart aka *Divine Tension* backte, um sich zu entspannen. Manchmal brachte er Cupcakes vorbei.

Ich stapfte ins dritte Stockwerk, schloss auf und die Klinke lautlos hinter mir zu. Als wäre das nötig gewesen.

Als hätte ich die Stimmen aus der Küche nicht sofort wahrgenommen.

»Endlich!« Gus lächelte mir vom Tisch aus zu. »Mann, wir schlafen schon fast ein.«

Alle waren da. Er, Fitz, At. Alkohol zwischen den Fingern, das Fenster auf Kipp, ein Beatles-Song, ungewohnt leise.

»Also …« Ich kratzte mich am Kopf. »Entweder bin ich high, oder jemand hat Geburtstag.«

»Wegen dir sind wir Hugh Mallon von Crown Management los.« At nippte an seinem Bier. »Selbst wenn es deine Überraschungsparty wäre, wärst du nicht eingeladen.«

»Du bist nachtragender als meine Schwester, Alter«, sagte Gus.

»Es war immer noch Hugh fucking Mallon!«

»Also bin ich wohl high«, murmelte ich, tappte auf den Kühlschrank zu und griff nach der Billigwodkaflasche.

Vier große Schlucke trinkend, ließ ich mich am Tischende nieder. Alle fühlten sich blau an. So wie immer. Meine besten Freunde hassten mich, doch sie waren hier. Um vier Uhr morgens. Aus welchem Grund auch immer. Vielleicht war das was.

»Du siehst so kacke aus, als wärst du siebenmal von einem Lkw überfahren worden. Während Cami dir ihre Lieblingssongs vorgesungen hat.«

»Ich hatte in den letzten zwölf Stunden zwei Fast-Panikattacken, At. Meine Mum hat mir gesagt, ich schmeiße mein Leben weg. Aber danke für die Blumen, Kumpel.«

»Ich bin mir noch unsicher, ob wir wieder Kumpels sein können. Scheiße, Jonah! Das wäre unsere Chance gewesen. Ich kann nicht glauben, dass du das versaut hast. Du bist unser Sänger, verdammt noch mal!«

Genau genommen *war* ich ihr Sänger *gewesen*. At hatte mich vor zwei Wochen aus der Band geschmissen. Mal ganz davon abgesehen, dass ich Sodalite Blue mit Gus gegründet hatte.

Crown Management waren durch die YouTube-Videos auf uns aufmerksam geworden. Sie stellten einen großen Hai in dem Haifischbecken der britischen Musikszene dar, mit Sitz in Liverpool und Bands wie Mondays Best in den Karteikarten. Vielleicht hätten sie uns berühmt gemacht, hätte ich den Termin mit Mallon nicht verpeilt. Ich hatte nicht mal eine gute Ausrede. Zwischen Online-Gitarrenunterrichtsstunden, Bandproben und dem Klaviergeklimper in Downtown vergaß ich mich manchmal selbst. Ich war auf dem Weg zu unserem Proberaum gewesen, da hatten Gus' Nachrichten mich erreicht. Zig WO ZUM TEUFEL BIST DU? *»Ich kann mit unzuverlässigen Musikern einfach nicht arbeiten, Jungs«*, hatte At mir später entgegengeschrien, als wären die Worte des Starmanagers nun seine. Oh, und natürlich, nicht zu vergessen, der »incident«, den wir verschwiegen. Selbst Gus. Als wüsste niemand, wo, wann, wie und warum überhaupt anfangen. Das Allerschlimmste war, ich hätte mich selbst auch rausgeschmissen. Das noch schlimmere Übel? Ich bezweifelte, dass Mallon uns überhaupt unter Vertrag genommen hätte. Selbst wenn der »incident« nicht geschehen, ich aufgekreuzt wäre und mich wie ein perfekter Bandsänger verhalten hätte. Interessant und unnahbar zugleich, passend zur nächsten Headline: »Indie-Band Sodalite Blue, die Rockstars ihrer Generation.« Vor unserem Treffen hatte Mallon zwei neue Songs haben wollen, und die waren ... na ja, nicht besonders gut gewesen. Ich hatte eine Blockade, keine Überraschung, trotzdem schrieb ich Lyrics wie am Fließband, die ich permanent wieder durchstrich. Ratsch, ratsch, ratsch. Ich bog Worte, Sätze, Akkorde, Repetitionen und Bridges. Alles für nichts, weil jedes Lied schon komponiert wurde. Alte Texte auf neuen Platten, dabei wollte ich doch schlichtweg mehr. Gut, special, besser sein, der Standard-Generation-Y-Komplexscheiß halt.

»Okay, das funktioniert so nicht. Ich übernehme das jetzt.« Gus deutete auf mich. »Du kommst in die Musikhölle, LJ. Nur verzerrter Sound aus schlechten Handylautsprechern, kein Oasis und schon gar nichts von den Beatles. Und du hast auch nichts anderes verdient. Wir hatten ein Meeting mit Hugh Mallon, das du einfach verpeilt hast. Du schläfst zu wenig, und du arbeitest zu viel. Meiner Meinung nach ist es sogar ein Unding, dass du Indra McCoy gesagt hast, du bist gerade nicht in der Stimmung für was Lockeres. Ich meine, Indra McCoy! Aber das ist eine andere Sache. Deine Bestrafung liegt darin, auf ewig vierhundertdreiundzwanzig Prozent für Sodalite Blue zu geben. Und wehe, es ist auch nur ein Fünkchen weniger.« Er wandte sich an At. »Und du akzeptierst das. Jonah *ist* Sodalite Blue. Er schmeißt sogar die Aushilfsstelle in diesem Neuenglandeliteinternat. Was willst du mehr?«

»Gus hat recht.« Fitz schob die Brille auf der Nase zurecht. »Jonah *ist* Sodalite Blue.«

Zwei Momente lang herrschte Stille. Dann entfuhr At ein Seufzen.

»Gut, dass wir das geklärt haben. Dann hat sich das Warten mit dem Herumgenörgel von At ja ausgezahlt.« Gus massierte sich die Schläfen. »Du siehst übrigens echt nicht gut aus, LJ.«

»War ein harter Flug.«

»Aber es wird ein guter Morgen.«

Mit einem Grinsen ging er auf die Küchenschränke zu. Fünf Minuten später schenkte er Wodka in Pins und rief »Auf die Wiedervereinigung von Sodalite Blue!«. At rollte mit den Augen, ich machte mit. Nach der ersten Runde folgte eine weitere. Irgendwann bestellte ich zwei Flaschen besseren Wodka. Als ich die Spotify-App beiseite wischte, dachte ich an *Lichtblau*. Um kurz nach sechs fühlte sich in meinem Hirn alles richtig und falsch rum zugleich an. Das Letzte, an das ich mich erinnern kann, ist Gus, der sich Zucker in eine Tasse Wodka schüttete. Dabei stand er dicht unter dem einzigen Bild, das in unserer Wohnung hing. Cami, er und ich als Teenager in einem schweren Holzteil. Ein großer Rahmen für ein kleines Foto. Mehr Partout als Gesichter, ich mittig, die beiden um mich herum, im Hintergrund der Garten seiner Eltern. Nur einer von uns sah nicht in die Kamera. Ich erinnerte mich an Baby-Boy-Gus, die Hand an der Hauswand, wie er gesagt hatte: »Das hat meine Mum gebaut.« Damals war sie schon zwei Jahre tot gewesen.

Dann wurde alles Blau. Gus' Wasserblau vermischt mit dem Enzianblau von Fitz und dem Kornblumenblau von At.

Vier Stunden später würde ich in der Küche aufwachen, die Absolut-Flaschen beäugen und mich fragen, wie zum

Teufel ich den Mietanteil bezahlen würde. Unter der Dusche würde ich mich mit dröhnendem Kopf einseifen, bevor ich auf der tätowierten Achterbahnkurve verharren würde. Kein Waggon, nur das Schienengerüst in schwarzer Tinte.

»Wieso wir hier sind? Na, weil wir jung, frei und vielleicht ein bisschen zu betrunken sind. Das erste Wort, das dir einfällt, Jonah. Das war unser Deal.«

Ja. Unser Deal.

Kapitel 12

Delilah

#FreelyLoudlyLilah

Fünfundzwanzig Stunden nach der Trennung lag ich in Mums Badewanne, während sie vor dem geöffneten Fenster rauchte. Heimlich. Ihr zehn Jahre jüngerer Freund Colby war gegen alles, was Krebs verursachte. Zigaretten, Zucker, negativ denkende Menschen. Außerdem war er auch internationaler Bestsellerautor von *Liebend vergeben – Durch Achtsamkeit das eigene Leben öffnen.*

»Wenn du mich fragst, kannst du froh sein, dass du Ryder los bist.«

Ich schwamm in einer Schaumwanne, Lavendelblüten und Zitronenscheiben. Mums Idee. Eigentlich hatte ich sie nicht gefragt. Nicht nach Ryder, nicht nach Gesellschaft beim Baden. Trotzdem befanden wir uns gemeinsam in diesem Luxusbadezimmer voller Tabaknebel.

»Ich dachte, du mochtest ihn.«

»Er war ein guter Kerl. Aber nichts für dich.« Mum drückte die Zigarette in einem Wasserglas aus. Wir hatten dasselbe Haar, sie aber trug es taillenlang. Meerschwarz, dicht, stets glänzend, als wäre es feucht. »Ich habe sowieso nicht verstanden, wieso du einen Freund hattest. Du wolltest doch immer allein sein. Frei und unabhängig. Du weißt schon.«

Anders als ich.

Das sagte sie nicht, doch die Worte versteckten sich in ihrem Gesicht.

»Bist du sehr traurig, Liebling?«

»Ich glaube nicht.«

»Gut.«

Zwei Momente lang blinzelten wir der Decke entgegen, längliche Kerzenschatten auf makellosem Weiß. Ihre drei Hochzeitskleider hatte sie im selben Ton ausgewählt. Kurz darauf ließ sie mich allein. Endlich. Als die Tür ins Schloss fiel, fragte ich mich trotzdem, ob identische Erinnerungen an uns vorbeigehuscht waren. Koffer über Kartons, Ex-Freund über Freund, die eine große Liebe über die nächste. Für mich war Mum Mummy-Pisces, und wenn ich an Mummy-Pisces dachte, dachte ich an verschmierte Wimperntusche, den Geruch von Popcorn und das Theme von Harry. In Troststimmung hatte sie nämlich eine Schwäche für Hogwarts. Am liebsten mochte sie den dritten Band, als könnte sie mit *Expecto Patronum* gebrochene Herzen davonjagen, wenn sie synchron zu Harry murmelte. In ihrem Leben gab es kein »okay«. Fabulös, schrecklich, blendend, katastrophal, alles außer Mittelmaß. »Du musst ein Schwamm sein«, hatte sie immer gesagt. »Dann kannst du alles aufsaugen, ohne überzulaufen. Alle Gefühle. Alle Menschen. Jedes bisschen Welt.«

Ein Schwamm. Etwas, das sich vollsog, etwas, das Menschen auswrangen, bis es wieder winzig war. Ich wollte die Welt, aber ich würde mich nie klein machen lassen.

Mit der rechten Hand malte ich Muster in den Schaum. Unter meinen Fingerkuppen löste er sich auf. Je mehr man etwas berührte, desto schneller verschwand es. Vielleicht war Mum mehr Schaum als Schwamm. Nichts, das aufsaugte oder sich aufsaugen ließ, bloß eine knisternde Fläche zum Zeichnen, bis nichts mehr da war. Hätte sie mir das Wasser nicht eingelassen, hätte ich eiskalt gebadet. Wie immer. Ich tauchte mit dem Gesicht unter, hielt die Luft so lange an, wie ich konnte. Anschließend spülte ich mir das Shampoo aus und linste zum beschlagenen Fenster. Es war nach fünf, der Himmel bereits stockdunkel. Der Strahl rieselte mir auf den Kopf, während ich einen Pakt mit mir selbst schloss. Frühlingsbeginn war in vier Wochen, bis dahin würde ich mich nicht mehr leer fühlen. Wenn ich die Pflanzen auf der Westfensterbank täglich gießen würde, wäre nichts mehr in mir still.

*

Später lief ich zu Fuß nach Shoreditch. Zwei Stunden lang, vorbei am Hyde Park und an Covent Garden bis in die Swanfield Street. Genau genommen war es zu kalt, doch ich lief schnell. Auf zwei Beinen passierte ich meine Heimat, in Gedanken ein Meer von Plänen. Mein Herz fühlte sich leer an, also würde ich es wieder ozeanschwer beladen. Ich würde mir neue Alumni-Romane herunterladen, ich würde Rezensionen in Los Angeles abtippen, und ich würde kein Seminar schwänzen. Egal, wie müde ich von einem Nachtflug war. Wir könnten eine Mottoparty schmeißen. Ich könnte June auf ihren Joggingrunden begleiten. Ich könnte auf Etsy nach Illustrationen für den Bilderrahmen im Korridor suchen. Es war ein besonders klobiger, sehr vintage und verbraucht. Ein Überbleibsel des Vormieters, in der Vorratskammer hinterlassen. Unzählige Motive hatten wir schon hineingelegt, nichts schien ihm gerecht zu werden. Vielleicht könnte ich einen Online-Aquarellkurs buchen. Ich könnte auch Livys Freund Nick darum bitten, mir Malen beizubringen. Ich hatte so viele Ideen, meine Gedanken benötigten einen größeren Kopf. Zwei Gehirne, drei, vier, ich wollte ein Universum von Gedanken für mein Universum von Ideen.

Als ich mein Viertel erreichte, war mir ein halbes Grad wärmer. Die Ideen sprudelten, Shoreditch bebte. So war das am East End. Mein Viertel war Graffitisprühen. Auf dem Blumenmarkt in der Columbia Road inmitten des Gedränges stehen bleiben, um Schnittblumengeruch einzuatmen. Sonntags den Brick-Lane-Market besuchen und deinen Lieblingsrock zwischen einer vergilbten Ausgabe von *Das Geisterhaus* finden. Blau mit silbernen Pailletten, die in Clubtoilettenlicht irisierend reflektierten und dich an den Geruch vom besten Take-away-Curry erinnerten. Mein Viertel war, Bloggerinnen beim Selfieschießen vor *123* zu beobachten. Mit Popcornresten zwischen den Zähnen im *Rich Mix* über die aufstrebende Comedian zu lachen. Mein Viertel war eine Straße, benannt nach Schwänen und Feldern, zwischen Pop-up-Stores und Ständen mit Brazilian Flatbread. Eine Gasse aus roten Backsteinfassaden und einem Klingelschild mit meinem Nachnamen, hingekritzelt zwischen zwei anderen. Meine

Straße war der Please-dont-be-a-racist-Sticker auf unserem Briefkasten. Das Echo von Roses Stimme, schallend aus dem vierten Stockwerk, wenn sie ihren neuesten Ex-Freund mit Socken bewarf. Später Rose auf einen Chai einladen und ihr versichern, sie sei nicht verrückt. Selbst wenn der Typ meinte, sie sei ein pathetisch-nerviger Rom-Com-Charakter. Und dabei so verflucht viel verschwieg. Gelegentliches Ghosting, seltsame Absagen, willkürliche Funkstillen, die nicht mal er verstand. Mein Viertel war ein Körper, meine Straße die pumpenden Blutadern und die WG das Herz. Über siebzig Quadratmeter, Pflanzen neben Waschbecken, ein Monsterbilderrahmen ohne Bild. Sylvia Plath- und Eleanor Roosevelt-Zitate, mit Tesafilm auf dem zwei Meter hohen Spiegel befestigt. Die Polaroids an der Korkpinnwand, der Ausblick in das Schlafzimmer Mister Gegenübers mit seinen nackten Wänden und immer fremden Frauen. Mein Zuhause war Grün, Holz, Wärme, Livys Glitzersocken auf der Wäscheleine, Junes Eyelinertuben auf der Kommode im Eingangsbereich.

Nachdem ich die WG betreten hatte, fand ich die anderen in der Küche. Livy umklammerte eine Tüte Linsenchips, drei braune Bananen in der Obstschale. Ich setzte mich, während June vom letzten Flug erzählte. Ein Passagier mit Lungenversagen, Notlandung in Casablanca, vier Stunden Verspätung. Straßengeräusche drangen ins Zimmer, die Blätter einer betupften Calathea rollten sich ein. Ich sah den Pflanzen beim Leben zu und wurde mit Wie-geht's-dir-Fragen verschont. Natürlich hatten wir über Ryder geredet. Im geliehenen CarShare-Wagen, Livy am Steuer. Um vier Uhr morgens am Küchentisch, beide hundemüde. Mittags am selben Ort, ich mit blankem Herzen. Ich hatte ihnen von Boston und Ryders Kommentar auf *Love, Catherine* erzählt, über den Begriff »Entlieben« philosophiert und ein paar Sätze zu *Generation Beziehungsunfähigkeit* verloren.

»Ich habe übrigens noch mal über unser Gespräch nachgedacht. Ich glaube, ich sollte dir etwas zeigen«, meinte June irgendwann, ehe sie aus dem Raum ging und mit dem neuesten Fotoalbum zurückkehrte.

Ihr letzter Neujahrsvorsatz hatte besagt, täglich ein Polaroidfoto zu schießen, das sie mit einer Notiz eingeklebt hatte. Ein Fototagebuch. Sie musste bloß ein paar Seiten überblättern, schon präsentierte sie mir diese Einzelaufnahme. Ich und eine Flasche Malibu, an einem hellen Novembernachmittag im Hoxton Park. Bevor ich auf dem Datum verharrte, entdeckte ich die Worte darunter. *Existing loudly, existing freely.*

»Erinnert ihr euch noch an den Tag?«

»Wir haben bei acht Grad gepicknickt. Jeder hat uns komisch wegen dem *LA, Baby*-Strandtuch angesehen. Kann man nicht vergessen, June.«

»Zehn Punkte für Livy-Libra. Aber wisst ihr auch noch, dass Lilah an dem Nachmittag sagte, der Abschied von Ryder sei komisch gewesen?« Sie wandte sich an mich. »Vielleicht war es da schon *stumpfsinnig* zwischen euch. Aber du solltest dich deshalb nicht fertigmachen. Du vergisst, dass du immer noch *voller* als neunzig Prozent der Menschen bist. Selbst wenn du dich hohl fühlst. *Existing loudly, existing freely.* Das bist du. Selbst wenn du einen schlechten Tag hast. Selbst wenn du hundert schlechte

Wochen hintereinander hast. Selbst wenn du dich verliebst und dann entliebst, ohne es zu merken. Das kann dir niemals jemand wegnehmen. Nicht mal du selbst.«

June verstummte, im selben Augenblick ging draußen ein Licht an. Zweite Etage, zweites Fenster von links. Mister Gegenüber. Livy öffnete den Mund, schloss ihn jedoch wieder. Mit zusammengezogenen Brauen musterte sie meinen Pullover. Livy, die gründliche Beobachterin. Livy, die tief bohrende Mathematikerin. Ich folgte ihrem Blick.

»Das, ähm, das ist Ryders Pulli«, murmelte ich.

Vier Ewigkeiten lang wartete ich auf eine Antwort. Hätten wir einen Chat dargestellt, wären Livy und June drei vor sich hin flimmernde Punkte gewesen. Neuansetzen, löschen, alles verwerfen, wieder beginnen. Wie automatisch dachte ich an die letzte Nachricht, die ich Penn geschickt hatte.

Es tut mir leid, Penny-Penn.

Zwölf Stunden vor seinem Auffinden war auch er drei Handypunkte gewesen, dicht unter meiner Nase. Schreib was, sag was, hör auf zu schweigen, die Stille bringt uns um, lass uns nicht sterben, verzeih mir, weil du besser bist, echter als alle und endlos reiner als ich selbst, hatte ich gedacht. Doch er hatte nichts getippt, das Erwidern abgebrochen, mich abgehakt, das Handy vermutlich weggesteckt und sich gesagt, sei auf ewig verflucht, Delilah Dellaria.

»Schlampe! Hörst du, Lilah? Schlampe, Schlampe, Schlampe!«

Penny-Penn. Mein Seelenverwandter, der mich in

den letzten drei Monaten seines Lebens abgrundtief verabscheut hatte.

Schlampe, Schlampe, Schlampe!

Das Echo seiner Worte verfolgt mich bis heute.

Ja, ja, ja, denke ich dann.

Notiz

It's been days and then weeks, maybe years in my mind
No words, no poems, vocals on paper are so naked
Why can't I even write a bridge?
Please, please, please let me write a song.

(Vielleicht sollte ich aufhören, die Smiths zu hören.)

Kapitel 13

Jonah

Sauerapfelgrün

Ich begegnete Delilah in der Victoria Line wieder.

Es war Freitagabend nach elf, ich seit fünf Tagen zurück in London. Vorgestern hatte Mum das Schweigen unterbrochen. *Bist du gut zu Hause angekommen?*, hatte sie in einer Textnachricht gefragt. Nichts Weltbewegendes, weder Anschuldigung noch Entschuldigung. Wir würden also so tun, als hätten die Zukunftspläne sie nicht verletzt. Seit Dads Tod war sie eine Art Bauunternehmerin in allen Lebenslagen. Sandhaufen, Stolperfallen, jedes Fünkchen Schutt musste aus dem Weg. Sie koordinierte Allans Arbeitspläne, um lange Wochenenden freizuschaufeln, die sie am Lake Champlain verbrachten. Ein glatter See, kurvenlos, weit entfernt von ihrem Zuhause. Abflussrohre auszupumpen war nämlich ihre liebste Art von Meditation. Mum konnte nicht stillsitzen, sie war ein Mensch auf Highspeed, vermied gesättigte Fettsäuren und ging in zugestellten Räumen auf. Wäre Bügeln eine Sportart, wäre sie Weltmeisterin. Faltenfreie Kleidung, penibel genau zusammengelegt. Manchmal vermisste ich den Duft ihres Waschmittels. Dass ich mich für Musik und gegen die Lehrerkarriere entschieden hatte, symbolisierte für sie den Beginn einer aussichtslosen Schlacht. Die finanzielle Unsicherheit, die Gefahren, Drogen, Abrutschen, Ablaufen, Abkratzen. Sie gegen die Trümmer der Musikwelt. Schon wieder.

Das Herzsymbol entsprang aus der Idee, zwei menschliche Herzen zu verbinden. Seitdem das meines Vaters gestoppt hatte, schlug Mums auf andere Art.

Jetzt öffneten sich die Türen am King's Cross, bevor *sie* einstieg und mein eigenes Herz komische Sachen machte. Diese Frau. Dunkle Docs, zerrissene Jeans, ein lila Herz-Patch am linken Oberschenkel. Kopfhörerschnüre schlängelten sich ihr über die Jacke, die Haare tintenschwarz und kurz. Delilah aus dem Flugzeug. Wie ein Idiot starrte ich sie an. Den Mund geöffnet, der Puls eine Rebellion. Mein Körper kribbelte, als sei sie ein Zeichen des Universums.

Aber da blinzelte ich.

Und begriff, dass es nicht Delilah war.

Hastig konzentrierte ich mich auf das U-Bahn-Geschehen. Müde Menschen und sich unterhaltende Freunde. Im Abteil roch es nach Schweiß, an meinem Shirt jedoch haftete der Geruch von frittierten Garnelen. Ich kam gerade von der letzten Schicht im *Dani's*, wo ich auf einem billigen Cantabile-Flügel dahingeklimpert hatte. Die Bezahlung war immer okay gewesen, trotzdem hatte ich Phineas am Montag erklärt, ich müsse den Job schmeißen. Vierhundertdreiundzwanzig Prozent für Sodalite Blue und so. Der nächste Haltestopp war meiner. Finsbury Park. Draußen vergruben Passanten die Hände in Jackentaschen, ich aber fror nicht. Vielleicht eine Nachwirkung der Delilah-Halluzination. Keinen verfickten Schimmer. Gerade schwenkte ich in die Seven Sisters Road, da vibrierte mein Handy. Gus fragte, ob ich zwei Flaschen Sprite kaufen könne. Ich tippte eine knappe Antwort, während ich den Tesco auf der anderen Straßenseite betrat. Meine Beine fühlten sich dabei wackelig an, musste ja so sein. Finsbury Park war Mabels Viertel. Selbst zwischen Einkaufswägen und Tiefkühlpizzen schlummerten Erinnerungen. Kondome kichernd auf Kassenbänder legen, heiße Küsse in der Grußkartenabteilung, Händchen haltend und horny bezahlen. Heute steuerte ich in Rekordgeschwindigkeit auf die Getränkeregale zu, griff nach den Sprites und reihte mich in die Schlange. Ich fokussierte giftgrünen Hubba-Bubba-Kaugummi, inspizierte Preise und zählte Schokoriegelmarken. Gegen die Bilder von Mabel im Kopf hatte ich trotzdem keine Chance. Nicht mal die geringste. Scheiß auf Regeln, scheiß auf die Welt. Sich an einem Montagnachmittag betrinken. Blowjobs in H&M-Umkleiden. Nackt in Spaghetti rühren. Weil *why not?* Bloß nachts sah ich sie, flimmernd, knisternd, wie Fernsehfilme mit schlechtem Empfang. Nahaufnahmen ihres Gesichts, immer in Schwarz-Weiß, als machte sie das so edgy und interessant. Ich schwor, ich spürte sogar ihren heißen Atem im Nacken, während in mir die Worte nachhallten.

»Erinnere dich, Baby.«

Ihre Lieblingskombi an Buchstaben, die sie so gern wiederholt hatte, Repetition für Repetition, als wäre das der neueste Ohrwurmhit auf Spotify. Schlecht geschriebener Vers, »Baby« würde sich irgendwann mit »Maybe« reimen, was ziemlich low war, aber egal. Mabel Clearly, die erste Person, die mich überall getroffen hatte, ohne gezielt zu haben.

Als hinter mir zwei Mädchen kicherten, begann ich zu schwitzen.

Du bist paranoid, hätte Gus gesagt.

Ich bin komplett durch, hätte ich erwidert.

Nach dem Bezahlen sog ich die Großstadtluft tief ein, als wäre sie nicht verseucht mit versteckten Depressionen, kaschiert unter Handyscrollen und Hektik. Einige Meter geradeaus, einmal links, zweimal rechts abbiegen, schon war ich da. Wenn ich Werbeplakatwände passierte, versteckte sich mein Blick in Kopfsteinpflasterritzen.

Bereits nach drei Minuten stellte ich fest, dass Pres' Einzimmerapartment zu klein für diese Menge an Gästen war. Doch ihm schien es nichts auszumachen. Mit einem Klopferdeckel auf der Nase posierte er für ein Selfie mit Fitz. Durch die Balkontür beobachtete ich, wie sie mit anderen Partygästen anschließend Wodkashots kippten. Ich hingegen stand an der frischen Luft. Ringsum unterhielten sich Gus und Shane über die EP einer Newcomerband. Shane war Pres' bester Freund, der Musikjournalist eines Indie-Magazins. Ich mochte seine Farbe. Fliederfarben, blau und lila changierend, als könnte sie sich niemals festlegen.

»Und genau deshalb bekomme ich nur noch die Scheißaufgaben! Meine Redaktion ist ein verdammter Heuchlerzirkus. Das Album von Allison Livingston war ein katastrophal misslungener Country-Taylor-Swift-Abklatsch. Woher zum Teufel hätte ich wissen sollen, dass sie die

Schwägerin in spe vom Chefredakteur ist? Ich meine, hätte ich bei dem letzten Freitagsmeeting besser zuhören sollen? Vielleicht. Aber trotzdem.«

Gus erwiderte etwas, und ich hörte zu, die Worte kamen aber nicht bei mir an. Gedanklich steckte ich immer noch fest, mit, bei und tief in Mabel. Wenn ich daran dachte, was wir vor zwei Wochen in ihrem Bett getan hatten, trank ich Bier wie Wasser. Immer runter, immer schneller. Kurz vor zwei kam Gus mir auf die Schliche. Mittlerweile saßen wir in der Küche. Eher ein breiter Gang als Raum, wir befanden uns schließlich in London. Eine enge Metropole, in der alles reingepresst wurde. Moderne ins Altmodische, fünfzig Personen in ein Zweizimmerapartment, britisches High-Life eben.

»Alle sind hackedicht. Es ist sicher, über dein Problem zu reden, LJ. Gib mir einfach die Kurzfassung.«

Ich seufzte. Zu verleugnen, dass etwas nicht stimmte, war nicht unser Ding. Gus und ich logen uns nicht an. Wären unsere Leben Museen, wäre er auf jedem meiner Gemälde zu sehen. Dem ersten Zug auf Lunge, dem Tod meines Vaters, dem Umzug nach Boston. Auf Bühnen stehen, Songs schreiben, in Proberäumen einschlafen. Gus war mein bester Freund seit dem Kindergarten.

»Lass mich raten.« Er gähnte. »Mabel?«

Ich zuckte die Achseln.

»LJ«, begann er. »Ich liebe dich und will nur das Beste für dich, aber du musst sie verdammt noch mal abhaken. Ein für alle Mal. Ihr habt gevögelt, du hast angefangen, sie zu mögen, ihr habt weitergevögelt, du wolltest definitiv mehr, sie nicht, ihr habt trotzdem weitergemacht. Kurz vor Weihnachten hast du ihr gesagt, du bist dabei, dich in sie zu verlieben, und sie hat dir gesagt, sie hängt noch an ihrem Ex-Freund. Und dann habt ihr dem Himmel sei Dank endlich doch aufgehört. Na ja, bis auf die Sache vor Boston. Aber das war ein Ausrutscher. Diese Party bei Zac hätte nie stattfinden sollen. Ich hatte am nächsten Morgen einen Mordskater und du vier Knutschflecken. Versteh mich nicht falsch, Mabel war echt cool. Schon damals. Aber sie wusste, du stehst auf sie. Und hat trotzdem das Paarzeugs mit dir durchgezogen. Kino, Kochen, die Selfies, die sie dir andauernd geschickt hat. Ihr habt euch sogar verdammte Tattoos stechen lassen!«

»Wir waren betrunken.«

»Niemals was mit einer Frau anfangen, die noch an ihrem Ex hängt.« Gus nippte an der Bacardiflasche. »Ich hoffe, das hat sich dir ins Gehirn gebrannt.«

Ich nahm ihm den Alkohol aus der Hand, um selbst drei große Schlucke zu nehmen. Mein Problem war nicht, dass ich noch an Mabel hing. Mein Problem war das, was sie vor zwei Wochen gesagt hatte. Kurz vor ihrer Haustür, wir beide völlig neben uns mit Katergesichtern.

Fuck.

Als Shane sich zu uns hockte, faselte er betrunken, er würde mit Hugh Mallon über Sodalite Blue reden. Sie hätten auf einem Event gleichzeitig in Pissoirs gepieselt. Eine richtige Connection.

»Ohne Spaß«, sagte er. »Ihr kommt noch richtig groß raus.«

Meine Schläfen pochten, während Gus ein Selfie von sich und dem Bacardi schoss.

Kapitel 14

Delilah

#Haihypnose

Die nächsten Wochen war ich eine Statistin in meinem eigenen Leben.

Ich füllte es mit Besuchen in Secondhandläden und wühlte in DVD-Abteilungen nach Arktisdokumentationen. In Peckham fand ich einen Thriller von 2012, der in Norwegen spielte. Als ich bezahlte, wünschte die Kassiererin mir »ganz« viel Spaß beim Schauen. Ich hatte keinen DVD-Player. Livy schleppte mich zur Party einer Kommilitonin, die sich so für Sternzeichen interessierte wie ich. Isla, ein Skorpion. Während wir mitten in Brixton meine liebste alkoholische Mischung tranken, Jägermeister mit Orangensaft, beschlossen wir, Livy-Libra sei das Gegenteil einer Waage. An dem Abend hing ich über der Kloschüssel.

Ich übernachtete in Tel Aviv und New York, ich arbeitete in Hotelbetten an poetischen Reflexionen, ich dachte an Ryders frühere Nägelabdrücke. Ich füllte mein Leben mit Alumni-Romanen und anderen Büchern. Anfang März stieß ich so auf *Komm her und lass dich küssen* von Griet

Op de Beeck und bestellte eine weitere Ausgabe. Zwei Tage später schrieb ich »für Ryder« auf eine der leeren Seiten. Ich füllte mein Herz mit Strandspaziergängen, wann immer ich konnte. In Cork, obwohl es regnete, in Los Angeles, wo mir unter dem Pullover zu warm war. In London bezwang ich viele Umwege, um Straßen rauf und runter zu laufen. Manchmal scrollte ich mich durch meine Lieblingssongs, doch hatte jeden von ihnen satt. In diesen Augenblicken klickten meine Finger *Lichtblau* an. Wie von selbst, aber nur draußen, während des Herumirrens, unter freiem Himmel und fremden Passanten. Nie in meinem Zimmer, zwischen Pflanzen und Zuhause. Wenn ich *Marinade* hörte, dachte ich an Jonahs Ecken und Kanten, bei *Pink Rabbits* drehte ich auf, kurz vor *There Goes The Fear* stellte ich die Musik wieder aus. Und wenn ich später die Treppen zur WG stieg, wischte ich Spotify aus dem aktuellen Verlauf, als wäre es so nie passiert. Wenn ich hingegen mutig sein wollte, steuerte ich *Dishoom* an, wegen meiner Bestellungen war ich dort als »Spicy Girl« bekannt. Wenn ich übermüdet in einem Seminar saß, fragte ich mich, was ich in dem Studiengang überhaupt zu suchen hatte. Dasselbe galt für Mums Familienyogaabend. Dad, seine Freundin Heather, Colby, Mum. Dean, Dawson und ich. Die Zwillinge und die Tochter mit den D-Vornamen, weil Mums Glückszahl vier und D der vierte Buchstabe im Alphabet war. Unter Räucherstäbchennebel machten wir Krieger, Cobras und Adler. »Das schweißt uns auf unbeschreibliche Weise zusammen«, meinte Colby, und Dad verdrehte die Augen.

So füllte ich also alles, was ich füllen konnte. Den Koffer, die Pflanzenregale, die Lungen mit Endefebruarluft und Anfangmärzluft. Ich lief mir Blasen, ich lief mich erschöpft, ich lief mich in verschiedenen Teilen der Welt todmüde. Aber unter Duschen und in Badewannen war es immer unbestreitbar. Wenn mir Wassertropfen wie kleine Wahrheiten auf den Körper prasselten, spürte ich es selbst. In meiner linken Brust pochte es, in meinen Ohren aber rauschte es. Da wusste ich, mein Herz war zu leicht. Als könnte ich es mit so viel füllen, wie ich wollte, alles würde nichtig darin zergehen. Sechs Wochen flogen an mir vorbei, bis sich etwas änderte. Es war der dreißigste März, ein Montag, vielleicht ein Neubeginn. Paula und Wes saßen mir am Esstisch gegenüber, eine scheinbar einheitliche Front. Mit den Fingern umklammerte ich den Kaffee so, als wäre Porzellan nicht zerbrechlich. Zerknirscht lächelte Wes mir währenddessen zu.

Es war diese Art von Tag.

»Wir meinen das wirklich nicht böse«, sagte Chefredakteurin Paula, aber Wes' Augen sagten »Tut mir so leid, tut mir so leid, tut mir so leid.«

Wir befanden uns in seiner Küche, ein Raum voller zugetackerter Wände und einer zugestellten Spüle. Der inoffizielle Hauptsitz von *London. Culture.*, wo wir uns zum Brainstormen trafen. Ein Wort, das in unserer Redaktion die Bedeutung von *Wir beauftragen jemanden zum Protokollieren, versuchen zehn Minuten lang, etwas Intelligentes zu sagen, und öffnen dann den Wein* hatte. Heute waren wir bloß zu dritt. Aus den Beatsboxen strömte eine Playlist mit lokalen Musikern, die Wes für den Radiosender erstellte.

Wes und ich waren Freunde, seit wir in der ersten Woche zu spät zu Mister Thunderwills Vorlesung erschienen waren. »Ich hasse es, dass ich immer zu spät bin. Aber ich bin einfach so gut darin«, hatte er gesagt. Daraufhin hatte ich wissend genickt. Zwanzig Minuten lang waren wir an dem Mensatisch sitzen geblieben, dann hatten wir uns mit einer Umarmung verabschiedet. Der Kragen seiner Jacke hatte mich dabei am Hals gekratzt, Billigwaschpulver, Kaffeegeruch, rauchige Reste des letzten Billardabends in Peckham. Wes roch immer so pur nach Student, dass ich neidisch wurde.

»Deine Alumni-Rezensionen laufen immer schlechter. Weniger Klicks, keine Kommentare. Außerdem übernimmst du sie seit vier Semestern. Es wird Zeit für jemand Neuen.«

Ich öffnete den Mund, doch Paula fuhr schon fort.

»Wir haben dich nicht herbestellt, um mit dem Finger in der Wunde zu bohren. Ich habe das mit Ryder natürlich mitbekommen. Journalistisches Schreiben ist ein kreatives Handwerk. Egal, was die Schreibersnobs behaupten. Nimm dir ruhig ein, zwei Wochen Pause, no problem. Manchmal braucht man einfach ein bisschen Zeit für sich.«

Nein, nein, nein, nein, nein, dachte ich. Mein Leben funktionierte nur zugestellt reibungslos. Zuerst entriss man mir die Romankritiken, jetzt drückte man mir noch eine Pause rein. Das ging nicht. Doch was hätte ich schon sagen sollen?

Es ist gefährlich, mit einem leeren Herzen zu existieren, wenn man ich ist. Deshalb solltest du mir mein London.

Culture.-*Projekt zurückgeben.* Klar, hätte auf jeden Fall geklappt, wenn mein Ziel die Empfehlung einer Psychotherapiepraxis gewesen wäre.

»Aber natürlich wollen wir, dass du weiterhin Teil der Redaktion bist.« Wes' Lächeln war freundlich. Er war stellvertretender Chefredakteur und mein Verbündeter. Ich mochte die Hawaiihemden, die er im Winter unter Rollis trug. Und seine Art zu reden. Langsam und eloquent, als drehe er jedes seiner Worte mindestens dreimal herum, bevor es losgelassen wurde.

»Und genau deshalb haben wir uns auch schon was überlegt.« Paula verzog die dunkel geschminkten Lippen zu einem Grinsen. »Du bekommst eine Kolumne.«

»Wie Carrie Bradshaw!«, rief Wes aufgesetzt, nachdem sie ihn mit dem Ellbogen angestupst hatte.

Das ist nicht unsere Generation, wollte ich sagen, doch nickte, obwohl ich am liebsten den Kopf geschüttelt hätte. Ich mochte die Alumni-Romane. Das Eis knirschte so echt zwischen den fiktiven Zeilen.

»Es ist nämlich so«, begann Paula, bevor sie mir ihren Masterplan erklärte. Die Klickzahlen gingen in jedem Themenbereich stetig zurück. Rezensionen, Interviews mit lokalen Künstlern, Berichte über Selbstexperimente. *Kann ich innerhalb von zwei Wochen zum Tik-Tok-Star werden?* Nichts begeisterte mehr. Deshalb wollten sie etwas ändern. »Wir wollen deine Insta-Reichweite miteinbeziehen. Dazu bräuchten wir nur ein bestimmtes Thema, das unserem kulturjournalistischen Anspruch genügt, aber dich als Person nicht außen vor lässt. Ich habe schon ein paar Ideen. Wenn du willst, schicke ich sie dir per Mail.

Aber da bin ich schon einen Schritt voraus. Ganz grundsätzlich gefragt, könntest du dir so eine Kolumne vorstellen?«

»Meine Abonnenten folgen mir, weil ich übers Reisen berichte. Es geht nie um mich. Das ist euch bewusst, oder?«

»Du hast über fünfzehntausend Follower, Lilah. Natürlich sind die meisten auch von dir als Person begeistert. Wie cool wäre es, wenn du zum Beispiel Berichte in deinem Stil über London schreibst? Wir könnten einen Lilah-WordWorlds-Reiseführer ins Leben rufen. Ich habe mir vorgestellt, dass ...«

Während sie sich in ihrer Idee verrann, driftete ich ab. Paula Harlson war Widder. Dynamisch und tatkräftig. Eine ehrgeizige Visionärin. Dagegen kam niemand an. Nicht mal Steinbock Wes, der sich erschöpft mit der Hand übers Gesicht fuhr.

»Also, was sagst du, Lilah?«

»Wenn ich ehrlich bin, habe ich die Romankritiken sehr gern geschrieben und möchte sie nicht abgeben.«

»Tut mir leid, aber du trittst sie ab. Das steht fest. So sorry. Wirklich.«

So sorry? Haha. Klar.

»Ruthie nervt mich schon seit letztem Sommer damit. Und, wie schon gesagt, wir brauchen frischen Wind. Neue Leser und Leserinnen. Andere Meinungen. BÄM-Momente, verstehst du?«

»Du musst das auch nicht sofort entscheiden. Du kannst ganz in Ruhe darüber nachdenken.«

»Falls du dich dagegen entscheidest, würden wir Catherine Galloway fragen«, fügte Paula hinzu.

Blinzelnd starrte ich sie an. Als bliebe mir eine Wahl.

Der Blog versprach wertvolle und einfache Creditpoints. Ich musste Paula keine entschuldigenden Mails tippen, um einen neuen Referatstermin zu erbetteln, weil mein Arbeitsplan sich geändert hatte. Keine genervten Blicke, wenn ich zu spät in einen Vorlesungssaal huschte. Keine dahingenuschelten Kommentare, die ich widerwillig aufschnappte.

»*Wann kriegt die eigentlich mal ihr Leben auf die Reihe?*«

»Ich melde mich«, murmelte ich.

Als ich mich fünf Minuten später verabschiedete, erklang greade ein neues Lied. Manchmal wünschte ich mir, ich wäre schneller gewesen, bloß eine halbe Minute, dann hätte ich es nie gehört. Aber das war nur jämmerliches Wunschdenken, denn ich nahm die eindringlichen Gitarrenakkorde wahr, die leiser wurden, weil der Sänger einsetzte. Tiefe Reibeisenstimme, trauriger Text.

I'll go, she said and then she went
bag packed with every emotion she ever felt
tightly closed, the key got lost
maybe in the river, down that street
where she used to live but assume
that living is kind of like dying
I'm drowning every minute of my life
and that's like not minding, she said

»Die Stimme ist einfach krass, oder?« Paula nickte zur Lautsprecherbox. »Die Band heißt Sodalite Blue. Wes hat einen Haufen ihrer Songs in seiner *London. Culture.*-Playlist.«

»Ja.« Ich schlitzte die Augen. »Echt krass.«

Zwei Umarmungen, eine davon halbherzig. Ich stolperte die Treppen hinunter, den Bandnamen hallend im Kopf. Sodalite Blue. Ich wiederholte ihn stumm, während ich zur Tube lief. Einmal, zweimal, dreimal. Da klingelte, schallte, schrie etwas so vertraut. Es war ein fast warmer Tag. Zum ersten Mal in diesem Jahr wunderte ich mich darüber, dass es noch hell war. Ich tippte den Namen auf Spotify ein. Und wusste, er musste es einfach sein. Als ich den vier Gesichtern auf diesem Schwarz-Weiß-Foto entgegenblinzelte, erwischte es mich dennoch eiskalt. Wie eine Welle aus dem Nichts, gnadenlos und alles verschlingend.

Laut Foto bestanden Sodalite Blue aus vier Männern, die zwei vordersten stachen am deutlichsten heraus. Dieser rothaarige Typ mit dem übergroßen Cargohemd, dicht hinter Jonah mit schlichtem Shirt und verwuscheltem Haar. Als wäre er gerade aus dem Bett gefallen. Auf eine so anziehende Weise sorglos, dass ich ihn zu lange musterte. Jonah, der Passagier auf siebenundzwanzig C, mit dem ich gemeinsam Passagierin gewesen war. Jonah mit *Lichtblau*. Jonah, der Pianist. Jonah, der Sänger. Ich wollte gerade *Eucalyptus Leaf Green* anklicken, den beliebtesten Song der Band. Da vibrierte es.

Vance: *Hey, ich hab gerade an dich gedacht. In den nächsten Tagen vielleicht Lust auf einen Kaffee?*

Auf der Stelle blieb ich stehen, ich, diese nervige Art von Passantin, die unvermittelt in einem Großstadtdrehkreuz verweilte. Klar wirbelte es weiter, alle Menschen ringsum so beschäftigt und in Eile, mit ihren Markenrucksäcken und Nike Airs, auf dem Weg in die ach so hippen Start-up-Büros. Links in meiner Brust strömten Pulsschläge, die sich auftürmten und zu Tsunamis wurden. Als ich ein verwackeltes Foto knipste, klammerte ich mich an den einzigen Rettungsring in Greifnähe.

In der Arktis hypnotisieren Grönlandhaie ihre Beute mit leuchtend grünen Augen, das Licht verursacht von einem Parasiten, der sie halb erblinden lässt. Bei ungewollten Nachrichten kneife ich die Augen zu. Als würde ich die Wörter so nicht sehen. #BinIchMeineEigeneParasitin? #KannMirJemand Antworten? #Pls

Kapitel 15

Jonah

Zuckergussbeige

Von der Bühne aus betrachtet, waren Menschen gesichtslose Schatten. Anonyme Konturen, dunkle Silhouetten. Personen, verschwommen zu einer großen Masse, die sich nicht für dich interessierte, wenn du für begrenztes Freibier als Gage spieltest. So wie wir heute zum siebten Mal in Folge. Es war der erste Märzfreitag. Und das *Underground* hatte seinen monatlichen Livemusikabend. Wir verkabelten Instrumente, im Hintergrund laute Musik, die von noch lauteren Gesprächen übertönt wurde. Billie Eilish, Drake, der neueste Song von Justin Bieber. Bekannte Wohlfühllieder, perfekt zum Abschalten. Draußen war es Frühling, hier drinnen aber Sommer. Eine Ansammlung von schwüler Luft, glitzernden Dekolletés, bunten Papierschirmchen in hohen Cocktailgläsern und schwitzig glänzender Haut. Neben mir schloss Gus die Pacifica an, Schnur, Elektrotape, das Handy war sein Taschenlampenersatz. Bevor wir hinter der Bühne verschwanden, schnappte ich mir das Bier vom Boden. In der Garderobe unterhielt sich At mit Viola, während

Fitz 2048 auf seinem Handy spielte. Ringsum tummelten sich die Bandmitglieder von The Bones, dem Hauptakt, mit Viola Randall als Leadsängerin. Noch trug sie Converse, auf der Bühne stünde sie bloß in dem pastellgelben Flatterkleid. Sie hatte etwas Feenartiges in edgy, blasse Haut, Arme voller Tattoos. Wenn sie sang *I'm so high in heaven,* wollte man mit ihr high sein. Sie war zartes Zuckergussbeige. Hell und anziehend. Als sich unsere Blicke kreuzten, sprudelte ihre Farbe rosafarbener. So wie vorhin, als sie mich gefragt hatte, ob ich die Plakatwand in unmittelbarer Nähe zur Tubestation bemerkt hätte.

»Klar«, hatte ich gesagt.

»I'm so very sorry«, hatte sie erwidert.

The Bones würden eine knappe Stunde spielen, wir davor fünfundzwanzig Minuten. *Dark Slate Grey* war unser Aufhänger. Gus und ich hatten ihn extra für den Beginn geschrieben. Ein Wachmacher, von Anfang an aggressiv und live eine halbe Note schneller gespielt als im Studio aufgenommen.

»Bereit?«, fragte Gus jetzt.

»Immer.«

Es stimmte, dennoch fuhr ich mir über das Gesicht. Zu behaupten, die letzten Wochen seien beschissen gewesen, war maßlose Untertreibung. Verdammt noch mal maßlose Untertreibung. Wir probten wie besessen, ich sang mich jedes Wochenende heiser und schrieb Lyrics, die ich immer noch und immer wieder verwarf. Die Klickzahlen auf den Streamingplattformen waren miserabel, Auftritte gegen richtige Gage schienen meilenweit entfernt und ein

Labeldeal erst recht. Gestern beim Songschreiben hatte Gus mich gefragt, ob ich es bereute.

»Ich meine, du hattest ein Angebot für dieses Eliteinternat in Boston. Wahrscheinlich hast du Edith mit deiner Absage um zehn Jahre ihres Lebens gebracht.«

»Wir haben die Schiffe abgebrannt. Da gibt es nichts zu bereuen.«

»Burning boats« war unser Codewort für All-in-Sein, alles geben und niemals, niemals zurückschauen. Ich war mehr Musiker als Mensch, selbst wenn Mum meinte, die Fender sei nichts, an dem ich mich festhalten könne.

Also schaute ich nicht zurück.

Knappe fünf Minuten später klopfte die Tonfrau an. Wenn im *Underground* Sommer herrschte, war der Backstagebereich die Wüste. Und wenn ich die Deckenleuchten zu lange ansah, verbrannte ich mich an der flirrenden Hektik. So warm war es hier. Während ich Fitz' Shirtrücken betrachtete, erinnerte ich mich an die letzte Probe. Gus und At hatten dreißig Minuten lang eine Stelle in *Ballet Slipper* perfektioniert. Ich dachte an die gelangweilten Blicke, die Fitz und ich uns zugeworfen hatten. An meine letzte Germanistikvorlesung, *Kafka lesen; Kafka verstehen.* Als hätte der Dozent mit dem Semikolon beweisen wollen, wie anders er seine Inhalte gestaltete. Ich dachte an meinen Kellerkontostand. An einen Frühlingsnachmittag in Manchester, meine Familie am Esstisch. Dad mit Kugelschreibermusiknoten auf dem Handrücken, meine Finger voll benetzt mit Hornhaut. Ich dachte an die Dame, die damals meine Ibanez Richtung Boston etikettiert hatte. Wie Gus und ich drei Jahre später an der Grover Street verabredet gewesen waren. Jeder Regentropfen hatte wie ein Donnerschlag gewittert. Manchmal erinnerte ich mich daran. Einfach so.

Mein Kopf war ein Chaos, in dem jeder Gedanke drückte. Ich hörte, wie die Menge leiser wurde, und suchte mir den anschließenden Gedanken bewusst aus. Unser Proberaum in der George's Road. Dunkler Kabelsalat auf mickrigen neun Quadratmetern, nur zugestellt mit Dingen, die Geräusche erzeugten. Mit Keyboard, Drumset, Gitarren, Bässen, Mikrofonen, Verstärkern. An das Kratzen meines Bleistifts, wenn ich dort an Songs arbeitete. Die zerbrechlichste Art von Stille, die ich kannte.

Auf der Bühne begann At, dann setzten Gus und Fitz ein.

Während der ersten Strophe machte ich *sie* im Publikum aus.

Kapitel 16

Delilah

#Beatblutbahnen

»Ich kann nicht glauben, dass wir wirklich hier sind.«

Selbst von Weitem erkannte ich das Werbeplakat des heutigen Abends. Dunkellila mit neongelber Schrift, an der heruntergekommenen Fassade des *Underground.* Als Supportband war Sodalite Blue unter The Bones aufgelistet. Ringsum klirrten Glasflaschen unter klackerndem Absatzgewitter, in einer anliegenden Gasse wurde ein Ed Sheeran geschmettert. *I found a love for me, Darling, just dive right in. Perfect* im wahrsten Sinne des Wortes. Die Hände in den Jackentaschen vergraben, standen Livy und ich an.

»Du kannst nicht glauben, dass wir hier sind? Ich bitte dich, Lilah. Wir waren schon tausendmal hier. Letztes Mal haben wir Gratisshots gekippt, weil der Barkeeper deine Nummer wollte, weißt du noch?«

»Vielleicht sollten wir gehen.«

»Und uns den grünen Raketenstempel entgehen lassen? Niemals.«

»Deine Argumente sind normalerweise besser.«

»Und du würdest lieber fünfmal hintereinander nachts nach Tel Aviv fliegen als *vielleicht* zu sagen.«

Touché.

Ich hätte mir haufenweise Gründe dafür ausdenken können, wieso wir dem Türsteher die Ausweise hinhielten. Wes hatte mir die Karten nach dem Gespräch mit Paula geschenkt. Ich hatte frei. Das *Underground* war nur sechzehn Minuten mit dem 205er-Bus entfernt. Ich mochte Livemusik. Livy hatte bereits am Montag einen Einen-draufmachen-Slash-Bar-Abend vorgeschlagen. Ich stand auf den Blutorangen-Gin-Cocktail. Ich machte manchmal Dinge, ohne nachzudenken.

Aber das wären natürlich bloß lächerliche Ausreden gewesen.

Nachdem ich Jonahs Band auf Spotify entdeckt hatte, scrollte ich mich durch ihre Social-Media-Accounts. Irgendwann klickte ich die Akustikversion zu *Eucalyptus Leaf Green* an. Und da war er dann gewesen. Jonah Lowell auf den knapp fünf Zoll meines Handybildschirms. Im Video fiel warmgelbes Licht auf seine Haut, während er von *drowning and minding* sang. Gedanklich jedoch war ich weit entfernt von meiner Küche gewesen. Stattdessen befand ich mich wieder mit ihm im Flieger. Wirbelsturmaugen auf siebenundzwanzig C, die Art, wie seine Worte mir in den Ohren gekratzt hatten. *Lichtblau, There goes the fear.* Genau dann war Livy in die Küche getappt. Sie hatte aufs Handy genickt, ich hatte es ihr erklärt, diese Begegnung über den Wolken, ein flüchtiger Moment in einem Moment. Sehr lange hatte sie geschwiegen, das Gesicht studierend auf Jonah Rockstar Lowell gerichtet. Auch ich hatte ihn weiter betrachtet. Die Art, wie er sich gab, vor dem Mirko stand, den Ständer umklammerte, mit geöffneten Lippen zum Refrain ansetzte, wie das Licht sich über ihm brach.

»Er ist eine Mogelpackung«, hatte sie gesagt. »Sein Lied hört sich nach Liebeskummer um drei Uhr morgens an. Tragisch, ehrlich, nackt, verletzlich, so alltäglich einfach. Ich meine, er singt von WG-Zimmern, Treppenhäusern und Kioskwodka. Das ist Lakonie, die er als Melancholie verkauft. Aber alles in seinem Gesicht ist so zu.«

Aber alles in seinem Gesicht ist so zu.

Die Worte echoten tagelang in mir nach. Selbst jetzt, an der Bar angelangt, wo wir Drinks bestellten. Livy klassischen Gin Tonic, ich den favorisierten Gin mit Blutorange. Als schwitzige Körper mich beim Warten streiften, erinnerte ich mich daran, wieso ich das Tanzen in London vermied. Ich kannte die fremden Menschen doch. Von Studenten vollgepackte Clubs, tonnenweise unbekannte Gesichter, die mir bekannt vorkamen. Ich ging lieber in weit entfernten Städten aus. Kneipen in Hongkong, Livemusik in Rio, ballernde Bassdrops in New York. Selbst wenn dieselben Lieder wie hier dröhnten, war alles anders. London war das Zuhause von Millionen, doch die Welt erschien mir klein, wenn die Tube-Türen sich am New Cross Gate öffneten. Als wäre sie nicht weit genug.

Trotzdem war ich also hier.

Wegen Wes' schlechtem Gewissen. Weil er »Danke für deine vielen Artikel« gesagt hatte, sich damit aber eigentlich entschuldigte. Wegen eines Typs, der mir am Tag meiner Trennung eine Playlist erstellt hatte. Weil seine Stimme wie sein Blick war. Weil das etwas mit mir machte. Weil Wes mir diese Tatsache ansehen konnte. Trotz verflucht noch mal allem.

»Ich warte. Das weißt du, oder?«

Frauen bewegten ihre Körper, mutige Männer taten es ihnen gleich, der Rest war ein beobachtendes Gewusel. Es war kurz nach elf und ein Wunder, dass ich Livy verstehen konnte.

»Was meinst du?«

»Es ist offensichtlich, dass du etwas auf deinem kleinen Herzen hast, mein Herz.«

»Ich stelle mir mein Herz eigentlich sehr groß vor.«

»Wahrscheinlich ist es nur so groß wie deine Faust.«

»Hast du vielleicht noch ein paar random facts, die du mir zwischen zwei Justin-Bieber-Songs verraten willst?«

Ich lächelte, Livy nicht. Stattdessen holte sie tief Luft.

»Okay, hör zu. Wenn ich diese Begegnung mit Siebenundzwanzig-C-Jonah gehabt hätte, würde ich nur hier sitzen, wenn du mich drei Ewigkeiten lang überredet hättest. Aber bei dir ist das anders. Du machst einfach. Du bist einfach, verstehst du? Und das liebe ich an dir. *Jeder* liebt das an dir. Seit du dich von Ryder getrennt hast ... keine Ahnung, irgendwas ist anders. Und ich habe nicht nachgefragt, weil ich dich nie zu etwas dränge. Aber ich glaube, dass ich es dieses Mal sollte.«

»Wes hat mir die Karten geschenkt. Ohne ihn wäre ich nicht hier. Und ich bezweifle übrigens, dass ein Club der geeignete Ort für so ein Gespräch ist.«

Sie sagte nichts.

Ich seufzte.

»Was willst du von mir hören, Livy?«

»Das, was du sagen möchtest.«

Aber was, wenn man keinen Schimmer hatte, was man sagen wollte? Was, wenn man dachte: *Ich lebe mit einem funktionierenden, doch leeren Herzen. Vor über einem Monat lag ich in Mums Badewanne und habe mir gesagt, vier Wochen, dann fühle ich mich nicht mehr leer. Aber jetzt ist es April. Und nichts hat sich geändert. Vielleicht muss die Sonne noch ein bisschen später untergehen, damit alles besser wird. Keine Ahnung, keine Ahnung, keine Ahnung.*

»Es ist kompliziert.«

»Wann kommt Ryder wieder?«

»Es geht eigentlich nicht um Ryder.«

»Ich weiß.«

»Und wieso fragst du dann nach ihm?«

»Weil er trotzdem was damit zu tun hat.«

Penns Name lag mir auf der Zunge. Mal wieder. Ich wollte Livy von ihm, der Kriegserklärung und allem Hässlichen erzählen. Und vielleicht hätte ich das auch. Wäre die Barkeeperin in der Nähe gewesen, hätte ich sogar Tequila-Shots bestellt und mir ein halbes Kilo Salz auf den Handrücken gestreut. Doch als die Lautsprechermusik verklang, schien unser Gespräch vergessen. Zumindest für die nächste halbe Stunde.

»Das ist noch nicht vorbei«, warnte Livy.

Achselzuckend spielte ich an meinen Gürtelschlaufen herum, da setzte sich ein Typ hinter das Drumset. Dicht gefolgt von zwei weiteren, die sich auf jeweils einer Bühnenseite Instrumente schnappten. Dann kam Jonah. Zerrissene Bluejeans, weißes Shirt, Sneakers. Der Drummer gab den Takt an, Holzstäbe klatschten aneinander, Gitarrist und Bassist drehten sich ihm halb zu. Zuerst wippten Jonahs Füße zum Takt, anschließend sein gesamter Körper.

There's blue everywhere I look
My head, my world
Rollercoaster blue
Her smile when we drove up that road
Love, why, why are you so damn upset?

Nur sein Mund berührte das Mikrofon. Seine Lippen, seine Stimme. Seine Verse. Die Art, wie er die Augen geschlossen hielt. Die rhythmische Weise, in der er sich bewegte. Alles an ihm pulsierte, nichts an ihm stand still. Als bestünden seine Blutbahnen aus Beats. Jonah auf der Bühne war Musikgucken. Die Halsschlagader, das Kopfnicken, die Glieder, elektrisiert von Notenfunken.

Aber sein Gesicht ist zu.

Aber seine Stimme war *so* rau und echt und ehrlich.

»Hey«, sagte er nach dem ersten Song. »Wir sind Sodalite Blue. Danke an das *Underground*-Team, dass wir heute für euch spielen dürfen. Das nächste Lied heißt *Cyber Grape.*«

Sie spielten fünf Songs. Nur Liebeslieder. Zwei rasende, zwei traurige, ein wildes. Ich wusste, wir befanden uns in einer sicheren Entfernung zueinander. Vielleicht hatte Jonah längst vergessen, dass ich überhaupt existierte.

Trotzdem kroch mir seine Stimme unter die Haut. Mir war heiß, mir war kalt. Meine Gedanken echoten, mein Herzschlag schallte. Ich wollte weg, ich wollte ihm für immer zuhören. Ich wollte ihn anschauen, ihm in das schweißglänzende Gesicht blicken und mich hinter seine Stirn drängen. *Du bist zu, aber wieso sind deine Songs so unendlich?* Denn das waren sie doch. Sie waren hässliches Verliebtsein und Alleinsein mit Gefühlen. Nichts wollen, alles wollen, nicht wissen wollen, was man will, dabei so einfach, dass es einem leichtfiel, sich in ihnen zu vergessen. Seine Lieder waren Süchtigsein, nach jemandem, im Stillen, im Geheimen, absolute Lakonie, obwohl man wusste, es endete mit

Loving, longing, now I'm packing
you're screaming sorry
you're just dig, dig, digging too deep
I guess I do mind drowning
Loving, longing, now I'm packing
Well, Val, since when is deep too deep?

Since when is deep too deep? Jonah verließ uns mit dieser Zeile, und ich hasste alles daran. Kein glückshormoniges Herauskatapultieren, er trat bloß schweigend vom Mikrofon, den Blick nicht hebend, kein Nicken, kein Winken. Ganz schlicht schlich er sich davon, wissend, unsere Köpfe waren nun infiziert mit seinen tiefen Fragezeichen.

Da spürte ich eine Hand auf dem Oberschenkel.

Kapitel 17

Delilah

#Untergrundträume

»Lilah?« Livy festigte den Griff. »Ist alles in Ordnung?«

Schluckend wandte ich mich von der Bühne ab. Das Herz pochte mir bis zum Hals, ein Kloß in der Größe meines lebenswichtigen Organs. *Since when is deep too deep, since when is deep too deep, since when is deep too deep.*

Ja, Penny-Penn, seit wann ist tief zu tief?

Ich rappelte mich auf, winkte ab und die Barkeeperin heran. Ich musste mich zukippen, zuschütten, zubuddeln, weil vergessen, vergessen, vergessen.

»Du ...« Sie schüttelte den Kopf. »Du schaust so aus, als hättest du einen Geist gesehen.«

»Es ist nichts.«

»Du bist so schlecht im Lügen.«

Ich nahm einen Schluck vom neuen Drink. Jäger Maracuja. Stark, würzig, unverkennbar. Kein Schnaps, der sich unterkriegen ließ und mir stattdessen in der Kehle brannte. Deshalb mochte ich ihn so. Weil ich lieber brennen würde als schwimmen, Flammen statt Wellen, mal aufgehen, nicht untergehen, blablabla, #NächsterPost.

»Okay, wir wär's damit.« Livy nippte an ihrem zweiten Gin. Sie war klug und mischte nicht. »Lass uns verschwinden. Wir waren eh nur wegen Sodalite Blue hier. Lass mal ins *Thirst Soho*. Da gibt es diese Verity-Shots. Und dann reden wir. Und damit meine ich, dass wir *wirklich* reden. Über Ryder, dein *London. Culture.*-Dilemma und wieso du plötzlich vor unserer Waschmaschine an Unitexten arbeitest. Oh, und wir sollten über deine roten Wangen sprechen, die *krass* rot sind. Ja, ich glaube, das ist wichtig.«

»Auf einer Skala von eins bis zehn.« Ich hob die Brauen. »Wie betrunken bist du?«

»Eine vierkommafünf. Und du?«

»Zwei.«

»Zwei? Niemals! Du hast deinen Jäger gerade erst bestellt. Und er ist schon fast leer. Als ob ...«

Livy verstummte. Gerunzelte Stirn, mehrmaliges Blinzeln. Verwirrt folgte ich ihrem Blick, anschließend konnte ich nicht mehr weglinsen. Etwas klickte, Eis knirschte, in meinen Ohren klingelte es.

Jonah.

Jonah, durchgeschwitzt an der Theke.

Im Februar war er blasser gewesen, jetzt schien alles an ihm wärmer. Selbst die Augen. Grau, aber glühend. Delilah, sagte er stumm. Delilah, Delilah, Delilah. Als wäre es unmöglich, meinen Namen zu vergessen. Als er sich den Weg zu mir bahnte, war ich ein menschenleerer Mensch. Mein Leben war ein Film, ich die Zuschauerin im ersten Rang.

Doch wieso, wieso, wieso?

Es war bloß eine zufällige Begegnung zwischen Fremden. Aber ... war es das wirklich? Ich wusste, wie Jonah aussah, wenn er schlief. Dass seine Stimme am tiefsten klang, wenn er flüsterte. Dass er Löwe war und bei *500 Days of Summer* weinte. Dass es etwas durcheinanderbrachte, wenn scheinbar Fremde sich auf gewisse Weise kannten.

Zwei Meter entfernt stolperte er beinahe über ein Bein, dann blieb er vor mir stehen. Es war seltsam, ihn als Clubgast zu sehen. An den Seiten war sein Haar schweißfeucht, er roch nach Musikschauen und Nacht.

»D-delilah?«

Ich mochte sein Stottern, die Art, wie er mich musterte, als wäre ich verschwommen, nur das Abbild eines Menschen, greifbar, aber nicht echt. Als träumten wir einen gemeinsamen Undergroundtraum, in dem wir träumten, wir träumen diese Begegnung.

»Hey.«

Ich hob die Hand, meine Stimme klang zu piepsig, er verzog die Lippen zu einem grundlosen Lächeln. Und plötzlich war ich sechzehn, ein aufgewühlter Teenager, keinerlei Erfahrung, einzig bestehend aus einem noch nicht ertrunkenen Herzen.

Aber wieso, wieso, wieso verflucht noch mal?

»Ich –«

»Ich liebe Gäste, die 'ne halbe Weltreise zu einem neuen Ort machen.« Die Barkeeperin stellte zwei Heineken auf den Tresen. »Das sind mir die liebsten, Sportsfreund.«

Kondenswassertropfen rannen die Flaschenhälse entlang. Jonah betrachtete sie so, als hätten sie etwas zu bedeuten. Erst nach einigen Sekunden wandte er mir das Gesicht wieder zu.

Es tat weh, dass ich niemals erfuhr, was er hatte sagen wollen.

Ich sah sie nicht kommen. Als erschien sie aus dem Nichts. Diese Frau mit dem blonden Haar. Schwarze Augen, winzige Geige auf dem Zeigefinger.

»Da bist du ja, Mann! At hat gemeint, du hast dich verlaufen. Die anderen warten seit gefühlten Ewigkeiten auf dich.«

Sie kam ihm so nah, während sie nach einem Bier griff. Ihre Schulter an seiner, Haut an Haut, der winzige Abstand zwischen ihnen sprach Bände. Jonah konnte gerade so nach der zweiten Flasche greifen, ehe er sich von ihr wegziehen ließ. Wortlos.

Unsere Blicke kreuzten sich zum letzten Mal.

Aber sein Gesicht ist so zu.

Ich winkte. Ein zweites »Mach's gut« innerhalb von Wochen. Nur war es diesmal anders gemeint. *Mach's gut, Jonah. Mach es wirklich gut. Mach es so gut wie meine Lieblingszeile in* Eucalyptus Leaf Green.

»Habe ich das gerade geträumt?«, fragte Livy.

Ich wusste keine Antwort. Bloß, wie wir uns zehn Minuten später doch erhoben. Wir wollten tatsächlich ins *Thirst Soho,* blieben aber in der Eingangshalle stehen. Mittlerweile türmte sich Band-Merchandise an zwei Ständen, The Bones und Sodalite Blue, ich musterte Shirts und Vinyls.

»Ich will eins.«

»Was?«, fragte ich, doch Livy war schon auf und

davon, deutete auf ein graues Shirt, Sodalite Blues Emblem schwarz und fett gedruckt. Sie wählte XL, zückte die Karte, bezahlte, dann drückte sie es mir in die Hand.

»Hier, für deine Bandshirt-Sammlung.«

Ich starrte es an, schüttelte den Kopf, nahm es auf keinen Fall entgegen. Stattdessen beobachtete ich, wie Livy es sich seufzend in die Tasche stopfte.

»Na schön, dann nicht. Wenn er später mal so richtig berühmt ist, können wir es auf eBay verkaufen, haha.«

In Richtung Tube fischte sie nach ihrem Handy, um Nick aka ihrem *boyfriend of the year* auf die Herzen zu antworten. Ich tat so, als würde ich auch jemandem schreiben.

Die Meere, die uns unendlich vorkommen, sind im Universum nicht mal ein Tropfen. Wenn das stimmt, was ist demnach eine mittelgroße Lawine? Der Bruchteil eines Nichts? Aber ist der Bruchteil eines Nichts nicht nichts? Wenn das wahr ist, wieso bist du dann schon so lange nicht mehr alles? #LassMichDichÜberrollen #AmLiebstenNackt #DiesmalZusammen #SorryFürDenSchwarzenHumor #SorryFürDenPathos #KannstDuMirDenWenigstensVerzeihen? #IchSchenkeDirAuchLivysNeuesBandshirt

Alte Notiz

Val, I like your violin, like touching it real' good
Val, Val, Val
Why don't you come on over and let me lick your violin

(danach hab ich's mir gemacht)

Kapitel 18

Jonah

Fensterbankfeuchtgrau

Als der Donner ertönte, öffnete ich das Fenster. Seit zwei Wochen war Frühling, heute roch es zum ersten Mal nach Sommerregen. Sehr seltsam. Klaviertöne in Moll vermischten sich mit dem Regenplätschern. Gewollte Dramatik, nass glänzende Ziegelsteine, das blinkende Tesco-Schild. Haare raufend verharrte ich vor den Vorhängen, die ich zur Seite geschoben hatte.

Was ist denn nun, Mister Lowell?

Ja, Sie Oberklugscheißer, was war denn nun?

Keine Ahnung, wann ich eine Antwort darauf haben würde. Klar, ich hatte mit dem Anruf gerechnet. Klar, ich hatte mir Antworten zurechtgelegt. Klar, dass nichts so lief, wie ich es mir vorgestellt hatte.

»Hey, Mann.« Gus' Stimme drang durch die Tür zu mir. »Ich mache Omelette. Willst du auch eins?«

Ich rief ein »Sicher«, bevor er sich entfernte. Schritte, Uhren, Regen. Alles machte Geräusche. In der Küche halbierte er Cherrytomaten, während ich Eier aus dem Kühlschrank balancierte. Draußen donnerte es einmal heftig, dann zweimal leiser. Im selben Moment vibrierte Gus' Handy, eine Nachricht von Fitz im Gruppenchat, der Link zu Elles Insta-Profil. Elle arbeitete als Barkeeperin in seiner Straße, Fitz stand übertrieben auf sie, doch tat sich schwer, sie um ein Date zu bitten. Wenn er maximal verzweifelt war, kritzelte er Gedanken auf Karteikarten. In die Tischmitte legte er dann so was wie *Erstes Date*, ringsum Ideen, hatte was von Brainstorming in der Sechsten. Gus meinte, er müsste mal chillen, aber Fitz konnte nicht.

»*Ihr, scheiße, ihr findet das Ganze affig, oder? Ich meine, ich bin besessen von einer Frau, die bei* Dirty Drinks *arbeitet. Ich weiß, dass wir kein einziges Mal miteinander geredet haben, aber wenn ich sie ansehe, haut mich das aus den Socken. Kann ich ihr einfach folgen? Oder lieber nur anschreiben?*«

Wir ließen seine Sprachnachricht laufen, anschließend seufzte Gus.

»Wir müssen ihm vor At antworten.«

»Schreib ihm einfach, dass es nicht affig ist.«

»Warte mal, wir finden es also nicht too much?« Gus hob eine Braue.

»Kommt doch vor, dass man jemanden einfach mag.«

»Und wen hast du schon mal so gemocht?«

»Niemanden.«

»Na, na, LJ. Vergiss nicht, was der Barkeeper im *Spicy* gesagt hat. Ich bin dein Seelenverwandter. Ich merke, wenn du lügst.«

Augen rollend ließ ich Gemüsewürfel in die Schüssel rieseln. Ich wollte nicht an Delilah denken, tat es aber trotzdem. Ich dachte an *Pyro* und Apfelsinen und ihr Winken. Das zögerliche Winken vor Wochen im Flieger, das entschlossene Winken im *Underground* vor knapp einer Woche. Allein, wie sie ausgesehen hatte. Dieses schulterfreie Top mit den langen Ärmeln, die hängenden Ohrringe zwischen den kinnlangen Strähnen. Wäre Mabel nicht gewesen, hätte ich Delilah für immer angestarrt. Dabei hatte Mabel nicht mal gewusst, wieso sie überhaupt im *Underground* aufgetaucht war. Unsere Begegnung vor der Bostonreise sei ihr nicht mehr aus dem Kopf gegangen, hatte sie gesagt. Aber das war doch Bullshit.

Ich hatte Delilah haargenau vor Augen, sie in der Bar, auf dem Boden, nicht im Flieger, ich ohne Panik, dennoch mit rasendem Herzen. Selbst als wir die Omeletts am Tisch aßen. Selbst als Gus den Teller in die Spüle stellte. Selbst als er sich die Sporttasche schnappte, auf dem Weg ins Boxstudio, auf das er so abfuhr. Keine Ahnung, wie lange ich danach in der Küche saß. Nur so. Heute war Frühling, April, Samstag, ein Sommerregennachmittag. Und zum ersten Mal seit Langem hatte ich nichts auf der imaginären To-do-List stehen. Keine Online-Lernstunden, keine morgendliche Bandprobe, zu der Gus sich stets verspätete. Meistens wollte er dann die neuen Chords durchstreichen, die wir ohne ihn erarbeitet hatten, Ats »Wer zuerst kommt, schreibt zuerst« geflissentlich ignorierend.

Am Ende landete ich dort, wo ich immer landete. Barfuß vor dem Keyboard, an Noten verzweifelnd, als wäre nichts dabei. Ich hatte Kafkas gesammelte Werke gegen mein miserables Kompositionstalent eingetauscht. Bombe. War das eine Blockade? Wenn ja, ging sie wieder weg?

Wenn nein, was war es dann? Bevor ich Notenschlüssel wieder durchstreichen würde, spielte ich Bach. Goldberg-Variationen, Aria, aus dem Kopf. Ich vermasselte zwei Stellen und tat so, als hätte ich es nicht getan. Viel Fortepedal, bloß volle Töne. Anschließend ließ ich mich in den Stuhl sinken, den Blick nach vorn gerichtet. Drei Blätter, vergilbtes Papier. Das Handyvibrieren war eine willkommene Ablenkung. Die Nachricht stammte erneut von Fitz, diesmal nichts zu Elle, sondern die Nummer von Paula Paulsen. Er hätte was mit der Goldsmiths organisiert, anbei der Link zu ihrem kulturjournalistischen Blog. *London. Culture.* At kümmerte sich um die Gigs, Fitz um Social Media, Gus und ich schrieben die Songs. So war das in unserer Band, der minimale Schein von Ordnung. Bestimmt hatte At das Mallon wie einen rettenden Strohhalm unter die Nase gehalten. Hahaha. Ich öffnete den Link, wobei ich mich an Delilah erinnerte.

Ich bin ein bisschen von allem. Ich studiere Journalismus an der Goldsmiths.

Ich scrollte mich durch die ersten Seiten. Vorbei an Interviews mit lokalen Künstlern, Kritiken zu Theaterstücken und Lobeshymnen bezüglich erschienener Romane. Auf der dritten Seite stolperte ich über ihren Namen. Delilah Dellaria. Ich klickte ihn an. Ein rundes Foto mit ihrem Gesicht. Sie war es also wirklich. Ich überflog die Rezension zum Debüt einer früheren Kommilitonin. *Mails* von Pomela Vesper. »Das Ende war Alles und Nichts.« Unten verharrte ich auf der E-Mail-Adresse. Delilahdellaria@gold.ac.uk.

Für Anregungen oder Anmerkungen an die Autorin.

Irgendwann legte ich das Handy weg und starrte wieder den Notenblättern entgegen. *Navy Blue* als Überschrift, zittrig, krumm und krakelig dahingeschmiert.

Dads Handschrift.

Mein Herz stach.

Kapitel 19

Delilah

#Münzenweltmeer

Ich träumte den Grönlandhaitraum, in dem ich träumte, ich träume von einem Grönlandhai, als ich in Mumbai lag. Das salzige Wasser, die Lichtfische, Penns Wellenworte. Selbst mein Herz klopfte auf die so vertraute Weise, während ich wie in Trance den Wolken entgegenblinzelte. Ich war am Poolgelände eingenschlafen. Schwüle vierunddreißig Grad. Ich wollte mich gerade auf rote Stellen untersuchen, da setzte sich jemand links auf.

»Alles okay?«

Mit gefurchter Stirn drehte ich mich dem Co-Piloten meiner Besatzung zu. Charles Saint James war Nicks älterer Bruder, hochgradig bekannt, weil er die Ich-bin-Pilotwollen-wir-in-mein-Hotelzimmer-Karte zu oft ausspielte. Dem ersten Anschein nach wirkten Nick und Charlie wie Zwillinge. Dunkle Locken, fesselnde Ausstrahlung, derselbe viel zu intensive Blick. Bloß hatte Nick verschiedenfarbige Augen und wollte nur Livy in seinen Hotelzimmern. Und in seinem eigenen. Und auf seinen Skizzen.

»Klar ist alles okay.« Ich nickte hastig auf das Hardcover in seinem Schoß. »*Simple. Das Kochbuch.* Du versuchst also immer noch, Gourmetchef zu werden?«

»Wieso sollte ich aufgehört haben?«

»Hab von deiner betrunkenen Eingebung gehört, dass Kochen vielleicht nicht dein größtes Talent ist.«

»Übung macht den Meister. Na ja, außer vielleicht Nick. Er kann jahrelang keinen Pinsel in die Hand nehmen und immer noch malen wie Picasso.«

»Ist er nicht eher Surrealist?«

»*Surrealist?* Haha, okay, ich fasse dann mal für dich zusammen. Du bist für eine halbe Stunde weggenickt, hattest offensichtlich einen Albtraum und willst gleich über Nicks Malstil diskutieren. Ich würde mal sagen, Olivia hat die seltsamsten Freundinnen ever.«

»June ist nicht komisch. Aber mach dir keine Hoffnungen, sie datet nicht. Schon gar keine Piloten. Und schon gar nicht welche, die unter den Top Ten Horny Co-Piloten stehen.«

»Ihr habt Piloten Charts? Was für eine Ehre, aufgelistet zu sein!«

Ich unterdrückte ein Augenrollen, bevor meine Gedanken zurück zum Grönlandhai ruderten. Wie von selbst, zu Dunkelheit und Penn und unseren Bandshirts. In meiner Brust wurde es eng.

»Delilah? Ist wirklich alles okay? Du siehst gerade echt … aufgewühlt aus.«

»Was? Nein, wirklich alles gut. Liegt bestimmt an meinem Tag. Ist so ungewohnt. Ich bleibe nie im Hotel. Schon gar nicht am Pool. Eigentlich wollte ich zum Chhatrapati Shivaji Terminus fahren.«

»Und wieso bist du dann nicht auf Tour?«

»Ich muss Joan Didion für ein Seminar lesen.« Ich beäugte das zerfledderte Taschenbuch mit den neongelben Post-its. »Schätze, die Geschichte von Goldgräbern in Kalifornien macht mich müde.«

»Fliegen und Uni gleichzeitig, hm? Das ist doch safe richtig anstrengend.«

Ich zuckte mit den Achseln. Wenn ich an morgen dachte, pochten mir die Schläfen trotzdem. Landung um sechs, zu Hause um acht, vier Stunden später zombiemäßig zur Uni stolpern. So was von Goals.

»Es ist verdammt anstrengend«, hätte ich Charlie am liebsten gesagt. »Manchmal möchte ich das Studium schmeißen und nur noch fliegen. Ich würde mir ein Leben über die Welt hinweg aufbauen. Ich hätte einen Stammyogakurs hier in Mumbai, ein Fotografieseminar in Buenos Aires und eine Lieblings-Happy-Hour in Chicago. In jeder Stadt hätte ich ein paar flüchtige Freunde, überall wäre ich ich und gleichzeitig auch nicht. Meine Haut wäre von der südafrikanischen Sonne ständig gebräunt, aber ich wäre kälteunempfindlich wegen der vielen Winter in Moskau. Ich hätte Tausende kleine Leben. Wie steinalte Besatzungsmitglieder, die behaupten, früher sei alles besser gewesen, weil sie zwei Wochen lang mit LondAir durch Südamerika geflogen sind. Und vielleicht wäre dann auch alles besser.«

Aber ich schwieg, bis auch Charlie sich tiefer in die Liege sinken ließ.

»Übrigens.« Er räusperte sich. »Dein Dekolleté ist sehr rot.«

»Übrigens.« Diesmal konnte ich das Augenrollen nicht unterdrücken. »Hab gehört, du warst letzten Monat in Hongkong so betrunken, dass du nackt im Pool *I believe I can fly* zum Besten gegeben hast.«

Während er sich lachend seiner Lektüre zuwandte, erkannte ich den tatsächlichen Sonnenbrand auf meinen Brüsten. Großgroßartig. Daraufhin packte ich meine Sachen zusammen, im Zimmer beschloss ich zu baden. *Karma Police* auf voller Handylautstärke, ich wollte das Wasser aufdrehen. Da vibrierte mein iPhone. Eine neue Mail. Mit zusammengezogenen Brauen musterte ich den Absender.

An: delilahdellaria@gold.ac.uk
Von: jonahllowell@gmail.uk
Betreff: *Blutorange*

Liebe ehemalige Sitznachbarin auf 27A,
wir sind uns vor über zwei Monaten begegnet, als ich dich in einer Flughafenbar beim Musikhören gestört habe. Im Flieger Richtung Heathrow hast du mich davor bewahrt durchzudrehen, und wir sind Zeuge davon geworden, wie zwei Teenager Mitglieder des Mile High Clubs geworden sind. Du hattest dich gerade von deinem Freund getrennt, und ich habe dir eine Playlist mit Liebeskummerliedern erstellt.
Ich weiß, es klingt echt verrückt, aber ich denke seitdem an dich. Wenn ich die Spotify-App öffne zum Beispiel. Wenn ich jemanden sehe, der einen Koffer vor sich her rollt. Wenn jemand Apfelsinen isst. Wenn ich mich an einem Witz ver-

suche und mein bester Freund mir sagt, ich sei nicht witzig. Das Ganze klingt natürlich ziemlich creepy, obwohl ich nicht möchte, dass es das tut. Anway. Dein Winken vom vorletzten Freitag geht mir nicht aus dem Kopf, und das ist doch eigentlich völliger Mist, oder? Ich meine, es ist nur ein Winken. Aber es war dein Winken, und das macht es irgendwie anders. Als ich in der Ankunftshalle stand, wollte ich dir meine Nummer geben, was ich offensichtlich nicht getan habe. Aber jetzt, keine Ahnung, ich glaube, ich würde es einfach bereuen, dir nicht zu schreiben. Hättest du vielleicht Lust, was trinken zu gehen? Wir könnten uns über meine Panik lustig machen, haha. Wir könnten auch über Lichtblau *reden. Oder darüber, wie komisch es ist, dass es letztens nach Sommerregen gerochen hat. Super strange, oder? Ganz, wie du willst. Du musst auf diese Mail natürlich nicht antworten. Ich finde sie selbst zu viel und sollte sie wahrscheinlich nicht abschicken, aber ich weiß auch nicht.*

Keinen Schimmer, woher er meine Mailadresse hatte. Keinen Schimmer, wieso ich eine Antwort tippte, rasend und manisch, als hätte ich ihm etwas Wichtiges mitzuteilen. Und sie gleich wieder löschte. Ich dachte an Jonah im Flieger, ich dachte an Jonah auf der Bühne, ich dachte an Jonah an der Theke mit dieser Frau. Der Winter war vorbei, trotzdem noch da. Nichts in mir fühlte sich wie Frühling an. Zu Hause erwachte London, die Sonne blieb länger, die Straßen wurden grüner, Passanten setzten sich in Cafés nach draußen. Meine Stadt war voll, ich aber leer. Stattdessen besaß ich ein volles Postfach mit einer nun geöffneten Mail von Jonah L. Lowell. Jonah L. Lowell, der mich nach einem Date fragte, obwohl ich ihn mit einer anderen Frau im *Underground* gesehen hatte.

Arrogantes Sängerarschloch.

Ich legte das Handy beiseite, ignorieren statt vergessen, bloß dachte ich weiter an ihn. Die. Ganz. Verfluchte. Zeit.

Selbst während der Sicherheitskontrollen am Flughafen. Kontrollen in Indien waren die lästigsten, denn sie dauerten ewig. Zu viele Besucher in Kombination mit vier gleichzeitig startenden europäischen Airlines. Gute fünf Minuten lang wurde ich abgetastet, die Frau griff mir teilnahmslos unter den Rock und die Bluse. In Uniform war ich eine gesichtslose Puppe mit Lippenstift und ohne Gefühle. Als ich aus der Kabine trat, musste ich mein Portemonnaie öffnen.

»Euros, Pfund, Pennys, Reals«, sagte ein Typ in Sicherheitsuniform. »Sie haben viel zu viele Münzen da drin. Das stört beim Scanning. Lassen Sie die nächstes Mal zu Hause.«

»Ein Weltmeer in Form von Münzen, das ich nicht ablegen kann« lag mir auf der Zunge, doch ich traute mich das Lautaussprechen nicht.

Später während des Boardings, dem Service, als ich in der hintersten Bordküche mit dem iPad hockte. Als Doreen auf dem Jumpseat schlief, als könnte die Kabinenchefin nicht jederzeit hereinstürmen. Als das Licht über uns flimmerte und der Airchiller fast so laut rauschte wie das Flugzeug selbst. Als ich völlig übermüdet war und nichts dagegen gehabt hätte, zwei Leben zu verschlafen.

Genau dann hatte ich Jonahs Stimme in den Gedanken. Und unter der Haut. Einen Ohrwurm von *Liebe ehemalige Sitznachbarin auf 27A*.

*

Der Ohrwurm hielt an. Im Van, gemeinsam mit der Crew, wir auf dem Weg ins Flight Operation Center. Auf dem Vierer in der Bahn, ich gegen den Sekundenschlaf ankämpfend. Frisch geduscht unter der Decke, als ich mir gähnend den Wecker für in vier Stunden stellte. Hundemüde im Seminar, wo der Dozent redete und alle nickten und ich nur blinzelte.

Liebe ehemalige Sitznachbarin auf 27A, Liebe ehemalige Sitznachbarin auf 27A, Liebe ehemalige Sitznachbarin auf 27A.

Die Worte verklangen bloß, weil ich Paula im *Waves* gegenübersaß. Es war kurz vor sechs, das Lokal neu und in Campusnähe, noch so unbekannt, Schreibstudenten breiteten sich an Ecktischen aus. Nach dem Seminar hatte sie gemeint, wir könnten uns ja über den Termin unterhalten, den ich gleich hätte. »Welcher Termin?«, hatte ich gefragt. »Na, der mit Sänger und Gitarrist von Sodalite Blue«, hatte sie erwidert. Darauf hatte ich sehr lange versucht, etwas zu sagen. Ohne es hinzubekommen. Fünfzehn Minuten später befanden wir uns im Café, Kaffeenebel ringsum, unsichtbare Wut in mir drin. In meinem Kopf türmten sich Informationsfetzen, die für mich keinen Sinn ergaben. Manchester, Livebandabend, sehr, sehr große Sache, Presse, Radio, Aufmerksamkeit hoch tausend, das UCL mache auch eine Reportage, *wir müssen, müssen auch dabei sein.*

»WAS?«, rief ich, nachdem mir Paula zum sechsten Mal erklärt hatte, worum es ging.

»Wie *was*? Sorry, Lilah, aber liest du überhaupt deine Mails? Ich verstehe, dass du viel mit deinem Job zu tun hast, aber du bist trotzdem Teil der Redaktion. Wes hat gemeint, du freust dich über jeden Artikel, solange wir noch nicht wissen, was genau du machst. Und ich meine, du bekommst die Anfahrt und das Zimmer bezahlt! Hast du nicht in einem Post erwähnt, Roadtrips wären voll dein Ding?«

»Roadtrips wären voll mein Ding?« Ich schnaubte. »Das ist euer verfluchtes Argument?«

»Ja.«

Zwei Buchstaben, ein Wort. Ich biss mir auf die Zunge, um nichts zu erwidern. Insgeheim wünschte ich mir, wir wären uns im Seminar nicht begegnet. So hätte sie keine Möglichkeit gehabt, mich auf das jetzige Kennenlernen und die Videoreportage anzusprechen. Natürlich hätte sie mir am nächsten Morgen die Hölle heiß gemacht, aber mit klarem Kopf hätte ich besser damit umgehen können. Ich hätte mich rausgeredet und jemand anderes den Job übernommen. Paula hätte mich obviously gehasst, doch ich hätte mich nicht Jonah im Zombiezustand stellen müssen.

»Für wann hast du das Meeting angesetzt?«, fragte ich leise.

»Für achtzehn Uhr. Gleich hier. Wie gesagt, nur ne lockere Kennenlernrunde mit Sänger und Gitarrist, damit es vor der Kamera nicht ganz so awkward ist. Ich hab echt angenommen, dass wir dir einen Gefallen tun. Laut Wes fährst du voll auf ihre Musik ab. Er hat dir sogar Karten geschenkt, oder? Lies dir die Mail durch, dann müsste alles klar sein. Ich muss nämlich weiter. Bin mit Jared verabredet, wir haben doch diesen Podcast.«

Paula verabschiedete sich mit einem Winken, dann schwebte sie auf den kniehohen Stiefeln davon. Ich hasse dich, dachte ich. Zuerst meine Kritiken, jetzt das. Ich hasse, hasse, hasse dich. Dann dachte ich, dass es sich um eine Verwechslung handeln musste.

Sodalite Blue. Ich hab echt angenommen, wir würden dir einen Gefallen tun.

Sie *musste* sich versprochen haben. Ich konnte die Band nicht interviewen. Trotzdem stieß ich auf die ungeöffnete Mail, Paulas Name dicht unter Jonahs. Vielleicht hatte ich sie deshalb übersehen.

Das ist ein Scherz, das ist ein Scherz, das ist ein Scherz.

London war eine Metropole von fast neun Millionen Einwohnern. Und doch saß ich hier und wartete in einem artsy Café auf Jonah Lowell.

Nein, nein, nein.

Ich wappnete mich mit einem Schluck Kaffee, bevor ich Google öffnete. Es war wie im Flieger während des zweiten Service. Wenn das Make-up nicht mehr saß und Müdigkeit mein zweiter Vorname war. Ein Schritt nach dem anderen, ein Passagier nach dem nächsten. Bloß keinen Blick auf die letzte Reihe wagen, bloß nicht an die Landung und die sich endlos ziehende Zugfahrt denken. Ich schaltete in den Überlebensmodus, ich war eine Journalismusstudentin.

Ich muss mich auf dieses Kennenlernen vorbereiten, ich muss mich auf dieses Kennenlernen vorbereiten, ich muss mich auf dieses Kennenlernen vorbereiten. Ich weiß nicht, dass Jonah Flugangst hat, mit blauen Kulis schreibt und lieber duscht, statt zu baden. Ich weiß das nicht, ich weiß das nicht, ich weiß das nicht.

Ha. Ha. Ha. Ha. Ha.

Ich tippte Wörter in die Suchanzeige, überflog die Band-Homepage und die Handvoll Interviews, die ich finden konnte. Sodalite Blue war eine Londoner Musikgruppe, gegründet von Jonah Lowell und Augustus Brightly. Beste Freunde aus Manchester, seit Kindergartentagen miteinander bekannt. Vor zwei Jahren waren sie Finalist des bekannten Roland-Decker-Contests gewesen. Ich scrollte mich weiter durch den News-Reiter, vorbei an etlichen Anzeigen, die bloß Jonahs Nachnamen ohne Vornamen beinhalteten. Später würde ich sie genauer unter die Lupe nehmen. Zuletzt bemerkte ich diese Schlagzeile.

Sodalite Blue-Leadsänger Jonah Lowell: Neuer Trend – Absturz vor Aufstieg?

Der Link führte mich auf ein Musikmagazin. Fette Überschrift, wenig Text, ein Video. Ich ließ Letzteres abspielen. Und erschrak. Ohrenbetäubend dröhnte mir Hipstertechno entgegen. Ich erntete genervte Blicke, während ich die Lautstärke runterdrehte. Dann erschien er im Bild. Na ja, es war eher ein Torkeln. Jonah, in Jeans und Shirt. Zerzaustes Haar, leerer Blick. High, betrunken, bekifft. Jonahs Frisur schrie »Sex, Sex, Sex«, das zerknitterte Shirt in Kombi mit dem offen stehenden Hosenstall tat sein Übriges. »Sex, drugs und Rock 'n' Roll, was?«, sagte der Typ hinter der Kamera. Statt zu antworten, hob Jonah bloß den Daumen. Die Augen grau wie Wolken bei Gewitter, die Miene zugedröhnt und verschlossen. Im selben Moment huschte eine Frau mit schief sitzender Kleidung aus den anliegenden Waschräumen. Das Video brach ab, als Jonah sich an der Wand abstützte. Im Bildschirm erschien: *Wenn du ein Möchtegernrockstar bist und zum ersten Mal ne Gage bekommst, die für ne Tüte reicht* … Er war also ein verfluchtes Meme? Ich wollte die Sequenz von Neuem abspielen, zuckte jedoch zusammen.

»Lilah?«

Reflexartig schloss ich den Laptop. Als wäre es verboten, sich Videos von bekifften Musikern anzusehen. Hahaha, ja genau. Ich blickte auf, Hunter winkte mir zu. Ein Filmstudent, der zumeist bei den Videoreportagen von *London. Culture.* mitwirkte. Er war eng mit Wes befreundet, was hieß, dass wir vor Unipartys meistens gemeinsam vorglühten.

»Woah, sorry, ich wollte dich nicht erschrecken. Wollte nur Bescheid sagen, dass ich da bin. Wir haben ja das Projekt am Samstag zusammen, oder? Thank god, dass Paula es nicht selbst macht. *Nein, das ist noch nicht richtig, die Einstellung muss null-Komma-null-drei Prozent zurückgestellt werden.* Wäre ein Horror gewesen. Anyway, ich geh eine rauchen, bin gleich wieder da.«

Mein »Alles klar« war dünn und leise. Gerade öffnete ich das Notebook. Im selben Augenblick hörte ich es.

Sein unverkennabres Lachen.

Jonah trug ein weißes Shirt, darüber die Lederjacke, die ich bereits kannte. Wie er in den abgetragenen Sneakers vor der Getränketafel verharrte. Die Art, wie er den Kopf nach links neigte. Seine Finger, die einen eigenen Rhythmus auf das Jeansbein schlugen. Wie er sich gab, wenn ihn scheinbar niemand bemerkte. Selbstbewusst und doch in sich gekehrt. Jonah in einem Studentencafé, hinter ihm die untergehende Sonne auf einem blaugrau aufgerissenen Himmel. Privat, intim und so verrückt machend. Mir war warm, doch mir wurde wärmer. Ich war ein steigendes Thermometer mit pochendem Herzen.

Als Gus mich entdeckte, saß mir ein Kloß in der Kehle. Dann winkte ich, weil ich winken musste. Ich war die Journalistin. Wir hatten eine gemeinsame Reportage. Irgendwie zumindest. Ich wollte ein wenig sterben, aber das war ja egal. Hastig tippte Gus Jonah an, der mich daraufhin beäugte. Bestimmt marschierte er auf mich zu. Ich hingegen erhob mich und streckte Gus zuerst die Hand hin.

»Ich bin Delilah. Cool, dass ihr Lust auf unser Videoformat habt.«

»Delilah?« Er runzelte die Stirn. »Ich dachte, wir würden uns mit einer Paula treffen?«

»Paula hat mir das Projekt gegeben.«

Mit einem tiefen Atemzug schweifte mein Blick zu Jonah. Mahlender Kiefer, blinzelnde Wimpern. Drei Sekunden lang musterten wir uns wortlos.

»Das ist lowkey ein Witz, oder?«, fragte er.

»Warte mal. Du heißt Delilah, aber du bist nicht …« Gus wandte sich an Jonah. »Stopp, ist sie Delilah wie Die-Flugbegleiterin-Delilah?«

»*Die-Flugbegleiterin-Delilah?*« Ich verzog die Miene. »Bitte was?«

»Glaub mir, darauf hat er dich garantiert nicht reduziert. Er ...« Beim Klang von Jonahs Räuspern brach er ab. »Ich, äh, bestelle mal Getränke.«

Gus nickte zur Theke, bevor er verschwand. Dann Jonah und ich, allein und voller Schweigen. Jacke ablegen, Blickkontakt vermeiden. Als würde ich mich auflösen. Haha, Hoffnung stirbt zuletzt, Mister Möchtegernrockstar Meme. Lautlos setzte Jonah sich mir gegenüber hin. Sein Bizeps spannte sich unter dem Shirt an und leider hing ich wie besessen an der schwarzen Tinte. Im Club hatte ich sie nicht bemerkt, jetzt machte ich vage Rechtecke auf gebräunter Haut aus. Erinnerte an lose Klaviertasten.

»Hast du meine Mail gelesen?«

Seine Frage kam aus dem Nichts, meine Erwiderung war ein Nicken. Ich umklammerte den Bambusbecher, ohne an ihm zu nippen.

»Zwilling. Immer unterwegs, kreativ und unruhig.« Er deutete auf den glitzernden Aufdruck. »Ist das dein Sternzeichen?«

»Ja.«

Je länger er mich betrachtete, desto fester wurde mein Griff. Als meine Muskeln krampften, hielt ich es nicht mehr aus, sah weg und auf das Geschehen im Café, auf Hände, die Zuckerpäckchen aufrissen, Finger, die sich durch Apps scrollten. Bis er plötzlich sprach.

»Es tut mir leid, okay? Ich hätte dir nicht schreiben sollen. Ich weiß auch nicht, was ich mir dabei gedacht habe. Eigentlich wollte ich die Mail nicht abschicken. Wirklich. Aber ich –«

»Ich habe dir geantwortet«, murmelte ich.

»Bei mir ist nichts angekommen.«

»Ich habe auch nichts abgeschickt.«

»Okay? Erzählst du mir, ähm, trotzdem, was du geschrieben hast?«

»Willst du das wirklich?«

»Ja.«

Ich hob die Brauen.

Seine Gesichtszüge waren wie eingefroren.

»Ich wollte dir sagen, dass ich die Frage nach dem Date ziemlich unverschämt finde. Ist ja offensichtlich, dass ich dich letzte Woche mit einer anderen Frau beobachtet habe.«

»Hätte ich auch so gemacht.«

»Und wieso hast du dann überhaupt geschrieben?«

»Was ich getippt habe, stimmt so. Alles. Deshalb. Keine Ahnung, wie ich's erklären soll, ohne dass es komisch klingt. Aber ...«

» ... aber das mit der Frau war bloß eine einmalige Sache? Du weißt nicht mehr, wie sie heißt? Und hättest du wiederum gewusst, dass wir uns zufällig im *Underworld* treffen, hättest du sie erst gar nicht angesprochen?«

»Eigentlich nicht, nein. Mabel ist eine Bekannte. Und wenn es so gewesen wäre, hätte ich mich nach der Begegnung mit dir verabschiedet. So ganz allgemein aus Respekt. Suprise, suprise.«

Jetzt war ich diejenige, die blinzeln musste. Verdammt, verdammt, verdammt. Ich war mir bewusst, was er sagen wollte, aber ich war auch müde, überfüllter Kopf, leeres Herz.

»Ich habe vor einer Stunde wegen der Reportage Bescheid bekommen. Ich habe letzte Nacht keine Sekunde geschlafen und möchte eigentlich nur nach Hause. Hättest du was dagegen, wenn ...«

»Wenn wir dieses *Kennenlernen* einfach hinter uns bringen? Natürlich nicht.«

Er wandte sich ab und Gus zu, der Heißgetränke in unsere Richtung balancierte. Bevor er uns erreichte, schluckte Jonah.

»Das mit der E-Mail tut mir wirklich leid. Ich wollte dich nicht bedrängen oder in eine unangenehme Situation bringen. Ich hätte sie niemals abschicken sollen. Vergiss sie einfach, okay?«

»Klar.«

Ich berührte das Mousepad und tat so, als würde ich ein Dokument mit vorbereiteten Notizen öffnen. Und dann, dann hielt Jonah Wort. Die Art, wie er mich ansah und mit mir sprach, veränderte sich. Als wäre ich wirklich nur eine Studentin, mit der er zusammenarbeitete. Der Himmel, Lichtblau, Flugzeugfensternachtaussichtsblau, alles vergessen. Als würde dieses Gefühl zwischen uns nur Meilen über dem Boden existieren. Zwanzig Minuten lang plätscherte das Gespräch dahin, wie es ihnen so ginge, was sie so machten. Hunter übernahm das Reden für uns beide, erklärte, im wievielten Semester er sei, und faselte von *London. Culture.* Er erkundigte sich sogar nach ihren abgeschlossenen Bachelors, Gus Architektur, Jonah ja Lehramt. Irgendwann fragte Gus nach dem Redaktionsplan, und ich versprach, ein PDF zu mailen. Gegen halb sieben verabschiedete Hunter sich. Er müsse die Bahn erwischen, Date mit seinem Freund, wieder Miesebrisestimmung. Da kenne ich mich ja aus, meinte er zwinkernd.

»Danke fürs Kommen«, murmelte ich.

Während Gus nun die Tassen wegstellte, sprang Jonah in die Jacke. Zuerst schlüpfte er in den rechten Ärmel. Mehr Stoff, weniger Haut. Warme Wangen, warme Haut, warmes Herz. Ich war ein pulsierendes Thermometer auf einem wackeligen Stuhl. Als er meinen Blick bemerkte, zuckte er mit den Brauen. Nur die Spur eines Abhebens, als wollte er mich nicht verraten.

»Sind das eigentlich Klaviertasten auf deinem Oberarm?« Ich nickte hastig in die genannte Richtung.

»Als was fragst du das? Als Journalistin?«

»Äh, was?««

»Ich beantworte keine privaten Fragen in Interviews. Ganz Künstlerallüren-like, du weißt schon.«

Die Hände an der Lehne, beugte er den Oberkörper nach vorn. Er war mir so nah, ich atmete ihn ein. Jonah auf meiner Zunge, in den Lungenbläschen und im Pochen meines Herzens. Für die Länge eines tiefen Atemzugs sah niemand von uns weg. Blick in Blick, ich verlor bloß zwei Herzschläge.

Ich schluckte, schluckte, schluckte.

Scheiße, scheiße, scheiße.

»Ich ...« Ruckartig richtete ich mich auf. »Ich bin übrigens auf das Video gestoßen. Das, ähm ...«

»Das Meme, meinst du?« Seine Stimme klang minimal tiefer, doch sein Kiefer arbeitete. »Wo ich high bin?«

»Ja.«

»Und das erzählst du mir, weil?«

Keine Ahnung.

»Keine Ahnung.«

In Zeitlupe schlitzte er die Augen. Bevor er sprach, weitete sich sein Brustkorb. Beinahe hätte ich unter dem Tisch nach den verlorenen Herzschlägen gesucht.

»Ja, dann.«

Zwei Worte, tief und kalt.

Jonah ging.

Kapitel 20

Jonah

Plattenlila

Unser Treffpunkt war das *Ezra & Gil* in der Hilton Street.

Schon von Weitem erkannte ich Delilah, wie sie dicht an der Glasscheibe saß. Gefütterte Jeansjacke, tintenschwarzes Haar. Sie hielt eine Apfelsine zwischen den Fingern, während sie mit Hunter sprach.

Delilah im grießgrauen Manchester anzutreffen war maximal seltsam. Bloß das Airbnb in der George Road gebucht zu haben kam mir noch merkwürdiger vor. Immerhin war Manchester doch Heimat. Mir die Knie in Salford aufschürfen, montags aus Prinzip schwänzen, im All Saints Park einen Stammraucherplatz besitzen. Aber niemand, der mir nah war, existierte noch hier. Alle waren weggezogen, einer war tot. Das verschob etwas.

»Du musst aufhören, sie so anzusehen.« Gus räusperte sich leise, At und Fitz uns einige Schritte voraus. »Das ist creepy, LJ.«

Ich weiß, dachte ich.

Hör dir mal meinen Pulsschlag an, wollte ich sagen.

Mach, dass es verdammt noch mal vorbeigeht, hätte ich dann hinzugefügt.

Jedoch biss ich mir auf die Zunge, die Hände tief in der Jacke vergraben.

Ich vergesse die Mail. Sie vergisst die Mail. Ich vergesse alles. Sie vergisst alles.

Als wir das Café betraten, entdeckte Delilah uns sofort. Nonchalant winkte sie uns zu. Als wäre nichts dabei. Wir bestellten Kaffees und steuerten auf sie zu. Fitz, unser »Social-Media-Manager«, setzte sich natürlich ihr gegenüber. Haha. Ich nippte am Getränk, während Delilah Small Talk mit den anderen betrieb. Sie stellte kurze Fragen, Fitz gab ellenlange Antworten.

Gegen elf verließen wir das Café, unser Ziel *Mave Records,* das eine Stunde lang für den Dreh gesperrt war. Vor zwei Tagen hatte Delilah uns den Redaktionsplan geschickt. Großgeschriebene Pronomen, »Viele Grüße« am Ende. Viele, wenige, liebe Grüße, mir alles egal, hatte ich gedacht, ich will dir Gänsehaut auf den Nacken küssen, zählt das auch?

Sobald Hunter die Kamera auspackte, gab es kein Entkommen mehr. Ich war der Sänger, ständig im Fokus und das Aushängeschild. Also stellte ich mich neben Delilah auf. Manchester roch schmutzig, nach Abgasen und Nieselregen. Nur das. Nicht nach Apfelsinen und dem Hauch von Shampoo.

Abgase und Nieselregen, Abgase und Nieselregen, Abgase und fucking Nieselregen, Mann.

Wir begrüßten uns noch mal vor der Kamera. Delilah verstellte dabei die Stimme, als wäre sie eine Hörbuchsprecherin. Erneut fragte sie, wie es uns so ginge, und ich faselte etwas von gut und hyped, aber trotzdem müde. Ehrlich, authentisch, lässig mit den Achseln zuckend.

»Ihr habt ja einen speziellen Bezug zu Manchester«, erklärte sie. »Genau deshalb haben wir uns diesen Plattenladen ausgesucht. Um euch, aber auch Manchester als Stadt musikalisch besser kennenzulernen.«

Hunter drehte Shots, wie wir in den Laden schritten, wie wir die Fächer durchwühlten. Anschließend Nahaufnahmen von Platten, die Fitz herauszog. The 1975 und The Cure. Fünf Minuten später schlich Delilah sich wieder ins Bild. Während sie ironisch erzählte, sie hätte sich eine Art »Spiel« ausgedacht, fragte ich mich, ob man mir später, wenn die Clips geschnitten, zusammengestellt und als Video hochgeladen wären, das rasende Herz ansah.

»Also, ihr entscheidet euch für eine Platte, die ihr richtig gut findet. Und sucht sie.«

Shots, wie At mit hoch konzentrierter Miene überlegte. Shots, wie Fitz Kinn kratzend durch den Laden irrte. Dann fing Gus an. Wir standen im Kreis, Delilah zwischen ihm und mir.

»Und?«, fragte sie. »Was hast du dir ausgesucht?«

Langsam hielt er das Album von Horsebeach hoch. Er meinte, er mochte einfach den Vibe, tief, traurig, stimmungsvoll, ginge bei ihm immer, vor allen Dingen seien Horsebeach ja ebenfalls aus Manchester, das sei sein wunder Punkt. Gus wäre Klassenbester gewesen, hätte Delilah uns benotet. Ihre Augen leuchteten nämlich auf, als hätte er ins Schwarze getroffen. Nach seiner Ansprache folgte ihr Monolog über Manchester, *die* Musikhochburg überhaupt. Von den Smiths über Oasis bis hin zu The 1975, so viele Weltbands hätten ihren Ursprung hier. Sie wäre auf eine Theorie gestoßen, die besagte, das hier herrschende Regenwetter sei »schuld« an der großartigen Musik. Schließlich blieb einem nichts anderes übrig, als drinnen zu bleiben, wo man entweder Musik machte oder hörte.

»Eigentlich gibt es nur zwei Seiten. Trauriger Indie-Weltschmerz. Wie zum Beispiel bei den Smiths. Oder eskapistische Tanzmusik.« Ihr Blick landete plötzlich auf mir. »Wo würdest du eure Musik einordnen, Jonah?«

Egoistisch, egomanisch, eigennützig. Wahrscheinlich waren meine Lieder eher Indie-Herzschmerz hoch tausend. Auf YouTube wurden Videos mit #sadboy kommentiert, weil ich angeblich so nackt und rau und tragisch klänge. Unter *Ballet Slipper* diagnostizierte mir man von Weitem Depressionen, was doch bloß geschah, weil ich ein Typ war. Ein Mann, der über Gefühle sprach, schrieb und sang, das ging natürlich nicht, das stach heraus. Wenn ich undercover bleiben wollte, müsste ich schon dreimal »fuck this« rappen und Titten besingen.

»Ehrlich gesagt steh ich nicht so drauf, uns in Schubladen zu stecken. Wir machen einfach das, worauf wir Lust haben. Manchmal ist es Indie, Indie-Rock oder Pop. Manchmal hat es was von dem *miserablism* der Smiths. Zu manchen Songs kann man feiern. Es ist immer etwas anderes.«

»Verstehe.« Sie deutete auf mein Vinyl. »Du hast dir *The Last Broadcast* von Doves ausgesucht. Wieso genau die?«

»Ich mag *There Goes The Fear.* Den Instrumentalteil am Ende. Der ist krass.«

Es war das Erste, was mir einfiel, was falsch war, was mir jedoch einen winzigen Moment lang egal war. Klar war es ein Arschloch-Move. Die Heraufbeschwörung unseres Flugs, die Erinnerung an alles, was wir vergessen wollten. Aber es war schwierig, etwas zu vergessen, was ich einatmen konnte. Delilah sah mich mit zusammengepressten Lippen an. Drei Sekunden lang bloß Blicke, die universumtief und undurchdringlich waren, live festgehalten von Hunter und der beschissenen Kamera.

Und während sie schließlich Fitz (Galaxie 500) und At (Oasis) zu ihrer Wahl befragte, prickelte mein Rücken. Als würde mich jemand intensiv betrachten, dabei war es eigentlich eine Platte. Dritte Reihe in der Klassikabteilung, das erste Cover unter L. »Verräter«, flüsterte sie. »Verräter, Verräter, Verräter.« Meine Hände schwitzten. Nicht an der Jeans abreiben, nicht Delilah anstarren, nicht durchdrehen, auf keinen Fall paranoid bleiben. Nachdem die Session vorüber war, verabredeten wir uns für später. Delilah winkte, Gus winkte, Hunter winkte, Fitz winkte, At winkte. Ich nickte. In zwei Stunden würden wir uns an der Giglocation treffen. Soundcheck, anschließender Interviewteil Part 2. Geilo.

Die Jungs hatten Hunger, Gus schlug unser liebstes Diner vor, doch ich sagte, ich käme nach.

»Was hast du vor?«

»Jemanden anrufen.«

Während ich das Handy aus der Jacke kramte, stand

ich immer noch vor *Mave Records.* Mabel ging beim zweiten Rufzeichen ran.

»Ich mach's.«

»Jonah? Bist du das?«

»Ja.«

»Kannst du das noch mal wiederholen?«

»Du hast schon verstanden. Das war doch das, was du wolltest. Oder etwa nicht?«

Schweigen.

Natürlich war es das.

Ich legte auf, ohne mich zu verabschieden.

»Scheißanruf?«

Beim Klang ihrer Stimme hob ich das Gesicht. Delilah, zugezogener Mantel, fast ein Lächeln. Rote Wangen, nervöse Finger. Ringsum lagen Kippenstummel und Kaugummis auf dem Bürgersteig, während Killeraudis vorbeibretterten.

Ich zuckte mit den Achseln. »Und was ist mit dir?«

»Ich, äh, ich habe meinen Becher vergessen.«

Immer unterwegs, kreativ und unruhig. Zwilling.

Sie deutete auf den Laden und machte Anstalten, das Innere zu betreten, doch ich hielt sie ab.

»Sorry wegen gerade. *There Goes The Fear,* du weißt schon. Und sorry wegen dem Interview in London. Als du mich auf das Meme angesprochen hast, war ich echt angepisst. Das war nicht so gemeint.«

»Kein Ding.« Sofort winkte sie ab, als interessiere es sie nicht im Geringsten. »Wie wär's, wenn wir einfach alles vergessen?«

Ich hätte geantwortet, aber da war sie schon weg, um

zwischen The National und Anthony Harper Lowell nach dem Bambusbecher zu suchen. Mabel schrieb mir dreizehn Minuten später.

Mabel: *Danke, Jonah.*

Kapitel 21

Delilah

#Clubgespräche

Hast du dich an alles erinnert? Hast du alles vergessen? #Ich MeineDichPenn #Clubgedanken

Ich ließ den Kopf gegen die Wand fallen, während nebenan gespült wurde. Schon wieder befand ich mich am Boden, in einer Toilette, diesmal stehend, aber es machte keinen Unterschied. Ich scannte das Foto zum letzten Mal ab. Weiße Fliesen, beschienen von blauem Neonlicht. Die Worte würde niemand erkennen. Mit einem Klick ließ ich sie in die Welt flattern. Dann verließ ich die WC-Räume.

Vorhin hatte Jonahs Song mir den Rest gegeben. Erneut. *Since when is deep too deep?* Ja, ja, ja, ja, seit wann war es das? Der zweite Interviewteil war besser als der vorherige gelaufen. Eins zu eins hatte ich mich an das Skript halten können. Ich hatte die Klischeemusikerfragen gestellt, mich nach Backstage-Anekdoten, Zukunftsplänen und ihren Gedanken zum Minihype erkundigt. »Keine Ahnung, wovon du sprichst«, hatte Jonah erwidert. Also hatte ich erklärt, ihre Songs auf YouTube, die gingen ja schon durch die Decke, aber da kam Gus mit »*Na ja,* aber das sind halt nur Cover. Die wollen uns hören. Aber nie zuhören.«

Nun schlich ich mich durch den schmalen Gang. Vorbei an voll tapezierten Wänden und betrunkenen Gästen. Im Clubinnern saß Hunter noch an der Bar. Ich kämpfte mich zurück an meinen Platz und bestellte den zweiten Jäger-O.

»Jäger-O.« Er schüttelte den Kopf. »Du bist so einmalig, Lilah.«

Mein Drink wurde serviert, wir stießen an. Das hätten wir uns verdient, meinte zumindest Hunter, der immer noch sehr froh war, die morgige Zugfahrt nicht mit Paula rumkriegen zu müssen.

»Ronan hat immer noch nicht geschrieben.« Er wischte sich über den Mund. »Ich brauche Ablenkung. Ganz, ganz dringend. Am besten Gossip. Am liebsten Gossip.«

Er wackelte mit den Brauen.

Ich runzelte die Stirn.

»Come on, Lilah. Gib mir den juicy stuff! Wie haben du und Mister *Famous-Blue-Raincoat*-Stimmdouble es getrieben?«

»W-was?«

»Tu nicht so. Das zwischen euch ist so offensichtlich, Alter. Wie er dich ansieht, wie du ihn *nicht* ansehen kannst. Vielleicht fühlt Janice sich beim Cutten wie bei einem Pornovorspiel. Hahaha.«

»Pornovorspiel?«

»Klar? Ich meine, du bist Sex, er ist Sex.«

»Ich kotze gleich, H.«

»Bitte nicht auf mich.«

Krampfhaft umklammerte ich das Glas, die Zähne knirschend, was man niemals über den Bass hören würde. Die letzte Band hatte die Bühne vor einer knappen Stunde verlassen, die Instrumente waren abgeräumt. Gerade war das Lokal brechend voll mit Studenten, die zu wildem Techno tanzten.

Du bist Sex.

Hunters Satz strömte in meine Gedanken und landete unmittelbar dort, wo alles brauste. Du. Bist. Sex. Die Worte wurden zu Wasser und Salzkörnern, die ich im nächsten Instagrampost ausbluten würde. Sex, Sex, Sex. Ich sei Sex, das hörte ich ständig. Vielleicht weil meine Hosen stets eng saßen, die Kleider kurz und die Tops tief. Die Sprüche auf meinen Shirts seien zu provozierend, *women masturbate* und so weiter, denn *anything you can do I can do bleeding* war bloß der Anfang. Sicher hatte Hunter keine bösen Absichten, er, der Typ, der was zum Lachen, Locker- und Lustigsein brauchte, weil in seiner Beziehung immer noch miese Brise herrschte. Trotzdem hätte ich Hunter die Gedanken am liebsten ins Gesicht geschleudert, wie ein Punchingsack direkt in die Fresse, aber es war laut und ich müde, und er fragte »Kommst du mit raus?«, und ich nickte. Nicken, leise sein. Das war nicht ich, nur für heute Nacht, nur einmal Pause. Aber während wir den Außenbereich betraten, vergaß ich, dass die Welt und ich es nicht so mit Stopps hatten.

»Delilah?«, fragte mich da nämlich eine vertraute Stimme.

Und ich wollte im Boden versinken.

Matt kam auf mich zu, um mich und Hunter in eine

Umarmung zu schließen. Breite Schultern, warmer Mensch. Natürlich war er hier. Matt war ein ehemaliger Kommilitone, nach dem Master zurück nach Manchester gezogen und Musikfanatiker. Einige Small-Talk-Fragen später führte er uns so zu seinen Freunden. Und da befand ich mich also, hundertachtzig Meilen von London entfernt, trotzdem zurück in der mir so bekannten Kunsthochschulenblase. Hunter reihte sich nahtlos in die Gespräche ein, nahm Drinks an, trank zu schnell, verlangte nach mehr, grinste, gestikulierte wild mit den Händen und verglich seine Seminare mit den Seminaren hier. Intellektueller Schwanzvergleich, wie man das halt so machte. Wenn es keinem auffiel, suchte ich im Himmel zwischen ungeordneten Sternen nach Flugzeugen. Wenn ich eins fand, stellte ich mir vor, es wäre eine LondAir-Maschine. Einfach so.

»Kennst du den da?« Plötzlich nickte Matt nach links. »Er schaut die ganze Zeit zu uns rüber. Hey, warte mal ... ist das nicht Jonah Lowell? Der Sänger von Sodalite Blue?«

»Wir haben eine Reportage über sie gemacht.«

»Ah, okay, verstehe. Der Typ hat ja mal so ’ne krasse Stimme. Gänsehautfaktor hoch tausend.«

Ich starrte Jonah an, der sich mit Gus unterhielt, eine ganze Menschentraube ringsum. Mal warf er den Kopf in den Nacken, nippte am Glas, ließ die Flüssigkeit darin schwenken, wippte heimlich zum Beat oder raufte sich das Haar. Jede seiner Bewegungen hatte Rhythmus. Ein Musikmensch.

»Ich habe übrigens gehört, das mit dir und Ryder ist vorbei?«

»Seit Wochen, ja.«

Matt räusperte sich. Er war anziehend, weil seine Augen riesig waren. Blau und Wimpern. Er konnte damit bestens verschlingen. Aber nicht mich. Nicht heute, nicht jetzt.

»Ich gehe tanzen«, sagte ich, obwohl ich genau genommen wegwollte, aber Alleinsein mit meinem Vakuumherzen war furchtbar und gefährlich.

Als hätten wir eine stille Vereinbarung, folgte Hunter mir. Unter stroboskopischem Licht tanzten wir uns frei und still. Fremde Haut, schwitzige Menschen. *Where is my mind* von den Pixies erklang. Am liebsten hätte ich mich zwischen Chords gedrängt und dort versteckt. Irgendwann ging Hunter auf die Toilette, aber allein auf der Tanzfläche war es nervig. Von allen Seiten kamen Hände und Körper an mich heran, sie disharmonierten mit dem Beat und mir. Ich entschied mich für einen Rückzug, fädelte mich zwischen Menschenlücken hindurch und bestellte an der Theke einen weiteren Longdrink. Pausenlos schweifte mein Blick durch die Gegend, stets auf der Suche nach Hunter, von dem jedoch jede Spur fehlte. Während ich auf ihn wartete, wurde mir entgegengeschrien, meine Brüste sähen heiß aus, wieso ich allein hier trank, woher ich käme, noch mal was zu meinem Dekolleté. Immer verschiedene Männer, einer betrunkener als der andere, offensiv mit wandernden Fingern und eindeutig näher rückenden Mienen. Irgendwann hielt ich es nicht mehr aus, kippte den Rest Jägermeister und marschierte in Richtung Toiletten. Den Mainfloor verlassen, erkannte ich ihn seltsamerweise sofort. Jonah, nicht Hunter. Immer Jonah, natürlich Jonah.

Er hockte einsam in unmittelbarer Nähe zur Garderobe. Volles Glas, leerer Blick. Hinter mir bebte der Boden, hier stand die Zeit still. Innerlich fluchend, steuerte ich seinen Tisch an.

»Du bist so ein Klischee, Jonah.«

Er beobachtete verwirrt, wie ich mich ihm gegenüber niederließ. Anschließend stützte ich mich mit den Ellbogen auf dem Tisch ab. Jonahs Atem, mein Atem, da waren keine Grenzen mehr. Er roch nach Alkohol und Alleinsein.

»Was meinst du?«, fragte er schließlich.

»Trauriger Indie-Sänger mit Reibeisenstimme grübelt forever alone vor sich hin.«

»Wenigstens hast du nicht Kettenraucher gesagt.«

»Wo ist deine Band?«

»Feiern.«

»Und du?«

»Mir ist nicht nach tanzen.« Dann, ganz, ganz tief: »Wir verabschieden uns, ohne uns zu verabschieden.«

»Ähm?«

»Das ist der erste Satz aus diesem Roman, den du rezensiert hast. *Mails.*«

»Du kennst das Buch?«

»Fitz hat mir den Link zu *London. Culture.* geschickt. Da habe ich die Rezension gefunden. Und deine Mail-Adresse, von der wir ja so tun, als hätte ich sie nicht gefunden. Jedenfalls habe ich nach deiner Kritik in die Leseprobe reingeschaut. Du hast geschrieben, das Ende fandest du am besten. Wieso genau?«

»Du willst also gespoilert werden?«

»Absolutely. Darauf warte ich schon mein ganzes Leben.«

»Witzbold.« Ich rollte mit den Augen. »Die E-Mails sind Jahre alt. Eli ist mittlerweile verlobt, und Boris schaut auf sie zurück. Am Ende gratuliert er Eli. Meine Recherche hat ergeben, dass Creative Writing-Alumni Happy Ends vermeiden.«

»Und wieso magst du es so?«

»Weil es echt war.«

Unsere Blicke verhakten sich. Heller Bartschatten, kantige Konturen. Jonahs Augen waren warm wie Septemberregen. Mit den Fingern klopfte er plötzlich einen Rhythmus aufs Holz. Tik-tak-tak-tik. Ich weiß nicht, woran es lag. Vielleicht an dem Tempo, in dem mein Herz raste. Als hätte es vier quietschende Reifen und könnte sich gedankenlos fahren. Vielleicht an unserem lauten Schweigen. Aber Jonah machte mir Angst. Er zog mich nämlich an. Ja, das wusste ich, natürlich, #surprise, augenrollender Smiley, Ausrufezeichen. Dennoch wurde es in meiner Brust enger. Luft schien zwischen Jonah und mir zu verrauchen. Sauerstoff verschwand, lose Gedanken verdichteten sich. Sie schoben sich mir in die Ohren und den Mund. Vor lauter Gedanken fiel mir das Atmen schwer.

»Das hier ist auch so, oder?«, murmelte er. »Das zwischen uns. Das ist auch echt.«

Dieser Satz, immer Feststellung, niemals Frage. Aber was sollte ich schon darauf sagen, wenn wir uns so nah waren, dass ich die winzigen Muttermale an seiner Schläfe erkannte. Wenn ich doch wahrnahm, wie Jonahs Trommeln Takt für Takt abebbte. Wenn ich wusste, er würde mit den Fingern in meine Richtung kriechen, was er auch tat.

Als Jonahs Finger mich streiften, zitterten sie.

Als Jonah mich zum ersten Mal bewusst berührte, war es unschuldig.

Als Jonah den Mund dann öffnete, wollte ich in seinen Worten ertrinken.

»Okay, Schluss damit. Ich will das nicht mehr. Hand aufs Herz? Ich möchte die Mail nicht vergessen. Ich *kann* Flugzeugfensternachtaussicht nicht vergessen. Lass uns nichts vergessen, Delilah.«

Ich musterte seine Knöchel auf meinen. Rau, schlank, warm. Gitarristenhände, Rhythmusfinger. Mein Herz schlug dabei Wellen, als wolle es schreien, kreischen, springen wie Hipster auf Speed in LA mit glitzernden Gesichtern. Sein Atem, mein Atem. Mein Blick, sein Blick. Wir waren verschwommen, füreinander, ineinander, inmitten von betrunken untergehenden Menschen.

Und dann verschlang uns der torkelnde Tsunami.

»Lilah!«, rief Hunter. »Da bist du ja, Mann. OMG, ich habe gerade mit Matt geredet. Und holy moly, er meinte, ihr hättet es gemacht, als du mit Ryder zusammen warst? Also ist er der Typ, mit dem du Ryder betrogen hast? Nicht dieser, wie heißt er noch mal, irgendwas mit V oder so? Vince vielleicht?«

Kapitel 22

Jonah

Rainchestergrau

»M-Matt?«

Delilah klang schrill, während sie die Finger unter meiner Berührung zurückzog. Mit gerunzelter Stirn beäugte sie Hunter, der auf uns zu schwankte.

Wer ist Matt, dachte ich.

»Du weißt schon«, sagte er. »Matt? Mister Ocean Eyes. Früherer Kommilitone?«

»Ich weiß, wer Matt ist, Blitzmerker. Aber als hätte ich Ryder jemals betrogen! Schon gar nicht mit Vance. Was zum Teufel? Woher kennst du ihn überhaupt?«

Sie wurde lauter, panisch, hysterisch, eindringlich selbst über den harten Remix hinweg. Hunter setzte zum Sprechen an, verschluckte sich aber an den eigenen Worten. Und dann kotzte er. Hauptsächlich Wasser, vermutlich Alkohol. Sein Erbrochenes landete vor unseren Füßen. Da sprang Delilah von ihrem Stuhl auf.

»Wie weit ist unser Airbnb noch mal entfernt?«, fragte er unter erfolglosem Würgen.

»Dreißig Minuten mit Uber. Schaffst du das?«

»Klar, klar, klar«, sagte er, aber er sagte es wie ein betrunkener Teddybär mit schlaffen Gliedern.

»Okay.« Delilah brachte ihn zum Sitzen. »Wir machen's so. Ich hole dir ein Wasser. Dann nüchterst du ne halbe Stunde aus. Und das –«

»Er kann bei uns schlafen«, sagte ich. »Unsere Unterkunft ist fünf Minuten zu Fuß von hier.«

»Ich ...« Hunter verzog das Gesicht, als wäre ihm erneut unheimlich schlecht. »Ich will mich wirklich nicht aufdrängen.«

»Fünf Minuten zu Fuß von hier klingt perfekt«, murmelte Delilah.

Schweigen, kalte Luft einatmen, Hunter stützen, nach links deuten, »Hier wären wir« sagen. Im zweiten Stock manövrierten wir Hunter in eines der Schlafzimmer. Mittlerweile hatte er den komatösen Zustand erreicht. Flatternde Lider, zwei-, dreimal Nicken, mehr war nicht drin. Delilah zerrte ihm die Schuhe von den Füßen, während ich in der Küche nach einer Wasserflasche und einer Schüssel suchte. Leise stellten wir sie ihm ans Bett.

»Tut mir leid«, flüsterte sie im Flur. »Für das alles.«

Ich winkte ab, sie verknotete die Finger. Dunkle Nägel, blasse Haut, immer noch so anziehend wie im Flieger.

»Möchtest du was trinken, oder so?«

Sie schien zu überlegen, mit sich zu ringen, abzuwägen, eigentlich rauszuwollen, als würde sie unsere zu nahe Nähe nicht mehr ertragen. Trotzdem bejahte sie.

»Vielleicht ein Glas Wasser, bevor ich mir ein Uber bestelle?«

Wir schlurften in die Küche, der Halbmond vor dem Fenster. Als ich zwei Gläser befüllte, rauschte der Hahn maximal dröhnend. Wortlos ließen wir uns anschließend am Tisch nieder. Die Wohnung war spärlich eingerichtet. Verblasst weiße Wände, fehlende Deko, zusammengewürfelte Möbel, Geschirr, das nicht zusammenpasste. Klassisches Studentenbudenflair. Gerade setzte Delilah zum Sprechen an, verstummte dann jedoch wieder.

»Sex auf der Couch?« Verwirrt deutete sie auf die Papierschnipsel, die ringsum auf der Platte ausgebreitet waren. »Sex auf dem Teppich? Reiter auf dem Schreibtischstuhl? Im Bett, von hinten? Arbeitest du an einem Pornosong, oder was?«

»Pornos haben zu wenig Inhalt für ein Lied. Ein Dreiminutensong voller Gestöhne läuft wahrscheinlich eher weniger in den Streamingdiensten.« Ich ließ den Blick seufzend über die »Karteikarten« schweifen. »Das hat Fitz geschrieben.«

»Fitz?«

»Jepp, er mag jemanden. Gus fand, er soll sie um ein Date bitten, Fitz hat gesagt: Was mache ich, wenn wir uns küssen? Darauf war die Antwort Fummeln, und dann war die Antwort Sex. Dann war Fitz etwas überfordert.«

Sie betrachtete die Schnipsel intensiver, und ich hätte am liebsten gelacht. Monate nach diesem Flug saßen wir hier. Um zwei Uhr morgens, in Manchester, das Schnarchen ihres betrunkenen Kommilitonen im Hintergrund. Zwischen uns zwei Gedankenwelten und dahingekritzelte Sexfantasien.

Es war so absurd.

Bis es angsteinflößend wurde.

»An was hast du eigentlich gedacht?«, fragte sie.

»Äh, jetzt gerade?«

»Nein, vorhin im Club. Als du allein dort saßt.«

»An nichts Bestimmtes.«

»Es ist komisch für dich, hier zu sein, nicht wahr?« Sie legte den Kopf schräg.

So mühelos war ich also zu durchschauen.

»Deine Familie ist doch in Boston? Hast du auf dem Flug erwähnt. Erinnerst du dich?«

»Du hast die Insider von mir selbst? Aua.« Ich wollte lustig sein, ihr Blick machte es ernst. Bombe.

»Manchester ist dein Zuhause. Bestimmt seltsam, seine Heimat zu besuchen, wenn niemand mehr da ist.«

»Hast du dir das fürs Interview aufgeschrieben, oder was?«

»Natürlich.«

Natürlich.

»Wieso hast du mich dann nicht vorhin danach gefragt?«

»Weil ich nicht so darauf stehe, ehemalige Flugangstgäste bei laufender Kamera zu quälen.« Sie trank vom Wasser, stellte das Glas lautstark ab und richtete sich auf. »Und das hätte ich doch damit getan?«

»Schon, ja.«

»Siehst du.«

Ich fragte mich, ob das hier Krieg war. Bloß die Deckung wahren, nicht zu viel preisgeben, niemals über den Tellerrand schauen. Interviewerin sein, sich als Musiker ausgeben, nie mehr als die gemeinsame Reportage darstellen. Aber sie vergaß, dass jeder sich meine Gedanken auf Spotify anhören konnte.

»Mein Vater ist gestorben, als ich zwölf war. Danach hat meine Mum sich in einen Anwalt verliebt. Aus Boston. Sie haben sich übers Internet kennengelernt, ganz klassisch mit Webcam-Dates, bei denen sie dann niemand stören durfte. Also sind wir in die Staaten gezogen. Meine Mutter, Schwester, ich. Na ja, Cami wohnt auch wieder hier, aber in London. Mehr Familie habe ich nicht. Deshalb ist niemand hier in Manchester.«

Delilah blinzelte, während ich den Stuhl dichter heranschob. Ich atmete ihr Stirnrunzeln ein, ohne dass sie eine Farbe bekam. Unfair.

»Wieso erzählst du mir das?«

»Weil ich dich kennenlernen will. Man muss sich doch zuerst öffnen und so. Ratgebertipp Nummer eins.«

»Und deshalb lädst du dein Trauma bei mir ab?«

»Nein, meine ganz großen Traumata hebe ich mir für Gus auf. Und natürlich für die Songtexte. Aber das war eben die Antwort auf deine Frage, Delilah.«

»Dein Satz bekommt keine Extratiefe, bloß weil du meinen Namen dranhängst.«

»Glaubst du?« Ich beäugte ihren Hals. Ein Hauch von Gänsehaut. »Delilah.« Ich kam ihr näher. »Delilah, Delilah, Delilah, Delilah, Delilah.«

»Jonah.« Wimpern flatterten, Nasenflügel bebten. »Ich schwöre, ich bringe dich um.«

»Delilah, Delilah.« Noch ein paar Zentimeter. »Delilah, Delilah, Delilah.«

»Du musst aufhören.«

»Wieso? Stehst du auf meine Stimme? Ist kein Ding. Ich sage dir gern zuerst, dass ich deine mag. Hört sich an wie die einer Hörbuchsprecherin.«

So nah wie in diesem Moment waren wir uns noch nie gewesen. Ich erinnerte mich wieder an Worte wie »zu« und »nur« und dachte, okay, vergessen wir alles, vergessen wir jeden, selbst unsere Gedanken, springt doch alle aus dem Fenster, mir gerade alles zu und nur und so egal.

»Frag noch mehr.« Mein Atem streifte ihre Lippen. »Alle deine Fragen, die du nicht stellen wolltest. Oder bin ich schon dran?«

»Was willst du denn bitte wissen?«

»Alles eigentlich. Irgendwann auch unbedingt die Traumata, die du nicht aufgearbeitet hast. Na ja, vorausgesetzt, du sagst nicht wieder, ich sehe nicht wie deine beste Freundin aus. Aber gerade möchte ich wissen, was du denkst.«

Als sie diesen unendlich tiefen Atemzug nahm, machte unsere Stille taub. Quälend langsam ließ sie die Finger nach links wandern, wo sie nach einem Papierschnipsel griff. Zwischen unseren Köpfen legte sie ihn ab. Ich senkte den Blick. Und verschluckte mich an zwei Gedanken.

Sex in der Dusche.

»Okay.« Ich überflog Fitz' Gedankensalat, dann fischte ich nach drei Kärtchen. »Ihren Hals entlang küssen. Klammer auf. So lange, bis ich denke, sie würde dafür sterben, dass ich sie auf den Mund küsse. Klammer zu.« Ich legte das Papier über ihres. »Ihr schmutzige Dinge ins Ohr flüstern. Klammer auf. Vielleicht, wie heiß sie mich macht. Vielleicht, wie genau ich sie noch heißer machen kann. Klammer auf. Immerhin soll es ihr ununbedingt auch gefallen. Klammer zu. Klammer zu.« Ich fing ihren Blick auf. »Sie fragen, ob sie bei mir. Klammer auf. Mit mir. Klammer zu. Schlafen will.«

»W-was? Ich will nicht hier schlafen.«

»Natürlich willst du das nicht. Ich will dir diese Frage auch nicht stellen. Genauso wenig wie du gerade an Sex in der Dusche gedacht hast. Das war nur dazu da, um mich aus dem Konzept zu bringen. Hab dich durchschaut.«

Lange sagte sie nichts. Sie klemmte sich bloß eine Strähne hinter das Ohr und starrte mich pur dunkelblau an.

»Wieso? Im Ernst, Jonah. Wieso?«

»Definiere das Subjektiv von Wieso.«

»Haha, let me guess, da kommt der Lehrer raus, der du offensichtlich gar nicht sein willst?«

»Minimal.« Ich deutete den Abstand mit den Fingern an. »Was ist meine Antwort?«

»Das ... Warum magst du mich? Das ist doch absurd. Wir kennen uns nicht.«

Ihre Augen wurden zu Schlitzen.

Mein Puls stand ganz still.

»Vielleicht. Aber ich weiß das mit uns einfach.«

»Der Satz ist gemein«, flüsterte sie. »Der rennt mir jetzt im Kopf herum.«

»Ich mag rennende Gedanken.«

Wie in Zeitlupen verzogen sich ihre Lippen zu diesem Killerlächeln, das strahlte, strömte und meine Gefühle komplett zersetzte. *Fuck.* Hastig schloss ich die Augen.

»Jonah?« Sie klang alarmiert. »Ist alles okay mit dir? Tut dir was weh?«

»Alles in Ordnung. Warte nur kurz. Ich küsse dich gerade in meinem Kopf.«

Als ich die Augen aufschlug, starrte sie mich sprachlos an. Ich hingegen saß bloß da, lächelnd, kribbelnd, mit bereits überlaufendem Herzen, das sie mir anschließend so wissend aufriss.

»Wir ...«

In meinem Hals schwoll ein giftgrüner Kloß an.

»Wir sollten über das reden, was wir verschweigen.«

Kapitel 23

Delilah

#Nachtbad

»Verschweigen?«, fragte er. »Bitte was? Was zur Hölle verschweigen wir?«

»Wenn man dich googelt, findet man dich überall. Aber nie in Verbindung mit der Band.«

Jonah ließ sich seufzend in den Sitz sinken. Weg war sein Geruch nach Tiefe, Schwärze und dunklen Lyrics.

Ich wollte ihn ansehen, ich wollte ihn nicht ansehen.

»Du sprichst also von meinem Vater? Der bitte was mit uns zu tun hat?«

Anthony Harper Lowell. Konzertpianist und Ausnahmekomponist, gestorben vor zwölf Jahren. Anlässlich seiner Debütplatte *Twelve* feierte man dieses Jahr Jubiläum. Das Internet, die Welt, ganz London waren voll von Werbetrailern und Plakaten. Ich dachte an die Artikel, über die ich im Nachhinein gestolpert war. Ganz besonders an dieses Foto, das mehrfach auftauchte. Ein Mann, barfuß an einem Steinway, lässig auf seinem Schemel, als gäbe es nichts zu befürchten. Auf der anderen Seite des Flügels stützten sich zwei Kinder mit den

Ellbogen ab. Niemand blickte in die Kamera. Alle lächelten sich an.

»Ich habe gelesen, es gibt eine Gala im Juni? Auf der du sein –«

»Auf der ich sein nie beendetes Projekt aufführe, das ich selbst fertig komponiert habe?« Er holte tief Luft. »Ja, ich weiß, was dort steht. Aber, noch mal, was hat das mit uns zu tun?«

»In einem Vorschautext ist ein Bild von dir. Mit einer Frau. Blond, groß, super schön. Mabel Valerie Clearly. Die Frau aus dem Club. Der Text unter der Aufnahme lautet: Jonah Lowell nach seinem letzten Konzert in Finsbury Park mit seiner Freundin Mabel Valerie Clearly, einstige Patentochter seines Vaters.« Ich verzog meinen Mund zu einem schiefen Lächeln. »Tell me, Val, since when is deep to deep?«

Jonah schwieg, doch in ihm arbeitete es. Ich stellte mir vor, wie er Gedanken drehte, wendete, überschlug und auf der Zunge ausprobierte.

»Sie ist nicht meine Freundin. War sie nie.«

»Das Bild ist im Dezember entstanden, Jonah. Du ... du wirkst *so* verliebt.«

»Es ist einfach kompliziert, okay?«

»Ja. Ja, ist es immer.«

Ich wollte mich erheben, gehen, allein in einem fremden Bett liegen und an die Decke starren, weil ich darin eine Weltmeisterin in jedem Land war. Doch sein Kopfschütteln hielt mich ab.

»Wieso machst du das? Wir hatten was mit anderen. Das ist doch normal! Ich meine, wir sind uns begegnet, als du dich gerade von Ryder getrennt hattest. Aber zwischen uns ist einfach etwas. Und erzähl mir nicht, dass ich das hier allein spüre.«

Er presste die Lippen zusammen, ich sog drei letzte Atemzüge ein. Bier, Take-away, studentische Abgefuckt-heit. Ich dachte an seine verwirrt verzerrte Miene, als Hunter Vance erwähnt hatte. Ich dachte an Vance, Penn, Vance, Penn, Ryder, geheime Instanachrichten, Clubgedanken, meine Gedankenschleifen im Allgemeinen.

Meine Finger kribbelten.

Dann schob ich den Stuhl zurück.

»*Manchmal bist du selbst die toxische Person. Wiederhol das.* Das habe ich letztens auf einem Plakat gelesen.«

»Willst du mir sagen, ich –«

»Nicht du, Jonah. Nein. Ich bin die, die toxisch ist.«

Es ertönte kein Poltern aus der Garderobe, keine Schritte im Gang, kein Schlüssel im Schloss, kein Cut, kein zwingender Einschnitt. Nichts, das ablenkte. Mein leeres Leben war nur mein leeres Leben. Und ich erhob mich bloß leise.

*

Ich verschwinde in die Nacht, um in einem blauen Renault mit ihr zu verschwimmen. Ich denke in letzter Zeit viel weniger an dich. Meinst du, das ist Vergessen, Penny-Penn? #JemandHatMichInSeinemKopfGeküsst #GanzPlötzlich #EsWarSoSchön #TutMirSoLeid

Kapitel 24

Jonah

Instagrün

»LilahWordWorlds«, sagte Hunter. »So heißt sie auf Instagram. Es geht richtig ab bei ihr. Ihre Texte sind der Hammer. Alles ist so ästhetisch. Ich meine, schau dir Lilah an. Sie *ist* Ästhetik. Auch wenn sie mich gerade wahrscheinlich umbringen würde. Sie steht nicht so darauf, wenn man ihren Insta leakt.«

»Wieso?« Ich runzelte die Stirn. »Ist er nicht öffentlich?«

»Sicher, doch ... Okay, reden wir mal Klartext. Ihr steht aufeinander. Das ist so dermaßen offensichtlich, Mann. Lilah hasst es aber, Typen zu daten oder zu vögeln, die sie schon von ihrem Account kennen. Als würden die Männer denken, sie hätten sie durchschaut. Nur weil sie sich durch ihren Feed gescrollt haben. Was sie wirklich möchte, denkt, macht und was auch immer sie bezwecken will. Oder so. Keine Ahnung. Also, am besten gehst du sie nicht auf Social Media stalken.«

Kopfkratzend nippte ich am Kaffee. Es war kurz nach acht und Hunter hellwach. Fokussierter Blick, strahlende

Haut. Er sah kein bisschen wie der Typ aus, der vor einigen Stunden Whiskey, Cola, Shots und unbeantwortete Nachrichten an seinen Vielleicht-Freund ausgekotzt hatte. Vor ner halben Stunde war er in die Küche getapst, um ein banales »Hi« in den Raum zu werfen. Warum ich bereits wach war, hatte er nicht gefragt. Konnte nicht schlafen, wäre übrigens die Antwort gewesen. Dass er ununterbrochen und grundlos von Delilah faselte, wäre nervig gewesen, würde sie mir nicht dauerhaft im Kopf rumsprinten.

»Also, so ganz unter uns, hattet ihr gestern echt nichts?«

»Nein«, sagte ich.

Damit war die Sache gegessen, Themenwechsel, Kaffeenachschub, allgemeine Leere mit gelegentlichem Gähnen. Als sein Handy vibrierte, wurde es interessant. Eine Nachricht von Delilah D. Dellaria (Goldsmiths) leuchtete auf. Hastig scannte Hunter die Nachricht.

»Wow, krass, Lilah ist auch schon wach. Sie bestellt sich ein Uber, das mich einsammelt.«

Er stand auf, ging ins Bad und strömte gemeinsam mit dem Duft von Blend-A-Med wieder in die Küche. Anschließend verabschiedete er sich mit einem Handschlag von mir.

»Danke, dass ich hier pennen durfte.«

Während er hinter sich zuzog, stellte ich mich ans Küchenfenster. Ich beobachtete, wie er auf einen Polo zusteuerte. Und wäre das hier eine romantische Komödie, wäre Delilah mit rasendem Herzen rausgesprungen und in meine Etage gesprintet. »Küss mich in dieser ranzigen

Wohnung anstatt in deinem Kopf, Lowell«, hätte sie vielleicht gesagt, mein Nachname unbedingt ein Muss, weil das doch irgendwie immer Abenteuerfilmcharakter mit Herzstillstandmomenten hatte.

Aber es passierte natürlich nichts, und ich tat das, was jeder gemacht hätte. Ich stalkte sie auf Instagram. 15 000 Follower, Fanbase war vorhanden, ihre Bio bestand aus alternativen Emojis, als wollte sie so beweisen, wie anders sie war. Ich scrollte mich tatsächlich durch den Feed. Meistens Städte mit warmbraunen Filtern, die Hashtags immer ironisch, #BinIchJetztEineStandardInstabloggerin. Ihre Texte besaßen eine einheitliche Form, sie quetschte so viele Wörter wie möglich in die zweitausend Zeichen, stets beginnend mit »Das ist ...« Eine Kathedrale, der angeblich beste Eisladen von Miami, ich, betrunken. Die Art, wie sie schrieb, war krass. Alles hatte Rhythmus, Wörter sprangen, und Sätze tanzten. Als tippte sie mithilfe eines Buchstabenmetronoms. Ich verharrte auf einem Spiegelselfie, sie umgeben von Pflanzen, bekleidet mit einem weißen Shirt mit Aufdruck. *Women masturbate.* Erst dann klickte ich auf den Story-Button und betrachtete dieses Fliesenfoto. Kein Text, kein GIF, kein Nichts. Nur Fliesen, beschienen von blauem Neonlicht, noch verfügbar für über fünfzehn Stunden. Vielleicht war das ja möchtegernurban. Keine Ahnung. Was ich wusste, war, dass ich *Pink Rabbits* einstellte. Ich starrte so lange Löcher in die fremde Wand, bis Gus aufwachte. Ich dachte daran, Delilah zu schreiben, ein letztes Mal, der allerletzte Versuch, dann würde ich aufhören, der Wahrheit ins Gesicht blicken, sie in Ruhe lassen und sie vergessen. Genauso vergessen, wie ich diese Zusage vergessen wollte, was unmöglich war, weil ich ja zugestimmt hatte. Überhaupt, was hatte ich mir fucking verdammt noch mal dabei gedacht. *Navy Blue* grinste mir zu Hause siegessicher zu, als wüssten die angefangenen Notenpunkte, mit ihnen und mir, das würde sowieso nichts werden, weil, ja, weil …

Scheiße.

»Mila macht sich Sorgen um dich«, sagte Gus.

Überraschung.

Kapitel 25

Delilah

#Milchshakesonne

Ljlowell_97: *Laut Hunter hasst du es, wenn man dich über deine Instagramtexte kennenlernt. Also sollte ich dir hier gar nicht schreiben. Das Ding ist, ich sollte dir überhaupt nicht schreiben. Ich komme mir fast vor wie ein Edward-Cullen-Charakter. Ich glaube, die Nachricht ist meine Art von einem* last call *(das sagt man doch auch so am Flughafen, oder?), denn ich würde gern mit dir ausgehen, Delilah. So ganz klassisch. Samstag, Soho, 20:00 Uhr, Cross Keys. Du musst nicht antworten, du musst nicht kommen, du kannst ruhig vergessen, was du vergessen willst, aber ich muss es einfach zum letzten Mal versuchen, denn als du gesagt hast, manchmal sei man selbst die Person, die toxisch ist, da sah dein Gesicht so aus wie meine Lieblingszeile in* This Modern Love. *Die mit* sadness *und* eat up, *und das ist noch so etwas, das ich nicht vergessen kann. PS Deine Sätze tanzen, wenn man sie liest. Du ordnest sie im Kopf nach Rhythmus, oder? PPS Ich steh auf die Sprüche, die auf deinen Shirts stehen.*
LilahWordWorlds: *Welcher Spruch gefällt dir am besten?*

Ljlowell_97: *»Not all men!« – said all men*

LilahWordWorlds: *Gute Wahl. PS Hunter hat recht. PPS Ja, ich ordne Wörter im Kopf nach Rhythmus. PPPS Wo war das »ehemalige Sitznachbarin auf 27A?«*

Ljlowell_97: *Vergessen.*

LilahWordWorlds: *Du bist nicht lustig.*

Ljlowell_97: *Ich weiß. Die Leute betiteln mich doch als sad boy.*

Ljlowell_97: *Glaubst du, du könntest über das Date nachdenken? Nur wenn du willst natürlich. Also das Nachdenken. Und das Treffen. Scheiße, du bringst mich sogar beim Chatten zum Faseln. Wieso ist das nur so, Delilah, Delilah, Delilah, Delilah, Delilah?*

LilahWordWorlds: *Delilah, Delilah, Delilah war unter der Gürtellinie.*

Ljlowell_97: *Wieso? Hattest du etwa meine Stimme im Ohr?*

Darauf antwortete ich ihm nicht. Ich meine, was hätte ich schon schreiben sollen? Etwa gestehen, die Welt bestand nur noch aus Musik? Denn das tat sie. Seit Manchester. Seit vier Tagen, um genau zu sein. Irgendwie zumindest. Ich hörte knarzende Türen, vorsichtiges Bettquietschen, brummende Kühlschränke, rauschende Wasserleitungen, lärmende Spülungen, ratternde Busse, gähnende Kommilitoninnen, Nägel knabbernde Tube-Fahrer. Ich hörte mein pulsierendes Herz. Blut rauspumpen und Blut reinpumpen. Rubatosis. Das beunruhigende Bewusstsein des eigenen Herzschlags. Ich hörte meine Gedanken, die sich auftürmten und zerfielen, bevor sie mir aus der Stirn schwappen konnten. Ich hörte sie kreisen wie riesige Seemöwen, dreckig von Algen und spitzen Muschelscherben. Manchmal umflogen sie *London. Culture.*, meinen Safeplace. Meine Lieblingscreditpoints, plötzlich zu weit entfernt, um sie mit den Kritiken zu ergreifen. Auf dem Instagramblog postete ich über Ferne und Fremdheit, am liebsten vorgeschriebene Texte, die ich an Bushaltestellen in LondAir-Destinationen entwarf. Zwischen Kaugummiflecken und genervten Einheimischen fand das echte Leben statt. Und ich war immer mittendrin. Was hätte ich in einer Kolumne über London schon zu sagen, wenn ich lieber aus- statt einflog? Dass ich bei *Dishoom* gern grünes Curry mit extra Chilischoten bestellte? Haha, Augenrollsmiley, sorry not sorry für den Sarkasmus.

»Fahrkartenkontrolle, einmal bitte die Fahrscheine.«

Beim Klang der fremden Stimme zuckte ich zusammen. Hastig kramte ich im Portemonnaie nach dem Monatsticket, hielt es der Kontrolleurin hin und starrte anschließend wieder auf das Handy. Neue Nachrichten trafen vibrierend ein. Livy, June, June, Livy. Sie überhäuften den Gruppenchat mit Vorschlägen für den geplanten Trip im Mai. June und ich hatten nämlich das dritte Wochenende gleichzeitig frei, der perfekte Anlass, um Geld im Staff-Travel-Portal zu verpulvern. Vielleicht ein Frühlingsabstecher nach Paris, mehr als zwölf Stunden Aufenthalt zwischen der Seine und blühenden Bäumen vor wichtigen Gebäuden. Surfstunden in Portugal, überteuertes Eis in Florenz, heiße Barnächte in Madrid. Unsere Möglichkeiten schienen grenzenlos. Ganz anders als der Umfang meines Brustkorbs.

Wieso? Hast du etwa meine Stimme im Ohr?

Natürlich, du Idiot.

Die Bahn ruckelte weiter, vorbei an einer Tankstelle und noch halb kahlen Bäumen. Eine Sekunde lang war ich versucht, *Lichtblau* einzustellen. Ich wusste nicht, wieso. Als wäre seine Playlist etwas zum Festhalten, Klammern und Ankern, was doch keinen Sinn ergab. Liebeskummer-Playlist. Haha. Zählt auch Alleskummer-Playlist? Ich ließ mich in den Sitz sinken und zählte Atemzüge, um diesen Gedanken rauszubekommen. Diesen, der besagte, es sei definitiv *nicht* Schicksal, dass Jonah mir genau jetzt geschrieben hatte. Jetzt, auf dem Weg in die Vergangenheit, meinen Horror, das Vergessen und Verdrängen und Verleugnen. Leider funktionierte es nur semigut, weil ich doch an Schicksal, Jahreshoroskope, Handlesungen und so weiter glaubte. Die Credits dafür gehen raus an Mum, die mich seit Grundschuljahren mit Heilsteinen, Kaffeesatzlesungen und »guter Magie« versorgte.

Als ich dachte, ich bekäme keine Luft mehr, wegen Jonah in meinem Ohr, den Eiszacken in der linken Brust und meinem ganz allgemeinen miserablen Zustand, holte ich das iPhone wieder hervor. Beim Fotoschießen der Aussicht gab ich mir nicht mal Mühe. Das Fenster war schmutzig, was der Filter noch hervorhob, man sah die ranzige Bahnwand und einen Teil des Mülleimers darunter. Es war mir egal.

Hi, ich komme nach Hause, dreh schon mal das Radio auf. #VerzwickteArtkiseiswelt #Endhaltestelle

*

Das Teenagermädchen fürchtete sich vor mir. Das wusste ich von Dad, der es wiederum von seiner Nachbarin erfahren hatte. »Meine Tochter hat erzählt, da wäre eine junge Frau auf ihrem Dach gewesen? Schwarzes Haar, blasse Haut? Zwei Stunden lang soll sie ununterbrochen in das Zimmer meiner Tochter geschaut haben. Amelie hatte Todesangst, Mister Dellaria!« Schwarzes Haar, blasse Haut, das war ich. Die Tränen hatte Amelie verschwiegen oder übersehen oder bemerkt und vergessen, denn wieso sollte es sie schon interessieren. Heute war sie nicht da. Genau genommen, war es keiner. Es war erst vier, Dad noch im Büro. Im Nachbarhaus gähnte Leere vor sich hin. Ich zog den Reißverschluss bis zum Kinn und vergrub das Gesicht im Stoff. Dort, wo jetzt Glasblumenlichterketten und Postkarten von Urban Outfitter mit pseudotiefgründigen Sprüchen hingen, war mal nichts gewesen. Nur weiß, bloß Wand, doch es war diese Art von Nichts gewesen, wie Leinwände blank waren. Blind tastete ich in der Jeanstasche nach dem Handy und ließ *Pyro* laufen. Anschließend legte ich das iPhone neben mir ab. Am liebsten hätte ich es weiter umklammert, verwackelte Fotos geknipst, Hashtags erfunden und mich aus mir rausgeschrieben, zwei, drei, vierhundertunddrei Storyposts. Aber es brachte nichts. Sich hinter geheimen Instagrambotschaften zu verstecken war jämmerlich und wurde alt. Ich war doch nicht mehr sechzehn und ließ Frust in Form von einem Retro-Facebookstatus raus. Ich war zweiundzwanzig, ein wenig verloren, viel zu überfüllt. Als würde ich ständig von mir selbst überlaufen. Ich sog meine Lunge mit Luft voll. Es war eher lauwarm als kalt, ein bisschen Sonne, ein bisschen bedrückt, wie man sich Aprilwetter eben so vorstellte. Gegen die lauwarmen Strahlen anblinzelnd, fragte ich mich zum unendlichsten Mal, ob sie Penn an jenem Tag auch ins Gesicht geschienen waren. An was er gedacht hatte, kurz bevor die Welt ihn eiskalt und endgültig überrollt hatte. Ob er geahnt hatte, dass ich in dem Moment, in dem er seinen letzten Atemzug genommen hatte, rücklings auf Badezimmerfliesen gelegen hatte? Nackt, den Blick gen Decke, Gänsehaut auf den Gliedern. Ich hatte »Tut mir leid, tut mir leid, tut mir leid« vor mich hingemurmelt, während Mum gedacht hatte, ich würde baden. Und ich hätte auch gebadet, aber das Wasser war mir nie kalt genug gewesen.

»Du musst das loslassen, Liebling. Er hätte das nicht gewollt. Du warst sein Lieblingsmensch.«

Als ich Dads Stimme hörte, erschrak ich nicht mal. Ich beobachtete bloß mit gerunzelter Stirn, wie er sich neben mir niederließ, zwei Tassen in den Händen. Eine davon hielt er mir hin. Was ich hier tun würde, dass es mittlerweile über vier Jahre her war und ich mich langsam lächerlich machte. All das sagte er nicht. Mum redete zu viel, Dad sprach zu wenig. Dean, Dawson und ich waren für immer Team Daddy. Schweigend tranken wir Tee, die Blicke auf das Hipstermädchenzimmer gegenüber gerichtet.

Penn starb beim Skifahren in einem Grab aus Eiskristallen. Die Lawine hatte er selbst ausgelöst.

An der vorherigen trug ich die Schuld.

Die Sonne ging in Milchshakefarben unter.

*

LilahWordWorlds: *Was ist das Schlimmste, das du einer anderen Person angetan hast?*

Du hast diese Nachricht zurückgezogen.

LilahWordWorlds: *Ich kann Samstag nicht.*

Kapitel 26

Jonah

Nachrichtenorange

LilahWordWorlds: *Kannst du Montag?*

Notiz

Don't open the window
~~I can't stand to watch the city grow~~
City lights are haunting me
Petrifying
~~Terrorizing~~ like an almost lover ~~walking~~ on tiptoes
Longing for one last brush of lips
Darling, keep on burning boats

Kapitel 27

Delilah

#Tsunamiköpfe

Es war nach acht und Jonah noch nicht da. Als die Kellnerin mir mein Wasser brachte, nippte ich daran. Die Männergruppe links beobachtete mich dabei. Breitbeinig, mit hochgerollten Hemdärmeln, hockten sie auf ihren Plätzen, als kämen sie gerade aus dem Büro. Bestimmt ein langweiliger Finanzjob in Westminster. Ich mochte es nicht, wie sie mich ansahen. Als könnte eine Frau nicht allein in einer Bar sitzen, ohne angegafft zu werden.

Heute Mittag war ich aus L.A. gelandet, hatte meine Uniform bereits in Heathrow ausgezogen, doch meine Nach-Nachtflügen-Hülle behalten. Ich stellte mir sie vor wie eine Blase, in der mich alles berührte, ohne mich zu berühren. Ein Schutz gegenüber der Welt, wenn ich nur halb so gut wie sonst funktionierte. So wie jetzt. Seit dem Besuch bei Dad fühlte ich mich seltsam. Meine Welt stand Kopf, plötzlich zog ich Nachrichten zurück, das Echo seiner Worte im Kopf: »Er hätte das nicht gewollt«. *Fick dich selbst.* Das war genau genommen das Letzte, was Penn von mir gewollt hatte, aber okay. Zu Hause in der Swanfield Street waren Livy und June Schallplatten mit nur zwei verschiedenen Tracks. *Du magst Jonah wirklich, stimmt's?* und *Du magst Jonah wirklich sehr, nicht wahr?* Sie drehten ihre Texte auf, wann immer sie konnten. Flötend im Flur, beiläufig am Frühstückstisch, sanftmütig, wenn ich meine Pflanzen goss. Als bräuchte ich eine Erinnerung an Jonah. Ich wischte Staub mit feuchten Tüchern von Ficus-Blättern und dachte an Jonah. Ich knickte Eselsohren in Joan Didion und dachte an Jonah. Ich drehte Bloc Party auf und dachte an Jonah. Ich machte nichts, und ich dachte an Jonah.

Mein Blick schweifte durch die Bar, vorbei an der Theke im Retrostil und den dunklen Wänden. Ich verharrte auf dem Pärchen links in der Ecke. Ende zwanzig und verliebt, aneinandergekuschelt, in einer Bar voller anonymer Gesichter in einer anonymen Stadt. Vor einem Jahr hätten das Ryder und ich sein können. Ich griff nach dem Getränk und fragte mich, was ich hier überhaupt machte. Ich kam gerade aus einer Beziehung, die ich nie gewollt hatte. Und wartete auf einen Typen, den ich am Tag meiner Trennung kennengelernt hatte. Ich sollte gehen, dachte ich. Mich retten, weg von Fluten, aufgehen, nicht untergehen, #NächsterPost.

Da kam Jonah durch die Tür.

Mein Herz war auf eine so komische Weise leer, trotzdem saß ich wie festgetackert dort. Es war nicht wie in den Filmen. Die Welt drehte sich weiter, nichts stand still. Eine Kellnerin lachte zu aufgesetzt, ein Typ redete, ohne sein Gegenüber mit Pausen zu verschonen. Jonah brauchte einen Moment, um mich zu entdecken, das Gesicht die größte Entschuldigung dieser Welt.

»Es tut mir so leid.« Er hockte sich hin und erzählte von Bandprobe, plötzlichem Überraschungsbesuch, *du hast wirklich keine Ahnung, wie leid es mir tut.* »Ich hatte Angst, dass du schon gegangen sein könntest.«

Seine linke Hand wanderte den winzigsten Zentimeter in Richtung meiner. Die Tischplatte war zerkratzt, der Untersetzer nass befleckt.

Mein Herz besteht aus einer dünnen Schicht Tiefkühltruheneis. Es wirkt so hart, aber schmilzt so leicht. #Zweiter NächsterPost.

Ich versuchte mich an einem Lächeln, zittrig und kalt auf meinen Lippen, trotzdem so ehrlich gemeint.

»Kein Problem.«

Kapitel 28

Jonah

Barpflanzengrün

»Kein Problem«, sagte Delilah.

Doch, es war ein Problem. Mein Tag war beschissen gewesen. Das Telefonat mit Mum. Die Bandprobe. Fitz' Gesichtsausdruck, als er erfuhr, dass die Suburbans nun bei Haviland Industries unter Vertrag waren. Wie er sich durch ihre Instagram-Posts gescrollt hatte. »Für was stehen die? Und wieso stehen wir für nichts?«, hatte er gefragt. Immer wieder, immer leiser. Und dann Preston, der plötzlich in unserem Proberaum aufgetaucht war.

Seine Worte hämmerten mir im Kopf, während ich mich im Pub umsah. Wir saßen an einem mittigen Tisch, Bedienungen huschten an uns vorbei, Gespräche dröhnten von allen Seiten. Delilah blieb bei ihrem halb leeren Wasser, ich bestellte ein Pint. Als die Kellnerin in Richtung Theke flog, räusperte ich mich.

»Was hat sich geändert?«

Sie wich nicht zurück, sie rief kein verwirrtes »WAS?«. Delilah mit den metertiefen Augen saß einfach nur da. Als könnte Regungslosigkeit eine Antwort sein.

»Nichts«, sagte sie dann.

»Muss ich das verstehen?«

»Nein. Nur ich.«

Die Bestellung kam, und ich griff nach dem Bier. Delilahs Blick huschte dabei zu meinem Oberarm. Vorbei an der Hand, über meine Haut, bis hin zum Tattoo. Tief Luft holend blickte sie mir ins Gesicht.

»Was willst du für eine Antwort, L-J-Lowell-Unterstrich-Siebenundneunzig? Die ehrliche? Dass ich ständig *Lichtblau* einstellen will und nicht mal weiß, wieso? Dass ich einen Ohrwurm von deiner Stimme habe, ohne dass du singst? Dass ich ständig höre, wie du *Delilah, Delilah, Delilah* sagst? Dass ich an dich denke? Immer, immer, immer?«

Ich schüttelte den Kopf. Als ich mich nach vorn lehnte, wirkten ihre Lippen zu rot. Als hätte sie knalligen Lippenstift getragen und ihn aggressiv wieder runtergeschrubbt. Aus dieser Nähe waren sie gefährlich.

Ich wollte wegsehen.

Ich wollte für immer hinsehen.

»Wieso bist du auf dich selbst wütend?«

»Wie bitte?«

»*Manchmal bist du die Person, die toxisch ist.* Das klang so, als hättest du dir das ziemlich zu Herzen genommen. Wieso?«

»Weil ...« Sie schloss die Augen. »Weil ich jemanden verletzt habe. Sehr, sehr tief. Und sehr, sehr endgültig.« Ruckartig schlug sie die Lider wieder auf. »Deshalb.«

Einen Moment lang schienen wir wie eingefroren. Erstarrt, nicht atmend, vielleicht nicht mal lebend. Dann griff ich erneut nach dem Bier. In drei Schlucken trank ich es aus. Millimeter für Millimeter rückte ich an ihr Gesicht. Ihre Pupillen wurden so riesig, dass sie schwarze Wellen schlugen.

»Okay«, flüsterte ich. »Gehen wir.«

Stuhlbeine quietschten, als ich mich erhob und einen Zehner aus dem Portemonnaie kramte.

»Gehen? Wohin?«

»Uns kennenlernen.«

»Das willst du immer noch?«

»Menschen verletzen, weil Menschen verletzen. Tief, endgültig, schonungslos, unabsichtlich, absichtlich. Das ist nichts Neues.«

Delilah setzte zum Sprechen an, ein Song von Catfish and the Bottlemen im Hintergrund. Und brach ab. Stattdessen runzelte sie die Stirn.

»Du bist so seltsam. Und ich darf das sagen, weil ich das sonst immer zu hören bekomme.«

Als wir das Lokal verließen, dröhnte noch derselbe Song aus den Lautsprechern. *Glasgow.* Draußen roch es kühl nach Autoabgasen und betrunkenen Studenten. Da berührte ich sie am Handgelenk. Passanten strömten ringsum vorbei, meine Finger unter ihrer Jacke. London hupte, mein Herz pumpte. Sofort zog sie den Arm zurück.

»Hast du die schon bemerkt?«

Mit einem Kloß im Hals nickte ich auf die Barfassade. Das *Cross Keys* besaß den grünsten Eingangsbereich ganz Covent Gardens. Zig Pflanzenkübel vor dem Eingang, Pflanzen über und neben dem Barnamensschild. Hängende Pflanzen, Blüten zwischen Grün, kleine Bäume, dichte Ranken. Einen Moment lang starrte ich mit Delilah nach vorn, dann betrachtete ich sie von der Seite. Dunkle Strähnen berührten ihre Schultern, die Lederjacke war geöffnet. Das massive Material stand im starkem Kontrast zu der hellen Haut. Ich dachte gleichzeitig an *Pyro* und Eisbären. Delilah war wie Luftschloss, Schwellenangst, Wanderlust, Schnapsidee, Fernweh, Pustekuchen und sturmfrei, alles deutsche Wörter, unmöglich zu übersetzen.

»Lass mal sehen, lass mal sehen. Du wolltest mich mit den Pflanzen beeindrucken, weil du dich ja durch meinen Feed gescrollt hast. Deshalb denkst du jetzt, du hättest mir ganz pathetisch-romantisch in die Seele geblickt.«

»Du bist so gut darin, mich zu durchschauen.«

»Idiot.«

Zuerst ließ sie nur den linken Mundwinkel zucken, anschließend lächelte sie. Und das machte alles mit mir. Es schwoll in meinen Boxershorts an, es schwoll in meinem Herzen an. Das eine hatte mit dem anderen selten was zu tun, gerade aber verflucht noch mal maximal. Außerdem machte es auch alles mit Delilah. Da war sie nämlich. Calypso Coral. Die Farbe, die ihr Gesicht zu durchdringen schien. Nichts Strömendes oder Fließendes, das Gegenteil von Blau. Delilah war etwas zwischen warmen Apfelsinen und roten Korallen. Und als ich mich räusperte und schlucken musste, um ein Wort rauszubekommen, wackelige Beine, pochender Schritt, da lief mein Herz von ihrer Farbe über.

»Am Ende«, murmelte ich.

»Wovon redest du?«

»Ich weine am Ende von *500 Days of Summer.*«

»Der komplette Film ist todtraurig. Die letzte Szene ist am schönsten. Ist dir bewusst, oder?«

»Weiß ich«, sagte ich.

Kapitel 29

Delilah

#LyricKekse

Jonah lotste uns nach Chinatown.

Wir gingen am Cambridge Theater mit der hellen Fassade und den Reklamepostern vorbei. Ein riesengroßes Poster für *Matilda,* unter dem Passanten Schlange standen. Bei Nacht unterschieden Metropolen sich kaum voneinander. Menschen, blinkende Rücklichter, gedämpfte Konturen wichtiger Gebäude. Wir hätten so gut wie überall sein können. In Singapur oder Berlin. Vielleicht sogar in Boston.

»Warum Chinatown?«

»Ich mag es.« Er hob die Schultern, als wir in die Gerrard Street einbogen. »Alles ist schrill und anders. Außerdem, hast du schon mal Matcha-Eiscreme gegessen? Die ist der Hammer.«

Das Viertel schlich sich in unser Blickfeld. Eng aneinandergereihte Läden, grelle Schaufenster, der beißende Geruch von Müllbeuteln. Süßsauersoße, Buns mit Bohnenpastete. Und Touristen, überall, bewaffnet mit Kameras. Als wären Dumplings vom *Jen Café* die fotografiewürdigste Attraktion überhaupt.

»Warst du schon mal im *Red Dragon?* Ich kenne da einen Barkeeper. Einmal hat er mir Drinks gemixt, die angeblich zu mir passen.«

Jonah lachte, während wir über feuchte Pflastersteine schlurften. Lichter der Imbisse reflektierten sich in Pfützen, mit zusammengekniffenen Augen war Chinatown ein Aquarellbild aus dunklen Farben. Vor knappen vierundzwanzig Stunden hatte ich lila Wolken in California, California eingeatmet. Jetzt war meine Lunge voll von Chinatown und Jonah. Im Schaufenster von *Shanghai Dumpling* befüllte eine Dame Teigtaschen. Ich fragte mich, wie es sich anfühlte, tagein, tagaus Dumpling um Dumpling vor touristischen Augen zu präparieren. In derselben Sekunde hallte Jonahs Name durch die Hauptstraße.

»Jonah? Jonah *Spicy King* Lowell?«

Leise fluchend drehte Jonah den Kopf nach rechts, wo er diesen Typen entdeckte. Anfang zwanzig, qualmende Kippe.

»Komm, komm, Jonah! Ich spendiere Getränke.«

»Das ist wirklich nett von dir, aber …«

»Nein, nein. Keine Widerrede. Letztes Mal ich habe dreimal so viel Trinkgeld bekommen. Alle sind geblieben. Wo dein Freund Augustus?« Der Typ betrachtete mich. »Das deine Freundin? Sehr hübsch, aber Oberteil für Strand. Nicht ein bisschen kalt?«

»Nein, das ist nicht meine Freundin. Sie heißt Delilah.«

»Und mir ist auch nicht kalt.« Ich lächelte. »Meine Jacke ist gefüttert.«

»Jetzt, wo du sagst, sieht sehr warm aus. Sehr gefüttert, sehr schön. Und dein Lächeln auch so warm und schön.

Sehr, sehr schön.« Der Typ nickte nach hinten. »Ihr kommt jetzt ins *Spicy*? Vielleicht auch Augustus Bescheid sagen, damit er auch besuchen kann?«

Ich reckte den Kopf, um einen Blick aufs *Spicy* zu erhaschen. Nachtschwarze Fassade und eine geöffnete Tür, hinter der Treppenstufen nach unten führten.

»Ich glaube, äh, Gus ist heute Abend beschäftigt«, sagte Jonah.

»Traurig. Aber nicht so schlimm. Mister Young heute auch da. Vielleicht nächstes Mal du wieder Augustus mitbringen. Ich mache starken Longdrink extra für dich.«

»Das ist wirklich, wirklich nett von dir, Yvan. Aber Delilah und ich haben was anderes vor.«

»Also sie doch deine Freundin?«

Jonah wollte antworten, doch ich war schneller.

»Was ist das *Spicy*?«

Eine Mädchengruppe schlenderte an uns vorbei. Sie umklammerten Plastikbecher, torkelten leicht und wirkten auf die unbeschwerteste Art dieser Welt glücklich. Wahrscheinlich waren sie Studentinnen im ersten Semester. Vielleicht am UCL. Oder doch am UAL, eine von ihnen trug einen Jutebeutel mit dem Aufdruck *Art is freedom*. Ich sah ihnen zu lange nach. Und dann nur weg, weil Yvans Stimme mich dazu zwang.

»Wir sind eine Karaokebar! Von Britney Spears zu The 1975. Wir haben alles. Und Jonah letzten Monat *Spicy King* geworden. *Sehr* schöne Stimme. Also, was ist? Kommt ihr rein?«

»Wieso eigentlich nicht?«, murmelte ich.

Ich drehte mich Jonah zu, der seufzte, weil Yvan in die Hände klatschte.

Während wir die Treppen hinunterstiegen, musterte ich die Wände, tapeziert mit Flyern und Plakaten. Ecken überlappten, Wörter in Sätzen begannen dort, wo die anderer aufhörten. Englische Sprüche, chinesische Zeichen. Das wirkliche *Spicy* war ein schummriges Lokal mit einer kleinen Bühne, von der ein Gwen-Stefani-Song dröhnte. *Hollaback Girl.* Im bodenlangen Kleid schmetterte die Sängerin vor sich hin. Frauen in ähnlich auffallenden Kleidern tanzten im Sitzen mit. Die Ledersofas wirkten rissig und die Dekoration zu ranzig. Zwischen Alkoholflaschen winkten mir Glückskätzchen unter roten Laternen zu. Wir befanden uns mitten in London in einer anderen Welt.

»Los, auf zur Bar! Ich mache euch Drinks!«

Yvan manövrierte uns zur Theke, der Weg eine Tucktuckfahrt durch Delhi. Wackelig, schwül, schwitzig. Stuhlbeine bildeten Stolperfallen, Yvan aber schien nichts zu berühren. Er war Teil der Kulisse. Ein hibbeliger Barkeeper mit einem osteuropäischen Akzent, der den Geruch von künstlichem Erdbeergeschmack verströmte. In Rekordgeschwindigkeit deponierte er Getränke inklusive Glückskeksen vor uns. Drei Stück. Als ich mich aus der Jacke schälte, lag Jonahs Blick bloß auf mir.

»Dein Oberteil sieht echt nach Strand aus.«

»Vom letzten Sommer. Sag mal, *Spicy King.* Was ist das eigentlich für ein Spitzname?«

»Lange Geschichte.« Er sah sich um. »Glaubst du, er hasst mich sehr, wenn wir einfach verschwinden?«

»Haha. Freust du dich nicht auf deinen Auftritt?«

»Ich spiele ständig in Pubs, wo der Sound so schlecht ist, dass ich mich nicht mal selbst verstehe. Einen Abend als Zuhörer könnte ich gerade noch so ertragen. Aber wirklich nur gerade so.« Heiser lachend griff er nach einem Glückskeks, den er zerbrach. »*Deep inside the ever-spinning, tell me does it feel? Take Care* von Beach House. Letztes Mal hatte ich irgendwas von Disney. Das ist eine absolute Steigerung. Yvan nennt die Glückskekse Lyric-Kekse.«

»Kitschig.«

»Manchmal ist kitschig okay.«

»Findest du?«

»Hoffnungsloser Romantiker.«

»Was war das Romantischste, das du für eine Frau getan hast?«

»Ein Liebeslied geschrieben.«

»Das zählt nicht. Du machst Musik. Das ist dein Ding.«

Er zuckte mit den Achseln, ich wollte nachhaken. Vielleicht konnte man sich seinen Romantischste-Geste-ever-Song auf Spotify reinziehen. Aber er nickte auf den zweiten Keks. Unter der letzten Zeile von *Team* öffnete ich ihn.

»*Do you wanna come over and kill some time? This Modern Love*, oder?«, las er vor.

Ich wollte Jonah antworten, doch meine Kehle schnürte sich zu. Unsere Arme berührten sich fast, aus den Lautsprechern klang der nächste Song. Eine hochberühmte Partyhymne, doch ich wusste nicht, wie sie hieß. Wie Jonah mich ansah, war in einer Bar wie dieser verboten. Man stieg die Treppen ins *Spicy* nicht hinunter, um sich später an kleine Momente zu erinnern. Hier blamierte man sich mit schiefem Gesang, trank billig brennenden Alkohol und bestellte noch eine Runde. Am nächsten Morgen litt man an einem Mordskater und verzerrten Erinnerungen, im Kopf keine einzelne Sekunde, die im Nachhinein kleine Ewigkeiten waren.

»Du siehst ... verschreckt aus. Ist irgendetwas nicht in Ordnung?«

Jonah kam mir noch ein bisschen näher, das musste er, denn er flüsterte. Und das war noch so etwas. Ich meine, wer flüsterte in einer verfluchten Bar? Ja, dachte ich. Eigentlich war nichts gut. Penn war tot, doch Penn war überall. Penn saß wie ein zweites Gehirn in meinem eigenen. Hastig griff ich nach dem Zettel, um ihn zusammenzufalten. Einmal. Und zweimal. Ich wollte ein sauberes Rechteck, jede Ecke aber lag schräg. Ich dachte an Livys schiefes Lächeln und an Junes messerscharfe Lidstriche. Dann an die Studentinnen von gerade eben, eingehakte Erstsemester an einem gewöhnlichen Montagabend.

»Glaubst du, du verschwendest deine Zeit?«, murmelte ich.

»Mit was genau?«

»Ich ... keine Ahnung, vergiss es einfach.«

Am liebsten hätte ich lauthals über mich selbst gelacht. Ich war eine beste Freundin mit einem toten Freund. Eine Melodramatikerin in den willkürlichsten Augenblicken. Jemand, der vergessen wollte, ohne zu vergessen. Aber Jonah schien das nicht zu stören. Jonah war ein Momentmensch. Er ging mit dem Flow, nichts warf ihn aus der Bahn.

»Du solltest es mir erzählen.«

Sein Gesichtsausdruck wirkte so aufrichtig. Seine Stimme, sein Geruch, selbst die Art, wie er an diesem verdammten Gin nippte. Jedes winzige Stück von ihm, seine Regungen, wie er sich gab, gingen mir so dermaßen unter die Haut, dass es juckte. Ich wollte mich kratzen, ich wollte mich erheben, ich wollte raus. Ich wollte nicht mehr, dass mein Herz unter Wasser stand.

»So was zu verlangen ist gefährlich. Du kannst nicht wissen, was du bekommst.«

»Das macht mir nichts aus.«

Ich beäugte die Glasflaschen vor uns. Billige Wodkasorten. Wodka-Raspberry, Wodka-Lemon. Da begann jemand *Wonderwall* zu singen.

Oasis und Bloc Party.

Großartig, großartig, großartig.

Nicht, nicht, nicht.

Die Welt drehte sich, in mir jedoch stand alles still. Wie das älteste Eis in der Mitte eines Gletschers. Beim Refrain hielt ich es nicht mehr aus.

»Eine Person, an die du nicht aufhören kannst zu denken. Jemand, der dich vollkommen berührt. Das ist die Bedeutung von Wonderwall.«

»Ja?«, fragte er.

»Mein bester Freund ist meine Wonderwall, aber er ist gestorben. Mit siebzehn.« Jetzt nickte ich auf den Glückskekszettel. »Bei seiner Beerdigung habe ich mir geschworen, keine Minute meines Lebens zu verschwenden. Für ihn, verstehst du? Und ich weiß, wir sitzen gerade in einer echt schäbigen Karaokebar. Das ist nichts, was man hier erzählen sollte. Aber manche meinen, Erinnerungen würden in Wellen kommen. Meine tun das nicht. Meine Erinnerungen sind ein Monsun. Ich –«

Ich verstummte, weil Jonah meinen Oberschenkel streifte. Seine Hand fühlte sich schwer an, doch wie er mir über die Jeans strich, war unendlich zärtlich. Hinter ihm versuchte sich der Typ an einem Luftgitarrensolo, neben mir rief jemand nach einem Cosmopolitan. Ich war mir sicher, er würde vorschlagen zu verschwinden, sein Daumen aber streichelte mir weiter über die Hose, wie Straßenlaternen bei Nacht leuchteten. Von selbst, beständig, seltsam beruhigend.

»Ich stelle mir Erinnerungen wie Wolken vor, die mir die Sicht vernebeln.«

Es war das Richtigste, was er hätte sagen können. Zwischen uns zehn Zentimeter, ein schiefer Song und meine schreckliche Wahrheit. Er deutete Richtung Ausgang.

»Lass uns woandershin gehen.«

Zuerst stand er auf, dann ich. Wir machten Anstalten, uns zu bewegen. Und hielten inne.

»Der nächste Song ist deiner!« Yvan lehnte sich über die Theke. »Mister Young und du zusammen. Er auch schon Lied ausgesucht. Wenn du jetzt gehst, eine Beleidigung für ganz *Spicy!*«

Kapitel 30

Jonah

Toxiclichtweiß

Yvan lotste mich auf die Bühne, obwohl ich nicht wollte.

»Es ist nur ein Song, Jonah!«, rief Delilah mir nach, dabei ging es mir gar nicht darum. Ich wollte einfach weg von hier. Mit ihr. Nicht geradewegs auf die Bühne gedrängt werden, wo Mister Young mir die Hand ausstreckte. Er war ein großer Kerl inklusive wilder Frisur. Vielleicht Ende fünfzig. Typ: Onkel mit nicht jugendfreien Geschichten, der auf Gartenpartys zwei Kisten Bier mitbrachte und bei Früher-war-alles-besser-Storys nasse Augen bekam.

»Yvan hat gesagt, du bist auch ein *Spicy King.*«

»Ähm …«

»Na, dann wollen wir die Bude mal einheizen.«

Er umfasste das Mikrofon, bevor die ersten Töne erklangen. *Toxic* von Britney Spears in einer langsameren Version. Das Publikum war sturzbetrunken und grölte mit. Licht blendete mich, der Gin hatte Spülmittel geähnelt, und ich den Geschmack nun auf der Zunge.

Zweifelsfrei machte ich mich mit diesem Lied zum

Affen. Zusammen mit diesem Fremden, der neben mir die Hüfte zu *slowly it's taking over me* schwang. Wenn Gus hier gewesen wäre, hätte er es gefilmt und dabei heftig gelacht. Aber ich war nicht mit meinem besten Freund hier, sondern mit Delilah.

Mister Young sang mit einem übertriebenen Vibrato *and I love what you do,* und ich dachte Ja. Ja, bitte, hör nicht auf. Hör nicht auf mit allem, was du tust, nieniemals, denn es macht süchtig, dir dabei zuzusehen, wie du einen Drink kippst und dir dann mit der Hand über den Mund wischst. Dein weinroter Nagellack im direkten Lichtkegel, deine Augen, dein Lächeln. Scheiße, dein Lächeln.

Seit fünf Jahren stand ich mit Sodalite Blue auf der Bühne, hatte aber nie so schnell wieder runtergewollt wie jetzt. Das Lied, wie ich klang, alles war mir egal. Mit der Hand im Nacken, las ich die zweite Strophe ab, doch wollte ihr eigentlich sagen, dass es mir leidtäte. Selbst wenn es nichts nützte. Ich wollte ihr sagen, die Welt sei beschissen, weil beste Freunde starben, bevor sie erwachsen waren. Dass das unfair sei, weil ihr Tod den schlimmsten Nachgeschmack überhaupt hatte. Er hatte sein ganzes Leben noch vor sich, meinte man dann. Und das tat weh.

Bis zum Refrain kämpfte ich mich irgendwie durch, wo Mister *Spicy King* wieder einsetzte. Bei der letzten Bridge passierte es. Aus dem Gang schien plötzlich Licht. Kichernd und torkelnd gingen zwei Frauen an Delilah vorbei, bestimmt kamen sie von der Toilette. Sekundenlang wurde ihr Gesicht so in ein übertriebenes Lichtspiel getaucht. Schneeflockenweiße Haut, dunkles Haar, mittendrin die bunte Farbe. Sie pulsierte rhythmisch zur Melodie. Dieser in die Länge gezogene Swing-Vibe, gemacht für dunkle Räume und nackte Körper, die sich an allen Stellen berührten. Langsam, quälend langsam, gerade so schnell, dass man es spüren konnte. *Intoxicate me now, with your lovin' now.* Das war meine letzte Zeile. Und als ich sie sang, hatte ich das Gefühl, als sänge ich sie nur für sie. Was pathetischer und absoluter Bullshit war. Trotzdem senkte sich meine Stimme um eine Oktave. Wenn ich ein Lied vor einer Handvoll Leute spielte, war das, als würde mir die Haut abgerissen werden. Zeile für Zeile, Akkord für Akkord, weil ich ihre Gesichter mustern konnte. Eine Menge war das eigentliche Gegenteil, aber jetzt hatte Delilah ein Gesicht und eine Farbe.

Es war nur mein Herz, das rauschte.

Nach dem Lied folgte kreischender Applaus. »Zugabe«, »Noch mal«. *Spicy King* verneigte sich wie ein Schauspieler im Royal National Theater, während ich die Bühne verließ.

»Singen wir kein zweites Lied?«, rief er.

»Sorry. Muss weg.«

»Du solltest nur noch Britney-Spears-Songs covern«, sagte Delilah, als ich vor ihr stehen blieb.

»Gehen wir? Wenn wir Glück haben, hat mein Lieblingseisladen noch auf.«

»Süß, dass du so auf Eis abfährst.«

Sie verzog die Lippen zu einem Lächeln, ich starb zwei heimliche Tode. Mit einem Blick zur Theke verabschiedete ich mich von Yvan. Draußen war die Luft eisig und angenehm, doch wir verharrten vor der ersten Stufe, weil drei Freundinnen nach unten stiegen. Sie waren so betrunken, dass wir an die Wand rutschten, um nicht von ihnen angerempelt zu werden.

»Ich wusste gar nicht, dass Karaoke so beliebt ist«, flüsterte Delilah.

Wir standen nebeneinander, unsere Schultern an der Wand voller Flyer. Wenn es kälter gewesen wäre, hätte unser Atem sich sichtbar vermischt. Delilah und ich, wir befanden uns in einem Zwischenraum. Wir hörten die Besucherinnen im *Spicy* und die Passanten auf den Pflastersteinen, wir aber waren unser eigener Ort. Und vielleicht waren Orte wie dieser gefährlich, weil hier nichts wirklich existierte. Alles schien so fern und nah zugleich. Andere Menschen und Delilah. Der Geruch von Bars und Dumplings. Als könnten wir uns näherkommen und berühren. Als könnten wir uns küssen, ohne uns zu küssen. Denn das wäre doch falsch. Hier mit diesem unterschwelligen Gestank nach Erbrochenem, das Yvan gestern sicherlich vom Boden gewischt hatte. Den Gesprächen in unseren Köpfen. Das, was ich hatte sagen wollen, bevor man mich auf die Bühne manövriert hatte.

»Du warst echt der Wahnsinn gerade.«

»Das waren die schrecklichsten Minuten meines Lebens.«

»Und die im Flugzeug?«

»Ich korrigiere: Es waren die drittschrecklichsten Minuten meines Lebens.«

»Du bist *wirklich* ein Idiot.«

Höchstens zwei Zentimeter rückte Delilah näher zu mir. Doch sie reichten, weil sie natürlich reichten. Mit einem Mal spielte alles verrückt. Das Gefühl ihrer Farbe, meine umherzuckenden Blicke, selbst die Hände, die mir so brannten, als besäßen sie eine eigene Nuance. Feuerwehralarmrot oder Sommerkirschenrot. Ich dachte nicht, als ich den Arm ausstreckte und ihr eine lose Strähne hinters Ohr klemmte. Für einen schweren Moment ließ ich die Finger dort liegen, zwischen Hals und Nacken, wo ich ihr Herz pochen spürte.

»Jonah?« Sie drehte sich komplett zu mir, noch dichter, noch näher, zu viel, so gut, ihr Atem auf meinem Mund. »Jonah«, flüsterte sie mit flatternden Lidern. »Jonah, Jonah, Jonah.«

Mein Name war eine Warnung, eine Erinnerung, ein Zittern in den Ohren, die Andeutung eines Kusses, weil Reden fast Küssen war, wenn sie »Jonah, Jonah, Jonah« raunte, was unfair, inakzeptabel und unter der Gürtellinie war. Was sie doch wusste. Zu guter Letzt war es der Schlussstrich. Weil ich den Kopf schüttelte, weil ich musste, weil ich die Dinge richtig sehen wollte und dabei Chinatown in seiner schillernden Ranzigkeit betrachtete. Abrupt tat sie einen Schritt zurück.

»Ich …« Mein Räuspern kratzte. »Ich kann dich nicht küssen. Auch wenn alles unter meiner Gürtellinie mich gerade hasst. *Ich* hasse mich. Aber nicht so, Delilah. Nicht zum ersten Mal zwischen schimmligen Flyern, Zigarettenstummeln, *Super Bass* und dem Gespräch, das wir vor *Toxic* hatten.«

»Dir ist bewusst, dass ich dich und nicht du mich geküsst hättest, oder?«

Was sie sagte, war gleichzeitig gut und schlecht. Gut, weil sie sofort antwortete und ich ihr so nicht erklären konnte, ich hätte sie in Gedanken schon zu oft geküsst. Schlecht, weil es jetzt wirklich sehr eng in den Boxershorts war und ich sie am liebsten gegen die Wand gedrückt hätte. Jacke an Jacke, Mund auf Mund, zu grob, zu dringlich, zu dem idiotischen *boy he got that bass, boom, badoom, boom, boom, badoom, boom bass.*

Sie tappte die Treppen nach oben, irgendwann drehte sie sich um, und ich schloss hastig zu ihr auf.

»Es tut mir übrigens leid. Das gerade eben, als Yvan mich auf die Bühne gezogen hat. Du –«

»Nein«, unterbrach sie. »Mir tut es leid. Ich weiß auch nicht, wieso ich dir das überhaupt erzählt habe. Ich rede so gut wie nie über Penn, und wenn doch, habe ich keine Ahnung, wo die Worte überhaupt herkommen. Der Zettel hat mich einfach an ihn erinnert. Bei Bloc Party muss ich immer an ihn denken.«

»Er mochte die Band?«

»Ich mag sie. Er hat mir Konzertkarten geschenkt, bevor er gestorben ist. Wir, na ja, wir wären zusammen hingegangen. Vielleicht zumindest. Penn hat in dem Haus neben dem von meinem Dad gewohnt. Mit *willst du rüberkommen* hat immer alles angefangen. Schätze, *do you wanna come over and kill some time* ist meine Schwachstelle. Aber ist schon irgendwie okay.«

»Nein. Nein, es ist nicht okay. Er war der beste Freund, der Polarforscher werden wollte, oder? Das hast du im Flugzeug gesagt.«

»Wir müssen nicht darüber reden.«

»Natürlich nicht.« Immer noch standen wir zwischen Straße und Bar, auf Stufen voller Kaugummiflecken und

Müll. Es war bewölkt und zu kühl. Keine Temperaturen, um sich vor einer schäbigen Bar über einen toten besten Freund zu unterhalten. Als ob es die überhaupt geben würde. Es war doch irgendwie immer zu kalt oder zu warm oder zu drückend oder zu nass oder zu angenehm oder zu unangenehm. »Aber du hast gesagt, wenn du über ihn redest, weißt du selbst nicht, woher die Worte kommen. Vielleicht findest du es so heraus.«

Sie schüttelte den Kopf, und ich wusste, was sie dachte. Dass es verrückt war. Der Zettel in dem Keks, Bloc Party, ausgerechnet diese Band, und dann ihre Worte, die plötzlich rausgemusst hatten. Sie und ich zusammen, wie es sich anfühlte, wenn wir uns ansahen. Als gäbe es diesen Ort zwischen dem *Spicy* und Chinatown tatsächlich.

»Ich habe alles an ihm gemocht«, flüsterte sie. »Dass er sich Dokumentationen über die Arktis reingezogen hat, wenn ihm langweilig war. Dass er extra salzige Chips am liebsten mit Milchkaffee gegessen hat. Dass es ihm egal war, was die Leute über ihn gedacht haben. Penn war Penn. So echt einfach. Wir haben am liebsten auf seinem Dach gelegen und Musik gehört. Und Penn mochte alles. Penn mochte Oasis und Radiohead und die Beatles und die Countrysongs von Taylor Swift. Einmal hat er mir gesagt, stell dir vor, irgendwann sitze ich in einer steinalten Hütte auf Spitzbergen und nerve Forscherkollegen mit *Red* von Taylor Swift. Da musste ich lachen, und wir lagen auf dem Dach seiner Eltern und er hat von der Arktis erzählt, und jetzt ist er nicht mehr da und wird sich auch niemals irgendeine verdammte Polarpflanze in einem Tundragebiet anschauen. Und das tut mir weh. Für ihn. Verstehst du?«

»Ja. Ja. Ich verstehe das.«

Delilah blinzelte mich an. Zwei Ewigkeiten vergingen. Erst dann ließ sie die Hand zu meiner wandern. Ihre rechten Finger plötzlich in meinen linken, dazwischen unsere Herzschläge. Ihrer war stark, meiner rauschte. Bestimmt presste sie die Innenfläche an meine. Zwei, drei, vier Takte lang. Dann ließ sie los.

Kapitel 31

Delilah

#Wassereimerlache

Wir kauften Eiscreme mit Matchageschmack, *Happy Cream*, Jonah war mit Namen bekannt. Als wir anschließend vor der roten Ampel warteten, räusperte er sich.

»Du siehst müde aus.«

Es war kurz vor zwölf, ich war erschöpft vom letzten Flug. Die Nach-Nachtflügen-Hülle saß wie angegossen, bekam aber Risse. Wahrscheinlich sollten Jonah und ich uns verabschieden. Die zögerliche Umarmung vor der Tube lag wie ein loser Gedanke in der Luft. Schwer, kreisend, drückend, doch niemand wollte ihn aussprechen.

»Ich kann dich nach Hause begleiten«, sagte er. »Und bevor du etwas sagst: Ich bin mir sicher, dass du das auch ohne mich schaffst. Aber ich, na ja, ich hätte nichts dagegen, etwas mehr Zeit mit dir zu verbringen. Aber no pressure natürlich.«

»Okay«, murmelte ich.

Wir schlurften in die Little Newport Street, vorbei an geschlossenen Schaufenstern und noch geöffneten Imbissen. Wir schwiegen eine aufgeladene Stille, elektrisiert von den vorherigen Momenten. Penn, der Nicht-Kuss, die Kekse, der Miniauftritt. Jonah Lowell und *Toxic,* wie lächerlich es gewesen war, wie er mir verdammt noch mal trotzdem intensiver unter die Haut gekrochen war.

»Und? War es dein bestes Eis? Nein, sag nichts. Ich lese es in deinem Gesicht ab. Du hast es nicht gemocht. Du musst das von meiner Schwester probieren. Sie macht mein Lieblingseis. Wie Ben & Jerry's Cookie Dough. Nur besser.« Mit einem fast schüchternen Lächeln erzählte Jonah mir von seinem Gefrierfach. Er hatte immer Stiel- und Kugeleis zu Hause. Mehrere Sorten, er brauchte die Auswahl, weil »süß und gefroren«. »Kennst du *Sugar & Sugar* bei dir um die Ecke? Die haben die besten Schokoladensorten. Und die meisten sind sogar vegan! Im Sommer machen die auch immer Früchte rein, dann kannst du zum Beispiel dunkle Schokolade mit gefrorenen Kiwis bestellen oder ...«

Er philosophierte wild gestikulierend über weitere Eissorten, während ich ihn mir auf einer Couch vorstellte. Mit einem großen Eisbecher auf dem Schoß. In Boxershorts, oberkörperfrei, ein riesiger Löffel zwischen den Fingern.

»Und ich weiß, ich weiß, was du jetzt denkst: Weiße Schokolade mit Melone? Trotzdem schwöre ich dir, es schmeckt göttlich. Gus meint manchmal sogar, dass unser Gefrierfach Liebeskummer-Vibes verströmt, haha. Er ...« Plötzlich hielt er inne. »Ich mache mich gerade zur Lachnummer, oder?«

»Ich schaue dir gern dabei zu.«

»Charmant wie immer.«

In den nächsten zwanzig Minuten hielt ich Jonah in Gedankenaufnahmen fest. Jonah, wie er unter Ampeln schief grinste. Jonah, der mir zuhörte, eine Hand in der Hosentasche. Jonah, der lässig neben mir her schlenderte, doch zwei Armlängen Sicherheitsabstand wahrte. Jonah, wenn er an meinen Lippen hing, weil ich an seinen hing. Jonah, der den Blick immer abwandte. Als wir die Brick Lane passierten, wurden wir leiser. Abscannend betrachtete ich die Graffiti ringsum, im Dunklen nicht mehr als schattige Rebellionen. Schließlich blieben wir vor meinem Wohnhauskomplex stehen.

Von weiter weg hörten wir Reifen quietschen, dann einen Motor, der heulte. Mein Blick lag auf Jonahs Gesicht, als wäre es ein Warnschild, anziehend und unverkennbar. Er teilte die Lippen. Und ich wusste, er würde sich diesmal wirklich verabschieden. Vielleicht ein »Danke für den Abend«, hoffentlich ein »Wir müssen uns wiedersehen«. Doch er sagte nichts. Denn da fiel Wasser vom Himmel. Ganz plötzlich, laut zischend wie ein Gartenschlauchstrahl, bloß auf ihn gerichtet. Innerhalb eines Wimpernschlags war er klitschnass. Tropfen sammelten sich auf der Lederjacke, das Shirt klebte ihm an der Brust, seine Sneakers befanden sich in einer Wasserlache.

»Das hast du davon, du Idiot! Verschwinde. ICH WILL DICH NIE WIEDERSEHEN. HÖRST DU? NIE WIEDER!«

»Hey, Rose!« Ich warf den Kopf in den Nacken und winkte meiner Nachbarin zu. »Du hast den falschen Typen übergossen.«

»L-Lilah?!« Schwarzes Spaghettiträgertop, verweintes Trennungsgesicht. Rose lehnte sich aus ihrem Fenster.

»Omeingottomeingottomeingott. Es tut mir schrecklich leid. Das ...«

Sie brach ab, weil auch sie wahrnehmen musste, wie die Haustür aufgerissen wurde und dieser Typ schrie. Lederjacke, zugeknöpftes Hemd, Schnürschuhe. Er war so vertieft ins Telefonat, er marschierte an uns vorbei.

»Verrückt! Die Alte ist einfach verrückt! Ich schwöre, ich date nie wieder wen von Tinder! Scheiße, Alter, ich kann das immer noch nicht glauben!«

»Ich auch nicht, du Wichser!«, kreischte Rose ihm nach. Dann wandte sie sich wieder uns zu. »Omeingott, omeingott, omeingott. OMEINGOTT. Ich weiß nicht, was ich sagen soll. Es tut mir so leid. Ich war nur so sauer auf Trevor. Es war unser fünftes Date, und na ja, er hat, ihr wisst schon, und ich wollte auch, ihr wisst schon, aber dann hat seine Ex angerufen. Und er ist einfach rangegangen und hat gesagt *was geht ab, Babe.* ICH MEINE, *BABE?!* Jedenfalls ...«

Kapitel 32

Delilah

#Waschmaschinengefühle

Als wir in die WG traten, fiel Straßenlaternenlicht auf das Parkett. Jonah stand so dicht hinter mir, dass ich ihn deutlich wahrnehmen konnte. Die Nässe, seinen Geruch. Als hätte das Wasser ihn verstärkt. Während ich aus den Schuhen schlüpfte, erhaschte ich einen Blick in den Spiegel. Ich war helle Haut und Klamotten. Das pochende Herz sah man nicht.

»In einer halben Stunde ist alles so gut wie trocken.«

Meine Worte hallten gespensterhaft in der Wohnung wider, bevor ich uns ins Badezimmer führte. Es war still, Livy schlief bestimmt bei Nick und June im Zimmer einer Fünfsternehotelkette. Ich hielt Jonah die entsprechende Tür auf, er tappte auf die Fliesen. Handtücher, Haarbürsten, Shampoos, Spülungen, Duschgel, Tamponverpackungen, ein paar von Junes Eyelinern auf jeder Ablagefläche. Unvermittelt deutete er auf die Blumenampel. Meine Photos baumelte an der Gardinenstange vor sich hin, vier Ranken herzförmiger und marmorierter Blätter.

»Du hast sogar eine Pflanze im Badezimmer?«

»Sie heißt Atlanta.«

»Du gibst ihnen Namen?«

»Jeder.«

»Was magst du so an ihnen?«

»Alles.« Ich steuerte den Waschtrockner an, um die Luke zu öffnen. »Wusstest du, dass sie bei klassischer Musik schneller wachsen? Und eigene Mikroorganismen bilden, wenn man sie zusammenstellt?«

Jonah fischte Portemonnaie, Schlüssel und Handy aus den Taschen. Er legte den Inhalt beiseite, zog sich das Shirt aus und machte den Gürtel auf.

»Ich, äh, ich hol dir ein Handtuch. Du kannst den Trocknergang anmachen. Super easy an der Maschine beschriftet.«

Hastig verließ ich den Raum und hockte mich vor den Flurschrank. Wieder war ich ein Thermometer, dabei hatte ich Jonah nicht mal genauer unter die Lupe genommen. Keines seiner Tattoos, nichts unterhalb der Bauchmuskeln. Ich atmete tief durch. Luft, Luft, Luft für all die unter Strom stehenden Atome. Doch es brachte nichts. Ich nahm den Geruch des Weichspülers zwischen den Handtuchfasern wahr, den des Badezimmers, den der Luft im Allgemeinen. *Amethyst and Floral Bouquet* von Lenor, verschiedene Shampoos mit verschiedenen Extrakten. Trotzdem hatte ich das Gefühl, da sei nur Jonah. Jonah in meinen Gedanken, Jonah in meiner Lunge, Jonah als Wellenbrecher in meinen Blutbahnen. Sein Gesicht das Warnschild, mein Herz der Motor mit zweihundert Sachen.

Beim Klang des brummenden Trockners zuckte ich zusammen, dann knirschende Schritte, die im Türrahmen verharrten. Ich zwang mich, nicht aufzusehen, wollte nach einem Handtuch fischen, griff aber einen ganzen Stapel. Der auf dem Boden landete. Großartig. In Rekordgeschwindigkeit kniete sich Jonah hin und half mir beim Aufräumen.

»Kann ich das benutzen?« Er deutete auf ein dunkelgraues Handtuch.

»Klar.«

Mit einem Kloß im Hals blickte ich auf. Licht so hell wie Zahnarztpraxislampen beschien den Flur. Und Jonah. Die Art, wie es sich um seinen Oberkörper legte, ließ Muskeln, Sehnen und Knochen schärfer erscheinen. Angefangen über den Boxershorts, grün-blau kariert und dem Himmel sei Dank nicht eng anliegend. Die Haut, die Wörter über der linken Hüfte, vier Zeilen, ein ganzer Text, auf dem ich nicht verweilte.

»Ich würde dir was zum Anziehen anbieten, aber …«

»Schon okay.«

Natürlich war es kein Problem. Nichts an Jonah wirkte schüchtern oder versteift. Sicherlich war Nacktheit für ihn nicht mehr als langweilige Routine, und doch umklammerte er das Handtuch zu verkrampft. Nervös, aufgeregt, ungläubig. Kurz fragte ich mich, ob ich ihn träumte. Als wäre mein Kopf ein Kino, er auf Leinwand, unvergesslich mit Gänsehautfaktor. Doch da öffnete er den Mund. Und alles war so real.

»Bitte sag mir, ich bilde mir das zwischen uns nicht ein.«

Zitternd klemmte ich mir eine Strähne hinter das Ohr. Denn was hätte ich schon bestreiten, ausdiskutieren oder gar verhindern können. Ich spürte es. Alles. Überall. Seine Blicke, ihn im Ganzen, mich im Gesamten, das zwischen uns. Das Vibrieren der Luft, das Schlagen meines Herzens, als würde es für sieben Leute gleichzeitig pumpen.

»Nein. Tust du nicht.«

»Okay.« Ein Augenflattern. »Nein, *gut*, meine ich. Wirklich gut, ja, wirklich, wirklich gut.«

Ich glaube, es war die Art, wie er den Griff lockerte. Fließende Weichheit statt harter Muskeln, die mich dazu brachte, auf Knien zu ihm aufzurutschen, bis ich nur noch sein Gesicht betrachten konnte. Knochen, Kiefer, die kurvige Form der Brauen. Ein Mensch zum Zerdenken, ein Mensch zum Zerfühlen. Dieser Moment würde keine Landschaft in den Landschaften meiner Gedanken werden. Wie Jonah schluckte und schluckte und schluckte. Und meine Lippen ansah. Das könnte niemals eine Erinnerung sein. Das war ein ewiges Kribbeln in Milchstraßengröße.

»Jonah?«

»Ja?«

Seine Hand zuckte, doch bewegte sich nicht. Ein Mensch unter Strom, Jonah bloß für mich.

»Jonah«, flüsterte ich und rückte *noch* dichter an ihn heran. »Jonah.« Unsere Nasenspitzen berührten sich. »Jonah.« Sein Atem streifte meinen Mund. »Jonah.«

Statt etwas zu erwidern, blinzelte er mich an. Weite Pupillen, offene Blicke. Dann rückte er an die Wand.

»Küss mich.«

»W-was?«, fragte ich.

»Küss mich, weil Reden nach Küssen klingt, wenn du

meinen Namen so sagst. Ich kann das nämlich nicht. Dafür habe ich dich schon zu oft in meinem Kopf geküsst.«

Küss mich, küss mich, küss mich.

Vielleicht hätte ich ihm nicht sofort auf den Schoß klettern sollen. Vielleicht war das zu früh zu forsch und zu viel, doch so war das mit mir. Ich hatte nichts, aber ich wollte alles. Ich zwang mich nach Nachtflügen in Vorlesungen und arbeitete wissenschaftliche Essays in Bordküchen nach. Ich hatte ein Leben, in dem ich immer mehr, mehr, mehr wollte. Ich war zu sprunghaft, zu laut, zu viel. Aber wie Jonah mich betrachtete, war so verflucht richtig. Nervös, drängend, erstarrt. So zärtlich.

»Delilah.« Ein Seufzen. »Delilah.« Ein Lächeln. »Delilah.« Die letzte Warnung. »Du hast keine Ahnung, dass du mich verrückt machst, oder? Dein Lächeln ist das Schlimmste. Ich mag alles daran. Wie deine Augen sich ganz leicht zusammenkneifen. Und das alles mit mir macht. Ich meine, das ist doch *wirklich* verrückt. Warum –«

Jonah verstummte, weil ich seinen Mund mit meinem streifte. Er war angespannt, ich fühlte die krampfenden Finger und die Härte in seinem Schritt. Trotzdem küsste nur ich ihn. Vorsichtig und zögerlich, als wollte ich das nie vergessen. Er halb nackt, ich völlig bekleidet. Lippen, die sich aufeinanderdrehten, in meinem Flur, mit dem Waschtrockner im Hintergrund, in dem sich seine Kleidung überschlug. Wenn ich ein Thermometer war, war er ein Planet voller Wärme. Heiß, brennend, süchtig machend wie Sommersonne. Als ich mich nach einer Ewigkeit von ihm löste, tat ich es ganz, ganz, ganz langsam. Schweigend sahen wir uns an. Als wäre der Kuss tatsächlich ein Film gewesen, und jetzt liefe der Abspann, aber wir säßen immer noch da. Dann, ohne Vorwarnung, richtete er sich auf.

Er zog mich an seine Brust.

Er grub die Hand in mein Haar.

Er ertränkte mich.

Mit Zunge und Zähnen und seinem Meer aus Kanten und Klarheit. Herz an Herz, atmend und nicht atmend zugleich. Es war wirklich wie im Film, ein Gefühl wie auf Konzerten, wenn dich der allererste Song eiskalt mit Beats und Lyrics erwischte. Als wäre ich ein Mensch aus Tanzen, Wein und Freisein. Nur um Luft zu holen, machten wir uns voneinander los. WAS WAR DAS, hätte ich am liebsten gefragt, und eigentlich gemeint, wenn Reden tatsächlich wie Küssen war, wollte ich bloß mit ihm reden. Bis meine Zunge, Lippen und Ohren taub wären, die ganze Nacht, bis in den Morgen hinein, bis nächste Woche, bis Australien und zurück und dann noch mal. Er strich mir eine Strähne aus der Stirn.

»Hast du einen zweiten Vornamen?«

»Ähm, ich bin mir nicht sicher, ob ich deine Frage richtig verstanden habe.«

»Doch. Hast du. Es ist nur, na ja, wir können uns nicht nur küssen. Hinterher kann ich nicht mehr aufhören. Ich ... ich will es richtig machen.«

»Daisy«, sagte ich nach einem Moment.

»Daisy? Das ist süß. Sehr süß sogar. Ich könnte dich Daisy Darling nennen.«

»Das ist noch kitschiger als Lyric-Kekse.«

»Hoffnungsloser Romantiker. Du weißt schon.«

»Es ist nach eins, und du sitzt oberkörperfrei mit einem riesigen Ständer in meinem Flur. Das ist dir bewusst, oder?«

»Erstens: Danke für die Erinnerung. Zweitens: Das ist nicht meine Schuld. Ich hätte mich nicht ausgezogen, wenn deine Nachbarin mir keinen Eimer Wasser über den Kopf geschüttet hätte. Und drittens kann ich immer noch Romantiker sein, Daisy Darling.«

Bei dem lächerlichen Spitznamen mussten wir beide lachen. Als mein Blick auf dem Hüfttattoo landete, legte ich den Kopf schräg.

»*Don't bend; don't water it down; don't try to make it logical.*« Ich räusperte mich. »Wieso hast du es dir stechen lassen?«

»Hab den Satz in einem Vorwort zu einem Kafka-Kurzgeschichtenband gelesen. Es hat einfach gepasst.«

»Zu was genau?«

»Zu mir.«

An der zweiten Zeile blieb ich hängen. *Don't water it down.* Stumm rollte ich die Buchstaben auf der Zunge. Verwässern, verdünnen, vereinfachen. Verwässere es nicht, dachte ich, da beugte sich Jonah wieder vor. Warm und feucht, sein Atem, alles in mir. Und als er mich dann küsste, war es anders. Leicht, sacht, schwerelos, wolkenleicht. Er küsste meinen Mundwinkel, er biss in meine untere Lippe, dann zog er mich mit sich wieder zurück.

»Und?«, raunte er. »Was ist mit dir? Hast du Tattoos?«

Wir saßen so lange auf dem Parkett, bis der Waschtrockner aufhörte. Wir küssten uns zwischen Fragen, wir redeten zwischen Küssen. Ich erzählte ihm von The 1975, wie ich mal Konzertkarten für die Show in Finsbury Park gehabt hatte, doch in Florida wegen eines Gewitters festgesteckt hatte. Dass ich den Nachnamen meiner Mum lieber mochte, weil Delilah Dellaria nach einem Filmcharakter klang. »Delilah Adams«, murmelte Jonah. Jonah, der mir gestand, er vermisse die Vorlesungen kein bisschen. Jonah, der ein Wandregal voller Platten besaß. Jonah, der früher unter extremem Lampenfieber gelitten hatte, das nur bedingt abgeklungen war, Aufregung und Euphorie vermischten sich angeblich, Horrorgefühle und Glückshormone, alles wurde zu einem Gewusel. Wir sprachen über seine Schwester, *super crazy, hat sogar eine Tarotlegerin, über die nichts geht,* und ich verriet ihm vom selben Faible meiner Mum. Wir lachten, bis mein Bauch wehtat, und wir waren aufgekratzt und albern und leicht.

Nachdem ich mich zum ersten Mal hatte erheben wollen, zog er mich wieder zurück. Unser Atem ging schnell, unser Atem ging heftig. Während er in die semitrockene Kleidung schlüpfte, schlurfte ich in die Küche. Ich nippte an einem Wasser, da stand er im Türrahmen. Die Jacke in der Hand, die Shirtärmel noch feucht. Er nahm das Glas entgegen, das ich ihm hinhielt. Sein Blick verharrte dabei auf dem Pflanzenregal, den zusammengewürfelten Essstühlen, den Postkarten am Kühlschrank. Der Pinnwand. Ich selbst verweilte auf dem zuletzt geschossenen Polaroid. Wir in unseren müden und ungeschminkten Versionen, Livy mit den unbesiegbarsten lila Augenringen ever. An dem Morgen hatte sie uns von dem Video-Chat mit Robert erzählt. »Ich glaube, ihn stört es, dass ich ihn nicht Dad nenne«, hatte sie gesagt. Genau genommen war Livy

Halbamerikanerin. Ein »Cali-Girl«, weil ihr Vater aus San Francisco stammte. Wenn sie uns fragte, ob wir einen fremden Mann als plötzliches Elternteil akzeptieren könnten, hatten wir keine Antwort.

»Ich steh wirklich auf dein Lächeln.« Jonah deutete auf die Korkfläche. »Verrückt.«

Verrückt, verrückt, verrückt.

Und wie. Und wie. Und wie.

»Sind das deine?«

Er zeigte auf den kleinen Bücherturm, nickend tappte ich auf ihn zu.

»Du musst dir diese eine Widmung anschauen«, sagte ich. »Sie wird dir gefallen.«

Ich stapelte die Romane zu *Call Me Mondays* runter, doch Jonah verstand meinen Blick falsch, griff nach *Komm her und lass dich küssen* und schlug die erste Seite auf.

»*Für Ryder*«, flüsterte er.

Scheiße.

»D-die Widmung meinte ich nicht.«

»Hab ich mir fast gedacht.«

Mittlerweile hielt ich *Blau. Blau.* in den Händen, mit dem Kafka-Zitat, das ich ihm hatte zeigen wollen. Aber die Stimmung war gekippt, denn Jonah sah überallhin, bloß nicht in mein Gesicht.

»Ich sollte gehen. Es ist schon spät.«

Ich wollte erwidern, er sollte bleiben. Dass seine Blicke wie seine Stimme und seine Stimme wie seine Küsse waren. Dass er sich erneut bis auf die Boxershorts entblößte, damit wir uns in mein Bett schleichen könnten. Eingeschlafene Beine, hellwache Herzen. Weil er mich anzog mit der Art, wie er mich betrachtete. Ich wollte ihm sagen, dass mich noch nie jemand so angezogen hatte und ich das verrückt, verrückt, verrückt fand. Doch er blickte zu Boden. Und ich traute mich nicht.

»Ich habe das Buch im März gelesen. Nach unserer Trennung. Es hat mich an Ryder erinnert, aber ich konnte es ihm noch nicht geben. Ich –«

»Du musst das nicht erklären. Wirklich, kein Ding.«

Er zog sich die Lederjacke über, noch bevor wir den Eingangsbereich erreicht hatten. Dort angekommen, machte er fast Anstalten, mir näher zu kommen. Dann ließ er es doch.

»Wir sehen uns?«, fragte ich.

»Wir sehen uns.«

Wie Geister schwebten seine Worte in der Luft.

Erst als ich mir mit den Fingern über die Lippen fuhr, als gäbe es dort etwas zu suchen, finden und behalten.

Erst da fiel es mir auf.

Notiz

~~And I do mind drowning~~

Oh, do you know that nothing's ever counting
Actually
~~After all~~ I do mind drowning
~~Here comes the moon~~
~~To blind me to see~~
See through me like you see through clouds
At 30.000 miles above the crowds
Spinning kisses in a washing machine
Where did you lose your sunscreen?
Was it India or at age eighteen?
My thoughts are bruised and blue
Maybe I do mind diving into you

Kapitel 33

Jonah

Gusblau

»Ich will das nicht. Es sitzt überall. Als würde es unter meiner Haut jucken. Scheiße. Was ist das, Gus?«

Wir saßen am Küchentisch. Gus frisch geduscht, ich frisch verzweifelt.

»Eifer, die Sucht. Du bist eifersüchtig, LJ.«

Ich fuhr mir mit der Hand übers Gesicht. Es war dieselbe, die letzte Nacht in Delilahs Haar vergraben war. Da waren Spuren von ihr zwischen den Fingerkuppen. Spuren von Jasmin, ihrer Haut und dem Gefühl, das mir durch den gesamten Körper geströmt war. Drängen und Lust und lauter laute Empfindungen. Es pochte in meinen Boxershorts. Ich pochte. Ging das weg? War das immer so? Was war das überhaupt? Mein Kopf war ein blaulila Fleck, auf dem jeder Gedanke drückte. Koralle und Ozeanblau. Als hätten sich Delilahs Farbe und meine vermischt.

»Sie hatte einen Freund. Sie haben Schluss gemacht. Es ist normal, dass man eine Vergangenheit mit anderen Leuten hat. Und es war unser erstes richtiges Date. Warum fühle ich mich trotzdem so?«

»Weil du sie magst. Weil du schon mal verletzt wurdest. Weil du Angst hast, du könntest noch mal verletzt werden. Weil du Angst hast, du könntest sie mehr mögen als sie dich. Ich würde mal sagen, du hast die Arschkarte gezogen.«

»Danke für den Peptalk, Brigthley. Sag mir mal lieber, wie ich das Gefühl loswerde.«

»Du willst sie nicht mehr mögen?«

»Was? Nein. Ich mag es, sie zu mögen.«

»Hmm, wieso nur? Etwa, weil Delilah so schlagfertig und so schön ist? Weil sie außerdem ein krasses Sonnenlächeln und du einen krassen Ständer hast, wenn du auch nur an sie denkst?«

»Ein wirklich reizendes Gefühl zu wissen, dass du mir zuhörst.« Ich massierte mir die Schläfen. »Ich ... scheiße, ich will nicht eifersüchtig sein.«

»Du solltest ihr schreiben.«

»Schon erledigt. Ich habe sie gefragt, ob sie nachher mit mir Eis essen gehen will.«

»Du bist verrückt, Alter.«

Er lachte so heftig, dass der Laut seinen One-Night-Stand dazu brachte, in die Küche zu stolpern. Verschmiertes Make-up, bereuender Blick.

»Kaffee? Frühstück?«, fragte Gus sie.

»Eigentlich nicht.« Sie kratzte sich am Kopf, machte eine vage Kopfdeutung zur Tür und vermied es, in meine Richtung zu sehen, obwohl ich ihr ganz nice-guy-mäßig zuwinkte.

Gus erhob sich unter quietschenden Stuhlbeinen. Ich hörte gedämpft, wie er etwas sagte, lachte und sie etwas in beschämt leiser Lautstärke erwiderte. Anschließend tapste er zurück in die Küche. Draußen ratterte ein Doppeldeckerbus die Straße entlang, während ich mich tiefer in den Stuhl sinken ließ.

»Genug von meinem privilegierten Delilah-Dilemma«, murmelte ich. »Bringen wir es endlich hinter uns.«

»Sicher, dass wir nicht lieber über sie als über das ebenfalls privilegierte Band-Dilemma reden wollen?«

»Ja, ganz sicher.«

»Alright, ich fasse also zusammen. Preston hat den Job bei der Literaturagentur gekündigt, möchte mit Shane ein Management gründen und uns als erste Band anwerben. Ich finde, wir sollten es machen.«

»Das war eine miserable Zusammenfassung. Preston hat Sachbücher vermittelt und keine Kontakte in der Musikbranche. Shane ist nur auf die Managementidee gekommen, weil er aus dem Musikverlag rausgeschmissen wurde. Was war noch mal die offizielle Ausrede für den Artikel über Sheyna Laurenson, den er letzte Woche in den Sand gesetzt hat? Personalkürzungen?«

»Ist das wirklich wichtig? Immerhin glauben sie an uns.«

»Wir managen uns seit fast fünf Jahren selbst. Wieso sind wir in letzter Zeit überhaupt so fixiert darauf, irgendjemanden zu finden?«

Gus sah mich mit seinem besten Du-weißt-wieso-Blick an. Lautes Schweigen und eine nur leicht angezogene Braue, damit es ja nicht zu arrogant wirkte.

»Ja, ja, ist schon klar. Unsere Möglichkeiten sind seit einer Ewigkeit ausgeschöpft. Und wir treten auf der Stelle.

Es ist meine Schuld, dass Mallon uns nicht genommen hat, und wir können nicht für immer von einem schlecht bezahlten Pub-Gig zum nächsten fahren. Aber ... hast du keine Angst vor dem ganzen Managementzirkus? Sie werden uns zu einem Themepark machen. Image und Marketingstrategien statt wirklicher Musik. Weniger Entscheidungen, weniger Stimme, weniger –«

»Jonah, Alter. Chill mal. Natürlich habe ich Angst. Wir haben gesagt, wir wollen es allein versuchen. So lange, wie es eben geht. Aber, scheiße, es geht einfach nicht mehr. Wir reißen uns seit fünf Jahren den Arsch auf. Wir müssen weiterkommen. Und ja, natürlich sind Preston und Shane nicht Crown Management oder Haviland Industries. Aber was, wenn das etwas Gutes ist? Preston ist Ats Bruder! Er würde immer nur das Beste für uns wollen.«

»Ihr seid alle dafür, oder? Fitz, Atlas und du. Sie haben dich vorgeschickt.«

»Natürlich haben sie das. Du bist mein bester Freund, und wir brauchen dein Ja, weil wir eine Alle-Ja-Band sind. Jetzt ernsthaft. Wir sollten das machen. Was haben wir schon zu verlieren? Unseren schäbigen Proberaum? Genervte Absagen von Clubbesitzern?«

Ich rieb mir die Augen, bevor ich tief Luft holte. »Okay.«

Ich sagte es zögerlich, doch es reichte, damit Gus den Gruppenchat öffnete.

»Mila war gestern Abend übrigens kurz hier«, meinte er beiläufig. »Hat sie dir geschrieben? Sie wollte mit dir reden.«

Wie automaisch musterte ich den Bilderrahmen. Cami,

Gus und ich, auf der Terrasse seines früheren Elternhauses. Meine Schwester war die Einzige, die nicht nach vorn sah. Stattdessen lag ihr Blick auf Gus. Gus, dem einzigen Menschen, der meine Schwester Mila nannte.

*

Ich wippte vor dem *Sugar & Sugar* auf den Füßen. Es war kurz vor sieben und der Himmel leicht bewölkt. Mit rauem Hals wartete ich auf Delilah. Sodalite Blue hatte jetzt ein Management. Ich konnte an nichts anderes denken, obwohl es Schwachsinn war. Als ob sich in den nächsten Tagen etwas ändern würde. Wir würden weiterproben und in Pubs spielen. Vielleicht würden Pres und Shane vorbeischauen, um Bescheid zu geben, sie seien da an etwas dran. Und wir würden nicken und weiterspielen, und alles würde gleich bleiben.

Ich erkannte Delilah zwischen Passanten. Sie trug Jeans, Shirt und Jutebeutel mit Aufdruck. Gerade lachte sie über etwas, das die rotblonde Frau neben ihr gesagt hatte. Eins von den drei Gesichtern auf der Korkpinnwand. Sie waren gleich groß und auffallend vertraut miteinander. An der nächsten Kreuzung umarmten sie sich, bevor Delilahs Mitbewohnerin links abbog und sie in meine Richtung schritt.

»Hey«, sagte sie.

»Hey.«

Weil niemand wusste, wie wir uns begrüßen sollten, standen wir bloß unbeholfen da. Küssen war nicht angebracht, und vielleicht hätte ich sie umarmen sollen, aber dann wartete ich zu lange. Also hielt ich ihr die Tür auf.

Wir bestellten und steuerten anschließend auf einen Fenstertisch zu.

»Cool, dass du Zeit hattest«, sagte ich.

»Danke für die Einladung.«

Delilah nahm den ersten Löffel vom Eis. Avocadogrün und Himbeerpink auf weißem Plastik, dann vor ihren Lippen.

»Wegen gestern«, begann ich.

»Eigentlich war es heute.«

»Wegen *heute* also.« Ich rieb die Hände an den Jeans. »Es tut mir leid, dass ich so plötzlich weg war. Als ich *für Ryder* gelesen habe, ich, keine Ahnung, das –«

Delilah legte die freie Hand auf meine. Fünf Finger auf meinem Handrücken, ihre dunklen Nägel über einer Ader.

»Du musst es nicht erklären. Ich verstehe das. Vielleicht, wenn wir, na ja, also …«

Sie verrannte sich in ihren Worten, während wir uns noch immer berührten. Haut an Haut, ihr Duft in der Nase, ihre Lippen schimmernd von Eiscreme. Das Gefühl ihrer Farbe, wenn ihr Gesicht so nah war. *Fuck.*

»Vielleicht könnten wir es einfach langsam angehen?«, fragte ich vorsichtig.

»Langsam klingt gut.«

»Gut«, wiederholte ich, doch ihre Hand befand sich immer noch über meiner, und eigentlich war alles sehr gut.

In den nächsten zehn Minuten erzählte sie mir von ihrer Nachbarin Rose, die sie manchmal Monochrom-Rose nannte, weil alles an ihr so hell wirkte. Haut, Haar, die Sticker an ihrem Briefkasten. Daraufhin lachte ich und dachte, Gott, ich will dich küssen. Nicht mal lange, ganz unschuldig, deine Lippen auf meinen, bloß für ein paar Sekunden.

»Du wirkst entspannter als gestern.« Sie kratzte den Rest Eiscreme vom Boden. »Hast du dein *Bandzeug* geklärt, von dem du erzählt hast?«

»Ja, der ... der Bruder von unserem Drummer will uns managen. Wir haben zugesagt.«

»Du klingst nicht besonders überzeugt.«

»Es ist kompliziert.«

»Vielleicht solltest du es mir erklären.«

»Versuchst du mich gerade mit meinen eigenen Waffen zu schlagen?«

»Sogar zum zweiten Mal.«

Als sie grinste, musste ich auch grinsen. Ich begann vorn, mit Haviland Industries, der darauffolgenden Absage, dem Bandrauswurf. Dem Schweigen meiner Mum.

»Du wurdest also echt aus deiner eigenen Band geschmissen?«

»Ich war ein Mensch, der zwei Menschen sein wollte. Ich bin von Seminaren zu Bandproben und von Bandproben zu Praktika gesprintet. Ich habe nie was Ganzes gemacht. Sie mussten das tun. Und als ich dann zwei Wochen der Sänger meiner Band war, ohne der Sänger meiner Band zu sein, hat es irgendwie klick gemacht.«

Wir schwiegen. Stille zwischen Delilah und mir war immer gefährlich. Jemand neben uns hustete, ein Kind quengelte. In dem Eiscafé herrschte dieselbe Alltagskulisse wie sonst auch. Trotzdem brauchten Delilah und ich uns bloß anzusehen. Und wir hatten einen Moment. Ihre Fingerknöchel standen leicht hervor, Ohrringe funkelten zwischen dunklen Haarsträhnen. Ich dachte daran, wie sie mich geküsst hatte. So zart und weich. An meine Hände, die so pulsiert hatten, als bestünden sie aus Millionen Fingern.

»Interessant«, sagte sie schließlich.

»Interessant? Das ist wirklich eine *sehr* interessante Antwort.«

Ich stützte mich auf den Ellbogen ab. Plötzlich war ich ihr so nah, dass ich sie einatmete. Cremiges Eis und Jasmin. Wie ein Tagtraum saß sie vor mir. Ich stellte mir weitere Dates vor, die wir haben könnten. Allmählich wurde es wärmer, irgendwann wäre Sommer. Vielleicht würden wir im Hyde Park liegen, vielleicht säße sie nach Mitternacht bei geöffneten Fenstern zwischen meinen Platten. Vielleicht sollte ich ihr jetzt noch ein bisschen näher kommen und sie küssen. Ein Ihr-Eis-trifft-auf-mein-Eis-Kuss. Das Gefühl ihrer Farbe auf meiner Zunge, lila-buntes Leben an einem instabilen Eisdielentisch.

»Du vibrierst«, sagte Delilah.

Ja, wollte ich sagen. Ja, du vibrierst auch. Doch da bemerkte ich das summende Handy in meiner Jacke. Ich lehnte mich zurück, um den Anrufer blind wegzudrücken.

»Sorry. Ich …« Das Handy vibrierte erneut. Diesmal mit Nachrichten. »Tut mir wirklich leid«, murmelte ich und entsperrte das Display.

Gus: *Du musst nach Hause kommen.*

Gus: *Und ich weiß, du machst gerade einen auf Mister Romantic mit Candle-Ice-Cream-Dinner blablabla, aber es ist dringend.*

Gus: *LJ!!!!*

Gus: *SCHAU AUF DEIN FUCKING HANDY, JONAH LEONARD LOWELL!*

Als ich aufblickte, war ich einen letzten Moment lang nur ein twenty-something-Typ, der sein Date schief anlächelte.

»Lass mich raten.« Delilah hob die Brauen. »Du musst weg?«

»Ich ... Ja, ich fürchte schon.«

»Kein Problem.«

Wieder sagte sie es so, als wäre es keins. Aber was, wenn es eins für mich war? Wenn ich weiter mit ihr Eis essen wollte? Selbst mit diesem schlechten Kuschelboybandgesang im Hintergrund?

Sie erhob sich, bevor ich mich erheben konnte. Schweigend entsorgten wir den Müll. Dann standen wir wieder draußen.

»Ich hoffe, es ist nichts Schlimmes.«

»Bestimmt nicht«, sagte ich. »Ich schreib dir.«

Delilah lächelte mir in ihrem Hipsterviertel zu. Und alle Graffiti waren so bunt. Und jeder Passant fiel so auf. Und ich stellte mir vor, was zu Hause passiert sein könnte. Gus, die Band, vielleicht sogar etwas mit Cami.

Und dann kehrte sie mir den Rücken zu.

Kapitel 34

Jonah

Hollywoodkitschlila

Ich irrte nach Hause, die Kopfhörer ließ ich in der Hose. Meine Gedanken fühlten sich dabei so blaulila an wie ein Hollywoodsonnenuntergang. Vor einer halben Stunde hatte ich noch überlegt, Delilah zu küssen. Jetzt war ich ein panischer Mensch, der sich im Treppenhaus vor der Wohnungstür fürchtete. Aus dem obigen Stockwerk dröhnte Musik. Vielleicht Nicki Minaj. Nur eine Sekunde lang erinnerte ich mich an das *Spicy*. Wieso kam mir das so weit weg vor? Warum kam mir immer alles so weit weg vor? Mit einem Kloß im Hals schloss ich auf. Er war froschgrün. Schon im Eingangsbereich hörte ich ihre Stimmen. Gus und At, darunter weiteres Gemurmel. Ich verharrte im Küchentürrahmen. Und erkannte, dass alle da waren. Die ganze Band, Preston und Shane. Mein Blick wanderte verwirrt durch die Runde, aber irgendetwas war anders. An jedem von ihnen. Ihre Farben, wie sie sprudelten und knallten, Raketen in Sektflaschen auf neujahrsnebeligen Straßen.

»Ich dachte, es ist was passiert?«

Niemand antwortete. Alle grinsten. Bis Shane sich räusperte. Er trug Hemd und Krawatte. Als wäre er ein Banker, der gerade ein Feierabendbier trank.

»Ist es auch.«

»Hör auf, es so spannend zu machen«, sagte At. »LJ sieht aus, als würde er gleich umkippen.«

»Stimmt.« Fitz legte den Kopf schräg. »Was hast du ihm eigentlich geschrieben, Gus?«

Meine Freunde diskutierten über Nachrichten, doch ich hörte nicht hin. Stattdessen ließ ich mich nieder. Ich weiß nicht, wer von ihnen es mir verkündete. Aber ich weiß, dass ich sehr lange rein gar nichts sagte. Es war wie ein Déjà-vu. Wie vor Monaten, als sie nach dem Flug auf mich gewartet hatten. Erschöpft, angepisst, aber komischerweise froh.

»Ihr habt geplante Gigs im Ausland. Vier Stück. Vielleicht noch ein Festival, da sind wir noch dran.«

Shane fügte hinzu, wir würden als Supportband von The Shells auftreten, weil der Sänger der eigentlichen Vorgruppe krank war. »Stimmbandentzündung. Jeden hätten sie austauschen können, aber beim Sänger kann man nichts machen. Du weißt schon. Mick Jagger und die Stones. Morrissey und die Smiths«, erklärte Preston.

»Was gut für uns ist«, sagte Shane, bevor er von Musikern, Kontakten, EPs, Events und plötzlich von Drogen erzählte.

»Bitte, bitte, bitte lasst die Finger von dem harten Zeug. Ich hab echt keinen Bock auf so 'ne Heroin-Hotelzimmer-Schlagzeile.«

»Wie bist du überhaupt an den Manager rangekommen?«

»Ich kenne ihn«, sagte er.

»Das ist alles?«

»Was willst du hören, Jonah? Die Jungs brauchten dringend ’ne Vorgruppe, ich hab Sammy den Link zu euren Videos geschickt, und sie standen auf euren Sound. Schwuppdiwupp, schon war die Sache safe. Übrigens, starr mich mal nicht so seltsam an, und regle lieber Sachen. Deine Onlinemusikstunden umprogrammieren, Koffer packen, vielleicht ein bisschen happy sein. Wir müssen morgen los nach Amsterdam. Eine Ersatzband auf einem Gig zu sein ist besser als nichts, oder?«

Ja, ja, ja, wollte ich schreien. Im selben Moment aber dachte ich an die Notenblätter über dem Keyboard. Auf der Toilette übergab ich mich.

Die nächsten Stunden zogen an mir vorbei, zu viel Alkohol, zu wenig Wasser, Gedanken unbedingt verdrängen, lächeln, als wäre ich glücklich, weil ich doch glücklich sein müsste. Gus griff ständig nach dem Werbekuli, bedruckt mit dem Unternehmenslogo seiner Familie. *Brigthley’s Architecture.* Es war nach elf, während ich unter der Dusche stand, immer noch davon überzeugt, dass ich träumte. Ich dachte an einen schäbigen Tourbus. Verschiedene Städte, meine Lieder in fremden Ländern. Ich wachte auf, als ich mich über dem Tattoo einschäumte und die Stelle kribbelte. *Don’t water it down.* Delilah. *Fuck.* Delilah, Delilah, Delilah. Ihr Name drückte mir auf die lilablauen Gedankenflecken. Ich hatte versprochen, ich würde mich melden. Hastig stieg ich aus der Dusche, zog mich an und kramte das Handy aus der Jackentasche. Vor zwei Stunden hatte sie mir geschrieben.

Delilah: *Hey, Jonah. Ich hoffe, es ist wirklich nichts Schlimmes gewesen!!*

Es war 23:13 Uhr. Ich zögerte kurz, bevor ich den grünen Hörer betätige. Sie ging beim zweiten Klingeln ran.

»Jonah?«, fragte sie unsicher.

»Hey. Ich hoffe, es ist okay, dass ich anrufe?«

»Klar.« Es raschelte. »Ist alles in Ordnung?«

»Ich ... na ja, eigentlich ist alles mehr als okay. Gus hat mir vorhin unnötig Angst gemacht. Ats Bruder und sein Freund managen uns ja jetzt, und ich kann nicht glauben, dass ich das sage, aber sie haben Gigs für uns als Vorgruppe organisiert.«

»Jonah! Das ist nicht nur *mehr als okay*. Das ist großartig!«

Ich kletterte aufs Bett, lehnte mich gegen das Kopfteil und erzählte ihr von den Shells, Shane und Preston. Meine Gedanken wurden leichter. Nichts drückte mehr, alles weich und hell. Wie Klaviertöne in Dur.

»Aber deshalb habe ich gar nicht angerufen. Ich wollte dir nur sagen, dass ich das Eisessen schön fand.«

»Textnachrichten sind also nicht dein Ding?«

»Nope. Ich hasse Handys. Immer kann mich irgendjemand erreichen. Ich muss die Absicht von Smileys auseinandernehmen. *Social-Media-Detox* ist plötzlich ein richtiger Begriff. Ich meine, du kannst mir natürlich gern schreiben. Aber ich höre mir lieber deine Stimme an, als mich zu fragen, welche Bedeutung dein Smiley hat oder was es für eine hat, dass du mir keinen geschickt hast.«

»Ich benutze lieber die Mondgesichter-Emojis als Smileys.«

»Interessant.«

»*Interessante* Antwort.«

»Du stehst echt darauf, mich mit meinen eigenen Worten zu schlagen?«

»Natürlich.«

Sie lachte, ich fiel ein. Ich wollte dieses Telefonat nie-niemals beenden. Selbst als wir fünfzehn Minuten später bloß noch schwiegen. Selbst als mein Blick auf Dads Debüt fiel. Linkes Regal, zweites Brett. Das erste Stück auf der Platte nannte sich *Moscow Blue.* Auf der dritten Seite des Songbooks befand sich die Nachricht an Mum. Eine Laterne hinter *Rubin Green,* die Anlehnung an ihr Emily-Dickinson-Lieblingszitat. *I am out with laterns, looking for myself.* Dads letzter Versuch einer Rettung.

»Jonah?«, fragte Delilah. »Bist du noch da?«

Kapitel 35

Jonah:

*

Jonah: *Was hast du gedacht, als du mich das erste Mal gesehen hast?*

Delilah: ?

Jonah: ?

Delilah: *Hast du die Frage aus* 274 Phrasen, die das Eis zwischen Ihnen zum Schmelzen bringen, *oder wie?* 😄

Jonah: *Hast du das Buch etwa auch geschrieben?* 😉

Delilah: *Natürlich.*

Jonah: *Haha. Okay, wenn du es mir nicht verraten willst, darf ich wenigstens raten?*

Delilah: *Du hast drei Versuche.*

Jonah: *Ich brauche nur einen.*

Delilah: *Natürlich brauchst du nur einen. Du bist doch ein Löwe, wie sollte es da auch anders sein, Leo-Leonard?* 🦁

Jonah: *Ist es ein großer Deal Breaker, wenn ich dir gestehe, dass ich deine Sternzeichen-Insiderwitze nicht verstehe?*

Delilah: *Ne. Daisy Darling. Das ist der eigentliche Deal Breaker.*

Jonah: *Du magst mich schon zu sehr, als dass es ein Deal Breaker sein könnte.*

Delilah: *Wenn du dein Sternzeichen für eine Minute googelst, wirst du den Insider verstehen.*

Jonah: *Steht auf meiner Agenda für nach unserem Ratespiel. Ich bin mir nämlich sicher, es war so: Als ich dir in der Bar die Serviette rübergeschoben habe, hättest du am liebsten dreimal die Augen verdreht. Ich glaube, du hättest auf niemanden Lust gehabt. Aber ich, dir völlig fremd, mit der unleserlichen Druckbuchstabenhandschrift. Das hatte dir gerade noch gefehlt. Du hast mir angesehen, wie müde ich war. Du hast mich so abgescannt, als MÜSSTEST du dir einfach alles von mir ansehen. Vielleicht bist du nur ein klitzekleines bisschen zu lange an meinen Lippen hängengeblieben. Und dann bist du natürlich gegangen, weil du in Ruhe deinen Cocktail trinken wolltest. Und das mit mir nicht mehr möglich war. Was für ein bescheuerter Idiot, hast du dir gedacht. Und hätte ich mich im Flieger nicht umgesetzt, würdest du mich auf der Straße nicht mal wiedererkennen, weil ich nur zu einem Teil der Typen verschwommen wäre, die dich in einer Bar angesprochen haben (obwohl ich dich wirklich nicht anmachen wollte (nicht dass ich dich nicht anmachen wollte) (aber anmachen klingt leider nicht romantisch)).*

Delilah: *Krass. Du hast echt nur einen Versuch gebraucht. Deine Klammern sehen übrigens sexy aus, Lowell.*

Haha.

Jonah: *Astrowoche sagt, meine ganze Ausstrahlung ist SEHR sexy.*

Delilah: *(das klingt fast so romantisch wie Anmachen)*

Jonah: *(wenn du mich fragst, was ich bei unserer ersten Begegnung gedacht habe, wird es weniger romantisch)*

Delilah: *(ich rate aber nicht)*

Jonah: *(ich sag's dir auch so, Darling)*

Jonah: *Als ich dich gesehen habe, habe ich gedacht, ich will nicht mehr denken, und seitdem denke ich das ständig.*
Delilah: *Du hast gelogen. Das ist romantisch.*
Delilah: *?*

*

Jonah: *Sorry, ich hatte gestern Abend keinen Empfang mehr.*
Jonah: *Ich wollte übrigens den Plottwist. Deshalb habe ich ein bisschen geflunkert. Hast du nachher zum Telefonieren Zeit? So in ner Stunde?*

*

Delilah: *Ölfarben, Aquarellfarben oder Acrylfarben?*
Jonah: *Acryl.*
Delilah: *Du bist ungeduldig, ein Regelbrecher und kannst nie genug kriegen.*
Jonah: *Ich habe mich einem Persönlichkeitstest unterzogen, ohne dass ich es wusste?*
Delilah: *Der Freund von meiner Mitbewohnerin ist Künstler und vorhin mit seiner Mentorin vorbeigekommen. Sie hat uns alle in Medien eingeteilt. Ich war neugierig, was du gewesen wärst.*
Jonah: *Und was warst du?*
Delilah: *Ein Buntstift.*
Delilah: *Wie war euer Auftritt in Amsterdam?*

*

Jonah: *Der Wahnsinn! Tut mir leid, konnte gestern nicht mehr ans Handy. Wie ist London?*

*

Jonah: ?
Jonah: *(ich hätte gern einen Haken statt zwei)*

*

Delilah: *Sorry, ich war arbeiten. Ich bin nicht in London, aber meine Mitbewohnerin sagt, zu heiß für Mai und England.*
Jonah: *Wo bist du?*
Delilah: *Prag, und du?*

Jonah hat ein Foto gesendet.

Jonah: *Ich, ein McFlurry und der Alexanderplatz.*
Jonah: *Hast du Zeit?*
Delilah: *Wieso?*
Jonah: *Ich will dich um ein spontanes Telefondate bitten, meine Liebste.*
Delilah: *Sehr förmlich. In fünfzehn Minuten?*

*

Delilah: *Was machst du so?*
Jonah: *Ich würde dich gerade gern küssen.*
Delilah: *Bist du betrunken?*
Jonah: *Ich habe mir gesagt, wenn du mich anschreibst, sage ich dir, ich würde dich gern küssen.*
Delilah: *Ich bin mir gerade unsicher, ob das Sinn ergibt.*
Jonah: *Ergibt es nicht. Telefonieren wir nachher wieder?*
Delilah: *Willst du mir persönlich sagen, du willst mich küssen?*
Jonah: *So persönlich, wie es nur geht. Und ich warte gerade*

übrigens auf mein Eis. Gus hat eine Wette verloren und muss mir deshalb eins kaufen. Haha.
Delilah: *Du bist so ein Suchti.*

*

Jonah: *Wie ist Schanghai so?*
Delilah: *iPhone sagt, nebelige zweiundzwanzig Grad. Wo seid ihr?*
Jonah: *Wir fahren gerade an einem französischen McDonalds vorbei.*
Delilah: *Weint dein kleines Herzchen, weil ihr keinen Stopp macht?*
Jonah: *Nein, hatte vorhin schon einen McFlurry. Mit Erdbeersoße und Smarties.*
Delilah: *Wenn du über Eis redest, finde ich dich echt fast süß.*

Jonah hat ein Foto gesendet.

Jonah: *Hast du dir übrigens schon das Lineup vom Festival angesehen? The 1975 sind auch dabei.*
Delilah: *Sie sind der Hauptact, oder? Ich würde ja sagen, mach ein Video für mich. Aber ich hasse Menschen, die auf Konzerten mit Handys beschäftigt sind.*

Kapitel 36

Delilah

#WasWasWas

Ich lag im Hotelbett, als ich dem Handy entgegenblinzelte. Ein eingehender Anruf von Jonah. Vor zwanzig Minuten war ich zurück ins Hilton gestolpert. Davor war ich gemeinsam mit der Crew aus gewesen, ein geteilter Tisch im *Din Tai Fung* und zwei Runden Longdrinks in der Bar. Vertraute Gespräche mit fremden Leuten. *Wie lange bist du schon bei LondAir? Machst du noch was nebenbei? War die Klimaanlage in deinem Zimmer auch so hoch eingestellt?* Jonah. Jonah. Jonah. Am liebsten hätte ich jede Frage mit seinem Namen beantwortet. Er war seit fünf Tagen mit Sodalite Blue unterwegs, doch ich checkte den Instagram-Account der Band, meine WhatsApp-Benachrichtigungen und die Reaktionen meines Herzens. Manchmal dachte ich, ich sei ein Experiment. Wie viele Stunden konnte ich warten, was musste er sagen, wie lange schweigen. Er war Effekt und ich Reaktion, etwas Chemisches, Herzkribbeln, dieses Gefühl in meinem Bauch. Elektrizität statt Flügelschlägen, als hätten sich rauchige Wolken anstelle von Schmetterlingen in meinem Magen eingenistet.

Ich schob den grünen Hörer zur Seite. Mein Blick ging dabei an die Decke. Schattenspiele auf weißer Wand.

»Ich glaube, ich könnte mich in dich verlieben, Delilah.«

Die Welt stand still.

»W-was?«

Im Hintergrund rauschte es. Ich stellte mir französische Autobahnen mit französischen Kennzeichen vor. Jonah in einem ranzigen Bus, mit kantigen Gesichtszügen, die von der Rivierasonne beschienen wurden, während er sagte, dass er sich in mich verlieben könnte.

»Handysüchtige auf Konzerten. Gibt nichts Schlimmeres. Ich schwöre. Können die sich nicht denken, dass ein Sänger keinen Bock hat, zigfach bei einem selbst geschriebenen Liebeslied gefilmt zu werden?«

Jonah lachte. Ich hingegen musste unter einzelnen Pulsschlägen nach meiner Stimme suchen.

»Menschen halt«, flüsterte ich rau.

»Ja, Menschen halt.« Er seufzte. »Was machst du?«

»Im Bett liegen. Nachdenken. Neidisch auf dich sein, weil du auf demselben Festival wie The 1975 spielst. Und du?«

»Im Bus sitzen. Nachdenken. Versuchen, nicht daran zu denken, was du anhaben könntest, weil ich mich sonst wie ein ekelhafter Typ aus einem Erotikchat fühle. Und froh darüber sein, dass die Tickets fürs Festival schon ausverkauft sind. Sonst würde ich noch in Versuchung kommen, dich zu fragen, ob du dir nicht The 1975 ansehen willst.«

Ich blickte an mir hinab. Schwarze Jeans über einer

arztzimmerweißen Hoteldecke. Trotzdem hatte ich das Gefühl, ich läge unter Unmengen von Decken. Decken aus Herzklopfen, Hitze und Hunderten von Worten, die zwischen uns schwebten.

»Delilah? Bist du noch da? Habe ich dich verschreckt?«

»Ich befürchte, du kannst mich nur sehr schwer verschrecken.«

»Das sagst du nur so.«

Ich hörte sein Grinsen durch die Leitung und wollte etwas erwidern, brach aber ab, weil es plötzlich klingelte.

»Warte mal kurz«, sagte ich, bevor ich mich zum Nachttisch lehnte und das Hoteltelefon abnahm. »Ja?«

»Hey, Delilah. Ich bin's, Lucas.«

Lucas? Lucas mit den schwarzen Locken und dem genervten Augenrollen, wenn Ophelia wieder von ihrem Co-Piloten-Freund erzählte. Er war Kabinenchef auf der Kurzstrecke und auf Langstreckenflügen für die Economy-Class verantwortlich. Von London nach Schanghai hatten wir gemeinsam an einem Trolley gearbeitet.

»Ich, ähm, vielleicht ist es verrückt, aber hättest du Lust, noch einen Gin Tonic zu trinken? Du könntest in meinem Zimmer vorbeikommen. Neunhundertacht. Nur ein Vorschlag natürlich.«

Ich verschüttete Rotwein, ich ermahnte Passagiere, ich wurde manchmal von Kollegen angerufen. So war das als Flugbegleiterin.

»Lucas, ich …«

»Lass mich raten. Du hast einen Freund?«

»Ja«, log ich schnell. »Tut mir leid.«

»Nein, mir tut es leid. Ich hab's mir fast gedacht. Vergiss es einfach. Lass uns morgen einfach weiter die Augen über Ophelia verdrehen.«

Er entschuldigte sich noch mal, ehe wir auflegten. Dabei war es keine große Sache. Wenn man dauernd zwischen Städten umhersprang, fühlte man sich manchmal einsam. 06:42 Minuten. So lange teilten Jonah und ich eine Leitung, als ich mir das Handy wieder schnappte.

»Bist du noch dran?«

»Ja. Ja, natürlich. Wer ist Lucas?«

»Jemand aus der Crew.«

»Ihr ruft euch gegenseitig in euren Zimmern an? Ist das eine geheime Kommunikationsleitung in der Fliegerwelt?«

»Nicht unbedingt. Er wollte nur wissen, ob ich was mit ihm trinken möchte.«

»Hast du Ja gesagt? Sollen wir auflegen? Wir können morgen oder so noch mal reden.«

»Bist du wahnsinnig? Ich bewege mich für die nächsten zwölf Stunden keinen Zentimeter von dieser Matratze. Klar habe ich Nein gesagt.«

»Wegen mir? Oder nur wegen deinem Bett?«

»Fishing for compliments, Jonah?«

»Fishing für ein paar Herzstillstandsmomente, Daisy.«

»Zum Großteil wegen des Betts«, murmelte ich. »Und ein bisschen deinetwegen.«

»Wie sieht es aus?«, fragte er nach einem langen Moment.

»Sehr weiß.«

»Klingt nach einem langweiligen Bett.«

»Es gehört zu einem Hotelzimmer. Wieso fragst du überhaupt danach?«

»Ich brauche Details für mein Kopfkino.«

»Dein Kopfkino klingt mysteriös.«

»Und es ist das Gegenteil von langweilig.«

»Wieso glaube ich dir das sofort?«

»Weil wir uns geküsst haben, und du weißt, wie ich dich küsse.«

»Du musst mit so was aufhören, Jonah.«

»Wieso?«

»Weil ich jetzt auch Kopfkino habe.«

»Ich weiß.«

Aber wusste er das wirklich? Wusste er, dass ich auf dieser fremden Matratze lag, in dieser fremden Stadt, die ich nie mehr als die Stadt kennen würde, in der Crews am liebsten im *Din Tai Fung* reservierten, weil Aufenthalte zu kurz waren? Dass meine Beine ausgestreckt vor mir lagen und alles kribbelte? Dass ich den Puls überall in mir spürte? Zwischen den Beinen und in meiner linken Brust? Selbst unter den Fußballen, auf denen ich immer weiterlief, als wäre das Ziel nur geradeaus? Und plötzlich wie erstarrt schien? Nein. Nein, ich glaubte, das wusste er nicht.

»Sag was, Delilah.«

»Du kannst so was wirklich nicht aussprechen, wenn du mit deiner Band in einem Bus in Richtung Barcelona sitzt.«

»Du ... Scheiße, du hast recht. Tut mir leid. Ich höre auf. Hoch und heilig und versprochen.«

Aber er hörte nicht auf. Es war egal, was er sagte. Ironische Kommentare über McFlurrys. Erzählungen über den letzten Gig. Partys, Gus' letzten Aufriss. Interessierte Fragen zu meinem Flug. »Daisy Darling«, wenn er lachte. Die Worte waren unsichtbare Zungen und Zähne und Lippen. Sie leckten und schabten und küssten. Der Klang seiner Stimme reichte. Und alles war Jonah. Mein Hotelzimmer in Schanghai, ein Raum vom Boden bis zur Decke, bestehend aus Dunkelheit und Tiefe, Mondgesicht, Sternfunkeln-Emoji, #sadboybynight.

Nachdem wir aufgelegt hatten, lag ich weiter regungslos da und zählte Atemzüge. Bis hundert. Dann stellte ich *Lichtblau* an und öffnete Instagram. Ich versah den Post mit demselben Lied, das mir an die Ohren dröhnte. *Pink Rabbits.*

#sadboy's Mund ist ein Meer. Wenn er mich küsst, ertrinke ich. Wie Orgasmus haben in Frankreich. La petite mort. Nur ohne Orgasmus. Bloß fühlen und sterben und nicht sterben. #IchStehAufOzean #KannIchAlgenHeiraten #IchHabeSelkieblut #SchonVergessen #SorrySorrySorry #PSIchWeißDuVerzeihstMirEhNicht #WasWasWasSollIchMachen

Kapitel 37

Delilah

#Gitterstabherz

»Das kann er so nicht gesagt haben!«, rief Livy.

»Doch.« June lachte. »*Öffnen Sie die Fensterblende, und lassen Sie die Sonne nicht nur in die Kabine, sondern auch in Ihr Herz.* Genau so. Ich bin durch die Kabine gelaufen, als das über die Lautsprecher kam. Ich hätte fast mit den Passagieren losgeprustet.«

»O mein Gott, haha. Wie verrückt. Manchmal vermisse ich das Fliegen. Trotz Schlafentzug, nervigen Passagieren und den Dauerverspätungen.«

»Wie gut, dass dein Freund Pilot ist. Ich habe Nick übrigens vorhin in Heathrow gesehen. Er meinte, er muss nach Kreta, aber er klang supernervös?«

»Jaa, er hat heute seinen Check-Flug.«

»Der Arme.«

»Ich glaube, ich kaufe Festivalkarten«, murmelte ich.

»WAS?«, fragten beide synchron.

Es war Donnerstag, nach eins, unser Pancake-Thursday im Mai. Das Polaroid war sogar schon geschossen. Zwischen veganen Aufstrichen und einer Schüssel Erdbeeren glänzte es vor sich hin, jederzeit bereit, an der Pinnwand befestigt zu werden.

»Für das Primavera Sound in Barcelona. Hättet ihr Lust?«

»The 1975 sind der Hauptakt, mein Lernplan beginnt erst in zehn Tagen, und wir haben uns immer noch nicht für einen Flug entschieden. Klar habe ich Lust. Außerdem folge ich Sodalite Blue auf Instagram.« Livy wackelte mit den Brauen. »Hat Jonah dich eingeladen?«

»Wir brauchen keine Einladung von Mister Flugangst, um Festivalkarten zu buchen.« June klang überzeugt, musterte mich aber neugierig.

»Er hat nichts gesagt.«

»Er schickt dir ja nur andauernd Selfies und ruft dich an.«

»Wo willst du die Tickets überhaupt kaufen?«, fragte Livy. »Ist das Festival nicht schon seit Wochen ausverkauft?«

»Ebay.«

Meine Freundinnen schwiegen und lächelten, niemand warf ein, dass ich unseren Frühlingstrip nicht in einen Jonah-Lowell-Fangirl-Moment verwandeln könne. Keine von ihnen würde mich aufhalten. Vielleicht lag es an dem Schanghai-Flug, der mir in den Knochen saß. Ich trug die Nach-Nachtflügen-Hülle, obwohl ich zu Hause übernachtet hatte. Alles berührte mich, und doch konnte mich nichts berühren. Selbst die Handgelenke rochen noch nach meinem Flugbegleiterinnenparfum. *Flowerbomb* von Victor & Rolf. Blumig und adrett, die Noten harmonierten perfekt mit dem perfektionierten Lächeln.

Vielleicht lag es daran, dass Jonah Handys hasste und mir trotzdem schrieb. Er schickte Selfies und Spotifylinks und Smileys. Vielleicht war es einfach dieser Zustand. Ich als weltbetrunkene Flugbegleiterin mitten im East End. Ich als ich, die sieben Leben in ihr einziges Leben quetschte. Ich traf Entscheidungen spontan, ich machte fragwürdige Dinge, ich war immer ein bisschen zu viel.

»Was magst du so an Barcelona?«, hatte Jonah vorgestern gefragt. »Ich weiß nicht«, hatte ich erwidert. »Vielleicht alles.« Ich stellte mir Festivals vor, zu teure Getränke, das Gefühl von Freiheit in der ersten Reihe. Ich dachte an *existing loudly, existing freely.*

Ich kaufte die Tickets.

Meine Hände brannten so, als hätten sie etwas Falsches getan. Aber war ja nichts Neues.

*

»Und du bist dir wirklich sicher?«

Derselbe Tag, die Sonne ging unter. Wes saß mir im *Attendant Café* gegenüber. Dunkle Fassade, verschrammtes Parkett, Pflanzen überall. Wenn ich ein Café wäre, wäre ich dieses.

»Ehrlich gesagt, nein.« Ich nippte an dem Hafermilchlatte. »Aber Paula möchte doch am liebsten sofort mit ihrer Social-Media-Kolumne starten. Und ich habe einfach keine Idee. Gebt den Job Catherine.«

»Du bist die Königin der Ideen. Was ist passiert, Lilah?«

Ich kann nicht über mich schreiben. Ich kann nicht, ich kann nicht, ich kann nicht. Ich kenne mich. In- und auswen-

dig. Ich bin mir vertraut, selbst wenn sich meine Zellen alle sieben Jahre erneuern. Ich brauche fremde Städte, anonyme Orte, unbekannte Menschen. Themen, die ich erforschen kann. Subjekte, die nicht aus mir, meinem Herzen und meiner Kopflandschaft bestehen.

»Es gibt Gründe, wieso ich die Creative-Writing-Kurse nicht belege. Die, auf die alle so scharf sind, wenn sie in unser Modulprofil passen«, hätte ich erklären können.

»Ich bin nicht gut darin, nach Konzept zu schreiben«, sagte ich stattdessen.

Wes war Journalist, er hörte mein Eis knirschen, bereit, in tausend Splitter zu zerfallen, beschienen von diesem Licht, das nichts verbergen würde. Doch er fragte nicht nach.

Er murmelte bloß ein »Okay« und zählte andere Tätigkeiten auf, die ich übernehmen könne. Lektoratsarbeit, Themenfestlegung, Einsendungen überprüfen. Theoretische Aufgaben, nichts, das zu mir passte, ich aber nickte, und er tat so, als kaufe er es mir ab.

Nach dem Treffen umklammerte ich den Jutebeutel fest, während ich *Komm her und lass dich küssen* zum ersten und letzten Mal spazieren führte. Von Shoreditch nach Dalston. In Form von Fassaden, Passanten und hupenden Autos huschte London an mir vorbei. In einer Alltagswelt waren Donnerstage undankbare Tage. Die letzten zähen Meter vorm Ziel, in U-Bahnen wurde laut geflucht, Seminarräume rochen nach Schweiß und Ungeduld. Meine Welt war anders, weil man zwischen Wolken bloß auf den Alltag runterblickte. Dort oben gab es nur Tomatensaftflecken auf Uniformblusen und Entschuldigungen auf Dauerschleife.

Als ich in Ryders Straße einbog, klebten Tausende Erinnerungen zwischen den Pflastersteinen. Der Geruch von Fish und Chips in der Luft. Der Anblick der Straßenlaterne, die man von seinem Schlafzimmer aus sah. Sie war krumm und mit Flyern beklebt, bei Nacht schwirrte Ungeziefer ringsum. Vor dem Wohnhaus mit der Nummer achtzehn verharrte ich. Nach Clubnächten hatte Ryder mich minutenlang gegen die Fassade gepresst geküsst. Jetzt stand ich allein hier. Ich betätigte die Klingel.

»Lilah?« Ryder betrachtete mich vom Türrahmen aus verwirrt. »Sag mir nicht, du warst gerade in der Gegend und dachtest, du kommst vorbei.«

»Nope, ist kein Zufall. Passt es gerade?«

Er zögerte, weil es ihm eigentlich nicht passte, trotzdem führte er mich ins Wohnzimmer. Auf dem Esstisch bemerkte ich die rote Kondomverpackung, als hätte sie auf der Einkaufsliste gestanden.

»Das soll nicht komisch klingen, aber was machst du hier?«

»Ich musste beim Lesen an dich denken«, sagte ich und reichte ihm das Buch aus dem Beutel.

»Du kommst also vorbei, um mir einen Roman zu schenken?«

»Ja.«

»Okay?«

Reflexartig rückte er von mir ab. Unsere Dozenten waren davon überzeugt, Ryder sei in seinem Schreiben mutig, auf den Punkt und radikal. Sie erkannten in ihm den neuesten Chefredakteur der *Daily Mail*. Ein Mann von

Klarheit und klaren Entscheidungen, der nicht zurückruderte, wenn er »Schluss« verkündet hatte.

»Scheiße, Lilah, ich habe gesagt, wir sollten noch mal reden. Und versteh mich *wirklich* nicht falsch, was wir hatten, war –«

»Ich will nicht über uns sprechen. Ich wollte dir nur das Buch dalassen.«

Stille. Stille, laut von seinen Gedanken. Fester umklammerte er den Buchrücken, während ich zum Holzregal linste. Es war zugestellt mit Sachbüchern, Biografien und vereinzelten Romanen. Viele Klassiker, hochgestochene Gegenwartsliteratur. Er würde *Komm her und lass dich küssen* nicht lesen.

»Dass du Schluss gemacht hast, war richtig«, murmelte ich. »Ich sage nicht, dass der Zeitpunkt angebracht war. Wir hatten eine halbe Stunde davor Sex. Aber du hattest recht.«

»Du hast auch recht. Es ist nur, na ja …«

»Ja, ich weiß schon. Sex ist einfach so verführerisch.«

»Du warst so verführerisch.«

Er lachte verlegen, ich rollte genervt mit den Augen. Anschließend kreuzten sich unsere Blicke das letzte Mal aus dieser Nähe. Ich hatte seinen Geruch in der Nase, er mein Buch in der Hand. Ryder und ich waren leise in allem, was wir taten. Im Verlieben, im Entlieben. Im Verabschieden. Das war's, dachte ich. Und das ist alles, was ich nicht war, dachte ich auch. Als sähe man einen Film, aber er wäre auf stumm. Einlullend, aber nichtssagend.

Keine fünf Minuten später begleitete Ryder mich zurück in den Eingangsbereich. Unsere Umarmung war flüchtig. Und ich nahm wirklich an, das wäre es gewesen, ich würde davonkommen, niemand würde mich einholen, als wäre ich ein seltener Grönlandhai und kein winziger Fisch, der sich ständig in Seilen verhedderte.

»Hör mal«, sagte er, obwohl wir »Ciao« gesagt hatten. »Noch mal wegen dieser Arktissache, ich –«

»Ich möchte nicht darüber reden.«

»Du willst nicht mal wissen, wie ich ihn gefunden habe?«

»Nein, mir egal.«

Langsam neigte er den Kopf. Ryder war Journalist durch und durch, tausendmal mehr als Wes und ich gemeinsam. Für ihn war ich Eis, das brach, an den meisten Stellen sowieso bereits zersprungen.

»Tja, wie du möchtest. Aber nur damit du's weißt, du bist hier falsch.«

Er war der Fischer, die Worte das Netz. Was genau er mit »hier« meinte, darüber konnte ich nur spekulieren. Ich sprintete die Treppen hinunter, aus dem Haus, auf die Straße. Erst dann konnte ich wieder atmen. Als mein Handy vibrierte, überquerte ich bereits die erste Kreuzung.

Livy-Libra: *Hast du den neuen Song von Sodalite Blue gehört???*
Ich: *Nein, aber bin schon dabei!*

Ich steckte mir Kopfhörer rein, öffnete Spotify und gab Sodalite Blue in die Suchleiste. *Aqua Yellow.* London, Jonahs Lied, die Stöpsel und ich. Ich war auf einem Konzert in meinem Kopf. Es war ein langsamer Song. Nackte

Lyrics, entblößte Gefühle. In der dreißigsten Sekunde stoppte ich es.

Val, tell me how you're doing in that city, that I used to know?

Vor dem nächsten Zebrastreifen musste ich verharren. Ich hasste rote Ampeln. Stoppschilder für Fußgänger inmitten meiner Welt, in der es nur weitergehen sollte. Keine Pausen, das Leben war ein Rennen, und ich würde gewinnen. Ich war kein Schwamm, ich war keine Erde. Ich wollte ein Ozean sein. Ich floss und ich strömte. Trotzdem musste ich stehen bleiben. Genau jetzt mit diesem lächerlichen Kopfkarussell in meinem lächerlich zerbrechlichen Körper. *Scheiße.* Ich war anders als Mum. Ich war keine Frau, die ständig am Handy hing. Ich war keine Frau, die dann traurig war, weil keine neue Nachricht aufblinkte. Ich war keine Frau, die sich so nach Liebe sehnte, als wäre sie lebensnotwendig.

Mein Freund trennt sich von mir, während ich fast nackt an seinem Küchentisch sitze? Kein Problem. Ich schlafe zu wenig, weil ich mich nach Nachtflügen in Seminare hocke? Kein Problem. Paula nimmt mir die Aufgabe weg, mit der mein Studiengang überhaupt erst einen Sinn ergeben hat? Kein Problem. Meine Mutter sagt, ich soll ein Schwamm sein, weil sie glaubt, es sei richtig, sich von Männern auswringen, drehen und klein machen zu lassen? Kein Problem. Meine Mutter sagt, sie ist froh, dass ich doch nie einer sein wollte? Kein Problem. Ich lerne am Tag meiner Trennung einen Typen kennen, an den ich immerzu denke, obwohl er als Musiker gerade groß rauskommt? Kein Problem. Ich verabschiede mich offiziell von meinem Ex-Freund und höre, wie genau dieser Musiker von seiner Ex-Freundin singt? Kein Problem.

Mir pochte der Kopf. Ich brauchte Tiger Balm oder Schmerztabletten, aber ich hatte bloß den Jutebeutel, in dem sich Kassenbons und im Treppenhaus geöffnete Briefe sammelten. Auf der anderen Straßenseite machte ich ein Pärchen aus, das mich an Catherine-*Love-Catherines* Blogeintrag erinnerte. Letzte Woche hatte sie darüber philosophiert, wieso Menschen überhaupt zusammen waren. *Wieso sind wir nicht alle freier?*, hatte sie geschrieben. Und ich hatte gedacht, dass ich das sei. Aber plötzlich fühlte sich mein Brustkorb enger an. Ich war mein eigenes Klischee, als ich zum unendlichsten Mal Sätze tippte, von denen nur ich wusste.

Liebes Herz, du musst aufhören, ein Gefängnis zu sein. Wenn ich mich eingesperrt fühle, bekomme ich nämlich schlechte Laune. Wenn ich Scheißlaune habe, bin ich kalt wie ein Gletscher. Wenn ich eisig bin, wärmen kalte Duschen mich auf. Und wenn Gletscher schmelzen, stirbt die Welt. #SafeThe World #HerzAusGitter #LassMichLaufen #Pls

Kapitel 38

Jonah

Euphoriemeergelb

»Die Wolke sieht aus wie ein Fuchs«, sagte Gus. »Das spitze Ende ist die Schnauze. Und erkennt ihr diese länglichen Striche an den Seiten? Das könnten Schnurrhaare sein!«

»Schnurrhaare?« Cami drehte ihm das Gesicht zu. Riesige Sonnenbrille, Glitzerpartikel auf den Wangen. »Sicher, dass du nicht high bist, Brightly?«

»Ganz sicher.«

Gus wackelte mit den Brauen, während ich mit den Augen rollte. Ich lag zwischen ihm und meiner Schwester im Parc del Fòrum. Es war Samstag und kurz nach zwölf. In guten fünf Stunden würde ich auf der von Adidas gesponserten Stage stehen. Eine der kleinsten Bühnen, aber es hätte mir nicht egaler sein können.

Donnerstags waren wir angekommen, besaßen ein Airbnb im Poblenou-Viertel und Freikarten für das gesamte Wochenende. Gestern hatte Fitz sich bei den Strokes heiser gesungen, unsere neue Single war in zwei Spotify-Playlisten eingestiegen. *Indie Brandneu* und *Indie*

Summer. Wir hatten *Aqua Yellow* in Berlin bei Shanes Bekanntem aufgenommen. Am Abend hatten sie es sich gegenseitig auf der Männertoilette besorgt. »Keinen Bock, mit zu ihm in die WG zu fahren«, hatte Shane erklärt.

Ich gähnte und lauschte, wie Cami mit Gus über Wolken diskutierte. Meine Schwester war vor weniger als vierundzwanzig Stunden mit ihren Freundinnen angereist. »Mein Babybruder spielt beim Primavera Sound! Als ob ich mir das entgehen lasse! Barcelona, fünfundzwanzig Grad, Musik direkt an der Mittelmeerküste. Ich bitte dich!«

Also war sie hergeflogen, mit ihren besten Freundinnen. Die Karten hatte sie irgendwo ersteigert, aber darüber wollte sie nicht reden. Es musste wohl sehr teuer gewesen sein. Heute Morgen hatte sie unser Airbnb gestürmt und Eis zum Frühstück serviert. Mit noch vom Schlaf zusammenklebenden Augen hatte ich den Becher gelöffelt. Mango und Maracuja mit Sahne. Ich hatte noch nie so gutes Eis gegessen. Ich hatte noch nie so gute Tage gehabt. Ich war high ohne Drogen. Amsterdam, Brüssel, Berlin, Hamburg. Jeden Abend fünfunddreißig Minuten auf der Bühne, immer vor mehr als tausend Zuschauern. »Es wird nur besser«, hatte Shane gesagt, als wir nach der letzten Show angestoßen hatten.

»Ich schwöre, da ist ein Paar im Himmel, das sich küsst.«

»Du musst mit dem Kiffen aufhören«, sagte Cami.

»Ich kiffe nicht.«

Bei Gus' Lüge musste sie lachen.

Im Festivalgewusel waren wir bloß ein winziger Teil.

Mädchen in kurzen Hosen, Männer ohne Shirts. Manchmal nahm ich Drums wahr oder wie ein Publikum entfernt klatschte. Das Licht hier schien, als wäre es auf einem Trip. Es ließ Dinge viel bunter strahlen. Selbst herumliegende Coladosen, die für einen guten Zweck aufgesammelt wurden. Besucherinnen lutschten an Wodkawassereis, Besucher lebten Momente, von denen sie sich wünschten, sie würden nie vergehen. Und ich war mittendrin.

Als mein Handy vibrierte, kribbelte ich. Und dann drückte es in meinem Herz nur eine Millisekunde, weil es nicht Delilah war.

»Shane bringt uns um, wenn wir einen Sonnenstich bekommen«, murmelte ich.

Also verschwanden wir aus der Sonne. Im Airbnb schälte ich Apfelsinen, bekam einen Ständer, ging duschen. Fitz drängte uns zu einem Selfie, das er in die Band-Story postete.

Drei Stunden später traten wir auf.

Beim Bühnenbesteigen wusste ich, es würde unser bester Auftritt werden. Es war eine Mischung aus allem. Wie das Publikum an Drinks nippte. Tanzend, hibbelig, aufaufaufgeregt. Unter freiem Himmel waren Zuhörer mit plötzlichen Gesichtern mehr als Silhouetten. Hunderte von Köpfen bewegten sich mit fiependen Ohren, rot verbrannten Armen und pumpenden Herzen. Mit Schweißfilmen auf der Haut, bereit für Tausende von Erinnerungsabzügen. Die mitgesungenen Refrains, das Kreischen in Pausen, die geschlossenen Lider. Zwischen Songs starrte ich Gus mit hüpfendem Adamsapfel an.

Seit wann kennen die unsere Texte?, sagte mein Blick.

K–k-k-k-keine Ahnung, sagte seiner.

Sein Blau war dabei so warm wie noch nie. Als hätte er tatsächlich zu lange in der Sonne gelegen. Unser letzter Song war wie immer *Eucalyptus Leaf Green,* danach hörte der Applaus nicht auf. »Zugabe«, rief es. Laut, lauter. Es fand seinen eigenen Rhythmus, ein Lied für mehr von unseren Liedern. Wie wir da standen, zu viert, Gus, At, Fitz und ich. Das prägte ich mir ein, wie man sich letzte, allerletzte, allerallerletzte Momente eben einprägt. Das Publikum jubelte, als könne es das für immer tun. Und ich atmete es ein. Menschenmeer und Grenzenlosigkeit. Kann ich bitte für immer hier sein?, dachte ich. Kann ich mich im Himmel auflösen? Mein Blau zwischen dem Universumsblau? Ich würde nicht auffallen. Vielleicht war es wirklich die Barcelonasonne, wie sie strahlte und alles weichzeichnete. Keine Ahnung. Jedenfalls spürte ich, wie das hier unser Anfang war. Alles würde gut werden. Und für eine winzige Sekunde machte es mir Angst.

Ich bemerkte sie erst, als ich von der Stage ging. Ein Innehalten während eines Abschieds. Als wollte ich noch nicht weiter. Als würde ein dahingenuscheltes Wort reichen, um mich davon abzuhalten. Bloß kurz streifte mein Blick ihren, und vielleicht bildete ich sie mir ein, aber da war diese Frau, so frei, wie alle Menschen frei auf Festivals waren. Breites Lächeln, müde Augen, hellwach von Beats und Musik. Sie hatte einen Plastikbecher in der Hand. Weißwein, Apfelschorle. Irgendetwas Gelbgrünes. Und da war ihre Farbe. Pink, Orange, so echt. Wochen später, wenn wir nicht mehr reden würden, würde ich sie vor meinem geistigen Auge genauso sehen wie jetzt. Ein

Mensch unter vielen, ein Farbklecks in einem Meer. Ich würde sie so sehen, wenn Licht mich durch Busscheiben blendete. Wenn ich bei einem Song nicht weiterkam. Wenn ich Dads Stücke hörte, weil ich das tat, wenn es mir beschissen ging. Wenn ich eine Kippe anzündete. Wenn ich unter der Dusche die Augen schloss.

Hätte ich gewusst, es würde so sein, hätte ich nicht so genau hingeschaut. Aber ich sah hin. Unsere Blicke verhedderten sich, Sonne hinter ihr, Sonne auf ihrem Gesicht. Ich wollte ihren Namen rufen, aber die Roadies lösten schon die Kabel von unseren Instrumenten.

»Das …« Gus versuchte backstage Worte zu finden. Eine aussichtslose Aktion. »Besser als Sex«, sagte er dann, weil es seine Art war.

»Tausendmal besser«, sagte Fitz.

»Jungs!« Shane erschien plötzlich an meiner Seite. »Ihr habt sie alle rasiert!«

Ich nickte und grinste und sagte Ja zu jedem. Als ich zehn Minuten später die Nachricht tippte, tanzte mein Puls.

Ich: *Bitte sag mir, dass das kein Traum war.*

Wir waren immer noch backstage, doch sollten uns langsam entfernen. Die nächste Band machte sich bereit. Fitz wollte trinken. At wollte zu The National. Ich wollte, dass Delilah mir schrieb. Und vielleicht hatte man manchmal einfach Glück. So wie Shane jemanden kannte. So wie ich, als sie keine fünf Minuten brauchte, um mir zurückzuschreiben.

Delilah: *Ihr wart der Hammer!!*

Ich: *Du bist also wirklich hier?*

Ich: *Nein, warte, antworte mir darauf nicht. Schreib mir einfach, wo du bist.*

Delilah tippte und löschte und tippte und löschte. Dann:

Delilah hat einen Standort gesendet.

Der Screen leuchtete, ich glühte, lächelte und wollte mich auf den Weg machen, aber ...

»Hey, Jonah«, sagte Shane. »Wo willst du hin, Mann?« Vielleicht hat man manchmal Glück, doch dann hört es schnell wieder auf.

Kapitel 39

Delilah

#Konzertwolken

»Er kommt nicht.«

»Wie, er kommt nicht?«, fragte Livy verwirrt.

»Er muss noch Bandzeugs regeln.«

Wir saßen auf dem Rasen unmittelbar vor einer kleineren Bühne. Wein zwischen den Händen, weit entfernte Bässe unter der Haut. Ich hielt das Handy mit der letzten Nachricht hoch. *Sorry, ich schaffe es gerade nicht. Vielleicht später?* Achselzuckend stopfte ich es zurück in die Tasche, anschließend wandte ich mich mit geschlossenen Lidern der Sonne zu.

»Ich spüre eure Blicke auf mir, Leute. Wir sind auf dem Primavera Sound. The 1975 spielen gleich. Die Sonne scheint. Ich finde mein Leben gerade ziemlich gut. Hört auf, euch so Sorgen zu machen.«

Nachdem ich vorgestern nach Hause zurückgekehrt war, hatte ich die Pflanzen gegossen und nachgedacht. Ich mochte Barcelona, Musik und Festivals. Die Mittelmeerküste, das Klima, den Klang von Spanisch, wenn es in engen Gassen nachhallte. Rau und warm und hell. Vielleicht hatte Jonahs neues Lied etwas zu bedeuten. Vielleicht dachte er noch oft an Val oder Mabel oder Miss Geige. Vielleicht auch nicht. Nur war *vielleicht* nichts, das ich war. Nichts zum Anfassen, nichts zum Fühlen. Nur ein Samen voller Zweifel, die zwischen Gedanken in die Höhe schossen. Vielleicht war es nicht Jonahs Ernst, als er gemurmelt hatte: »Schade, dass du keinen Flug nach Barcelona hast.« Vielleicht hätte ich die Tickets nicht kaufen sollen. Vielleicht hätten wir uns gestern nicht in die Maschine setzen sollen. Vielleicht hätten wir nicht mit der Chefin über das neue Tel-Aviv-Crewhotel reden sollen, weil sie so fast die Landungsansage vergessen hatte. Vielleicht hätten wir kein Uber vom Flughafen nehmen sollen, weil der Fahrer Livy zu tief in den Ausschnitt und uns dann zu lange nachgesehen hatte. Vielleicht hätten wir nicht zum Aufritt von Sodalite Blue gehen sollen. Vielleicht würden Jonah und ich nächste Woche nichts mehr miteinander zu tun haben. Vielleicht hatte ich mich in ihn verguckt. Vielleicht hatte er sich nicht in mich verguckt. *Vielleicht* war eine gedankliche Dauerschleife, viel Grübelei, wenig Leben. Also hatte ich es beiseitegeschoben. Ich war mit meinen Freundinnen über die Rambla geschlendert, Reizüberflutung und Touristenkitsch. Wir hatten Mangosaft auf dem Mercat de la Boqueria gekauft und im Parc de la Ciutadella gepicknickt. In der Nachmittagssonne und völlig entspannt, ohne den nervigen Hintergedanken, bald wieder ins Hotel zu müssen. Unser gebuchtes Airbnb lag im Gràcia-Viertel, die spanische Version von Shoreditch. Künstlerisch, einladend, atmosphärisch. Wuselige Straßen, sonnige Plätze. Ich hätte für immer dortbleiben können.

»Du sagst echt die Wahrheit.«

Als ich die Augen aufschlug, starrte June mich kopfschüttelnd an. Danach ließen wir das Thema hinter uns. Mir zuliebe. Meine Freundinnen hätten sich drei Ewigkeiten lang über Jonah, die Band oder ihre Songs unterhalten können. Am liebsten wären ihnen meine Gefühle gegenüber ihm gewesen. Livy untersuchte sie so gern, weil sie keinen Sinn ergaben. »Wie Primzahlen«, hatte sie gestern gesagt. »Niemand weiß, woher sie kommen.«

Ihre faszinierte Stimme hallte in mir nach, während Strahlen unsere Körper wärmten. Eigentlich waren sie zu aggressiv, ich würde einen Sonnenbrand auf Schultern und Dekolleté bekommen. Ich sollte in den Schatten, doch konnte nicht. Wir befanden uns im Herzen des Festivalgeschehens, das genauso heftig schlug wie meins. Die Luft war energiegeladen, Gesichter glitzerten, Körper tanzten. In der Menge war es zu heiß, der Alkohol zu teuer und Toilettenschlangen zu lang. Alles hier war zu viel, zu schillernd und vibrierend. Gedanken ließ man aus Prinzip zu Hause, weil jeder hier bloß leben wollte. Freisein, einmal wirklich sorglos sein, einfach schief mitsingen, Nächte so leben, als würde die Sonne nie aufgehen, weil sich das so anfühlte, wenn der letzte Akkord verklang, man aber noch nicht gehen wollte. Dieser ganze Werbesloganquatsch eben, der betrunken wahr wirkte.

Irgendwo hinter mir war das Meer, und wenn Livy und June so lachten wie jetzt, war ich klares Wasser. Nichts war trüb oder eisig. Wir kippten den Wein zu schnell, kauften welchen in XXL-Bechern nach und streiften ziellos zur Hauptbühne. Auf dem Weg hielt June zwei Freundinnen in Hotpants an. Sie bat die blonde darum, ein Foto von uns zu schießen. Lächelnd posierten wir Körper an Körper, von links nach rechts, June, Livy und ich. Im Hintergrund verschwommene Menschen wie vorbeiziehende Fische. Erst zurück in London würde ich es mir ansehen.

*

Wir hatten bloß mittelmäßige Plätze, doch es war egal. The 1975 waren schon seit einer halben Stunde auf der Bühne. Mit geschlossenen Lidern sang ich mit. Bei bestimmten Zeilen stupste ich June an. Bei anderen schlang ich die Arme um Livy. Bei *Love It If We Made It* war das Publikum ein Knoten, der explodierte. Wir waren Menschen wie Konfetti. *Saying controversial things just for the hell of it*, und jeder machte mit. Über uns ging die Sonne unter, der Himmel pastellgetränkt mit drei Hauptfarben. Orange, Lila, Blau, zwischen den Übergängen tausend weitere Töne. Der Himmel schien endlos. Nichts Schlechtes konnte passieren. Freunde nicht sterben. Menschen sich nicht selbst verlieren. Nicht hier. Nicht inmitten von identischen Bassherzschlägen. Ich wollte in diesem Moment leben. Und dann plötzlich eine Hand an meiner Hand. Aus dem Nichts, meine Finger fest und gewollt in anderen Fingern, während alle »*And I'd love it if we made it*« schrien. Ich wandte den Blick nach links.

Jonah.

Jonah zwischen kreischenden Menschen, wie er die Lippen definitiv, doch für mich tonlos bewegte. Jonah mit den Schlechtwetteraugen, die nicht hierher passten. Jonah wie ein Traum. Als könnte er nicht echt sein.

»Ich konnte deinen Standpunkt verfolgen!«, schrie er mir ins Ohr. »Du bist ja wirklich hier!«

Seine Stimme wurde auf meinem Körper zu Gänsehaut. Kopfschüttelnd starrte ich ihn an. Den Mund geöffnet, doch die Zunge wortlos. Vorn schleuderte Matthew Haley unzusammenhängende Begriffe in das Publikum.

Masturbation, immigration, liberal kitsch.

Jonahs Augen blitzten mir entgegen.

Kneeling on a pitch, I moved on her like a bitch!

Von der Bühne schwebten Luftballons empor, die Menge drehte durch, Pastellovale vor einem Pastellhimmel. Mädchen weinten sich Glitzerschminke von den Wangen, während stärker gedrängelt wurde. Das Publikum löste sich auf, Besucher mussten unununbedingt passable Plätze beim nächsten Act ergattern. Verräter. So wie mein Herz. Es folgte nicht mehr dem Bass, als Jonah mir mit dem Daumen über die Hand strich. Ringsum roch es nach Schweiß und Alkohol, aber er roch nach Duschgel, nach Bergamotte und kaltem Wasser.

Ich konnte nicht glauben, dass er hier war.

Er konnte nicht glauben, dass ich hier war.

The 1975 beendeten den letzten Song, da lächelte Jonah. Grundlos. Wahrscheinlich weil er es spürte, bevor ich es spüren konnte. Wie sie sich aufluden und tanzten. Kopf aus, Herz an. Unsere Atome spielten miteinander verrückt.

Ist das gerade echt, ist das gerade echt, ist das gerade echt?

Plötzlich hob er die Hand und zog mich zu sich heran. Stoff an Stoff, zwei Körper zwischen Tausenden von Körpern. Ein frisch geduschter Sänger in Kombination mit einem Konfettimenschen. Unter uns knirschte etwas. Vielleicht standen wir auf zerbrechlichem Plastik.

»Fuck, Guys. Ich weiß nicht, was ich sagen soll.«

Matthew Haileys Stimme durchströmte das Publikum in Wellen. Im selben Moment ließ ich von Jonah ab. Seine Blicke waren Löcher, ich war in sie hineingestolpert, aber wir konnten uns nicht in einem Publikum so nahe sein. Nicht nach den Telefonaten, dem Lied, den Fragezeichen in meinem Gehirn. Selbst wenn er seinen Körper auf unverkennbare Jonah-Weise an meinen presste. Als ich seine rötlichen Wangen bemerkte, senkte ich den Blick. Sneakers und dunkle Sandalen, zu denen sich zwei weitere gesellten. Livy und June. Skeptisch und neugierig.

»Ihr seid die Gesichter auf der Pinnwand.« Jonah lächelte, bevor er ihnen die Hand reichte und mein Blick auf seinem ausgestreckten Arm verharrte. Eine Miniachterbahn zwischen sehnigen Adern und gebräunter Haut. So winzig, man bemerkte sie nur, wenn man zu genau hinsah.

June sagte ihm, dass ihr Auftritt »wirklich gut« gewesen sei. Livy inspizierte ihn wie ihre Forschungsprojekte. Die Band hatte die Bühne schon seit einer Weile verlassen, Menschen rauschten an uns vorbei, doch wir waren ein Stillstand von vier Personen.

»Wir wollen noch zu Kygo.« Ich deutete auf meine Freundinnen und mich. Als wäre das nicht klar gewesen. Großartig. Drei Mienen beobachteten mich, als wäre ich der Blockbuster um acht am Sonntag. »Aber vielleicht ...«

»Vielleicht könnten wir uns danach sehen?«

Jonahs Augen waren graue Meerpfützen.

Kapitel 40

Jonah

Meermonddunkel

Als ich die Strandtücher um kurz nach elf im Sand ausbreitete, meinte Delilah, ich sei verrückt. Wir waren in Richtung Meer geschlichen und kurz vor den Wellen stehen geblieben. Kopf an Kopf liegend, betrachteten wir den Himmel. Wie verabredet, hatte ich am Ausgang auf sie gewartet. »Du siehst wie eine waschechte Filmfigur aus«, hatte sie gelacht und damit die Tücher und die Weinflasche gemeint. Kein »Hi«, kein »Wir hätten uns vorhin küssen sollen, oder?«. Nach dem Auftritt hatte Shane ein Gespräch mit dem Sänger von Corner Owners organisiert. Sie hatten uns spielen sehen, waren begeistert und noch auf der Suche nach Unterstützung für die Europatournee. »Es ist wie auf den Buchmessen von Pres. Die wichtigen Geschäfte werden außerhalb in den Hotelbars gemacht, verstehst du?« Nein, hatte ich gedacht. Seitdem ich Delilah hier entdeckt hatte, verstand ich nichts mehr.

Selbst am Strand zu liegen war anders. Das Meer schien um diese Uhrzeit gefährlicher. Bloß die weiße Gischt blitzte auf. Die Umgebung sah ich verpixelt. Als wäre sie ein verschwommenes Handyfoto. Fußspuren fremder Menschen wie aus einer anderen Welt, sie alle deuteten von uns weg.

»Wo hast du eigentlich noch Tickets herbekommen?«

»Ebay.« Sie holte tief Luft. »Eine Wahrheit für eine Wahrheit?«

»Klar.«

»Ich glaube, ich habe sie deinetwegen gekauft. Und jetzt fühle ich mich fast wie ein Groupie.«

»Ich bitte dich, ich bin das eigentliche Groupie. Ich bin derjenige, der dich zwischen Raststätten angerufen und mit Textnachrichten zugeschüttet hat. Obwohl ich auch derjenige bin, der gesagt hat, ich würde Handys hassen. Was ich übrigens immer noch tue. Aber ich konnte einfach nicht anders. Ich wollte wissen, wie es dir geht. Was du so machst. Ob du vielleicht auch ein bisschen an mich denkst. Ich ...« Ich stockte, weil ich sie musterte. Das schwarze Kleid, wie sie es trug, schlicht und so hauteng. Ihre Beine, die glänzten, ihre Brüste, die aus dem Ausschnitt hervorquollen. »Ich wiederhole mich, aber du hast absolut, aber wirklich absolut keine Ahnung, was du mit mir machst.«

Sekunden verstrichen wie Jahre. Ein Jahr, zwei Jahre, drei Jahre. Auf ihre Antwort zu warten schien unendlich. Mir wurde so heiß, ich wollte einen Temperaturabfall. Ich wollte, dass Delilah kalt war, weil ich sie aufwärmen wollte, weil ich sie heiß machen wollte. Ganz nach dem Motto *sad boy turns horny to so in love boy* oder was weiß ich. Und scheiße, scheiße, wieso hatte sie immer noch nichts gesagt? Weil weitere zwanzig wortlose Jahre vergangen waren, schloss ich die Augen. Stickiger Nebelgeruch, grimmige Typen am Sound, Stauansagen auf Handys. Erinnerungsfetzen wollten mir im Kopf herumwirbeln, doch ich ließ sie nicht. Stille sickerte mir bis auf die Knochen, mein Körper aber war in Aufruhr. Als würde ich einen Fallschirmsprung kopfüber machen und wüsste, ich fiel, sähe aber nur Wolken. Weiß über Weichheit über mehr Weiß und dem Gefühl vom Fliegen.

Als ich die Lider aufschlug, betrachtete Delilah mich intensiv.

»Ist was?«, fragte ich.

»Nein. Na ja, es gibt da so einen Spruch bei LondAir. *Barcelona steht dir.* Jeder ist nämlich glücklich, wenn er herfliegt. Passagiere und Besatzungen. Letztere wahrscheinlich, weil man mit dem Mitarbeiterausweis umsonst ins *Opium* kommt und das Frühstück all-inklusive ist. Dir steht Barcelona halt auch. Du siehst so gebräunt aus. Wie ein Abercrombie-Surferboy. Haha.«

»Abercrombie-Surferboy? Aua. Das verletzt meine artsy-boy-Seele. Erzähl mir mal lieber von euren Geheimcodes. Wenn ich eingeweiht bin, habe ich beim nächsten Flug vielleicht weniger Angst.«

»Geheimcodes? Hmm, wir haben Bob. Bob wie in *best on board.* Für den bestaussehenden Passagier. Du warst einer auf unserem Flug nach London. Wahrscheinlich sollte ich dir nicht verraten, dass die Besatzung mich nach meinem *extrem heißen* Sitznachbarn gefragt hat. Du weißt schon, als ich ihnen die neuesten Mitglieder vom High Mile Club enthüllt habe. Irgendetwas sagt mir nämlich, dass dein Ego ein bisschen zu groß ist, Leo-Leonard.«

»Wärst du mit der Frontmannkarte gekommen, hätte ich es dir fast geglaubt.«

Ich lachte, sie rollte mit den Augen.

»Deutet die mysteriöse Stille darauf hin, dass ich jetzt mit meiner Wahrheit dran bin?«

»Eindeutig ja«, sagte sie.

»Okay, frag mich. Du kannst dir meine Wahrheit aussuchen.«

»Einfach so?«

»Ich will, dass wir uns kennenlernen.«

Ich zuckte mit den Achseln, während sie sich auf die Ellbogen stützte.

»Die Geschichte zu deinem Achterbahntattoo.«

»Ich hab's mir mit jemandem zusammen stechen lassen.«

»Mit Val, oder? Ich meine, Mabel? In ... in einem Song kommt ihr Name und *Rollercoaster* vor. Du warst also wirklich nie mit ihr zusammen?«

»Nein, wir hatten echt nur was Lockeres.«

»*I'm jumping, I'm falling, I'm crashing, my hand is my hand but it is so empty without yours.* Das klingt so, als wäre es auf jeden Fall mehr als unverbindlich gewesen.«

»War ja auch mehr für mich, aber sie hat mich nur benutzt, um sich ganz classy über ihren Ex hinwegzutrösten. Drei Wochen lang habe ich mich nur von Eis ernährt. Danach war alles so gut wie in Ordnung.«

Sie hob die Brauen an.

»Was willst du hören, Delilah? Dass es verflucht wehgetan hat? Denn das hat es. Mabel und ich kennen uns schon seit Ewigkeiten. Vor 'nem Jahr sind wir uns zufällig wieder begegnet. Wir waren Freunde, wir haben gevögelt, irgendwann habe ich mehr gewollt. Als ich ihr das erklärt habe, haben wir's beendet. Langweilige Story eigentlich. Na ja, wenn wir nicht nach einer Party wieder im Bett gelandet wären. Obwohl sie wieder mit George zusammen war. Was sie mir verschwiegen hat.« Als ich weitersprach, steckte mir ein Kloß in der Kehle. Herzblutrot. Ich musste weg von Mabel und den Wahrheiten und Emily Dickinson und *Navy Blue,* weil meine Welt doch gerade tatsächlich meeresblau war. »Als ich damals in der Ankunftshalle stand. Ich hatte dir eigentlich meine Nummer geben wollen. Wahrscheinlich hätte ich das sogar, wenn deine Freundinnen dich nicht abgeholt hätten. Obwohl ich mir versprochen habe, ich fange nie wieder was mit einer frisch getrennten Frau an. Aber für dich, keine Ahnung, selbst nach acht Stunden mit dir hätte ich alles über Bord geworfen.«

Spanische Musik dröhnte von weiter weg. Eine Frauenstimme, tiefer Bass, langsame Zeilen. Wären wir uns nur ein paar Zentimeter näher gewesen, hätten unsere Nasenspitzen sich berührt. Sicherlich hätte jeder Passant gedacht, wir seien kurz vorm Küssen. Zwei, drei Sekunden noch, dann würde dieses Pärchen Münder und Körper aneinanderreiben. Wild und heftig, mitten am Strand wie junge Leute in Independent-Filmen mit unverfälschten Sexszenen.

»In deiner neuen Single, da singst du auch über sie, oder?«

»*Aqua Yellow*? Ja, aber ist monatealt. Ich hänge nicht an ihr, falls du das gerade subtil erfragen willst. Ehrlich gesagt, weiß ich gar nicht, wie genau es besser geworden ist. Schätze, ist einfach passiert.«

Sie nickte, als stimmte sie mir zu, aber irgendwas war falsch. Krampfhaft blinzelte sie gegen die Dunkelheit an.

»Du hast auch jemanden gemocht, der dich nicht so zurückgemocht hat, oder?«, fragte ich vorsichtig.

»Keine Ahnung. Vielleicht ... Vielleicht habe ich jemanden geliebt, der mich nicht ganz so zurückgeliebt hat.«

»War es Penn?«

»W-was?«

»Wenn du von ihm redest, sind da immer so viele Gefühle in deinem Gesicht.«

Sie schüttelte den Kopf, als wollte sie nicht weitersprechen, das Thema wegschmeißen, ins Meer, bis auf den Grund. Nur weg, weg, weg. Doch sie redete einfach. Vielleicht war das Mutigsein.

»Penn hat mich geliebt. Nicht so wie ich ihn. Aber er hat mich geliebt.«

»Es tut mir wirklich leid. Alles daran. Auch wenn es nichts bringt.«

Dass er tot war, dass er nie alt werden würde, dass sie verliebt gewesen war. Und er nicht in sie.

»Na ja, wenigstens sind die Worte so raus, hm?«

Hastig ließ sie den Blick über den Strand schweifen. Sie verharrte auf der Gruppe in weiter Ferne, auf dem Sand, den Straßenlaternen hinter uns. Zuletzt sah sie auf die Wellen. Als ich mich abrupt aufsetzte, zuckte sie zusammen.

Dann zog ich mir das Shirt über den Kopf.

»Äh, das wird was, Mister *Spicy King*?«

»Du hast zu offensichtlich auf das Meer gestarrt.« Achtlos warf ich das Shirt beiseite. »Ich konnte deine Gedanken lesen, Daisy Darling.«

»Der Name steht fest?«

»Natürlich. Ich habe doch gesagt, ich finde ihn *very loveable.*«

»*Very lovebale?* Echt low, Lowell«, sagte sie.

Aber sie lächelte. Belustigt wegen ihres Wortspiels, süchtig machend aufgrund ihrer Art. Sie sah mich weder verwirrt noch unentschlossen an, als ich mich an die Gürtelschnalle machte. Sie sagte nicht, wir könnten das nicht tun, grundlos ins Meer, in Unterwäsche, bei Nacht, nein, das sei doch vollkommen wahnsinnig, ohne Wechselsachen, die Stoffe würden uns ekelhaft an den Oberschenkeln reiben, lass uns mal keinen auf Teenieliebesdrama machen. Stattdessen öffnete sie ihr Kleid.

»Ich mag das Meer einfach. Ultraklischeehaft, oder? Jeder mag das Meer. Aber es ist so anziehend.«

Sie löste den zweiten, dritten, vierten, fünften Knopf. Und *ich* war derjenige, der zu lächerlich offensichtlich starrte. Als sie das Kleid weglegte, trug ich meine Hose immer noch. Dunkelblaues Bikinitop und schwarzgrüner Slip auf perlenartig leuchtender Haut. Sie kniete vor mir, ich kniete vor ihr. Ja, das Herz schwoll mir auf Mondgröße an. Ja, alles Blut sackte mir in die Boxershorts. Ja, ich vergaß zu denken, und eben weil ich nicht mehr dachte, dachte ich kurz, sie würde die Hand ausstrecken und mir am Hosenstall nesteln. Halluzination natürlich.

»Jonah.« Ihre Wimpern klimperten. »Jonah, Jonah, Jonah.«

Ja, ja, ja, ja, ja, ja, ja, ja, ja, ja.

»Ja?«, fragte ich heiser.

»Sei gewarnt.« Sie rückte dichter an mich heran, ihr Mund auf meinem Kinn, über Bartstoppeln ließ sie ihre Lippen schaben, den Kiefer, die Wangen, bis sie schließlich mein Ohr erreichte. »Ich habe Selkieblut.«

»Selkieblut?«

Statt zu antworten, lächelte sie. Anschließend verschwand sie in Richtung Meer.

Da war Gänsehaut überall auf mir.

Überall.

Kapitel 41

Jonah

insert Selkieblutfarbe

Als das Meer gegen meine Füße schwappte, erkannte ich bloß ihren Kopf. Ich tauchte unter. Zwischen Muskelanspannungen fragte ich mich, ob das gerade wirklich passiert war. Primavera Sound, ich auf der Bühne, The 1975 auf der Bühne, das Treffen am Ausgang. Wie traurig sie gerade geklungen hatte. Wie sie mich jetzt mit Wassertropfen auf den Wangen ansah, als wäre alles gut.

»Der Wet-Hair-Look steht dir auch, Bob.«

Sie lachte, aber ich konnte nur schlucken. Der Mond und ihre Haut besaßen dieselbe Farbe. Irgendwo hinter uns war das Festival mit den wichtigen Verträgen und der Welt, die gerade zu meiner Welt wurde. Doch für einen Moment spielte es keine Rolle. Eine winzige Sekunde lang war sie alles, was ich wollen könnte, weil man doch eigentlich nur sich selbst brauchte, *self-love is the key to happiness,* blablabla. Diese eine Sekunde aber war ihre Farbe alles.

Delilah war ein Vibrieren zwischen Rauschen.

Sie war das beste Gefühl überhaupt.

»Danke«, flüsterte sie. »Dafür, dass du dir meine Melodramatik immer anhörst und einfach mit mir ins Meer gehst, ohne dass ich etwas sagen muss.«

»Dein bester Freund ist gestorben. Das ist keine Melodramatik. Das ist ein Teil von dir, den du nie wieder rausbekommst. Und das ist völlig okay. Außerdem vergisst du meine romantische Ader. Um Mitternacht im Meer zu schwimmen. Das ist fast too much.«

»Aber du stehst doch auf Kitsch.« Plötzlich sah sie sich um. Wasser, Wellen, Gischt, Wasser, Wellen, Gischt. »Forscher behaupten, unser Blut und das Meer sind verwandt, weil beides denselben Salzanteil hat. Krass, oder? Reines Blutplasma würde nach Ozean schmecken.«

»Auch dein specialiges Selkieblut?«

»Klar.«

»Was sind Selkies überhaupt?«

»So was wie schottische Robbenmenschen, die ihr Fell an Land ablegen. Aber es zieht sie immer zurück ans Meer. Als hätten sie so einen Meersehnsuchtskompass in der Brust. Meine Mutter meinte zumindest, ich hätte den aufgrund irgendeines schottischen Vorfahren. Ich liebe doch Wasser. Ozeane, Seen, Badewannen. Und das erklärt auch, wieso ich nur kalt duschen kann.«

»Du *kannst* nur kalt duschen?«

Zweimal blinzelte sie mir entgegen, Wellrauschen zwischen uns, anschließend das leiseste »Ja« der Welt. Wir blieben nicht lange im Wasser. Wir sagten nicht mal mehr viel. Für zehn Minuten ließen wir alles treiben. Körper, Gedanken, Stille. Wir waren Endlichkeit in Unendlichkeit. Dann gingen wir raus.

Unmittelbar vor unseren Handtüchern blieb Delilah

stehen. Mir hingegen blieb keine andere Wahl, als mich umzudrehen. Nasser Stoff, so viel Körper, ich wollte ein bisschen sterben.

Delilah war Gänsehaut, Unterwäsche und Wasser.

Ich war Hormone, Herzgewitter und Gefühle.

»Als wir uns dort in der Flugzeugküche unterhalten haben. Ich habe die Apfelsine geschält. Dann kam diese Frau. Erinnerst du dich?«

»Ähm, ja?«

»Einen ganz, ganz kurzen Moment lang habe ich gedacht, du würdest mich küssen. Und wenn du es wirklich getan hättest, hätte ich dich zurückgeküsst. Nachdem Ryder mit mir Schluss gemacht hat. Und wir uns nicht mehr als ein paar Stunden gekannt haben. Ich bin echt nicht stolz darauf.« Ich öffnete den Mund, doch sie schüttelte den Kopf. »Du musst darauf nichts sagen. Ich will bloß, dass du das weißt. Ich würde dich nie dazu benutzen, um über irgendwen hinwegzukommen. Ich denke nicht oft an Ryder. Und wenn du in meiner Nähe bist, höre ich meistens sowieso auf zu denken.«

Ihre herumtretenden Füße straften sie Lügen. Delilah wollte, dass ich etwas erwiderte. Was ich auch wollte. Reden jedoch fiel schwer, wenn ihre Worte in mir wie der nächste Ohrwurmhit nachhallten. Als sie schließlich weiter tappte, klebten Sandkörner unter ihren Ballen. Sie trocknete sich provisorisch ab, sie schlüpfte ins Kleid, da fühlte ich meine Beine wieder. Es war nicht unbedingt filmreif, wie ich mich hinkniete und ihr nervös ins Gesicht sah. Aber, na ja, so war das halt, war nichts zu machen.

»Ich gebe auf.«

»Was?«

Die unteren Knöpfe waren bereits geschlossen, die oberen nicht. Ihre Brüste hoben und senkten sich stark. Und dann noch ruckartiger, als ich mich ihrem Gesicht näherte.

»Es richtig machen zu wollen. Es fühlt sich falsch an, dich permanent küssen zu wollen, obwohl wir über deinen toten besten Freund geredet haben. Ich wollte es wirklich langsam angehen. Aber dieses *langsam* bringt mich um. Es ist egal, was du machst. Wenn du in meiner Nähe bist, weiß ich nicht mal, wie man richtig denkt. Als wäre ich nur ein einen Meter fünfundachtzig großes Gefühl. Wenn du eine Jacke mit Reißverschluss trägst, stelle ich mir vor, wie ich ihn dir runterziehe. Als ich dich in deinem Kleid gesehen habe, wie ich es dir aufknöpfe. Ich denke ständig daran, wie ich dir irgendetwas ausziehe. Jacken, Shirts. Kleider, Hosen, Unterwäsche. Und Gedanken. Ich möchte alles von dir, verstehst du? Ich will wissen, was du denkst und was du denkst, wenn du eigentlich nichts denken willst. Ich will wissen, was du nicht sagst, wenn wir am Telefon schweigen. Und ich will, dass du mir alles sagen möchtest, aber nicht kannst, weil ich dich atemlos mache. Ich will mit dir im Bett liegen und so oft mit dir schlafen, bis wir von allein einschlafen. Ich will noch drei Millionen Mal mit dir Eis essen, und ich will, dass du mich genauso willst wie ich dich. Mir ist klar, dass es nicht so einfach ist, aber …« Ich verstummte, weil sie mir über die Stirn strich. »Was machst du da?«

»Du hast Wassertropfen im Gesicht.«

Sie ließ die Finger von rechts nach links wandern. Ich spürte die Nässe, das Meer, das Salz. Meinen Puls, der einen Schlag übersprang, als ihr Daumen hinabwanderte und mir über den Arm streichelte. Über das Tattoo auf dem Bizeps, Mabels Achterbahn, dann über jenes über der Hüfte.

»*Don't water it down*«, flüsterte sie.

Und als sie dann lächelte, war es endgültig vorbei. Dieses »langsam«, das Richtigmachen, das Vorsichtigsein, das Nichtsüberstürzen. Die Sonne ging in ihrem Gesicht auf. Klare Einbildung. Natürlich. Aber wenn ich Menschen in Farben fühlte, geschah das ebenfalls nur im Kopf.

Vielleicht war nichts jemals echt.

»Ich hasse langsam«, sagte sie. »Ich hasse angezogene Handbremsen und Zwanzigerzonen und Stoppschilder. Ich hasse, wenn ein Flugzeug auf der Rollbahn plötzlich stehen bleibt oder ein paar Runden vor der Landung über Heathrow drehen muss. *Do you wanna come over and kill some time?* Das bin ich nicht mehr. Ich will kein *langsam*, Jonah.«

»Kein *langsam*«, wiederholte ich im Flüsterton.

Ich dachte an Achterbahnfahrten. Immer nur höher. An mein Herz. Wie es randalierte. Anschließend senkte ich den Mund auf ihren. Kein »langsam«, nur Küssen, Keuchen und das Kratzen von Haut. Es war zärtlich auf eine wilde Art. Vielleicht hätte ich sie nach diesem »mehr« in dem »das bin ich nicht mehr« fragen sollen, doch ich konnte nicht. Ich war bloß ein Gefühlsgewitter. Als ich ihr in die Unterlippe biss, stöhnte sie. Als ich mich auf das Handtuch herabsenkte, setzte sie sich auf meinen Schoß. Als ich nicht wusste, was ich berühren sollte, berührte ich deshalb alles. Dabei war nichts ideal. Dass die Stoffe uns tatsächlich (*surprise*) unangenehm an der Haut klebten zum Beispiel. Dass wir halb auf dem Handtuch und halb im Sand lagen und an uns saugten und bissen. Dass Delilahs bester Freund gestorben war und sie ihn unerwidert geliebt hatte. Dass sie die Beine spreizte und mein Herz offen lag. Dass unsere Küsse mir an genau dieses Herz gingen. Mein Herz, das so schnell pochte, als wollte es zum letzten Mal alles geben. Und dann aufhören. Dass es doch nicht aufhörte. Dass wir immer weitermachten, obwohl so vieles zerfiel. Dass wir uns an der Platja del Fòrum küssten, bis ich vergaß, wir könnten aus Meer bestehen. Dass sie dann innehielt.

Schluckend ragte sie über mir auf. Verrutschte Träger, feuchte Haarspitzen.

»Jonah«, murmelte sie. »Jonah, Jonah, Jonah.«

Wenn Reden Küssen war, was war dann Küssen?

Kapitel 42

Delilah

#Meerjungfrauenufer

Vielleicht musste diese Art von Nacht einfach seltsam sein. Sich schiefe Wahrheiten erzählen, sich flüchtig im dunklen Meer berühren, sich am Strand so küssen, als würde man tanzen und keiner hinsehen. Wild und schmutzig von Sand, Berührungen und Gefühlen. Es war Nacht und warm, während Jonah uns in das Airbnb lotste. Ein Fünfminutenweg, doch ich fror. Ich bestand aus zitternden Gliedern und kalter Haut. Meer und Salz und Jonah.

Wir schlichen die Treppen hinauf und betraten die Unterkunft. Eine Wohnung aus kalten Fliesen und Wänden voller Bilderrahmen. Abstrakte Kunst. Fantasiemuster.

»Dir ist kalt, oder?«, fragte er. »Wenn du willst, kannst du duschen. Die anderen sind noch auf dem Festival. Ich geb dir was zum Anziehen.«

Erneut ging er voraus, Jonah, riesig und nass vom Meer, mit dem dunklen Shirt, das sich an die starken Schultern schmiegte. Der Anblick war süchtig machend und perfekt zugleich. Sandknirschend tappten wir ins Bad, wo er auf Handtücher, Temperaturregler, Seife, Shampoo deutete.

»Es gibt noch ein zweites Bad, ich spring auch schnell unter die –«

»Dusch mit mir«, sagte ich.

Wolkenschwarze Pupillen. Blinzelnd starrte er mich und dann die Duschkabine an.

»Wenn wir da drin sind. Zusammen. Nackt. Dann gehen wir da nie wieder raus, Delilah.«

»Bloß duschen.«

Ich öffnete das Kleid.

»Ich dreh das Wasser sogar warm auf.«

Das Stück Stoff fiel zu Boden.

»Willst du nicht?«

Als ich mich an das Bikinitop machte, bebten seine Nasenflügel. Fluchend griff er schließlich nach dem klammen Shirtsaum. Stoff für Stoff zogen wir uns aus, Meer in uns, Meer auf uns. Sogar Sicherheitsabstand wahrten wir, während Glühbirnenlicht auf unsere Köpfe regnete. Ich streifte mir den Slip ab, da war Jonah bereits nackt. Es war offensichtlich, dass er mich wollte, jetzt, sofort, unbedingt. Es war sein Blick, unendlich wie Ozeane, tief wie eine Unterwasserwelt. Dennoch regte er sich keinen Zentimeter, die Hände vor der Erektion, als wollte er *wirklich* bloß duschen.

Du bist so schön, dachte ich.

Kann ich dich zwei von meinen sieben Leben lang einfach nur ansehen?, dachte ich.

Pack mich, küss mich, drück mich gegen Fliesen, drück dich in mich, bleib für immer, dachte ich auch.

»Augen zu«, flüsterte er, während er an mir vorbeigriff und die Kabinentür aufstieß.

»Wieso?«

»Weil wir nur duschen.«

»Du redest in Rätseln, Lowell.«

»Ich würde gerade eigentlich lieber gar nicht reden, Dellaria.«

Mit einem Zischen drehte er das Wasser auf. Plötzlich zog Jonah an meiner Hand und mich unter den Strahl. Dann schloss er tatsächlich die Augen.

»Nur duschen«, wiederholte er leise, doch verschränkte unsere Finger ineinander.

Und das war eine Berührung.

Und das war nie bloß ein »nur«.

Ich griff nach der Seife, mir meiner, seiner Nacktheit bewusst, den Spuren unserer Küsse zwischen den Beinen, wie sehr *ich* ihn wollte.

Scheiße, *wie* sehr ich ihn wollte.

Langsam ließ ich den Blick über seine Haut wandern. Enbtlößt, sehnig, tätowiert. Das mit den Zwei-Leben-lang war ernst gemeint.

»Und?« Er räusperte sich. »Hast du wirklich die Augen zu?«

»Klar.«

»Du lügst so schlecht, Daisy Darling.« Jonah lachte rau, doch es verklang abrupt.

Weil ich ihn einseifte.

Weil er sich anspannte.

Weil sein Kiefer mahlte und er beinahe stöhnte, obwohl ich ihm bloß das Schlüsselbein streifte.

»Da sind überall Funken in mir. Einfach so.« Eiskalt schlug er den Blick auf. »Das habe ich noch nie so gefühlt.«

Weil wir uns fühlen, dachte ich.

Einen Moment lang herrschte Schweigen, stickig, drückend, schwer, als wäre das eine Erkenntnis, die sacken müsste. Und dann duschten wir. Bloß, bloß, bloß duschen. Wir verrieben Schaum und spülten Shampoo aus. Die Erkenntnis aber blieb. Sie sickerte uns in die Körper, als wären wir doch Erde anstatt Meerplasma. Den Strahl abgedreht, hüllten wir uns in Handtücher. Verdeckte Haut, sichtbare Herzen. Ich bemerkte einzelne Wassertropfen, die sich in seinen Wimpern verfangen hatten.

»Ich habe nachgedacht«, murmelte er, bevor er drei Schritte auf mich zumachte.

»Ganz nach dem Motto *Duschen sind gute Orte dazu?*«

»Wenn man nicht gerade Angst hat, von einer einzigen Fingerspitzberührung zu kommen, bestimmt.« Tief atmete er durch. »Nein, im Ernst. Ich habe gedacht ...«

Mir war warm, trotzdem war ich von Gänsehaut überzogen. Ich trat zurück, bis mein Rücken gegen die Wand stieß. Als ich nach Jonahs Arm griff, verstand er sofort. Er presste seinen Körper gegen meinen. Mit dem Finger strich er mir dann über das Kinn, den Hals, den Ansatz meiner Brüste.

»Delilah, Delilah, Delilah. Ich glaube, ich habe vergessen, was ich gedacht habe.«

Sein Mund lag auf meinem. Hart. Abrupt. So plötzlich, so gut. Wir küssten uns, während er den Unterleib an meinem rieb. Vor und zurück in einem geliehenen Bad, an eisigen Fliesen, in einem gemeinsamen Rhythmus. Da machte er von mir ab. Sein Blick war wild. Sturmmassen in gelb getränktem Licht.

»Ich habe gedacht, dass wir nichts tun müssen. Und das meine ich ernst.«

»Ich weiß. Aber ich will nicht nichts tun. Außer du willst das?«

»Ob ich nicht will? Delilah, Delilah, Delilah.«

Er schüttelte den Kopf, er lächelte, dann zog er mich an sich. Wir hatten Panikattacke gegen Playlist getauscht. Wahre Traurigkeit gegen wahre Traurigkeit. Textnachricht für Textnachricht. Geheimnisse für Geheimnisse. Und jetzt tauschten wir Lust für Lust, Kuss gegen Kuss, Winkel für Winkel. Herzschlag für Herzschlag in den Pausen, in denen er die Stirn unter schweren Atemzügen an meine lehnte.

Was ist das, sagte mein Blick.

Keine Ahnung, sagte seiner.

Und dann machten wir weiter. Und weiter. Wenn ich aufhörte, fing er wieder an. Wenn er aufhörte, fing ich wieder an. Als wären wir eine Dauerschleife. Wie eine umgekehrte Acht, Kreise, Schlaufen, Knoten. Dort, wo unsere Haut nackt war, klebte sie vor Schweiß aneinander. Dort, wo unsere Haut bedeckt war, schrie alles nach Händen. Wie er mich küsste und packte, an Haut saugte und am Frotteestoff fummelte. Jonahs Küsse waren wie die Aussicht eines höchsten Punkts, von dem kein anderer wusste. Das Gefühl, in Duschnebel zu ertrinken, das Echo seines tiefen Stöhnens, das Kribbeln seiner Finger auf der Stelle, wo sonst mein BH gelegen hätte. Das plötzliche Aufschnappen nach Luft, als er meine Beine anhob. Das Gefühl meiner gespreizten Oberschenkel, das Pulsieren seiner Erektion. Jonah zu küssen war das süchtig machende Neigen von Lippen, das Ziehen in meinem Bauch, der Anblick des olivfarbenen Seifenspenders, als er die Hand unter das Handtuch schob. Der Druck seines Körpers, der Geschmack seiner Zunge. Der heisere Klang seiner Stimme, als er sich maximal dicht an mich drängte und mir ins Ohr wisperte, er wüsste, wüsste wirklich nicht, wohin mit seiner ganzen Lust. Die selbstverständliche Art, mit der er unsere Finger verschränkte, sein albernes Teenagerlachen im Flur.

»Du schläfst also wirklich in Arielle-Bettwäsche?«, fragte ich.

»Ja, keine Ahnung. Ich verstehe dieses Airbnb-Konzept auch nicht. Es gibt möchtegernavantgardistische Kunst und Bettwäsche mit Disneycharakteren. Gus schläft mit Schneewittchen.«

Ich schüttelte belustigt den Kopf, während er die Lampe anknipste. Schwere Bilderrahmen mit fragwürdigen Motiven, das geöffnete Fenster, eine Muschellichterkette über dem Bett. Auf der Matratze küssten wir uns wieder, sofort und unbedingt. Er oder ich, jemand hatte vergessen, die Tür zuzumachen, aber das Bett war eine Insel, und niemand wollte im Parkettboden versinken.

»Ich steh auf mein Duschgel an dir«, raunte er.

»Weil es deins ist?«

»Du klingst nicht überzeugt.«

»Es ist nur Duschgel.«

»Warte mal.« Er setzte sich auf. »Hast du gerade mit den Augen gerollt? O mein Gott, du lachst.«

»Kratzt das an deinem Ego, Leo-Leonard?«

»Kein bisschen.«

Jonahs Finger wanderten zu dem Handtuchknoten. Sein Kopf lag schräg, die Stimmung kippte. Er huschte mit dem Blick von meinem Mund zu seinen Fingern.

»Zieh mich aus, Jonah«, murmelte ich, und mein Herz kreischte, aber das war egal.

Wir hatten »nicht langsam« gesagt, doch wie er mir die Hand auf das Schlüsselbein legte, war langsamer als langsam. Quälend. Eine Tortur. Er war Musiker und kein Zeichner, doch er skizzierte mir Striche über die Brüste und den Bauch. Und als er mich dann wieder küsste, war alles anders. Seine Lippen waren *noch* drängender. *Noch* weicher. *Noch* elektrisierender. Als hätten wir davor nur wie kichernde Teenager gespielt. Aber jetzt waren wir erwachsen. Er und ich, ein gemeinsames Fühlen, das sich verschlang und berührte. Ein geteiltes Keuchen, als er meine Beine spreizte und unter das Tuch schlüpfte. Er berührte die Stelle, wo es seinetwegen so pochte. Seine Finger kreisten, fest und zu fest mit genau richtigem Druck. Seine Hand, seine Zunge. Er fühlte mich, ich fühlte ihn. Jonah war eigentlich ein Wahnsinnsküsser, doch nun auf eine so grenzenlose Weise erregt, unsere Lippen streiften sich ohne Feinheit. Nur Fühlen über Fühlen. Zähne und Zungen zwischen »Wie kann man sich *so, so, so* gut anfühlen?« und »Delilah, Delilah, Delilah, sag mir, wie du es magst, Delilah, Delilah, Delilah, sag mir alles, was du magst.«

Erst dann löste er den Knoten. Er zog mich aus, ich zog ihn aus. Und dann lagen wir da, zwei Menschen, nackt, auf einer supercuten Disney-Arielle. So absurd, ich hätte den Kopf geschüttelt. Vorausgesetzt, Jonah hätte mich nicht auf diese spezielle Art angesehen. Tief und stürmisch, als hätten Meere eine graue Farbe und er eins mit den Augen verschlungen.

Ich umfasste seine Länge mit der feuchten Spitze. Als mein Streicheln schneller wurde, spannte er sich an. Schluckend ließ er den Blick auf den Nachttisch fallen. Jonah lehnte sich vor, zog ein Kondom aus dem Portemonnaie und rollte es sich über. Glänzende Haut, zerzauste Strähnen. Dieser verhangene Blick, den ich überall spürte. Jonah vibrierte vor Sex.

»Du machst mich so wahnsinnig.« Er lehnte sich gegen das Headboard. »Wirklich. Ich kann das nicht mal beschreiben. Hör auf.« Er hielt sich die Hand vors Gesicht. »Hinterher komme ich von deinem Lächeln. Und dann ist mein Ego vielleicht echt angekratzt.«

Mein Lächeln wurde zu einem Lachen, während ich mich rittlings auf ihm niederließ. Jonah hauchte mir Küsse auf die Lider, die Nase, die Wangenknochen. Die Ohrläppchen, den Kiefer, das Kinn. Meinen Hals, meine Brüste. Jonah küsste mich auf jeden Zentimeter. Als mir die Beine zitterten, positionierte ich ihn unter mir. Unsere Blicke streiften sich. Genau genommen waren es nur Blicke, die sich zigmal begegnet waren. So wie Jonah bloß Jonah und das hier ein mittelmäßiges Airbnb-Zimmer war. Nichts Besonderes, schon gar nicht romantisch. Trotzdem war es das. Romantisch, besonders, irre. Wie seine Pupillen sich weiteten. Wie wir innehielten. Zwei, vier, sechs, acht, zehn, zwölf Sekunden lang. Wie wir nur atmeten und schauten und spürten. Wir sagten nichts, doch seine Augen schrien alles. *Perfekt, perfekt, perfekt, abhebende*

Rakete, Zerspringendes-Gehirn-Emoji, Herz, Ausrufezeichen, Herz. Und ich nickte, obwohl er nichts aussprach. Trotzdem wurde »perfekt« besser. Schwitziger und lauter, als ich mich auf ihm bewegte. Wieder berührte er mich zwischen den Oberschenkeln und küsste mir die Stelle hinter dem Ohr. Es war Sex, dachte ich, aber es war Sex mit Jonah. Es war wild und heftig und unbeschreiblich, besser als seine Blicke und besser als seine Stimme, weil ich alles von ihm fühlte.

Während er mich hart küsste, grub er sich in meine Taille. Nun waren wir beide schreckliche Küsser, doch es machte nichts und wir bloß weiter. Als gäbe es kein Zurück, kein »langsam«, nicht mal schnell. Nur uns, mit Beinen und Armen und Pulsschlägen und Stöhnen und schmutzigen Worten. Niemand wusste, was er oder ich war. Ein Klischeespruch, aber mir so egal, egal, egal. Als ich kam, war es furchtbar. Unendlich. Viel. Lust. Kribbeln, Küsse, verlorene Sandkörner in Hautkuhlen. Das Meer in Gedanken, das Vielleicht-Meerblut in unseren Körpern. Diese unbeschreibliche Art, wie er mich ansah und Dinge sagte, die ich vergaß. Und seine Stimme. Scheiße, vielleicht war sie doch das Allerallerbeste an ihm. Das Gefühl, ein Konfettimensch unter anderen Konfettimenschen zu sein. Wolkeninseln, Jonahs Küsse wie Landschaften. Jonah. Immer Jonah, immer, immer mehr Jonah. Jonah als Wellenbrecher. Jonah in meinen Gedanken. Jonah in mir. Tiefer, fester, hemmungsloser. Während meines Orgasmus' wurde alles weich. Als hätte ich keine Grenzen. Ich spürte nichts. Ich spürte alles. Mein Herz mit seinen Wasserwänden, den Kopfsprüngen und den Erinnerungen. Ich wollte mich auflösen in diesem Moment. Doch da löste Jonah sich auf. Fluchend, der Rockstar, #SexWithSadBoy.

Sekundenlang pulsierte er noch in mir, behutsam strich er mir über die Arme, mein Herz aber beruhigte sich nicht. Hör auf, Wellen zu schlagen, dachte ich. Du ertrinkst, und ich kann nicht mehr ertrinken. Ich möchte atmen. Nur für mich. Jonah streichelte sich hoch bis zu meinem Gesicht. Dort fuhr er alle Formen nach, die er nachfahren konnte. Langsam, ewig, so berührend.

»Weil …« Er schluckte, verschwitzt, immer noch in mir. »Weil davor alles immer schrecklich war und es endlich gut ist.«

»Was?«

»Wieso ich bei *500 Days of Summer* weine. Das hast du mich mal gefragt, erinnerst du dich?«

Kapitel 43

Delilah

#Ja

Ich habe noch nie jemanden so gefühlt wie ihn. #TutMirSo Leid #ErHatMichAusgezogen

Kapitel 44

Jonah

Matschhoniggelb

Als ich aufwachte, lag sie auf meiner Brust.

»Können wir für eine Weile so tun, als würden wir noch schlafen?«

»Na, guten Morgen, Sonnenschein.« Ich fuhr ihr lachend über das Haar. »Wie lange bist du schon wach?«

»Lange.« Sie schlang die Arme fester um mich. »Und wenn ich schon dabei bin, Forderungen zu stellen. Kannst du die nächsten zwanzig Minuten bitte, bitte, bitte schweigen? Thank you so much.«

»Bitte, bitte, bitte schweigen? Und ich dachte schon, du magst mich wegen meinem Charakter.«

»Ich mag dich bloß für Sex.«

»Hmmm, vielleicht glaube ich dir das nächstes Jahr.«

»Du hast ein zu großes Ego. Deine Stimme klingt verschlafen noch besser, okay? Das macht wach.«

»Ehrlich gesagt, weiß ich gar nicht, wie wir das Bett überhaupt verlassen sollen.«

»Vielleicht hast du eine ultragroße Schwäche für Arielle.«

»Das muss es sein.«

Ich schüttelte den Kopf, und sie sah auf, mit diesem Blick, der ohne Worte alles sagte. Sie wusste es. Sie wusste, dass es mich wahnsinnig machte, wie sie ging, lächelte, mich berührte oder ansah. Sie brauchte nur zu atmen. Und schon war sie meine Schwäche. Dafür hätte sie sich nicht mal am Strand ausziehen müssen. Sie war meine Schwäche gewesen, bevor sie sich nackt auf mich gesetzt hatte. Bevor das Zimmer nach Sex gerochen und wir noch mal Sex gehabt hatten.

»Wenn du mich so anschaust, will ich nicht mehr weiterschlafen.«

Mit dem Daumen fuhr ich ihre Lippenform nach. Sie hingegen schlüpfte mit der Hand unter die Decke. Hätte ich mich umgesehen, wäre mein Blick an hastig aufgerissenen Kondomquadraten und noch feuchten Handtüchern kleben geblieben. Eine perfekte One-Night-Stand-Kulisse. Nur dass es doch so viel mehr war. Meine Morgenlatte, ihr Lächeln. Ihre nackten Brüste, mein überquellendes Herz. Ich hielt sie davon ab, mich zu berühren. Stattdessen positionierte ich uns so, dass ihr Rücken an meiner Brust ruhte.

»Lass uns reden.«

»Reden?«, fragte sie verwirrt.

»Reden.« Ich fuhr ihr mit dem Mund über die Schultern, bevor ich sie zwischen den Beinen streichelte. »Frühstücken wir am Strand?«

»Du machst das, weil ich auf deine Stimme stehe.« Sie atmete flach. »Das ist so unfair, Jonah.«

»Delilah, Delilah, Delilah.« Ich küsste die Stelle hinter

ihrem Ohr, den Nacken, dann den Kiefer. Leicht wiegend, drückte ich mich an sie. »Du kannst doch auch reden.«

»Ich will nicht reden.«

»Was willst du denn?«

»Jonah, Jonah, Jonah. Wenn du möchtest, dass ich ein *bitte, bitte, bitte vögel mich, oh, großartiger Jonah* sage, musst du dich fünfhundert Million Mal mehr ins Zeug legen.«

»Ich habe dein Augenrollen gehört.« Heiser lachte ich gegen ihre Haut. »Übrigens hätte *ich möchte Sex mit dir* auch gereicht, Daisy Darling.«

Sie zog mich dichter zu sich heran, so lächelnd, so hypnotisierend, da passierte es. Die Tür wurde aufgerissen. Und meine Schwester stolperte ins Zimmer. Sofort setzte Delilah sich auf. »Sorry«, formte ich lautlos.

»Es ist offiziell.« Meine Kiefer mahlten. »Ich bringe dich eigenhändig um, Camilla.«

»Sei kein Spießer, Jonah. Ich erwische dich nicht zum ersten Mal beim Sex.« Sie kniff die Lider zusammen. »Außerdem sehe ich sowieso nichts.«

»Das würdest du wirklich nicht, wenn du wieder rausgehst.«

»Nicht möglich. Wir müssen reden. Und kann ich die Augen doch aufmachen? Ich fühle mich wie ein blinder Fisch im Amazonas. Ist nämlich super stickig hier drin. Du solltest lüften.«

»Nein, kannst du nicht. Du verschwindest nämlich jetzt.«

»Ich schätze schon?«, sagte Delilah.

»Ich mag dich.« Cami schlug den Blick auf. »Jetzt tut mir das Ganze fast leid. Mein Bruder hat dir sicherlich erklärt, er wollte bloß unverbindlichen Sex, oder? Eigentlich, na ja, hängt er sogar an einer anderen Frau. Sie ist aus London. Laut seinem besten Freund ist sie viel zu witzig für ihn. Haha. Mit Schmetterlingen im Bauch und Süchtig-nach-Textnachrichten-sein und allem. Keine Ahnung, wieso er dich überhaupt hergebracht hat. Aber wenigstens war euer Sex gut. Schau mal, wie rot seine Ohren sind! Die glühen ja richtig. Muss wirklich *sehr* gut gewesen sein. Wie auch immer. Du kannst leider nicht zum Frühstück bleiben. Ich muss mit ihm reden. Würde es dir was ausmachen?«

Sie deutete zur Tür, während Delilah mir das Gesicht zuwandte. Meine Kehle schnürte sich zu, doch ich hielt den Blick starr nach vorn gerichtet.

»Du stehst wie am Boden festgewachsen hier. Wie soll irgendwer aufstehen, wenn wir nichts anhaben? Zweitens ist das gerade echt scheiße von dir. Selbst wenn sie nur ein One-Night-Stand wäre. Was sie aber nicht ist, weil sie drittens die Frau aus London ist. Verdammt noch mal, Cami, Alter!«

Ihre Augen wurden so groß, sie kullerten ihr fast aus dem Gesicht. In den darauffolgenden Momenten faselte Cami also wild vor sich hin. Sie stellte sich bei Delilah vor, sogar mit einer halben Umarmung, ließ sich auf der Matratze nieder, verzog das Gesicht bei dem Kondomstapel, meinte, sie freue sich *so*, Delilah kennenzulernen, schließlich hätte ich schon *so* viel von ihr erzählt, und fragte, ob sie auch fände, spanische Festivals seien die besten. Als sie meinen angepissten Blick nach zehn Trillionen Jahren endlich wahrnahm, atmete sie durch.

»Ich warte draußen. Aber wir müssen echt reden, Jonah. Es geht um Gus.«

*

Zehn Minuten später stand Delilah unter der Dusche und ich Cami gegenüber. Sie lehnte am Kühlschrank, ich an der Wand. Wieso wir uns nicht an den Tisch setzten, verriet sie mir nicht. Laut der Radioanzeige war es kurz vor neun. Entweder schliefen die anderen oder waren noch unterwegs.

»Sie ist zu schön für dich. Selbst total durchgevögelt mit zusammenklebenden Wimpern.«

»Danke für das unangefragte Gutachten, Lieblingsschwester.« Ich kniff mir in die Nasenwurzel. »Wieso reden wir nicht einfach über Gus? Wo ist er überhaupt?«

Cami schwieg. Ihr Honiggelb wurde dabei dunkler. Weniger Gold, mehr Matsch.

»Spuck's einfach aus.«

»Vielleicht war Gus nach eurem Auftritt seltsam drauf«, begann sie zögerlich. »Vielleicht meine ich mit *seltsam* so wirklich komisch. Vielleicht habe ich mir Sorgen um ihn gemacht. Vielleicht haben wir den Abend zusammen verbracht. Vielleicht ...«

»Ihr habt also gevögelt.« Ich warf den Kopf in den Nacken. »Scheiße, scheiße, scheiße. Er liebt dich, seit wir zwölf sind! Und tu bloß nicht so, als wüsstest du es nicht. Wo ist er?«

»Er ...«

Plötzlich klopfte es, meine Schwester verstummte.

»Ich will ne vollständige Antwort haben, wenn ich wieder da bin.«

Mit schnellen Schritten marschierte ich zur Eingangstür.

»Das ist ein Scherz, oder?« Shane brauchte kein »Herein«, um in die Unterkunft zu stapfen. Er hielt mir das Handy unter die Nase. »*Sorry, bin schon zurück nach London geflogen. Können wir nachher telefonieren?* Bitte sag mir, Gus hat kalte Füße bekommen.«

»Keine Ahnung.«

»Wie, du hast keine Ahnung? Du bist sein bester Freund! Natürlich hast du eine Ahnung.« Shanes Flieder wurde dunkler. Lila, Rot. Irgendetwas dazwischen. »Habt ihr Schnaps da? Ich brauche einen Shot.«

Fluchend steuerte er auf die Küche zu, wo Delilah mittlerweile von Cami zugetextet wurde.

»Eine deiner Unifreundinnen?«, fragte er Cami.

»Nein, Jonahs.«

»Kein Kommentar.«

Als er den Kühlschrank aufriss und sich doch für ein Bier entschied, fühlte ich mich wie im falschen Film. Als wäre es mein Leben, aber nicht wirklich meins. Mit einer Kopfbewegung bat ich Delilah in den Flur. Sie schnappte sich die Tasche von der Theke, lächelte meiner Schwester zu und deutete ein vages Winken zu Shane an.

»Tut mir leid«, flüsterte ich.

Wir waren in den Eingangsbereich geschlurft. Sie umgeben von Kunst, ich umgeben von ihrer Farbe. Am liebsten hätte ich sie gegen die Tür gepresst. Aber das war momentan nicht drin.

»Mach dir keinen Kopf. Deine Schwester klingt wirklich besorgt. Ich hoffe, es ist alles okay.«

Ich trat einen halben Schritt näher, damit ich sie küssen konnte. Nur Lippen, ganz zärtlich. Drei, vier Sekunden. Doch es reichte, damit es in meinen Leisten zog. Ich fuhr die Stecker in ihren Ohrlöchern nach. Rund und grün.

»Sehen wir uns in London?«

»Hm, ich weiß nicht. Ich wollte doch nur Sex.«

Unter Lachen küsste sie mich ein weiteres, zweites, drittes, viertes Mal.

Ich vergaß, dass sie schon mit einem Fuß aus der Tür war.

Luftschloss, wortwörtlich ein Schloss, bestehend aus Luft.

Kapitel 45

Delilah

#Landschaften

Jonah und Abende.

Jonahs Platten und Nächte.

Jonahs Berührungen außerhalb von Zeitzonen.

Jonah, der gedankenversunken vor Eisbechern lächelte, wenn ich ihn flüchtig berührte.

Jonah, der mir sagte, er hätte sich auf 27C schon in mich »vermocht«, weil er Angst hatte, verliebt zu sagen. Weil er immer noch alles richtig machen wollte. Weil noch nicht Sommer war. Weil meine Beine sich immer zu schnell um seine Hüften schlangen. Weil er mir meinen Namen in Form von Gänsehaut auf die Glieder flüsterte.

Jonah in Boxershorts mit rot unterlaufenen Regenwolken, umgeben von Alaska, Hamburg und Panama. Das Klopfklopfklopf des wirklichen Regens am Fenster.

Manche Menschen kommen nicht mehr wieder. Was mache ich, wenn er nicht wiederkommt?

Gus ist dein bester Freund. Beste Freunde kommen wieder.

Meiner ist nicht wiedergekommen, dachte ich.

Jonah, mit dem Handys zu Orten wurden. Jonahs Selfie, als ich den Koffer in die Lobby rollte. Jonahs Stimme, als ich beim Starbucks am Times Square anstand. Jonahs Wellen-Emoji, als ich im Hotelbett lag. Jonahs Flüstern, als er sagte: »Ich bin allein in der WG. Und ehrlich gesagt, will ich nicht mal wissen, was du anhast. Nur, ob du dir vorstellen willst, dass ich es dir ausziehe.«

Jonah vor dem Keyboard, wenn ich mit meinem Laptop auf der Matratze saß. Jonah barfuß und verzweifelt vor *Navy Blue*. Die Platte von seinem Dad, die mich dabei ansah. Später Sex mit Jonah, aber ich mit dem Gesicht zum Kissen.

Mein Jonah, mein blonder Musiker mit den zwei kleinen Muttermalen an der rechten Schläfe, der mich nachts nach London zerrte. Mein Mensch, der mal zwei Menschen gewesen war. Mein Mensch, der meine vielen Leben in einem Leben verstand.

Jonah, der immer zu schnell fuhr. Jonah, der beim Anblick von Stoppschildern seufzte. Jonah, der bei *500 Days of Summer* wirklich weinte und sich nicht schämte.

Jonah, der sich in seiner zu kleinen Badewanne zwischen meine Beine drängte. Kein Schaum, bloß knisternde Atemzüge zwischen der rauschenden Badezimmerlüftung. Zu grelles Licht, zu verknotete Beine, zu lautes Echo.

Das war zu *schön.*

Weil alles mit Jonah *zu* schön war. Weil komische Uhrzeiten wie 16:43 Uhr schön waren, wenn wir Händchen haltend durch Camden spazierten. Weil er meine Hand nie losließ.

Als ich klein war, meinte meine Mum, ich soll mir vorstellen, ein Schwamm zu sein, der alles aufsaugt.

Jonah, der sagte, das sei eine beschissene Aussage, weil Schwämme über schmutzigen Spülen ausgewrungen wurden. Jonah, der mich danach küsste, weil

Gott, dein Lächeln, Gott, dein Lächeln, Gott, dein Lächeln.

Jonah und ich auf einem Polaroid, das June mir gab. Jonah und ich, in der WG-Küche, mit zu weißen Gesichtern zwischen all meinen Freunden zwischen all meinen Pflanzen.

Das musst du behalten.

Meine Finger, die über unsere Gesichter fuhren, als könnten sie nicken. Meine Gedanken, die in diesem Moment schrien:

Vielleicht möchte ich ein Schwamm sein. Bloß ein kleiner. Nur auf Zeit. Nur um Jonah ein bisschen aufzusaugen.

Weil die Momente, in denen wir völlig bekleidet und lachend auf einem Bett lagen, die besten waren und ich nicht wusste, wie man das festhält.

Weil er zwischen meinen Pflanzen saß und sagte, erzähl mir alles. Weil er jedes Trauma und meine liebsten Erinnerungen meinte. Weil ich *Lichtblau* laufen ließ. Weil ich ihn bei *There Goes The Fear* ganz zärtlich küsste. Weil er mich danach anlächelte, als hätte ich ihm einen Preis verliehen.

Weil Jonah nach dem Waschmittel roch, das er sich eigentlich mit Gus teilte. Weil seine Haut salzig schmeckte, wenn ich mich seinen Nacken entlangküsste. Weil er wirklich Meerplasma in seinem Blutplasma tragen könnte.

Ich habe manchmal so einen Traum. Von einer Unterwasserwelt mit lichtdurchfluteten Meerestieren und dem Grönlandhai. Er wird über Hunderte von Jahren alt. Krass, oder?

Jonah, der sich vor seiner Abreise in Chinatown betrank, in dieser Bar mit dem Menschenleser-Barkeeper. Jonah, der drei Shots kippte, um *Fernbeziehung* auszusprechen.

Ich weiß, du kommst aus einer. Und vielleicht möchtest du gar nicht darüber reden. Aber Kommunikation ist immer wichtig, und du bist mir wichtig, und es tut mir leid, aber wir müssen darüber reden.

Jonah, der ausatmete, während ich ihn einatmete. Jonah, dem ich die Angst einfach wegküsste. Jonah, mit dem ich später die Camden High Street entlangrannte, weil es regnete. Weil ich mich dabei wie mit achtzehn fühlte. Damals, als ich das Abschlusszeugnis entgegennahm und Penn für einen Abend vergaß. Als meine Mitschülerinnen meinten, das sei der Anfang. Weil sie mir in Dauerschleife sagten, die Welt sei endlos, bis ich wirklich dachte

alles
sei
endlos.

Jonah, der das Achterbahntattoo entblößte, wenn er die Hand zwischen meinen Beinen hatte. Diese Gitterstabkurve aus Tinte, als hätte Mabel sich aus seinem Herzen auf die Haut geschlichen. Aber mir war das egal, weil:

Jonah, der nie etwas versteckte. Jonah, der so gern an den dritten Glückskeks im *Spicy* dachte, den wir nie zerbrochen hatten.

Irgendwie ist es cool. Jetzt können wir uns selbst aussuchen, welcher Song auf dem Zettel stand.

Jonah, der rot wurde, als Sodalite Blues *Cyber Grape* im *Attendant Café* lief. Jonah, den ich für immer hätte anstarren können. Jonah, der heiß und schön und süß und alles war. Jonah, der mich für immer anstarren wollte, wenn ich das Sodalite Blue-Shirt trug. Dieses Oberteil aus dem *Underground*, das Livy mir feierlich nach Barcelona überreicht hatte.

Jonah, mit dem ich schmutzige Sachen bei vierundzwanzig Grad in der letzten Kinoreihe machte. Jonah, der Clementinen kaufte, die er in der Abendsonne baden ließ und gegen Mitternacht schälte. Jonah, der Chips mitbrachte und sich kommentarlos zwei Dokus über die arktische Tundra reinzog. Jonah, bei dem ich nie Eis brechen oder Wellen schwappen sah. Jonah, mit dem ich schwebte statt schwamm.

Jeder Mensch sollte Tattoos tragen.

Jonah, der ein einziges Tattoo war. Dunkel und tief und klar.

Und was würdest du dir für eins stechen lassen, Daisy Darling?

Einen Ozean aus Wolken, weil ich gern in der Welt ertrank.

Kapitel 46

Jonah

Eissuppengrau

»Du willst dich also ersetzen lassen?«

Statt einer Antwort erhielt ich ein Seufzen.

Ich hätte gern behauptet, Gus sähe beschissen aus. Rot geränderte Augen, ausgemergelte Gesichtszüge und alles. So als hätte er seit Nächten nicht mehr geschlafen. Seit sechzehn, um genau zu sein. Seitdem er sich in einen verdammten Flieger gesetzt und per Telefon erklärt hatte, er bräuchte eine Pause. Aber Gus sah gut aus.

»Ich habe doch auch keine Ahnung, Jonah.«

Ich war fünf Buchstaben statt der üblichen zwei. Die Sache war wohl ernster als ernst. Heute war Dienstag. In drei Tagen würden wir Corner Owners auf Tour begleiten. Gus hockte mir seit Barcelona zum ersten Mal gegenüber. Er würde nicht mitfahren. Er war nur hier, um es mir mitzuteilen. Die letzten Wochen hatte er sich in Manchester verkrochen. Auszeit, hatte Shane es genannt. Feiglingsloch, hatte At gemurmelt.

»Shane hat euch doch einen Gitarristen besorgt, oder? Wie heißt er noch mal? Ledger?«

»Louis.« Ich schüttelte den Kopf. »Ich kann nicht ohne dich auf Tour gehen. Das war unser verfluchter Traum, Mann! Was zum Teufel ist passiert?«

Er zuckte die Schultern. Das ernüchterndste »ich weiß nicht« ever. Shane und Pres hatten Theorien, Fitz und At hatten Theorien. Sie alle beinhalteten meine Schwester. Cami, die Schuldige. Cami, die sich von Gus hatte ficken lassen, und dabei sein Herz gefickt hatte. Natürlich erwähnte niemand, dass Gus Tausende Frauenherzen kaputtgefickt hatte. Als wäre es okay, weil er ein Typ war. Sonntag hatte ich es den anderen genauso erklärt. Wenigstens hatten sie dann beschämt zu Boden gestarrt. War bestimmt ein Gewinn oder so, whatever.

»Du bist mein bester Freund. Ich akzeptiere, dass du die Band verlassen willst. Aber ich verdiene eine beschissene Erklärung.«

»Drew hat sein Studium abgebrochen. Er will Mums Firma nicht übernehmen. Was bleibt mir anderes übrig? Los, LJ, los, los, los, sag mir das!«

»Deine Mum hätte nicht gewollt, dass du die Band aufgibst.«

»Garantiert, aber was verändert das? Ich ...« Ruckartig warf er den Kopf in den Nacken. Seine Farbe pulsierte wie eine Stromleitung voller Wahrheiten. »Unser Slot auf dem Primavera Sound.« Seine Stimme war ganz leise. »Am Ende, als alle geklatscht haben, da sind die letzten Jahre in meinem Kopf abgelaufen. Wie ein Film. Wir damals in eurem Keller in Castlefield, erinnest du dich noch? Als wir unseren Eltern vorgespielt haben, wurden wir belächelt. Als befänden wir uns in einer Phase, die vorbeigehen würde. Und offensichtlich ging sie nicht vorbei, aber was ist, wenn sie recht hatten? Wenn alles nur eine Phase ist? Wenn das in Barcelona unser Nonplusultra war? Es war *so* krass, Jonah. Wie soll das besser werden? Wie ... wie sollen wir jemals besser werden?«

Ich begann zu lachen. Laut und schallend und ratlos und ironisch.

»Was ist so fucking lustig, Lowell?«

»Dass ich genau dasselbe gedacht habe. Dass ich in den Himmel gesehen habe und die Menschen zum gefühlt ersten Mal Gesichter hatten. Weil wir nicht in einem schlecht verkabelten Pub gespielt haben. Dass ich gedacht habe: Fuck. Was soll das jemals toppen? Aber hinter der Bühne hat Shane schon die nächsten Deals geklärt. Und da habe ich verstanden, dass das hier ein Anfang ist. Habe ich Angst? Natürlich. Es ist okay, kalte Füße zu bekommen. Aber es ist verdammt noch mal nicht okay, mit seinen kalten Füßen panisch wegzurennen.«

»Du verstehst das nicht, Mann.«

»Wir kennen uns seit dem Kindergarten. Ich war dein bester Freund, als du acht warst und deine Mutter an Krebs gestorben ist. Als Hadley Brown dich entjungfert hat und ihr Collegefreund dir die Fresse polieren wollte. Als du zum ersten Mal high warst und deshalb wochenlang Albträume hattest. Du kannst mir erzählen, du hast meine Schwester gevögelt und dass dich das durcheinandergebracht hat. Du kannst mir erklären, dass dein Dad in seinem hochgestochenen Dozententon meinte, Musik sei keine Zukunft. Du kannst mir sagen, du *musst* derjenige sein, der die Firma deiner Mum weiterführt, wenn Drew es nicht macht. Du kannst mir alles erzählen, Gus. Aber zu behaupten, ich verstehe dich nicht? Das ist eine Beleidigung.«

»Du hast recht, okay?« Seine Zähne knirschten. »Ist es das, was du hören willst? Es ist eine Mischung aus allem. Ich habe Angst, und ich habe Zweifel. Und wenn ich jetzt eine Gitarre in die Hand nehme, denke ich, ich kann nicht mehr atmen. Ich weiß nicht, was das ist. Aber ich weiß auch nicht, wie ich das wieder rausbekomme.«

Ich griff nach dem Bier. In einem Schluck trank ich es aus. Warm und fahl rann es meinen Hals hinunter.

»Cami macht sich auch Sorgen«, murmelte er.

»Um dich? Ich dachte, das zwischen euch wäre nur eine einmalige Sache, weil sie dich bloß als meinen besten Freund sehen kann.«

»Um *dich*. Sie sagt, Edith –«

»Du brauchst mir nicht zu erklären, was meine Mum findet.«

»Es ist dir also einfach egal?«

»Natürlich nicht. Aber ich bin vierundzwanzig. Was soll sie machen? Was soll ich schon machen?«

»Ich frage mich einfach, was meine Mum mir sagen würde.«.

Ich hätte gestehen können, dass ich das auch tat. Dass ich mich dauernd fragte, was mein Dad wohl sagen würde. Zu unserem Bandnamen, der schrecklichen Mainstreammusik, dem Cover von *Spectrum 3.0* in der Jubiläumsversion. Doch es hätte halt safe nichts genützt.

»Du bleibst also wirklich hier?«

»Ja.«

So war das also mit Gus. Völlig unnötig und unerwartet. Weil sein Bruder das Familienbusiness nicht weiterführen wollte. Weil er seinen Traum für den seiner verstorbenen Mutter aufgab. Weil er Angst hatte.

Noch am selben Abend würde Delilah vorbeischauen. Sie würde dieses rote gepunktete Kleid tragen und einen riesigen Eisbecher in der Hand halten. »Es tut mir so, so leid, Jonah«, würde sie sagen, und das Eis würde schmelzen, weil wir sofort ins Zimmer stolpern würden. Dort würden wir miteinander schlafen wie zum ersten Mal in Barcelona. Bloß zärtlicher. Und langsamer. Als könnte die Welt stehen bleiben, wenn sie sich wie in Zeitlupe auf mir bewegte. Später säßen wir in Unterwäsche am Tisch. Ich würde warme Eissuppe löffeln und ihr sagen, dass ich sie liebe.

»Als ich *vermocht* gesagt habe, meinte ich eigentlich verliebt«, würde ich sagen.

»Ich weiß«, würde sie erwidern.

Wenn ich am Donnerstag Tetris im Buskofferraum spielen würde, würde ich an ihr Lächeln denken, als sie mir zwischen Küssen zuflüsterte, sie sei auch in mich verliebt. Den ganzen Abend würden wir die Worte wiederholt haben. Wie nackte Schallplatten mit Abertausenden Rissen. Tja, schadeschokolade.

Notiz

Don't go skinny dipping
The memory of Spanish waves will tear us
Like killer whales nagging on skin
Dying just for a kiss
Darling, keep on sinking
With your lips so paper thin

Kapitel 47

Delilah

#Himbeersirupvorstellungen

An meinem Geburtstag war die WG eine Bushaltestelle.

Alle planten einen Stopp ein. Der Paketbote mit Jonahs Gänseblümchenstrauß. *Es kann nicht zu kitschig sein, weil es keine Rosen sind, Daisy Darling* 😉. Dean und Dawson mit einer schweineteuren Alocasia. Mum und Colby mit einem schweren Edelstein. Rose mit fünf Tafeln meiner liebsten iChoc-Sorte. Dad mit Cupcakes, die wir in seiner Mittagspause aßen. Scherzend fragte er mich dabei, was der Dresscode für die große Party sei. »Keine Ahnung«, sagte ich. »Livy und June halten es mysteriös.« Es war kurz vor zwei, als Vance mit dem Päckchen vor meiner Tür stand.

»V-Vance?«

Muskulöse Arme, dunkler Manbun, ein hüpfender Adamsapfel. Wir waren mehr als Fremde, aber weniger als Bekannte. Vance und ich, wir sahen uns nie in die Augen. Als würde das zu sehr wehtun. Als müsste man Kontakt in jedem Fall vermeiden.

Vance stand zum dritten Mal hier.

»Kann ich reinkommen?«

»Ähm ... Ja, ja. Natürlich.«

Mit Hitze in den Wangen lotste ich uns in die Küche, wo er Pfannen, Pflanzen und die Fotogesichter meiner Freundinnen musterte.

»Willst du Kaffee? Tee? Wasser? Wir haben auch Cupcakes da.«

»Danke.« Er winkte ab. »Ich habe um drei 'ne Vorlesung. Ich bin nur hier, um dir das zu geben.«

Er nickte auf das Päckchen. Ein kleines Quadrat aus Pappe. Erst jetzt bemerkte ich meinen Namen. Blau, in Edding, plötzlich hypnotisierend und unverkennbar.

»Woher hast du das?«

»Du weißt, woher.«

Nein. Nein. Und nein. Das wusste ich nicht. Mein Name auf diesem Papppaket, das waren Penns Buchstaben. In seiner ganz eigenen, akribisch genauen Handschrift. Einzig das L war geschwungen. *Nur für dich, Lieblingslilah mit einem großen L.*

»Es lag im Keller in einer seiner Kisten. Ich habe diese Campingstühle gesucht, die man ganz klein zusammenklappen kann. Ich fahre ja mit meiner Freundin bis nach Italien runter. Über Frankreich, die Schweiz und dann im Tessin über die Grenze. Mum meinte, wir hätten welche im Keller, und ... ich merke gerade selbst, es ist total unnötig, dir das zu erzählen. Sorry. Ich hätte Bescheid geben sollen, dass ich vorbeikomme. Ich wollte es dir in den Briefkasten werfen, aber das hat sich irgendwie falsch angefühlt. Und jetzt sitze ich hier und rede zu viel vor mich hin. Großartig, haha.«

Vance war Penns vier Jahre jüngerer Bruder, der primäre Grund, wieso er früher so laut Musik gehört hatte. *Wegen dieser Wasserfallnervensäge.* Und hier war Vance also. An meinem Geburtstag, mit einem Päckchen von Penn, gefunden im Keller. Wie eine verloren geglaubte Leiche.

Als ich Geklimper aus dem Eingangsbereich hörte, passierte alles ganz schnell. Mit zwei Weinflaschen tappte June in die Küche. »Wie geht's meinem Geburtstagskind?«, flötete sie. Vance' Gesichtszüge verrutschten. »Du hast heute Geburtstag?« Sein Blick voller Bedauern, Junes voller Verwirrung. Die leisen Flüche von ihm, das »Störe ich?« von ihr. Dann mein Kopfschütteln. Vance' abruptes Aufstehen. »Tut mir leid, ich wollte dir deinen Tag nicht verderben.« Wie ich die Tür unter Zittern schloss und auf wackeligen Beinen zurück in die Küche schritt. Ich, ein Schiff auf See, mit wankenden Segeln, nicht gemacht für solche Fluten.

Zwanzig Minuten später versteckte ich das Päckchen in der Nachttischschublade, als könnte ich es vergessen.

Hahahaha, lachend weinender Smiley, lachend weinender Smiley.

*

Das Monster versteckt sich nicht unter meinem Bett, sondern in meinem Nachttisch. Schaust du für mich nach? #IchHabe SoAngst #WasPassiertWennMonsterSichDochInMenschen Verstecken #BinIchDannAuchEins?

*

Es war kurz vor zwölf und die Party voll im Gange. Kommilitoninnen hatten sich in Great-Gatsby-Kostüme gehüllt. Rose ging als Tinker Bell, einige waren nicht verkleidet. Im Eingang stapelten sich Jeansjacken über Cardigans. In der Küche glänzte Junes Bruder mit seinen Barkeeper-Skills, die er schon auf meiner Sternzeichenparty bewiesen hatte. Das heutige Motto war *Surprise, surprise, surprise.*

»Weil wir dir keine Überraschungsparty schmeißen können, wenn du zu Hause bist«, hatte Livy erklärt. »Deshalb sollen die Gäste uns überraschen. Jeder sucht sich ein eigenes Motto aus. Und am Ende haben wir ganz viele.« June hatte dabei genickt und zittrig gelächelt. Nachdem Vance verschwunden war, hatte ich ihr versucht einzureden, alles sei in Ordnung. »Ich mache es morgen auf«, hatte ich gesagt. »Es ist mein Geburtstag. Das Motto ist so perfekt. Ich möchte diese Party, June.«

Und das stimmte.

Die Verkleidungen, die falsch nebeneinander aussahen. Das Gewusel, das Gerate, das ständige Gelächter, das sich unter meine Lieblingssongs legte. Letzte Frühlingsbrisen aus Shoreditch, die sich zwischen Beats in die Wohnung quetschten. Die WG pulsierte vor Lichtketten und Farben und Menschen. Als schmissen wir eine Party, die aus vielen kleinen Partys bestünde. June hatte sich als Buh aus *Monster-AG* verkleidet, weil sie schon immer im Pyjama auf eine Party wollte. Livy war ein »Strandmensch«. Weißer Flatterrock, zusammengeschnürte Bluse. Wenn Nick sie ansah, konnte ihm jeder in die Gedanken linsen. Und wenn er ihr so selbstverständlich über die freie Haut strich, dachte ich an Jonah. An seine Finger, meine nackte Haut, unseren Video-Call heute Nachmittag. An das Lachen, mit dem er dichter an den Bildschirm gerutscht war, um meine Krone zu begutachten. Sie war beschriftet mit *Gemini-Lilah,* glänzte metallisch und lila. Junes Idee. In meinem Handy stapelten sich Nachrichten von Mister Ich-hasse-Handys, die alle mit einem *PS Es tut mir leid, dass ich nicht da bin* endeten. Ich traute mich nicht, ihm zu schreiben, dass ich seine Abwesenheit nicht bedauere. Dass Flight Attendants Überlebenskünstlerinnen waren, die zwischen Zeitzonen wie auf Seilen balancierten. Dass ich gerade in den Flugbegleiterinnenmodus geschaltet hatte, weil es sonst nicht funktionieren würde. Dass ich Gästen die Tür öffnete, mich umarmen ließ, Geschenke auspackte, Playlists einstellte und Alkohol anbot. Dass ich nur eine falsche Fassade auf meiner Geburtstagsparty war. Und Jonah es durchschaut hätte.

Das einzige Problem an diesem Modus war: Er fuhr runter, wenn es nichts mehr zu tun gab. Um kurz vor eins war dieser Punkt erreicht. Es trudelten keine Gäste mehr ein, sie torkelten stattdessen auf dem perfekten Alkoholpegel vor sich hin und unterhielten sich eigenständig und bestens. Völlig nutzlos in meinem eigenen Körper, holten sie mich ein. Die Gedankenspiralen, die sich wie Wendeltreppen drehten. Ich saß auf der Küchencouch neben June. Gemeinsam beobachteten wir East, der einen Cocktail mixte. Rum, Ananassaft, Kokoscreme, mehr Rum. Die Musik, die Gäste, selbst Junes Lachen. Alles drang gedämpfter an meine Ohren. Keine Ahnung, welches Lied spielte, als ich schließlich in mein Zimmer schlich.

Weil ich musste. Weil mein Geburtstag vorbei war. Weil ich keine lächelnde Lilah mehr war. Weil ich insgeheim wusste, was sich in dem Päckchen verbarg.

»Packst du es aus?«

Blinzelnd betrachtete ich June auf meinem Teppich.

»D-du bist mir gefolgt?«

»Und du hast es nicht mal gemerkt.« Sie lächelte schwach. »Soll ich gehen?«

»Nein. Ich ... ich glaube, es ist eine CD.«

»Und warum genau bist du so blass? Weil es ein Geschenk von Penn ist? Oder weil es wirklich eine CD sein könnte?«

»Beides.«

Ich atmete tief durch, öffnete die Schublade, doch June deutete auf die Tür.

»Lass ins Badezimmer. Dort können wir abschließen.«

Während wir also den Flur betraten, umklammerte ich das Paket zu fest. Im Bad setzten wir uns auf die Fliesen. Kalter Boden, anklopfender Bass.

»Also, wieso hast du Angst vor einer CD?«

Ich löste den Tesafilm. Zuerst oben, dann unten. Behutsam wie in Zeitlupe. Als zöge ich jemanden aus, den ich nicht ausziehen dürfte.

»Deshalb.«

Ich wandte June das Cover zu. Es war tatsächlich eine CD, das Cover bestehend aus weißem Druckerpapier, sicherlich hatte Penn es aus dem Arbeitszimmer seines Dads stibitzt. Sechs Worte, klein am unteren Ende, seine Handschrift. June las sie vor.

»Lieder, die mich an dich erinnern.« Sie schüttelte den

Kopf, weil sie nicht verstand. Dann sah sie mich an. »Du weinst, Lilah.«

Stumme Tränen, laut überlaufendes Herz. Hinter mir hatten Menschen die Zeit ihres Lebens. In meinen Händen war Zeit schon vorbei.

»Penn war romantisch. Wie Buchhändler, hat er immer gesagt. Er wollte an Dinge glauben, die aussterben. An Eisbären zum Beispiel. Oder an gebrannte Mixtapes. Mit vierzehn hat er beschlossen, jedem Menschen, in den er sich verliebt, eins zu machen.«

»Jeden Menschen, in den er sich verliebt? Wart ihr nicht nur Freunde?«

»Wir waren *die* besten Freunde, seit wir sieben waren. Wir waren immer nur Freunde.«

Bis wir es nicht mehr waren.

»Aber du warst doch in ihn verliebt. Und er anscheinend auch in dich. Habt ihr nie darüber geredet?«

Wieder sagte ich nichts, denn ich wollte nicht erklären, was mich innerlich auffraß. Ich öffnete die CD-Hülle, wie man ein Pflaster abzog. Schneller als man sehen konnte, darauf hoffend, es würde so nicht wehtun. Aber es nützte nichts. Alles tat weh. Mein ganzer Körper für zwei Körper. Die Worte auf dem Mixtape waren mein liebster Ohrwurm.

Do you wanna come over and kill some time?
Throw your arms around me.

»Penn stand auf Jungs, June. Deshalb habe ich ihm nie verraten, dass ich ihn liebe.«

Sie öffnete den Mund, doch blieb sprachlos. Stille in Zuständen wie diesem war riskant. Gedanken drückten sich eng aneinander, aufgeladen von Erinnerungen und Gefühlen, die bloß auf ihre Chance gelauert hatten. Plötzlich erzählte ich June wahllose Dinge. Da konnte ich nichts machen, geschah wie von selbst, #SorryNotSorry, #Okay VielleichtDochEinBisschen.

Penn hat Broderick Henderson ein Mixtape gemacht. Penn mochte Eiskaffee im Winter. Penn war ein halbes Jahr mit Rick zusammen. Penn hat nie das Arktismuseum in Spitzbergen besucht. Mein Tagebuch besagt, es sei unmöglich, sich in meinen besten Freund zu verlieben, wenn er mir Bilder vom zwanzigjährigen Johnny Depp inklusive Herz-Augen-Emoji schickt. Penn hatte nie Sonnenbrand. Penns Stirn war mit einer Mininarbe versehrt, verursacht von Vance und einem Spielzeugschwert. In meinem Tagebuch steht, das Wort impossible *sage bereits aus, nichts sei unmöglich.* I'm possible. *Wenn Penn gelacht hat, war mir schwindelig. Penn hat drei Mädchen geküsst. Penn hat mir erzählt, das Gehirn produziere Ohrwürmer, wenn wir uns an vergessene Lyrics erinnern wollen. Penn besaß nie ein eigenes Auto. Ich war ein Mädchen, das er geküsst hat. Penns Körper wurde nach zwölf Stunden gefunden. Penn aß keine Tiere, weil er auf YouTube gesehen hatte, wie ein Robbenbaby zerfleischt wurde. Penn wird nie ein Erwachsener sein. Penn hat gesagt, jedes Tier sei ein Baby gewesen. Und dass man Babys nicht isst. Penn mochte nur Bücher unter zweihundert Seiten. Ich wurde am selben Tag wie Penn vegetarisch. Penns Lieblingslied war* Live Forever *von Oasis. Penn hat mich kurz vor seinem Tod in neonpinkfarbener Unterwäsche beäugt und dann schnell weggeschaut.*

Penn mochte die Tomatensoße seines Dads lieber als die seiner Mum. Penn –

»Stopp! Ihr habt euch geküsst?«

»Nicht so.« Mein Gesicht war nass. Vielleicht waren das Ozeanpfützen auf den Wangen. »Wir waren zwölf und wollten es hinter uns bringen.«

»Wenn er Mixtapes bloß für Leute gemacht hat, die er geliebt hat, dann, na ja, vielleicht stand er auf Jungs, aber hat dich trotzdem gemocht? Einfach, weil du du bist?«

»June.« Ich schüttelte den Kopf. Tränen, Meergeschmack, Gedankenwellen, Ozeane in mir, vereist, ich und die Meere. »Du verstehst das nicht.«

»Aber –«

Sie verstummte, weil ich tief Luft holte. Kurz betrachtete ich meine Beine. Das enge Kleid, die schwarzen Strumpfhosen. An mir war alles echt, nichts war Fantasie. Eine winzige Sekunde lang verbannte ich das Vergessen. Tränen flossen aus mir heraus wie Bäche, weil ich mich erinnerte. An alles. An Penn, an mich, an unser Gefühl von purer Nacktheit. Als Worte Haut und Blicke Berührungen waren. Damals, als ich mir keine teure VS-Unterwäsche vom Körper riss, um mich großartig und gewollt und hell zu fühlen. Als Lächeln meinen Puls erhöht hatte, anstelle von Fingern, die mir unter den Slip schlüpften. Damals, vor so vielen Jahren, lange bevor LilahWordWorlds existiert hatte, lange bevor ich mich feige in Bildern versteckt hatte. Irgendwo dort, als ich mehr ich und weniger Welt gewesen war. Weniger Zerstörung und Ozean und verschwindende Polarkappen. Bevor es hässlich wurde, weil ich schön sein wollte. Bevor ich lernte, was Intimität war, doch wusste, ich würde mich immer für Intensität entscheiden. Immer für das Meer, das Ertrinken, die Tiefe, die Strömung, das Nicht-wissen-wieso, warum, wohin, nur Treiben, Reiten, Wellen, Menschen, alles.

»Ich habe ihn kaputt gemacht«, sagte ich.

Kapitel 48

Delilah

#ThisModernLoveBreaksMe

Als die Welt dich einrollte, rollte ich mich aus. Als wir dich verbrannten, gruben sich die Flammen in mich hinein. Als wir vor deiner Asche weinten, regneten mir Tränen in den Mund. Wenn das Selkieblut jetzt in mir rauscht, steckst du in dem Plasma. Tut mir leid, dass Menschen verletzen, weil Menschen verletzen. #ThisModernLove #DuBistMeinLieblings meer #TrotzAllem

Kapitel 49

Jonah

Feigenblau

»Du siehst nicht gut aus.«

»Ich bin mir zu siebenhundertachtundzwanzig Prozent sicher, dass du gerade gegen den Boyfriend-Kodex verstoßen hast.«

Delilah lachte, doch ich konnte nicht mit einfallen. Wir facetimten, während ich am Tisch in der Unterkunft saß. Sieben Minuten auf Wolke sieben, ohne dass die Verbindung abbrach. Das war ein Erfolgserlebnis. Bis wir kurz geschwiegen hatten. Und sie überall hingesehen hatte, bloß nicht auf den Bildschirm. Irgendwas an ihr war anders, aber ich konnte nicht den Finger darauf legen.

»Ist es wegen dem Video?«

»Warum? Sollte ich mir Sorgen machen, wenn mein Freund ein Cover von *Adore You* mit Viola Randal aufnimmt? Vielleicht weil in den Kommentaren darüber philosophiert wird, beide wären ein Traumpaar?«

»Nein! Du weißt, dass –«

»Du kannst dich wieder einkriegen, Jonah, Jonah, Jonah. Wir sind zusammen. Natürlich vertraue ich dir.«

»Aber was ist dann los? Und sag nicht *nichts*, denn das glaube ich dir nicht.«

Delilah klemmte sich eine Strähne hinter das Ohr, immer nur hinter das linke. Dann holte sie tief Luft, und ich fürchtete mich vor ihrer Antwort. Sie könnte mir sagen, alles pisse sie an. Dass Fernbeziehungen für den Arsch seien. Dass Handyempfang zwischen europäischen Grenzen nicht mal für Fotonachrichten reichte. Dass Wie-geht's-was-machst-du-Fragen nicht dasselbe waren wie wirkliche Gespräche. Doch sie sagte nichts.

»Wir haben noch zwei freie Tage in Berlin.« Ich räusperte mich. »Was machst du morgen? Ich könnte einen Flug nach London buchen.«

»Ihr springt seit zwei Wochen von Gig zu Gig. Das sind deine ersten freien Tage. Die kannst du nicht in einem Flieger verschwenden.«

»Aber ich würde dich einfach so gern sehen. Und küssen.«

Und dich persönlich fragen, was los ist.

»Ich muss morgen nach Madrid«, sagte sie. »Aber vielleicht finde ich jemanden, der in Berlin übernachten muss und mit mir tauscht?«

»Das wäre perfekt.«

»Aber vielleicht klappt es auch nicht.«

Nach dem Video-Call geisterte die Unterhaltung in mir. Gegen Abend fuhren wir U-Bahn, stiegen in Kreuzberg aus und steuerten auf eine Bar zu. Da blieb ich unvermittelt stehen. Zwischen Fahrradständern spielte ein Mann am Kottbusser Damm Klavier. Es war leicht verstimmt, das angeschlagene F drang mir zu blechern an die Ohren.

Doch die Melodie war unverkennbar. *Rubin Green.* Dads Komposition. Mums Lied. Erst nach mehrmaligem Blinzeln nahm ich den Pianisten wahr. Pullover, Jeans, ranzige Boots. Fast hätte ich mir eingebildet, es sei Dad. Mein Vater war seit vierzehn Jahren tot, aber manchmal schreckte ich nachts auf und dachte zwei Sekunden lang, er lebte. Eine trügerische Gewissheit, süchtig machend schön. Ich fragte mich, ob er vor seinem Tod denselben Gedanken gehabt hatte. Dann erinnerte ich mich an *Navy Blue.* Und mir wurde schlecht. So wirklich schlecht mit Magensäure und einem Würggefühl im Hals. In der Bartoilette übergab ich mich.

*

Es klappte. So einfach, wie Shane Gus durch Louis ersetzt hatte. So einfach, wie ich das Autobahnrauschen inzwischen ausblendete. So einfach, wie ich mich an das Airbnb im Wedding gewöhnt hatte. Delilah flog nach Berlin. Berlin, Shanes Wunderland. Hier kannte er jede, jeden und alles. Straßenmusiker in Kreuzberg, Kellner im *Lucky Leek,* Managerkolleginnen, die Mails an der Spree liegend beantworteten. Künstler und Künstlerinnen, mit denen er uns auf Partys vernetzte.

Als Delilah klingelte, rauschte mein Herz. Nothing new, denn in den letzten Wochen hatte es immer zu schnell geschlagen. Als wäre mein Leben eine einzige Achterbahnfahrt. Tiefs bestanden aus stickiger Luft und Landschaftsfetzen verschiedener Städte, in denen wir nie haltmachten. Mit Soundchecks in fremden Locations ging es nach oben, »Ihr rockt das« von Pres, der erste Applaus, das letzte

Jubeln. Der darauffolgende Rausch war der höchste Punkt vorm Fallen, denn dann begann es von vorn. Instrumente einräumen, Nächte draufmachen. Sich Nackenzerrungen holen, wenn man tagsüber im Bus schlief. Fahrt über Fahrt, Achterbahnrunde über Achterbahnrunde.

Ich öffnete die Tür. Dunkles Haar, riesige Augen. Delilah trug ein schwarzes Kleid, eine zu große Jeansjacke und Docs. Selbst drei Schritte von mir entfernt roch sie nach Dusche und Verliebtsein.

»Jonah.« Ihre Stimme hallte im Treppenhaus wider. »Jonah, Jonah, Jonah.«

Kein »Hey«, keine Umarmung, unsere Begrüßung war ein Kuss aus vielen Küssen, sie gegen die Wand gedrückt. Wir seufzten und stöhnten, dann verschränkte ich unsere Finger ineinander.

»Delilah, Delilah, Delilah«, flüsterte ich.

Gerade wollte ich sie ins Wohnzimmer lotsen, damit sie über die Fakepflanzen lachen konnte. Doch sie sagte »Bett«, und ich sagte »Ja«, weil wir doch ein beneidenswertes Liebespaar mit Filmcharakter waren. Reden war Küssen, Küssen war der Wahnsinn. Wenn wir uns tagelang nicht sahen, *mussten* wir uns augenblicklich an die Wäsche gehen. Ich *musste* sagen: »Ich warne vor, das wird kurz, weil –« Sie *musste* mich unterbrechen, indem sie mir den Hosenstall öffnete. Ich *musste* zu laut keuchen, weil sie mich berührte. Ich *musste* ihr dabei unbeholfen den BH öffnen. Wir *mussten* das alles tun, weil wir uns wollten und liebten, auf diese unendlich dringliche Weise, über die ich dann Lieder schrieb.

Ich küsste mich an ihrem Schlüsselbein entlang, den

Hals hinauf, bis zu der Stelle hinter dem Ohr, mit meiner Erektion, die ihr so quälend gegen das feuchte Stück Slip pulsierte.

»Ich habe dich so vermisst, Daisy Darling.«

Klar sagte ich das, weil ich extrem horny war. Klar sagte ich das, weil ich sie sofort und schnell und für immer vögeln wollte. Klar sagte ich das, weil ich maximal verliebt war. Maximalmalmal. Mein Herz, pinkorange statt rot, voll von ihr und ihrer Farbe.

Bis es zersprang.

Wie in Zeitlupe hob Delilah die Mundwinkel zu dem Killerlächeln an. Delilah, nicht in Pixeln, sondern dicht, dicht vor mir. Sie lächelte. Und natürlich ging die Sonne im versifften Zimmer auf. Doch genau da wurde das Gefühl ihrer Farbe durchlöchert. Orange und Pink, zerlegt in feigenfarbene Risse. Dunkel und samtig und tropfend. Wie blaulila Blut aus einer Schnittwunde.

Automatisch richtete ich mich auf.

»Äh, Jonah? Alles in Ordnung?«

»Wieso sagst *du* mir nicht einfach, was los ist?«

»W-was?«

Blinzelnd beäugte sie mich. Ich, bestehend aus dem Monsterständer, zerzaustem Haar und brennendem Blick.

»Vorgestern am Telefon, das war mein Ernst. Irgendetwas ist anders. Deine, nun ja, Farbe zum Beispiel.«

»Meine *Farbe* ist anders?«

»Ja.« Da war er also. Der Moment meiner beschissenen Farbenwahrheit. Großartig. »Ich bin Synästhetiker. Ich fühle manche Menschen in Farben. Und deine Farbe ist eben anders als sonst.«

»S-Synästhetiker?« Sie verschränkte die Arme vor den nackten Brüsten. »Wieso hast du's mir nicht erzählt?«

»Weil ich mich deshalb wie ein Freak fühle, okay? Ich *sehe* Farbauren um Menschen. Das ist gruselig.«

»Wieso gruselig? Dein Blick gerade ist *gruselig.* Als hätte ich jemanden umgebracht.«

Ich rückte zum Headboard auf, ihre brandneue Farbe wahrnehmend, selbst wenn ich die Augen schloss.

»Ich ... scheiße, tut mir leid. Ich will dir keine Angst machen. Ich habe bloß die ganze Zeit das Gefühl, irgendetwas stimmt nicht. Sag mir einfach, es ist nur in meinem Kopf. Dann ist das endlich vorbei.«

Delilah schwieg, und ihr Schweigen war schrecklich. Sie beäugte unsere Kleidung, den ausgeschalteten Flachbildfernseher, den Hoodie über der Sitzlehne, die Fensteraussicht.

»Penns Bruder ist an meinem Geburtstag vorbeigekommen«, murmelte sie. »Er hat ein Mixtape gefunden. Mit meinem Namen in Penns Handschrift. Er muss die Songs kurz vor seinem Tod auf die CD gebrannt haben. Ich ... ich habe Penn nie gestanden, dass ich in ihn verliebt war, weil er auf Jungs stand. Penn hingegen hat Mixtapes nur den Leuten erstellt, in die er verliebt war. Das heißt also, Penn war vielleicht in mich verliebt. Und ich wusste es nicht. Und vielleicht war er doch nicht in mich verliebt. Und vielleicht wollte er mir das Mixtape geben. Und vielleicht wollte er es mir auch nicht geben. Und jetzt dreht sich mein Kopf unterbrochen, weil das alles so verworren ist.«

In mir passierten viele Dinge. Ich dachte, ich suchte, ich drehte, ich sah mich in Gedanken um. Wenn Gus über seine Mutter sprach, hatte ich nie die richtigen Worte. Selbst wenn mein eigener Vater schon lange tot war. Jetzt war es genauso. Nur dass es schlimmer war. Ich brachte einfach gar kein Wort heraus. Ich zog Delilah in die Arme. Ich spürte sie zittern. Ich strich ihr über die Schultern. Ich stellte mir vor, ich hätte eine beste Freundin, die ich liebte, die jetzt tot war, die mich vielleicht wider Erwarten doch zurückgeliebt hatte. Ich dachte an Fragezeichen, die ein Leben lang Fragezeichen bleiben würden. Ich dachte an Delilahs Farbe, die jetzt aus zwei Farben bestand. Da bemerkte ich ihre lautlosen Tränen. Sie weinte halb nackt und todtraurig, mit durchgeküssten Lippen und einem feuchten Slip, meinen Blick in jedem Fall vermeidend. *Rubin Green* spielte, während ich sie fester umschlang.

Kapitel 50

Delilah

#Traumertrinken

Jonah wirkte, als hätte er Prügel eingesteckt. Als trüge er tausend unsichtbare Verletzungen unter der Haut, die er niemandem zeigen wollte. Ich war niemand. Inzwischen war es kurz vor zehn. Asia-Take-away stapelte sich auf dem Boden, es roch traurig nach Sojasoße und Sex, den wir nicht gehabt hatten. Immer noch in Unterwäsche, löcherte ich ihn mit Fragen. Stille war nämlich keine Option. Ich fragte ihn nach leichten Dingen, nach Tour-Anekdoten und seinem bisherigen Lieblingsauftritt. Nach Fitz und At, aber nie nach Louis, weil er sonst an Gus dachte. In meinem Hotelzimmer lag die LondAir-Uniform über dem Schreibtischstuhl, hier jedoch war ich eine Journalistin. Mitten im Berliner Wedding, in einer Straße voller Dönerbuden und Spätis. Doch es nützte nichts. Die leichten Themen bildeten Branddecken, die uns über den Köpfen schwebten. Als gäbe es hier etwas zu ersticken.

»Okay.« Ich atmete durch. »Das reicht. Wir müssen darüber reden.«

»Über was genau?«

Jonah drapierte meine Beine auf seinem Schoß. Auf die Knie malte er mir Kreise, als wäre alles gut. Formen ohne Anfang und Ende.

»Wie du dich mit allem fühlst. Wegen der Sache mit Penn.«

»Dein verstorbener bester Freund hat dich vielleicht geliebt. Wir müssen darüber reden, wie *du dich* fühlst. Ich kann mir gar nicht vorstellen, wie schrecklich das sein muss.«

»Sehr schrecklich«, flüsterte ich.

Irgendwann stand er auf und brachte die Boxen in die Küche. Die Welt hing so schief, als käme ich von einem anderen Planeten. Doch Jonah wollte sie geradebiegen. Und dieses Biegen, das konnte er ja so gut, tagein, tagaus, wenn er die Songs schrieb, in denen jede Zeile perfekt harmonierte. Er ließ mich nicht los, als wüsste er, ich würde sonst zerfließen. Er stellte Netflix ein und ließ Trash im Hintergrund laufen, aber eigentlich sahen wir uns bloß an, die Gesichter unter der geteilten Decke vergraben. Wir allein, sturmfrei in dem geliehenen Airbnb, doch alles in mir versklavt an diesen Gedanken.

Das war nicht die Wahrheit. Das war nicht die Wahrheit. Das war nicht die Wahrheit. Seit wann bist du nicht mehr echt, Lieblingslilah mit dem großen L?

Irgendwann schlief ich unter Jonahs Berührung ein. Finger auf meinem Rücken, kreisend, drückend, fliegend. Kalt wie Pianistenhände. Ich träumte einen Traum. Ich träumte meinen liebsten. Ich träumte von Fischen, Wellen und Liedern.

Ich träumte, ich ersticke.
Dann Auftauchen.

Kapitel 51

Jonah

Arktisschwarz

Ihr Gesicht war nass. Als hätte sie in Tränen gebadet. Ich murmelte ihren Namen, beständig, gar nicht erotisch, bloß sehr tief und sehr leise. Mein Mund dicht hinter ihrem Ohr, ihre Hände um meine. Die Nägel krallte sie mir in die Haut, ohne es zu bemerken. Der Digitalwecker sagte drei Uhr einunddreißig. Sie hingegen sagte kein einziges Wort. Nur fester zog sie mich an sich. Mein Bein unter ihrem, ihr Rücken an meiner Brust. Lange blieben wir so liegen, bis ihr Atem gleichmäßiger ging. Erst dann löste ich mich aus der Umarmung.

In der Küche schenkte ich mir Leitungswasser ein. Mit dem Glas setzte ich mich an den Tisch, zugestellt mit Bierdosen und Feuerzeugen und zerknitterten Kassenbons. Anschließend rieb ich mir über die Augen. Denn sie brannten, schon lange, seit einer halben Stunde mindestens.

»Penn, Penn, Penn«, hatte sie anfangs gesagt. »Sorry, sorry, sorry.« Im Schlaf, hypnotisch, als wäre Penn der Ort, an den sie unbewusst gelangte. Immer. Vielleicht war vier Uhr morgens eine beschissen richtige Zeit für Melodramatik. Vielleicht war es echt Abfuck, deine Freundin den Namen eines anderen murmeln zu hören. Ich zwang mich zu tiefen Atemzügen und rationalem Denken. Er ist tot, sie war ein Teenager, so was bekommt man nicht mehr raus. Jetzt egomanisch und eifersüchtig zu sein war schwach. *Toxic Masculinity* beiseitegeschoben, ich wollte einfach ein guter Freund für meine Freundin sein. Haare raufend betrachtete ich das Handy auf der Arbeitsplatte. Ablenkung.

Ablenkung, Ablenkung, Ablenkung.

Stuhlbeine quietschten, das Display blendete mir ins Gesicht. Ich entsperrte den Touchscreen und öffnete Instagram. Selfies, Werbung, Selfies, Werbung. Mein Finger klickte Delilahs Story-Button an. Wolken, Himmel, Filter, unterlegt von einem Lied. *Pyro.* Beinahe hätte ich es nicht bemerkt. Fast hätte ich weiter geswipt, nach rechts, zu unnötigen Posts, Fakelächeln und mehr Ablenkung. Aber da bemerkte ich die Worte. Weißgrau zwischen Schwaden, mini, als sollte man sie übersehen. Verwirrt schoss ich einen Screenshot. Dann zoomte ich in der Aufnahme heran.

Trauer kommt in Stürmen. Wenn sie auf mich herabregnet, wringt sie mich dabei aus. Dann bin ich nämlich nass von Erinnerungen und Liebe und Bedauern. Und leer. Manchmal denke ich, wir hätten uns auf Dads Dach küssen sollen. Wir hätten uns in die Haare fassen und aneinander reiben müssen. Wie Teenager. Dumm und jung und blablabla. Spucke von anderen hat man über fünf Jahre in sich. Krass, oder? #VerzwickteArtkiseiswelt #DelilahDAdams #SatzMitUnd AmAnfangIstNichtElegant #BlaBlaBla

Delilah D. Adams. In Rekordgeschwindigkeit gab ich den Namen in die Instagram-Suchleiste ein. Nichts. Dann Google. Zu viele Ergebnisse. Doch ich ließ nicht locker. Da war etwas, verborgen, versteckt, zum Ausgraben. Das spürte ich. Mein Leben war ein Song, und gerade baute er sich auf. Funken, Flimmern, gleich das *grande finale* mit abkratzendem Vibrato. Ich durchsuchte das Internet nach »Delilah D. Adams« in Kombi mit »Verzwickte Arktiseiswelt«. Das erste Ergebnis zeigte mir ein Video an. Auf dem Titelbild erkannte ich ihr Gesicht sofort. Jünger, blasser, längeres Haar, dick geschminkte Augen. Als ich das Video abspielen ließ, verkohlten meine Ohren.

Nein.

Es war das Einzige, was ich dachte. Am Ende, wenn der Puls im Kopf klopfte und es in der linken Brust brannte, wenn eine Minute plötzlich aus drei Millionen Gefühlen bestand. Da existierten keine möchtegernpoetischen Worte mehr. Nichts reimte, nichts tanzte, nichts sprang, nichts schrie. Alles war leise. Einfach, simpel, so schlicht war man als liebender Mensch.

Außer man war Delilah D. Adams. Dann war schlicht auf einmal krass und krass schockierend und schockierend ein Herzstillstandsmoment.

Mit einem Kloß im Hals ließ ich das Video erneut abspielen.

»Es war das seltsame Jahr, in dem die Richards nebenan auszogen, Mum auf die Wahrsagerin ihres Vertrauens stieß und ich der Welt den Krieg erklärte.«

Ich erinnerte mich an das, was sie als Letztes im Schlaf gemurmelt hatte.

Kapitel 52

Delilah

#Herzmassaker

Als ich aufwachte, war es kurz nach sechs. Und ich allein. Gegen den Radiowecker anblinzelnd, setzte ich mich auf. Von Jonah fehlte jede Spur, der Geruch, die Wärme. Ich tappte barfuß auf den Dielen, um durch den offenen Türspalt zu linsen. Stille. Bis ich das leise Wasserrauschen wahrnahm, auf das Bad zusteuerte und die Klinke auf gut Glück nach unten drückte.

Mit dem Rücken zu mir stand Jonah unter der Dusche. Ein Aquarium aus grünen Fliesen, mittendrin ein in sich eingesackter Mensch. Er drehte sich zu mir um. Als er den linken Mundwinkel zucken ließ, war es fast ein Grinsen. Als ich mir sein Shirt über den Kopf zog, ließ er den Adamsapfel hüpfen. Und als ich anschließend in Richtung Dusche tapste, öffnete er die Tür.

»Wieso bist du wach?«, flüsterte ich.

»Konnte nicht schlafen.«

Er beäugte meinen Mund, während ich ihn zögerlich umarmte. Doch er löste sich wieder von mir.

»Ich ... sorry.«

»Was ist?«

»Nichts.«

»Nichts? Seit wann lässt du dir alles aus der Nase ziehen?«

»Tu ich nicht.«

»Nein?« Ich verschränkte die Arme, Wassertropfen auf der Haut. »Du verhältst dich so seltsam. Erst machst du mich verrückt, weil du unbedingt wissen willst, was los ist. Und dann erkläre ich es dir. Und du machst komplett zu. Das ist nicht fair, Jonah.«

Er fuhr sich mit der Hand übers Gesicht. Als er mich dann musterte, tat er es mit einer ungewohnten Schärfe. Mit gigantischen Pupillen, um die es rot war. Für die Dauer jedes der Leben, das ich gern besessen hätte.

»Was ist das Schlimmste, das du einer Person angetan hast?«

»B-bitte?«

»Die Frage hast du mir auf Instagram geschrieben und dann wieder gelöscht. Erinnerst du dich?«

»Wie kommst du darauf?«

»Kannst du mir das einfach beantworten?« Seine Stimme zitterte. »Bitte?«

Ich sah zur Seite, auf den Boden, uns auf die Füße, die Beine, das Wasser, wie es uns gegen die Haut plätscherte und dann in den Abfluss sickerte. Schimmernde Fliesen, glasige Blicke.

»Du hast es gelesen, oder?«, flüsterte ich. »Meinen Text.«

»Ich habe ihn gehört.«

»Also hast du das Video gesehen?«

Schweigen.

»Wie hast du es gefunden?«

»Das ist gerade also wichtig?«

»Nein«, murmelte ich. »Nein, natürlich nicht.«

»Noch mal.« Bebend schloss er die Augen. »Was ist das Schlimmste, das du je einem anderen angetan hast?«

Der Drang, wegzulaufen, war groß, aber wie Jonah mit all den Muskeln und Sehnen vor mir aufragte, war so riesig. Ich bohrte die Fersen in den Boden, bis sie brannten.

»Ich habe mit dem Typ geschlafen, den mein bester Freund geliebt hat.« Mein Herz knickte in sich zusammen. »Weil ich betrunken war, weil ich schrecklich und schrecklich verliebt war. Weil ich nicht wusste, wohin mit all dem Frust, der Liebe, dem Wollen und Gewolltwerden.« Ich hätte von Thoma erzählen können, dem Motorrad, das selbst parkend so gefährlich wirkte, von den Boots, dem Bart, der Art, wie er lachte. Dass Penn ihn geliebt hatte. Dass ich es gewusst hatte. Dass es mir egal gewesen war, als ich mir den Kopf mit Billigwodka und Tanke-Eistee überschwemmt hatte. Und Thoma einfach da gewesen war. »Das ist …«

Jonah trat einen Schritt zu mir heran. Vorsichtig berührte er mich mit dem Zeigefinger im Gesicht.

»Du hast Ozean auf den Wangen«, murmelte er, aber er klang so belegt, als hätte er eine Trauerwelt im Hals. Meinetwegen, meinetwillen, meine Schuld. Alles, immer, #SoSorry, #ReallyReally. »Was ist mit dem Text, Delilah? Das, was du dort geschrieben hast. Stimmt das?«

»Ja«, flüsterte ich, kein Zögern, mein voller Ernst, weil Lügen falsch war und ich doch manisch echt sein musste.

»Auch bei mir? Auch bei uns?«

»Ich war achtzehn, als er veröffentlicht wurde, Jonah.«

»Das war nicht die Antwort auf meine Frage.«

»Ich bin in dich verliebt. Was ist das überhaupt für eine Frage?«

»Aber du bist auch ein bisschen in ihn verliebt.«

Er ist tot, wollte ich sagen. Ich bin nicht mehr sechzehn, wollte ich sagen. Doch ich presste die Lippen zusammen.

»Menschen verletzen, weil Menschen verletzen, hm?«

Er flüsterte es, er, Jonah, der mit dem perfekten Körper und Abertausenden von Gefühlen. Alle bloß für mich. Wassertropfen perlten an seinem Körper hinab wie Nadelstiche. Scharf und hart, als könnte alles an diesen Schultern abprallen. Ich erinnerte mich an die Lederjacke. Jonah in Form eines Kleidungsstücks. Abgetragen, rissig, anziehend, vernarbt, so warm wie eine zweite Haut. Ich betrachtete seine Tattoos. Die DNA-Klaviertasten. Mabel.

Don't water it down.

»Ich habe den Text wegen deiner Story gefunden.«

»Aber wie?«

»Du hast deine Sätze nicht gut genug versteckt. Die Worte waren ganz klein.«

Nein, nein, nein.

»*Manchmal denke ich, wir hätten uns auf Dads Dach küssen sollen.* Denkst du oft daran, Penn zu küssen?«

»Jonah«, flüsterte ich sofort.

Meine Stimme brach, was ich hasste, weil ich mich ans Im-Kopf-Küssen erinnerte, was doch bloß unser Ding war. Einen Moment lang herrschte Schweigen. Meine Gedanken spielten mir dabei Streiche. Bilder eines Paralleluniversums. Wie ich mich erneut auf die Zehenspitzen stellte, die Arme um seinen Nacken, nackte Brüste an nackter Brust. Flüssige Gefühle zum Einatmen, unter Wasser, als Menschen, nur aus Wasser. Mein Herz pochte so echt, als könnten die Bilder es auch sein. Doch als ich einen Schritt auf ihn zumachte, tat er einen zurück.

»Als du geträumt hast, hast du … scheiße, du hast gesagt *Penn, ich liebe dich*. In Dauerschleife. Irgendwann habe ich aufgehört, es zu zählen.« Er musterte mich. Lange, nass. »Was willst du wirklich von mir, Delilah?«

»W-was?«

»Du hast mich richtig verstanden.«

»Nein, ich verstehe das gerade gar nicht.«

»Was. Willst. Du. Wirklich. Von. Mir?«

Alles, dachte ich. Alles außer das hier, weil deine Augen rot sind und du vor mir ertrinkst und ich mit dir ertrinke. Doch die Kehle war mir wie zugeschnürt.

Ich wollte nicht sagen, was ich sagte. Eigentlich wollten die Worte sich in mir verkriechen und sich zwischen Herzkammern verstecken. Doch ich zog sie heraus, als könnte ich das mit den richtigen Buchstaben immer noch.

»Was willst *du* gerade, Jonah?«

Er erwiderte nichts. Und dabei alles. Ich nickte, als hätte ich ihn verstanden. Das Wort »Abstand« stand ihm wie mit Leuchtmarker ins Gesicht geschrieben.

Ich verließ die Dusche in Minischritten. Ich trocknete mich im Schneckentempo ab. Ich zog mich an wie in Slo-Mo. Ich ließ ihm Zeit zum Sprechen, ein Wort, einen Laut, irgendetwas. Doch er blickte weg, als wäre es ihm peinlich, mich nackt zu beobachten. Den Grund für sein Schweigen hatten wir ausgeklammert, nicht mal angetastet, nicht mal angesehen, als wäre er unberührbar, unberechenbar, überhaupt einfach zu verdammt viel.

Gerade wollte ich das Badezimmer verlassen. Da räusperte er sich doch. Mein Herz, gletscherblau, bis zum Überlaufen voll von Arktiswasser. Seine Stimme, rau und warm wie immer.

»Du willst es nicht mal versuchen, Delilah.«

Ich drehte mich ihm zu, blinzelte, runzelte die Stirn, öffnete den Mund, blieb sprachlos, das volle Programm von Ungläubigkeit eben, wenn man der Wahrheit nicht ins Gesicht blicken wollte. Ich hätte schreien können, über alle Meere hinweg, ich hätte ihn gewarnt, ich sei verkorkst, #Selkieblut, #LeiderGruselig. Doch ich stand bloß da, wie erfroren.

»Wie lange schreibst du ihm schon diese Insta-Nachrichten? Fünf Jahre? Wie lange vögelst du schon wahllos vor dich hin, bloß um ein bisschen zu vergessen?«

»Ist das gerade Slut Shaming, was du betreibst, Jonah Leonard Lowell?«

»Du könntest dich durch die ganze Welt und wieder zurück gevögelt haben. Und es wäre vollkommen egal. *Vollkommen*. Und das weißt du.«

»Um was geht es dann?«

Wie in Zeitlupe drehte er das Wasser ab. Dann stieg er aus der Dusche. Nackt blieb er vor mir stehen. Himmelgraue Augen, der schönste Mensch auf Erden.

»Du tust dir selbst weh, Daisy Darling. Darum geht's.«

Als er nach dem Handtuch griff, stolperten Schritte im Flur. At und Fitz, betrunken, lallend, super-happy-drunk.

»Du bist gar nicht hier.« Sein Blick ermordete mein Herz. »Hashtag verzwickte Arktiseiswelt.«

Kapitel 53

Delilah

#Blaupause

Lautlos anziehen, schweigend wegschleichen, mit nassem Haar die Treppe hinunter, nur geradeaus, Ziel egal, bloß weiter, bloß bewegen, Google Maps ignorieren, der Welt beim Aufwachen zusehen, die Hände in den Jackentaschen, nicht zu schnell laufen, schlendern, ruhig, entspannt, die Fassade wahren, die Blicke bemerken, die Gedanken hören, das Kleid ist zu kurz, ihre Augen sind zu rot, vorbei an Bushaltestellen, Kaffee einatmen, Leere ausatmen, den Himmel betrachten, dem Drang widerstehen, ein Bild zu schießen, nicht an Instagram denken, die seltsame Manie besiegen, weiterlaufen wie ich weiterreise, schließlich aufgeben, ein Uber bestellen, beim Warten auf der Stelle tippeln, dem Concierge zunicken, sein Zwinkern wahrnehmen, in den Aufzug steigen, Taste sieben betätigen, im Zimmer unter der Hotelanonymität zusammensacken, im Bad aus der Kleidung brechen, nackt auf die Fliesen legen, die Kälte spüren, *Lichtblau* einstellen. Erst dann weinen. Viele Tränen. Jeden Ozean. Weil später im Flieger nur noch Lächeln angesagt war, als wäre ich innerlich nicht ausgetrocknet und hätte mich niemals zwischen Sandkörnern verloren.

Kapitel 54

Jonah

Stillerot

Dienstag. Verschwommener Flugzeugflügel in ihrer Story. Mittwoch. Körnige Sonnenuntergangswolken. Donnerstag. Schattige Docks. Freitag. Die Mail.

Ich umklammerte das Handy fest, während ich den Absender las. Paula Paulsen. Ringsum wurden Bühnenteile abgebaut. Geschiebe, Schnaufen und abgebrannte Stille in dem Konzertsaal. Kurz ließ ich den Blick umherschweifen, auf der Suche nach Fitz oder At. Keine Spur. Anschließend schlich ich mich nach draußen, was genau genommen scheiße war. Es gab noch viel zum Einräumen, Einklicken und Wegrollen, die Instrumente wurden stets zuletzt verstaut. Bald mussten wir los, heute Nacht fuhren wir weiter, weil wir immer weiterfahren. Heute war Prag dran. Wann wieder London sein würde, stand in Shanes allwissenden Handynotizen. Auf Tour gab es bloß zwei Arten von Abenden. Abende mit denselben Bässen in denselben Clubs mit demselben Geschmack derselben Drinks. Jim Cola. Immer nur doppelte. Abende mit dem Vorbeirauschen anderer Autos auf anderen Autobahnen und das Anhalten auf anderen Raststätten, wo wir doch die gleichen Kippen rauchten. Louis und ich gemeinsam. Ich und mein Gus-Ersatz, mit dem ich schwieg, weil er ja bloß ein Ersatz war. Kippen waren Abfuck für die Stimme, klar. Interessierte mich nicht, wieso auch. Dichte, dichte Wärme in der Nähe meines Herzens. Nikotinwachheit. Das war seit Tagen das beste Gefühl. Und das war sehr, sehr traurig.

Ich überflog die Mail. Begrüßungsfloskel, die Bitte um Absegnen, das Video. Auf dem zerkratzten Display ließ ich Letzteres laufen. Ich schaffte es bis Sekunde sieben. Anstatt das Video wegzuwischen, pausierte ich das Bild. War verfluchte Selbstquälerei, aber na ja. Eine Miniminute lang musterte ich den Introausschnitt. Delilah und ich im Plattenladen. Gus zwischen uns, unsere Blicke trotzdem ineinander verhakt. Jonah, Jonah, Jonah, sagte sie, unbewusst, heimlich, doch so offensichtlich. Selbst wenn sie es nicht gewollt hatte. Aber es war da gewesen, weil wir da gewesen waren, was doch vom ersten Moment an gereicht hatte.

Als das Handy plötzlich vibrierte, verschluckte ich mich an Rauch. Als ich ihren Namen erkannte, hustete ich. Und als ich die Nachricht las, brannten mir die Augen. Vom Keuchhusten, vom Abkratzen, vom Verliebtsein. *I don't know oder I don't fucking care, blablabla.*

Delilah: *Jonah, Jonah, Jonah*

Die erste Nachricht, die sie mir nach Berlin schrieb. In der Zwischenzeit hatte Funkstille geherrscht, weil ich alles gesagt hatte. Den Killersatz. Das war so wie mit Killerschlägen, danach stand man nicht mehr auf.

Wir stehen nicht mehr auf, dachte ich.

Ich musterte die Nachricht, während ich sie mir vorstellte. Delilah, in irgendeinem Hotel, auf fremdem Fußboden, das iPhone zwischen den Fingern, die sprudelnde Farbe im Gesicht, das Video im Hintergrundtab.

Ich: *Was ist mit deiner verzwickten Arktiseiswelt?*

Delilah tippte, Delilah löschte, Delilah tippte, Delilah löschte, Delilah ging offline, Delilah ging online, Delilah tippte, Delilah löschte, Delilah schickte ab.

Delilah: *Jonah …*

Ich trat die Kippe aus, verschwendeter Tabak, egal, war eh selbst gedreht und scheiße. Im selben Augenblick liefen zwei Frauen an mir vorbei. Sie trugen Shirts mit Veranstaltungslogo, vielleicht hatten sie vorhin warme Weißweinschorle in Plastikbechern abkassiert. Eine von ihnen drehte sich nach mir um. Fast lächelnd, eindeutig so zweideutig. Ich holte tief Luft.

Das ist alles?, wollte ich schreiben.

Fick dich, Daisy Darling, wollte ich schreiben.

Nein, sorry, war nicht so gemeint, lass uns alles vergessen, lass uns weiter lieben, du mich, ich dich, dann wird schon alles gut, wollte ich schreiben.

Ich: *Ich kann das gerade nicht. Ich brauche Abstand.*

Delilah: *Sagst du Abstand, weil du Schluss meinst?*

Delilah: ?

Delilah: *Haben wir gerade ein Schlussmachgespräch auf WhatsApp, Jonah? Denn das kann wirklich nicht unser Ernst sein.*

Delilah: …

Ich antwortete nicht. Delilah, die Killerin, die man nur mit Killersätzen zum Punkteschreiben brachte. Delilah, die alles so gut konnte. Reden wie eine Hörbuchsprecherin, Küssen wie eine Weltmeisterin, Schreiben wie sonst angeblich niemand. Delilah Dellaria aka Delilah D. Adams. Delilah D. Adams, die preisgekrönte Schriftstellerin. Die, die sich und ihren besten Freund in die Unendlichkeit getextet hatte. Und dabei alle anderen so mühelos verkohlt hatte.

»Kommst du mit?«

Beim Klang der fremden Stimme sah ich auf. Die Frau von gerade, in anderer Kleidung. Ein Ramones-Shirt, über dem Hosenbund zusammengeknotet.

»Sorry, kein Interesse.«

»Nein.« Sie lachte. Laut, hell, freitagabendmäßig. »So meinte ich das nicht.«

Sie nickte in Richtung Toiletten, während sie ein kleines Plastiktütchen aus ihrer linken Jeanstasche zog.

Kapitel 55

Delilah

#Sandsackleere

Ich war vor einer Stunde aus Johannesburg gelandet und kaufte ein Flugticket nach Tromsø. Das Geräusch von Kofferrollen klingelte in meinen Ohren, selbst wenn niemand Gepäck an mir vorbeischob. Als gehörte es zu mir, eingebrannt ins Gehirn wie mein Name in die Geburtsurkunde. Ich befand mich an einem runden Starbuckstisch, während es aus dem To-go-Becher dampfte, und ich mich dazu zwang, das Chatgespräch zu vergessen. Im Terminal 2, unmittelbar vor dem Eingang zur Tube. Das mochte ich. Menschen überall. Menschen, die gingen. Menschen, die ankamen. Ein bisschen Unendlichkeit zwischen Kaffeeflecken und durchweichten Servietten. Ich bestätigte den Flug, bevor ich die Kreditkarte hervorkramte. Nach Norwegen wollte ich wegen Penn. Ein pathetischer Reisegrund für mein pathetisches Weglaufen. Natürlich. Ich wollte mich um zwei Uhr morgens von der Mitternachtssonne blenden lassen. Ich wollte mich an den norwegischen Atlantik setzen und nie wieder gehen. Ich wollte mir einen Norweger-Pullover im norwegischen

Duty Free kaufen. Ich wollte schlechte Flughafenlektüre über den Tresen schieben. Ich wollte kalten Sand unter den Oberschenkeln spüren. Ich wollte das schlechte Buch anfangen, dann weglegen, dann nur aufs Meer starren. Ich wollte hinter Wohnwagentouristen in einem Spar-Supermarkt an der Kasse stehen. Ich wollte einen Elch auf der Straße entdecken und die Augen über die verdrehen, die deshalb den Blinker betätigten. Ich wollte an einem Fjord verweilen. Ich wollte Gletscherwasser und Berge und den Himmel betrachten und einfach nur sein. Wegfliegen, ausfliegen, in die Luft hinein, aus meinem Leben hinaus. Das war nun mal meine Art. Als Ryder uns abgeschossen hatte, war mein Koffer innerhalb von fünf Minuten gepackt gewesen. Ich war diejenige, die Wochenendtrips organisierte. Städtetouren in Spanien, Strandsamstage in Brighton. Als könnte ich vor mir weglaufen, selbst wenn behauptet wurde, ich könnte es auf keinen Fall. Und vielleicht stimmte das. Aber wenn mein Herz schnell pumpte, fühlte es sich so an, als würde es doch rennen. So wie jetzt. Ich wollte mich nicht an Jonah erinnern, an ihn denken, ihn vermissen oder ihn so lieben, wie ich ihn liebte. Liebe wie diese war nämlich wie die Arktis. Einer gefror, der andere ertrank.

Ich gab gerade den Buchungscode für den Check-in ein, als ich meinen Namen hörte, verwirrt in einer tiefen Stimmlage.

»Lilah?«

»N-Nick? Hey.« Ruckartig richtete ich mich auf. »Was machst du denn hier?«

Nick in dieser Uniform. Perfekt sitzend, wie angegossen, die Schuhe so glänzend wie das Namensschild auf der linken Brust. Männerblicke, Frauenblicke, anerkennend und betörend. Sie alle wanderten zu ihm. Ich dachte an mein eigenes Namensschild. *Delilah Dellaria – Crew Member.* Das Metall war zerkratzt, das Airlinelogo blätterte ab. Vielleicht war es schon mein zwölftes.

»Ich hatte diese Moskau-Übernachtung. Mit anschließendem Palma-Turnaround.«

»Die Hölle also.«

»Tel Aviv-Turnaround ist schlimmer. Was hattest du? Oder musst du noch?«

»Bin vor einer Stunde aus Johannesburg gelandet.«

»Lass mich raten. Du würdest ohne einen Extraschub Koffein die Fahrt nach Hause nicht überleben.«

»So ähnlich«, murmelte ich.

»Same.« Er hob den eigenen Kaffeebecher an. »Nach einem Flug nerven mich die Touris in der Bahn viel mehr als vor einem.«

Nach Hause und *Touris.* Die Worte hallten nach, während ich Nick anstarrte. Vielleicht war ich eine Touristin in meinem eigenen Leben. Alles ansehen und erleben wollen, aber nirgends lange bleiben. Ich dachte an ein fremdes Airbnb, das ich spontan am Gate buchen würde. An die Müdigkeit, die mir bei der Ankunft in den Knochen sitzen würde. An die Nach-Nachtflügen-Hülle, durch die alles so verschwommen wirkte. Daran, dass ich Norwegen doch scharf sehen wollte. Dann dachte ich an meine eigene verzwickte Arktiseiswelt.

»Ja«, sagte ich. »Ich fahre nach Hause.«

*

Als ich die WG-Tür aufschloss, roch es nach Bananen, Backenofenwärme und Zimt. Mitten im Juni. Ich schlüpfte aus den Sandalen, ließ das Gepäck im Eingangsbereich stehen und steuerte die Küche an. Wahrscheinlich hatte ich mit allem gerechnet, nur nicht mit einer aufgelösten June in LondAir-Bluse. Ich hatte beschlossen, der Welt den Rücken zuzukehren und stattdessen nach Hause zu fahren. Und hier hing meine eigene Welt schief.

Vielleicht konnte man manchmal nicht gewinnen.

»Was ist das?«

Bei meiner Frage zuckte sie zusammen. Fünf schnelle Schritte, schon ließ ich mich am Tisch nieder und musterte das Blatt vor ihr. »Happy-June-Liste« sagte die Überschrift, den Rest bedeckte sie mit der Hand.

»Nichts.«

»Du hast Mehl auf der Nase, bist noch in Uniform und starrst diese Liste an, als wäre sie dein Todesurteil. Das ist nicht nichts.«

»Okay, okay. East hat mir die Liste geschickt. Lag heute in unserem Briefkasten. Keine Ahnung, wieso.«

Die Papierecken waren rissig, mittig ein Knick. Easts Sauklaue in Edding, oben bemerkte ich eine eins. Als wäre es eine Bucketliste.

»Happy-June-Liste«, wiederholte ich. »Wieso denkt er, du bist nicht glücklich, Juni?«

Bist du nicht glücklich, Juni?

»Echt keinen Schimmer. East, der Übertreiber.«

»June.«

»Lilah.«

»Ich durchschaue dich.«

»Er …« Sie fasste sich an die Schläfen. »Kurz bevor er gegangen ist, meinte er, ich kann nicht auf ewig durch die Weltgeschichte fliegen. Darauf habe ich geantwortet, das könnte ich sehr wohl. Wahrscheinlich deshalb.«

»Wow. Ich wusste gar nicht, dass East so scheiße ist.«

»Er hatte keine bösen Absichten. Wir haben darüber geredet, dass Livy für ihr Studium gekündigt hat. Du bist ja auch schon seit zwei Jahren nebenher an der Goldsmiths eingeschrieben.«

»Na und? Wenn du für immer Flugbegleiterin sein willst, kannst du das.«

»Das weiß ich doch. Er macht sich safe einfach Sorgen. East ist mein bester Freund. Und jetzt ein ganzes Jahr lang weg.«

»Ich bin immer für dich da. Immer, immer, immer. Das weißt du doch, oder?«

»Natürlich. Aber genug von mir. Was ist dein Dilemma? *Show me yours, I'll show you mine.* Komm schon, Lilah. Du siehst schrecklich aus. Was ist passiert?«

Sie schob die Happy-June-Liste beiseite. Als wäre das Thema jetzt vom Tisch. Ich hätte nachgebohrt, bis ihr Eis geknirscht hätte. Doch June war nicht Norwegen mit dem ewigen Eis, sondern meine beste Freundin mit traurigen Augen. Die, die unbedingt das Thema wechseln wollte.

»Nichts ist passiert.«

Klar durschaute mich June ebenfalls. Klar wollte sie nachhaken. Was sie auch hätte, was ich auch irgendwie wollte. Schließlich war ich es leid, dieses körperliche Gefäß zu sein, voll ungesagter Worte. Der unsichtbare Buchstabensalat auf meiner Zunge schimmelte langsam.

Ich gab auf. Ich würde es ihr erzählen, würde sie fragen. Da aber polterte es aus dem Flur.

Manchmal konnte man nicht mal aufgeben.

»Lilah? Bist du da? Nick hat geschrieben, er hat dich am Flughafen getroffen. Du sollst echt nicht …« Livy betrat die Küche. Und verstummte. »Ihr wisst, dass es leicht verbrannt riecht, oder?«

»Das Bananenbrot!«

June sprang auf, griff nach einem Handtuch und manövrierte die kastenartige Backform aus dem Ofen. Der Raum war eine Mischung aus verkohltem Kuchen und Livys verwirrtem Blick. Trotzdem bestrichen wir wenig später Rechtecke mit Mandelmus und Erdnussbutter. Livy goss Chai auf, Dampf vor ihrer Miene. Ich weiß nicht mehr, was genau sie erzählte oder wieso genau June sich fast an dem Lachen verschluckte. Aber ich fühlte mich wie in Barcelona. Zwar fehlte von Meer jede Spur, doch in mir war alles klar. Nichts trüb, selbst wenn ich traurig war. Bevor ich sprach, umarmte ich mich. Als wäre mir schon so lange so unendlich kalt. Ich würde die Eiszacken aus meinem Herzen nehmen, indem ich sie rausredete. Ich würde mich warm sprechen. Und dann würde ich Jonah mit der rauen Stimme anrufen. Und er würde drangehen. Und ich würde sagen: »Lass uns aufhören, unnötiges Drama zu betreiben, liebster Liebling.« Und er würde sagen: »Ja, Daisy Darling.«

Aber Jonah war schneller als ich, denn mein Handy leuchtete mit seinem Namen auf.

Manchmal kann man nicht gewinnen.

Manchmal kann man nicht aufgeben.

Manchmal taucht man auf und atmet.
Manchmal taucht man auf und erstickt.

Kapitel 56

Jonah

Welche Farbe steht für Scheißmonat?

»Du hörst dich abgefuckt an.«

»Nanana. Ich bitte dich, Camilla. Wo ist denn nur deine gute Ausdrucksweise verloren gegangen?«

»Auf der Erstsemesterparty von Hannah. Sie ist mein schlechter Einfluss. Da hat es angefangen.«

»Hast du das in einem Tagebuch festgehalten, oder was?«

»Wieso reden wir nicht über die Einträge, die du in den letzten Wochen geschrieben hast?«

»Ich habe kein Tagebuch.«

»Vielleicht liegt da das Problem.«

»Wieso hast du überhaupt angerufen?«

»Ich wollte einfach nur wissen, wie es dir geht.«

»Okay. Das habe ich dir schon dreimal innerhalb der letzten zehn Minuten gesagt.«

»Schade, dass ich dir das nicht glaube.«

»Tja, das ist nicht mein Problem.«

»Jetzt hörst du dich wie ein Kleinkind an. Herzlichen Glückwunsch. Hat sie sich noch mal gemeldet?«

»Ich möchte nicht darüber reden.«

»Du solltest ihr sagen, dass du bald wieder zu Hause bist. Vielleicht würde sie es verstehen, wenn –«

»Hast du etwa vergessen, was passiert ist, Cami? Wenn ja, ist das ebenfalls dein Problem, denn ich kann das nicht noch mal wiederholen.«

»Du hättest nicht so viel trinken dürfen.«

»Scheiße, ich ...« Ich räusperte mich. »Ich muss weg. Wir haben gleich unseren Soundcheck.«

»Du bist so ein schlechter Lügner.«

Ich hörte ihr Augenrollen durch die Leitung, wir legten auf. Keine Ahnung, wie lange ich danach Löcher in die Luft starrte. Ich befand mich im Hinterhof unserer Giglocation. Ein Club, Platz für ein Tausendzuschauerpublikum, ausverkauft. Seitdem ich Delilah auf die Nachricht geantwortet hatte, waren zwei Tage vergangen. Seitdem ich Delilah geantwortet hatte, bereute ich mich selbst. Ich bereute sogar fast, der Fremden nicht auf die Toilette gefolgt zu sein. Ich schätze, ich war am verfickten Abgrund. Vielleicht schaute ja bald jemand mit Ben & Jerry's vorbei. Cookie Dough wäre Bombe, thank you so very much.

»Mit wem hast du telefoniert?«

Fitz stand plötzlich neben mir. Mit dem dunklen Haar dicht über dem Plakat, bedruckt von Worten, die ich nicht verstand.

»Cami.«

»Deine große Schwester wollte also sichergehen, dass du noch nicht vor Liebeskummer umgekommen bist.«

»Schätze schon.«

»By the way, noch mal wegen vorgestern, wenn du über Delilah reden willst oder so ...«

Hastig pfriemelte ich eine Kippe aus der Hose, zündete sie an und nahm zwei Züge hintereinander. Ich blies sie in perfekten Rauchkringeln aus. Ich pustete mich leer. Ich fühlte mich unbesiegbar. Aber nur ganz kurz, weil ich Fitz' Blick auf mir spürte. Pures Mitleid.

»Du hast ihr doch eine Nachricht geschrieben. Hat sie dir darauf geantwortet?«

»Jepp. Du kannst dich selbst weiterficken, Daisy Darling.«

Kapitel 57

Delilah

#Sandsackleere

June und Livy beschlossen, Jonah zu hassen. Ich konnte das nicht, weil das Herz ja wollte, was es wollte, #Pathos alarm. Vierundzwanzig Stunden nach seiner Nachricht saß ich mit roten Augen vor der laufenden Waschmaschine, den Laptop auf dem Schoß. In drei Minuten würde der Schleudergang beendet sein. Das war meine liebste Stelle. Wasser und Schaum und Kleidung, alles drehte sich so schnell, nichts war zu erkennen. Ich hatte ein Worddokument geöffnet. Weiß flimmerte es vor sich hin. Keine Ideen, keine Wörter, nichts stimmte, alles rauschte.

Ich brauche Abstand.

Du versuchst es gar nicht.

Oder wir machen es einfach so wie du mit den anderen Boys, wie wär's, Miss Delilah D. Adams, du und ich, #Fuck buddys?

Einen Ohrwurm von seiner Stimme zu haben, war scheißunfair. *Lichtblau* laufen zu lassen, war Selbstquälerei. Trotzdem dröhnten Jonahs Lieblingssongs an meine Ohren. Ein Rezept gegen meinen Liebeskummer, verursacht von ihm. Mit einem Kloß im Hals schloss ich das leere Dokument. Stattdessen tat ich das, was ich vermeiden wollte. Ich googelte meinen Text. Ich weinte über zweitausend Wörter lang. Ich sah nicht mehr weg, hin und alles, was Jonah so verletzt hatte. Ich sah die Sätze, die Drohungen, das Blut zwischen Buchstaben, die Tränen in den Punkten. Ich sah die Suche nach Synonymen, die Absätze, über die ich beim Schreiben gestolpert war. All die Anfänge, die ich verbogen und verschoben hatte. Dann sah ich das Ganze. Dann die letzten Sätze.

Ich suche dich in fremden Menschen. Auf ewig für das ewige Eis, das so leicht beim Küssen zerschmilzt. Ich finde dich.

Plottwist: Ich hatte ihn nie gefunden. Ich hatte mit Männern geschlafen, so viele namenlos in meinen Gedanken, verschwommen, verschwunden, am Abgrund meiner Erinnerung. Die Worte waren meine Wahrheit, ein Horror, hässlich, falsch und unmoralisch, aber das war einem doch egal, wenn man verzweifelt und verliebt war. Tränen rannen mir über das Gesicht, während ich an die Nächte zurückdachte. Mit echten Menschen auf mir, in mir, meine Gedanken voll von Penn, wie es sich anfühlte, sich auf die Zunge zu beißen, weil man wusste, man stöhnte sonst den Namen seines besten Freundes. Der, der einen nie zurückgeliebt hatte. Den man verletzt hatte. Der gestorben war. Der einem vor Jahren ein Mixtape erstellt hatte. Fünf eingebrannte Songs, ein Verzeihen in Geisterform. Das Mixtape konnte alles bedeuten. Dass er mir nicht mehr böse sein wollte, dass er mich vermisste, dass er mich geliebt hatte. Vielleicht romantisch, wahrscheinlich platonisch, alles bloß Spekulation.

Mein Blick wanderte zur Tür, aus dem Raum hinaus und an die Stelle, an der ich Jonah geküsst hatte. Zum ersten Mal. Ich erinnerte mich, wie ich vor der Tür verharrt hatte. Wie ich mir über die Lippen gefahren war. Und dann gedacht hatte: Ich will mir nicht vorstellen, ich hätte Penn geküsst. Ich will Jonah bis nach Australien und zurück küssen. Daran, wie ich dachte, das sei Schmelzen und Loslassen. Bis Erinnerungen an Penn bloß noch Pfützen wären.

»Wir gehen boxen.«

Plötzlich blinzelte ich. June, im Türrahmen. Sie trug ihre Laufausrüstung, die Stirn überströmt von Schweiß. Vielleicht hatte sie die Welt dreimal umrundet.

»Du und ich«, sagte sie langsam. »Wir gehen ins Boxstudio. Du hast gesagt, du bekommst Penn, Jonah, das Traurigsein, die Erinnerungen, das alles nicht mehr raus. Früher habe ich so was an einem Sandsack rausgelassen.«

»Du hast geboxt?«

»Ein bisschen. Also?« Sie nickte auf den Laptop. »Klappst du den zu?«

Mein verweintes Kummergesicht ließ sie unkommentiert.

*

Das Studio war fünfzehn Minuten von der WG entfernt. *Shoreditch Boxing Club.* Im Inneren roch es nach Schweiß und Gummi. Eine Hotbox mit unverputzten Wänden. An der Rezeption räusperte sich June dreimal, bis wir bemerkt wurden. Während die Angestellte nach den Handschuhen griff, sah ich mir die Flyer an. Muskulöse Männer, scharfe Blicke, wilde Fäuste.

Wir hörten ihn, bevor wir ihn sahen. Das unterschwellig stürmische Aufreißen der Tür. Die hektischen Straßengeräusche. Seine schweren Schritte.

»Schon mal was von Hallo sagen gehört, Chapman?«, fragte die Rezeptionistin.

Wir drehten uns um. Und erkannten ihn sofort. Mister Gegenüber vor uns, zum ersten Mal nicht durch Hausfassaden getrennt. In Shirt und Jeans, hautnah zum Anfassen. Dunkles Haar, breite Schultern, schmale Hüften. Sein Gesicht war so klischeemännlich kantig, er hätte für jede Schwarz-Weiß-Zigaretten-Kampagne modeln können. Mit gerunzelter Stirn musterte er uns. Bemüht teilnahmslos nickte er schließlich der Rezeptionistin zu und verschwand.

»Chapman«, murmelte ich auf dem Weg zur Umkleide. »Irgendwie kommt mir der Name bekannt vor.«

June zuckte die Achseln.

In der Kabine teilten wir uns einen Spind, traten aus den Sommerschuhen und in die Sneakers. Anschließend zog sie mich nach draußen, weg von der sicheren Umkleide und rein in den tropischen Boxwald. Zielsicher steuerte sie auf ein Laufband in der linken Ecke zu. Ich trug Yogasachen und fühlte mich so falsch wie eine Flugbegleiterin auf einem Bademeisterhochsitz. Trotzdem rannte ich mich warm. Zehn Minuten auf Stufe sieben, eher Walking als Running. Aus den Lautsprechern dröhnte Musik, eindringliche Lieder, viel Rap. Als wir auf den Sandsack zugingen, sahen die Leute uns neugierig an.

»Ist immer so«, flüsterte June.

Nachdem sie mir die Knöchel bandagiert und die Handschuhe angelegt hatte, positionierte sie mich. Linker Fuß nach vorn, die Schultern leicht gesenkt. Zum Aufwärmen, einmal links und dann zweimal rechts. Schlag, Schlag-Schlag. Dann: »Leg los.« Laut, eindringlich, wie ein Schlachtruf.

Leg los, leg los, leg los.

Ich holte aus. Links, rechts, rechts. Links, rechts, rechts. Mein Atem ging schnell, der Sack war weich und regungslos.

»Du musst fester schlagen. Du willst was rausbekommen. Schon vergessen? Sei wütend, Lilah. Der Sack hält alles aus. Früher habe ich mir vorgestellt, er sei ein Raum mit unendlich viel Platz. Du kannst alles reinstellen. Jeden hässlichen Gedanken.«

Auch mich im Gesamten?

Ich schluckte. Und dann schlug ich fester. Schweiß sammelte sich unter den Handschuhen, mir im Dekolleté, auf der Stirn. Aber ich punchte weiter. Links, rechts, rechts. Rechts, links, links. In Yoga-Tights und glitzernden Nikes.

Sei wütend, Lilah.

Ich bin wütend, schrien meine Gedanken. *Ich bin wütend, weil Jonah Abstand wollte. Ich bin wütend, weil ich nie einen Freund wollte und mich dann verliebt habe. Ich bin wütend, weil ich dachte, ich sterbe, ich* sterbe *wirklich, wenn Jonah mich bloß küsst. Ich bin wütend, weil wissenschaftlich bewie-*

sen ist, dass Menschen vor lauter Stress umkommen, wenn sie fünf Jahre lang durchgängig unglücklich verliebt sind. Ich bin wütend, weil wir trotzdem nur Liebe suchen, die dann endet. Weil alles endet und ich ständig »Kein Problem« sage. Weil ich die Kein-Problem-Königin bin, und das wehtut. Weil ich in Seminaren sitze, in denen Menschen passiv-aggressiv über Texte diskutieren, die sie nicht mal gelesen haben. Ich bin wütend, weil ich die Alumni-Kritiken vermisse. Ich bin wütend, weil ich keine Texte mit fiktiven Menschen und wahren Sätzen mehr schreibe. Ich bin wütend, weil ich ständig wegrenne und mich dabei vergesse. Ich bin wütend, weil ich »sorry, sorry, sorry« sage, wenn ich Pflanzenableger abdusche und tote Wurzeln sich im Abfluss verfangen. Ich bin wütend, weil ich denke, die Spüle sei ein Pflanzengrab, natürlich meine Schuld. Ich bin wütend, weil jeder Gedanke an Penn mich durchsticht. Ich bin wütend, weil Vance mir Penns Mixtape gegeben hat. Ich bin wütend, weil Penn das größte Vielleicht in meinem Leben ist. Weil er mich vielleicht hätte lieben können. Weil er vielleicht Polarforscher gewesen wäre. Weil er mir das Mixtape vielleicht nur so erstellt hat. Weil er mir vielleicht verziehen hätte. Weil seine letzten Worte vielleicht etwas anderes als »Schlampe, Schlampe, Schlampe!« hätten sein können.

Irgendwann war es so, wie June gesagt hatte. Der Boxsack war ein Raum mit grenzenlosen Wänden. Als könnten Gefühle in diesem Mischmasch aus künstlicher Außenhaut und Sägespanfüllung ertrinken. Ich spürte den Puls überall, als ich die Fäuste schließlich sinken ließ.

»June?«, fragte ich, doch sie hörte mich nicht.

Wie hypnotisiert betrachtete sie einen leer stehenden Boxring. Sportmattenblauer Boden, rote Gitterseile.

Mit einem Mal wirkte sie blasser. Als hätte sie die letzten Wochen nicht in Miami und Daressalaam verbracht.

»June?«

Ertappt wandte sie den Blick ab. Ich musterte sie bloß eine Sekunde. Und verstand. Ruckartig hielt ich die Handschuhe hoch. Schwarz, rissig, von mir vollgeschwitzt.

»Willst du auch?«

»Was? Nein! Wir sind deinetwegen hier. Schlag weiter. Sei weiter wütend.«

»Bist du sicher? Du siehst gerade aus wie ein Serienmensch mit gebrochenem Herzen. Entgeisterter Blick und traurig-schwelgerische Aura. Du weißt schon.«

»Serienmensch mit gebrochenem Herzen? Kreativ. Aber ich bin mir sicher. Du brauchst das hier, Lilah. Du gibst immer die besten Ratschläge. Jede gute Idee kommt von dir. Pancake-Thursday. Die sechstägige Australienreise in unserem ersten Jahr. Die Mottopartys. Die Hälfte meiner Lieblingserinnerungen wären nie passiert, wenn du uns nicht gedrängt hättest. Du nennst dich selbst Kein-Problem-Königin, aber manchmal hast auch du Probleme. Du hast gesagt, du weißt nicht, wie du Penn rausbekommen sollst. Und ehrlich gesagt habe ich auch keinen Schimmer. Eigentlich bezweifle ich sogar, dass das überhaupt geht. Aber manches ist mit dem Boxen besser geworden.« Plötzlich legte sie den Kopf schräg. »Schreiben war doch früher bestimmt auch so was für dich.«

Ich weiß nicht, wie lange ich schweißnass und schweigend dastand, bis June mich umarmte. Fest. Das war wichtig. Sonst hätte sie mir die Tränen nicht abschnüren können.

Kapitel 58

Jonah

Stromleitungsgrün

Heute war Bristol, morgen war Liverpool. Und dann war London. Zu Hause. Gerade lag ich bei achtundzwanzig Grad im Castle Park und gab alles, um nicht an übermorgen zu denken. Ans Zurückkommen, ans Ankommen, ans Mich-Zurechtfinden in meinem neuen Leben. Shane hatte Visionen, Bestätigungsmails für gemietete Tonstudios und durchdachte Konzepte. Mit grellem Displaylicht im Gesicht schmiedete er Masterpläne. »Das ist erst der Anfang, Jungs!«, sagte er ständig, doch es fühlte sich nach Ende an. Wir würden nie wieder das allererste Mal auf Tour gehen. Wir würden nie wieder zum ersten Mal durch Fotos begreifen, vor wie vielen Leuten wir gespielt hatten. Unsere durchgeschwitzten Shirtrücken, das Menschenmeer, bestehend aus hochgestreckten Armen und verschwommenen Gesichtern. Ein komisches Gefühl.

Es war kurz vor zwölf, der abendliche Auftritt gefühlte Welten entfernt. Mit geschlossenen Augen lag ich also in diesem Park, in unmittelbarer Nähe von Freundinnen, die sich über eine Hochzeit unterhielten. Über Kleider und Fotografen und »Welche Farbe werden eure Einladungen haben?«. Plötzlich ließ sich jemand neben mir nieder. Ein dumpfes Geräusch, ein Rascheln. Vielleicht ein Rucksackreißverschluss.

»Hey.«

Ich schlug die Augen auf. Und tatsächlich. Da war er. Gus. Mein bester Freund, der kein Teil mehr von Sodalite Blue war.

»Du?«

»Ich bin schockiert, LJ. Nach wochenlanger Sehnsucht bekomme ich also kein Hallo? Mit einem *Ich habe dich so vermisst, Soulmate* würde ich mich übrigens auch zufriedengeben.«

»Ich sage *ich vermisse dich,* wenn Shane Louis wieder wegschicken kann.«

Als ihm das Lächeln verrutschte, richtete ich meinen Blick in den Himmel. Gus' Farbe fühlte sich genauso an. Hell, klar. Nur kalt. Minus dreißig Sibiriengrad oder so.

»Ich sehe mir euren Auftritt an. Deshalb bin ich hier. Ich muss mich doch versichern, dass Louis zumindest passabel spielt.«

»Nicht nötig. Er ist besser als du.«

»Danke für die Blumen, Arschloch. Was machst *du* überhaupt hier? Ist das jetzt deine neue Routine? Dich zwischen Picknickdecken und hoch motivierten Fahrradfahrern auf den Gig vorbereiten?«

»Ich brauchte eine Pause von Shanes Gerede. Er textet uns nur noch damit zu, was wir wann und wo in London machen werden.«

»Ist echt cool, dass er sich so reinhängt.«

»Ja.«

»Fitz hat mir gesagt, wo du bist. Außerdem hat er erwähnt, dass du seit Tagen auf dem Zahnfleisch läufst?«

»Ich laufe auf dem Zahnfleisch? Sein Ernst? Wieso heißt es eigentlich nicht *ich laufe seit Tagen wie Jonah Lowell durch die Gegend, weil ich das letzte Klavierstück meines verstorbenen Vaters zu Ende komponieren und dann auf dieser Jubiläumsveranstaltung vorführen muss?*«

»Wie viel hast du?«

»Nichts.«

»Nein, jetzt wirklich. Wie viel hast du?«

»Nichts. War leider so gemeint.«

»Woran liegt's?«

»Woran's liegt? Haha. So was passiert halt, wenn man das letzte Stück von Mister Synästhetiker Superkomponist zu Ende schreiben soll. Schätze, die Leute vergessen, dass ich nur Menschen und keine Noten in verdammten Farben fühle.«

»Und woran scheitert es wirklich?«

»Hast du mir nicht zugehört, oder was?«

»Klar, aber das ist nicht alles. Verarsch dich allein, LJ. Ich bin immer noch dein bester Freund. Daran hat sich nichts geändert.«

Doch, wollte ich sagen. Doch, weil ich der Einzige bin, der die Augen verdreht, wenn Fitz wegen dem Social-Media-Zuwachs ganz hibbelig ist. Doch, weil du nicht mehr da bist.

»Erzähl's mir einfach. Alles.«

»Und wo soll ich bitte anfangen?«

»Irgendwo.«

»Irgendwo« war Delilah.

Mein Herz war Beton in meiner Brust.

»War scheiße von mir. Aber ...«

»Ja, ich weiß«, sagte er.

Klar wusste er es.

»Du könntest ihr ein Lied schreiben.«

»Als ob ich das nicht schon eine Million Mal versucht hätte. Als ob das irgendwas bringen würde.«

Gus schwieg so lange, ich dachte, wir würden für den Rest des Mittags einfach nichts mehr sagen. Dann:

»Du willst das nicht hören, aber, Mann, ich bin so verliebt in deine Schwester. Wenn sie auch nur den Bruchteil von dem empfinden könnte, was ich empfinde, ich würde alles tun. Weil *burning boats*. Weil es kein Zurück mehr gibt. Und weil es nichts bringt, wie Jonah Lowell todtraurig Däumchen zu drehen. Ja, sie wird immer etwas für ihren besten Freund übrighaben. Ja, sie hat diesen Text verfasst. Aber du vergisst gerade, dass dieser Penn tot ist. Und dass Delilah *alles* für dich übrighat. Das erkennt jeder von Weitem. Sogar At, Alter.«

Ich blinzelte ihm entgegen. Einmal, zweimal, dreimal.

»Du solltest nachher nicht kommen.«

»Was?«

»Ich würde es nicht aushalten, die Band ohne mich spielen zu sehen, und danach nicht alles hinschmeißen zu wollen.«

Und du bist so wie ich.

Er fuhr sich mit der Hand übers Gesicht, die Augen

geschlossen. Als könnte er sie so kinderleicht vor der Wahrheit verschließen.

Er nickte.

*

Der Gig fand im *Louisiana* statt. Ein kleines Lokal. Vielleicht hundertfünfzig Zuschauer, mehr nicht. Corner-Owners-Leadsänger Rowan und die anderen kannten den Besitzer.

»Wir sind aus der Nähe. Früher hatten wir oft Slots hier. Da wird man fast wehmütig«, hatte er lachend erzählt.

Es war diese Art von schnellem Auflachen gewesen, das Gefühle übertönte. Trotzdem war ich einfach miteingefallen. Die Nächte nach den Shows, das Fußballspielen auf Rasenanlagen, Fitz' Eigentore. Eine Mischung aus allem hatte zwischen uns geknistert. Fünf Stunden später begann der Gig. Es war schwül draußen und drückend hier drinnen. Das Publikum flimmerte wie ein Abendhimmel vor Telefonleitungen. An der Bar erkannte ich Shane. Er saß in der Ecke, den Kopf an die Wand gelehnt. Zu weit weg, um zu erkennen, ob er die Augen geschlossen hielt. In meiner Vorstellung tat er es jedenfalls. Shane liebte das hier. Musik, Scheinwerfer, Publikum wie Stromleitungen. At schlug gerade *Ballet Slippers* an, als ich ihn entdeckte: Gus, ganz hinten, wie er sich neben Shane niederließ. Was, zum Teufel? Er würde nie wieder Teil der Band sein. Er hatte zugegeben, es würde ihn verdammt noch mal umbringen, Sodalite Blue ohne ihn zu sehen. Trotzdem war er hier. Alles war so verkorkst. Wir waren Brüder, wir waren Liam und Noel, aber wir würden uns nie auf dem Höhepunkt unserer Karriere zerstreiten. Wir würden nie eine gemeinsame Karriere haben. *Burning boats*. Gus hatte Schiffe verbrannt, doch war zurückgekehrt.

Vielleicht gibt es das manchmal, dieses Zurück.

Aber als ich Stunden später im Bett lag, alkoholisierte Gedanken und Restadrenalin, da dachte ich an meine Lieblingsfarben. Ich fühlte nichts. Im selben Moment vibrierte mein Handy.

Edith Anderson: *Hab schon den Koffer für nächste Woche gepackt. Ich freue mich auf dich! Xoxo*

Ich stellte mir Mum vor, Pass und Bordkarte in den Händen, schrecklich aufgeregt am Gate hockend.

Mir wurde übel. Mal wieder, schon wieder, blablabla.

Kapitel 59

Delilah

#Gletschertränen

Drei Jahre. Seit drei Jahren fuhr ich Kofferhenkel ein und aus. Hoch, runter, runter, hoch. Hinein in den Flieger, hinaus aus dem Flieger, Hotelzimmer, Städte, Sehnsuchtsorte, Paris, Kanada, Florida. Mal trug ich Rock, mal die Hose. Die Ballerinas statt der High Heels, wenn ich einen auf *risky life* machen wollte. Außerhalb des Service waren sie verboten, also konnte man jederzeit mit einem schriftlichen Feedback angeschwärzt werden. So wie ich heute. Mit Händedruck verabschiedete ich mich von der Besatzung, lächeln, winken, Feierabend. Genau genommen Feiermittag, doch Tageszeiten bedeuteten ja in meiner Welt voller Welt nichts. Gerade rollte ich das Gepäck zu den Umkleiden, stellte den Flugmodus aus. Und runzelte die Stirn. Fünf Anrufe in Abwesenheit, unbekannte Nummer, der letzte Versuch vor zehn Minuten. Zuletzt blinkte mir eine WhatsApp-Benachrichtigung entgegen.

Unbekannte Nummer: *Hey Delilah, ich bin's, Gus. Sorry, dass ich dich einfach so anschreibe. Aber könntest du mich zurückrufen?*

Im Sprinttempo steuerte ich auf eine Kabine zu, schepperte den Koffer in die Ecke und hockte mich auf die Bank. Das Halstuch schnürte mir die Luft ab, ich senkte den Blick. Serviceschuhspitzen auf Fliesen, #RebellinOhne Grund. Irgendwo hinter mir ertönten Gesprächsfetzen. *Woher kommst du, wohin gehst du, lange nicht gesehen, aber ich hab auf Insta gelesen, du warst schon im neuen Dehli-Hotel, gibt es da auch Rabatt auf die Massagen, bitte sag Ja.* Ich wählte Gus' Nummer. Er ging sofort ran.

»Delilah?«

»G-Gus? Ist mit Jonah alles in Ordnung?«

Schweigen, Luftholen, vielleicht kniff er sich ganz Gus-mäßig in die Stelle zwischen den Brauen.

»Ja. Nein. Ich ... kannst du vorbeikommen? Wir sind in Soho, ich schick dir die Adresse. Heute ist doch die Jubiläumsfeier von seinem Vater. Jonah hat sich im Klo eingeschlossen. Als wäre er sechs, ey. Ich weiß nicht, was ich noch tun soll.«

»Und was soll ich da machen? Wir –«

»Ja, ihr redet nicht miteinander. Er ist verletzt, du bist verletzt, das komplette Paket eben. Been there, done that. Wenn du mit ihm redest, keinen Schimmer, vielleicht hat er einen Aufwachaugenblick? Ich meine, mir antwortet er nicht mal, wenn ich klopfe. Es wird halt langsam wirklich eng. Soundcheck, Presse, Fotos und alles. Ich weiß, das ist gerade scheiße von mir. Aber ich hab echt keine Ahnung, was ich noch anstellen soll. Könntest du vorbeikommen?«

»Er hasst mich, Gus.«

»Er hat noch nie jemanden so geliebt wie dich.«

Er wurde noch nie so von jemandem verletzt wie von dir.

Mit einem tiefen Atemzug betrachtete ich mein Kofferetikett. MIA to LHR. Auf der Nase ätzte mir ein Sonnenbrand, meinem Körper fehlten sechs Stunden Schlaf.

»Nur für den Schockmoment«, murmelte er. »Für irgendeine Reaktion.«

Nur für den Schockmoment, für die Überraschung, fürs Wachsein, fürs Sich-lebendig-Fühlen, fürs Einen-Abend-lang-an-mir-Reiben, sagen »Scheiße, das ist so anders mit dir« und hinterher verschwinden, weil »anders« nicht vorzeigbar, gemütlich und kein erstrebenswerter Facebook-Meilensteinpost war.

»Schick mir die Adresse«, sagte ich leise.

*

Ich hielt das iPhone hoch und schoss ein Foto. Verwackelte Tube-Aussichten. Meine Finger wollten tippen, doch ich fühlte mich leer. Drei Millionen Schüsseln voller Buchstabensalat, verschimmelt, durchweicht, wässerig, überwürzt, ständig ungenießbar. Ich postete das Bild ohne Text. Fünfzig Minuten später stieg ich aus. Auf der Straße wurde ich von Blicken gemustert. Überschminkte Lippen, Nirvanashirt, Bleistiftrock und Docs. An mir passte nichts zusammen. Halbmensch, Halbflugbegleiterin, #WelcomeToMyLife. Vielleicht hätte ich ein Uber bestellen sollen, doch ich lief zu Fuß in die Hopkins Street. Bloß damit der leichte Wind mir ein paar Gehirnzellen wach wirbelte.

Gus wartete vor dem Veranstaltungsgebäude auf mich. Er trug Anzug, schwarz mit Krawatte, *smoking hot af.* Als er mich erkannte, atmete er sichtbar durch, dann sagte er ein erleichtertes »Hey«. Hastig führte er mich durch den Eingangssaal, vorbei an der noch leeren Garderobe und den zugetackerten Wänden. Jonahs Nachname, Jonahs Vater. Vor einem Toilettenschild blieb Gus stehen. Strahlende Wände, hallender Raum, hohe Decken. Ich fühlte mich klein in dem Secondhand-Bandshirt von H&M.

»Ich weiß nicht, hat er dir erzählt, dass –«

»Er sich früher vor jedem Gig mindestens zweimal übergeben hat, weil er so krasses Lampenfieber hatte? Ja.«

»Gut.« Er nickte zur Tür. »Erste Kabine ganz links.«

Ich drückte die Klinke nach unten. Statt Jonahs Namen zu sagen, ein »Hallo, sorry fürs Hiersein« oder ein »Hey, sorry fürs Verletzen«, knirschten nur meine Schritte auf den Fliesen.

»Verpiss dich, Mann. Ich mache das nicht. Ich kann das nicht. Und hör auf, mir zu erzählen, das Stück wäre gar nicht *so* scheiße. Es ist nicht mal mittelmäßig. Das wissen wir beide. Lass das Theater stecken. Ehrlich.«

Seine Stimme klang so rau, als hätte er zwei Ewigkeiten lang nichts gesagt. Während er redete, bückte ich mich. Unter Klappern kramte ich Tabletten, Wasser, Kaugummi, einen Löffel und den Becher Eis aus der Tasche. Wortlos schob ich ihm alles unter der Tür hindurch.

»Ben & Jerry's? Was hast du nicht verstanden, als ich

meinte, ich will nichts essen? Wenn du mir was bringen willst, dann immer noch –«

»Hey, Jonah.«

Er stockte, die darauffolgende Stille machte taub. Wir, getrennt durch Kunststoffwände, schweigend in diesem Raum voller Wasserhähne und Pissoirs. Ein Traum aus abgedrehtem Wasser. Ja, genau. Bevor er etwas erwiderte, vergingen dreihundertzwölf Gedanken. In meiner Vorstellung spannten sich seine Muskeln an, der Kiefer mahlend, die Augen Penn-wird-bestattet-grau.

»Gus hat dich herbestellt?«

»Er hat gesagt, du redest nicht mehr mit ihm.«

»Und du bist wirklich gekommen? Nach Hashtag Fuckbuddys?«

»Du warst wütend, als du das geschrieben hast. Und Gus klang wirklich verzweifelt.«

»Ich bringe ihn um.«

»Er ist dein bester Freund. Du hättest dasselbe für ihn getan.«

»Ich kotze alle zwanzig Minuten. Wenn ich du wäre, würde ich verschwinden.«

»Du bist nicht ich.«

»Stimmt. Ich bin nicht du.«

Vermutlich lag ihm »Hashtag Arktiseiswelt« ballernd wie ein Bass auf der Zunge. Schluckend lehnte ich mich an die Wand, und dann, dann tat alles weh. Unsere Nicht-Nähe, Jonahs Wortecho.

»Wie schlimm ist deine Aufregung?«, murmelte ich.

»Aufregung? Ich bin nicht aufgeregt. Ich bin *fucking* verdammt noch mal Angst auf zwei Beinen. Pure Panik.

Ich …« Er hielt fluchend inne, als müsste er sich den Bauch, Kopf und das Herz zusammenhalten. »Stell dir vor, du fängst drei Tage vor Abgabe mit deiner Bachelorarbeit an und hast nicht mal die Quellen richtig angegeben. Halbiere das Niveau. Nein, warte, viertel es lieber. Auf dem Level kannst du dir das Stück vorstellen.«

»Die meisten Leute haben von so was doch eh keine Ahnung.«

»Aber ich. Und ich heiße Jonah verflucht noch mal Lowell! Ich bin der Sohn von Mister Pianist des Jahrhunderts. Scheiße. Ich hätte niemals Ja sagen dürfen. Ich wollte nicht mal Ja sagen.«

»Wieso hast du dann?«

»Mabel.«

»M-Mabel?«

»Sie ist im Marketingteam des Veranstalters. Sie hat mich gedrängt und überredet.«

»Verstehe.«

Schweigen, betäubend, Schweigen, immer noch taub machend.

»Tabletten nehmen«, begann ich. »Dich bis zum Auftritt ablenken, spielen, einen schnellen Abgang machen, dann Eissuppe löffeln und dabei jedes Mal mit Wodka nachspülen, wenn du denkst: Scheiße, ich war so schlecht.«

»Mein Notfallplan, falls ich mal wieder einer unter sieben Millionen bin?«

»Ja.«

»Schön in der Theorie, unmöglich in der Umsetzung. Du hast mich nie nach dem Schlimmsten gefragt, das ich jemandem angetan habe. Vielleicht wäre jetzt der richtige Moment. Dann sind wir quitt.«

Dann sind wir quitt. Vier Worte, vier Stiche, ein Begriff für jede Herzkammer. Kann ich nicht wieder leer vom Vollsein sein, dachte ich.

»Was ist das Schlimmste, das du jemandem angetan hast?«, murmelte ich gepresst.

»Mein Vater ist an einem Herzinfarkt gestorben. Vor dem Steinway, mitten im Komponieren, ganz normaler Alltag. Niemand hat seinen Tod verstanden. Er war Mitte vierzig, topfit und topgesund. Die Ärzte waren fassungslos. Alle waren fassungslos. Bis sie gecheckt haben, was ich ihm gestanden habe. Er …« Jonah seufzte. Er seufzte laut und tief. Und dann zitterte seine Stimme. »Meine Mutter hat mit seinem besten Freund gevögelt. Und ich hab's ihm gesagt, als wäre nichts dabei. Ich war zwölf, naiv, wütend auf meine Mutter und bloß zu Hause, weil ich an dem Tag krank war. Nicht mal vierundzwanzig Stunden später war er tot. Am Abend davor haben meine Eltern sich zerstritten. Obviously meinetwegen, aber eigentlich natürlich der Affäre wegen. Er –«

Als ich klopfte, brach er ab.

»Lass mich rein, Jonah.«

»Nein.«

»Nur rein. Nicht raus aus der ganzen Sache.« Pause. »Bitte.«

Er dachte laut, er dachte nach, er dachte wahrscheinlich nicht mehr, während er das Schloss tatsächlich drehte. Dann stand er vor mir, eingesackt und vor mir aufragend. Jonah trug zerrissene Jeans, Hoodie und die Kapuze über der Frisur. Nasse Augen, welliges Haar. Kein bisschen wirkte er wie der Rockstar auf Bühnen. Müde Lider, verkatert, sexy Grinsen, durchgevögelt. Als wäre das Leben eine Show, der Scheinwerfer nur auf ihm. Jetzt schrie alles an ihm tatsächlich pure Panik. Und Trauer. Tiefes, tiefes Tunneltraurigsein, kein Ende in Sicht. Seine Blicke waren Löcher in meinem Herzen.

»Hey«, flüsterte er.

»Hey«, flüsterte ich.

Einen Moment lang schien alles vergessen. Ich atmete ihn, er atmete mich. Wie automatisch scannte ich ihn ab, alles ansehen, überüberall verweilen. Überüberall Gefühle, in mir, auf ihm, zwischen uns. Meine Finger zuckten, denn Jonah war doch mein Mensch und ich ununsterblich verliebt. Doch da wurden seine Augen noch glasiger. Und er senkte das Gesicht.

Seine Augen waren Löcher, mein Herz Wasser. Er ertränkte mich in meinen eigenen Wellen.

Raschelnd ließ er sich wieder auf den Boden sinken.

»Du bist nicht schuld.« Ich setzte mich ihm gegenüber. »Am Tod deines Vaters, meine ich.«

»Ich weiß.« Er rückte weiter nach rechts, Abstand, Abstand, Abstand. »Bis ich es halt manchmal nicht mehr weiß. Meine Mutter hat Cami und mich eine Therapie machen lassen. Schadensbegrenzung oder so. Keine Ahnung. Aber darum geht's auch gar nicht. Es geht nur um dieses verfickte Stück, das ich in den Sand gesetzt habe. Damit mache ich meinen Vater so lächerlich. Und bitte sag mir nicht, ›nein, Baby, du kannst deinen Vater niemals lächerlich machen, er ist stolz auf alles, was du machst‹, insert weiteren Bullshit. Ich bin gerade echt versucht, mich zu betrinken, damit ich wenigstens nichts davon mitbekomme.«

»Soll ich dir Alkohol holen? Wodka? Jack? Was willst du?«

Lange blinzelte er mich an.

»Was willst *du* überhaupt hier?«

»Für dich da sein.« Mir schnürte sich die Kehle zu. »Dich umarmen, dich anfassen, dir sagen *Jonah, Jonah, Jonah,* und nicht mal küssen meinen, sondern dich nur berühren wollen. Kleiner Finger an kleinem Finger oder so. Mir egal. Außerdem würde ich dir gern sagen, dein Vater wäre tatsächlich stolz auf dich. Auch wenn du es nicht hören möchtest.«

»Jetzt machst du dich lächerlich.«

Ich sah zur Decke, als könnte ich die Tränen so aufhalten. Für eine Weile verweilten wir so. Blicke vermeiden, Gefühle verdrängen, einfach nur sein, sein und zusammen, ein letztes Mal, auf Fliesen, weit entfernt von Flughafenwellen. Bloß zwischen Herzwellen gingen wir unter.

Da ist Meer in mir drin, aber was passiert, wenn es verseucht ist? #NächsterPost

»Ich wusste es sofort«, wisperte er.

Ich sah auf.

Er schüttelte den Kopf.

Wir waren durchsichtig, glasig und tragisch.

»W-was wusstest du sofort?«

»Als ich mich in dieser Bar nach dir umgedreht habe. Mein Herz hat gerast, bevor ich dich gesehen habe. Als würde ich am steilsten Punkt einer Achterbahn stillstehen.

Kurz vorm freien Fallen. Diese aufgeregte Art von Herzklopfen.« Seine Augen tränten. »Ich *wusste* es mit uns einfach. Trotz Mabel. Trotz dem ganzen Chaos. Trotz allem, hörst du? Ohne. Dich. Angesehen. Zu. Haben. Delilah.«

Sein »Delilah« war ein »Delilah, Delilah, Delilah, Delilah, Delilah«.

Niemand konnte meinen Namen so aussprechen wie er.

Niemand sonst sagte ihn, als wäre er das traurigste Wort der Welt.

»In Barcelona, bevor wir ins Airbnb getaumelt sind, erinnerst du dich? Du hast mir gesagt, du würdest mich niemals benutzen, um über wen wegzukommen? Das war gelogen, Daisy Darling. Von vorne bis hinten eiskalt gelogen. Wahrscheinlich verdrängst du das, aber du hast alles und jeden benutzt, um Penn zu verdrängen.«

»Das ist nicht –«

»Hör auf, hör auf, hör auf! Bestreite das nicht. Es ist die Wahrheit. Du suchst ihn doch überall.«

»Ich habe diesen Text vor Jahren geschrieben! Ich –«

»Aber er ist immer noch wahr! Du tippst ihm immer noch heimliche Nachrichten auf Instagram. Wenn du von ihm redest, bist du ein Eisberg. Deine Worte sind nur die Spitze, was darunter ist, kann man sich nicht mal vorstellen. Das wäre alles so okay, wäre alles nicht so verkorkst. Ich habe das Gefühl, ich könnte dich zehnmal bis zum Mond und zurück lieben, aber es würde nie reichen.«

Delilah, Delilah, Delilah, wieso reiche ich nicht, sagte er stumm.

Ruckartig richtete ich mich auf. Alles in mir brach und knirschte.

»Jonah. Du verstehst das nicht. Ich –«

»Ja. Ja, ich verstehe das nicht. Du bringst mich dazu, mich vollkommen in dich zu verlieben. Vollkommen, Delilah. Hörst du? VOLLKOMMEN! Scheiße, und wie ich dich liebe! Aber wozu? Damit du weiter deine Nachrichten schreibst und dir wünschst, du würdest Penn ficken, wenn wir ficken? Das ist ekelhaft. Und so beschissen verletzend. Ich meine, wer bist du überhaupt, Delilah D. Adams? Wieso –«

»Ich. Liebe. Dich! Verdammt noch mal, Jonah-ich-lasse-niemanden-aussprechen-Lowell. Ich. Liebe. Dich. Was zum Teufel willst du wissen? Dass ich Männer geküsst habe und mir gewünscht habe, es wäre Penn? Ja, habe ich. Durch die Bank, hin und wieder zurück, aufgehört mit Ryder. Dass ich mit ihm zusammen war, weil er mich an Penn erinnert hat? Mit seinem Ordnungssinn und der Genauigkeit und seiner Art, für etwas so Wissenschaftliches leidenschaftlich zu sein? Ja und ja und ja. Aber hast du verdammt noch mal eine Ahnung, wie es sich anfühlt, dich zu küssen? Ich, eine beste Freundin, die ihren besten Freund verletzt hat? Ich, eine beste Freundin, die alles dafür tun würde, ihren besten Freund niemals zu vergessen? Ich, eine beste Freundin, die dich nur anzusehen braucht, um die ganze Welt zu vergessen? Ich –«

Plötzlich erstarrte ich. Absatzgewitter, helle Frauenstimme.

»Schatz? Bist du hier? Augustus hat gemeint, du …«

Die Kabinentür wurde schwungvoll aufgezogen. Eine Frau, Anfang fünfzig, Hosenanzug, strenge Frisur, unfassbar attraktiv. Cami in älter. Zuerst musterte sie mich und Jonah. Als Letztes blieb sie am Ben & Jerry's-Logo hängen.

»Willst du mir tatsächlich weismachen, du kannst seit gestern nichts essen und sitzt jetzt mit einem Eisbecher hier? Hast du eine Ahnung, wie viel Zucker da drin ist? Siehst du, genau *das* meine ich! Du isst viel zu wenig Gemüse! Die Hälfte deines Tellers muss es bedecken. Hörst du, Liebling? Die Hälfte!«

Jonah zwickte sich in die Nasenwurzel, während die Frau weiter von Brokkoli und Paprika und Blattspinat redete.

»Mum«, sagte er. »Ich esse schon noch was, okay? Könntest du mich bis dahin einfach weiterkotzen lassen?«

»Du übergibst dich gerade nicht.« Sie beäugte mich von dem verrutschten Make-up bis hin zu den verbrauchten Schnürsenkeln. »Delilah, richtig? Camilla hat mir schon von dir erzählt. Wieso wurden wir noch nicht vorgestellt? Manchmal frage ich mich, wer Jonah überhaupt erzogen hat. Sag mal, isst er deiner Meinung nach auch zu wenig Gemüse? Bestellt ihr viel Take-away? Frisch kochen ist echt essenziell, das kann ich jedem nur ans Herz legen. Vor allem mit guten Pfannen, dann benutzt man nicht so viel Öl. Oder man nimmt gleich Wasser zum Braten. Jedenfalls, wo war ich stehen geblieben, ah ja, genau, Jonah, wieso hast du mich noch nicht mit deiner Freundin bekannt gemacht?«

Er atmete durch. Tief und laut und langsam. Kotze, Reste von *La vie est belle,* Seife. Als er sprach, schaute er bloß mich an. Rote Augen, rotes Grau, fahle Haut, volles Herzschmerzherz.

Sag nichts, sag's nicht, sag nichts, sag's nicht,
bitte
sag
–

»Wir sind nicht zusammen.«

Vier Worte, klar, kalt, deutlich, nicht mal zitternd, zehn Eiszackenpunkte an Jonah.

»Nicht? Also ist das mal wieder eine deiner Bettgeschichten? Hach! Ich hoffe, du machst es immer mit Kondomen. Taras Freund wollte ihr unbedingt die Pille aufzwängen, und du weißt ja, das mit den ganzen Medikamenten, das finde ich gar nicht gut. Und die ganzen Krankheiten, die man sich beim Sex einfangen kann. Einfach. Nur. Schrecklich. Hörst du, Jonah? IMMER mit Kondom machen, das ist ... pardon, Delilah, du gehst?«

Ich erhob mich, ich winkte, ich musste verschwinden. Katastrophalstes Elternkennenlernen, katastrophaler Abschied. Sie starrte mich an, Jonah starrte weg.

»War schön, Sie kennenzulernen«, murmelte ich.

Ich schaffte es gerade noch aus dem Gebäude, bevor mein Herz schmolz. Ich weinte Gletscherwasser. Hässlich, mit verklebten Lidern, roten Wangen und verbrannter Nase. Als ich das Handy zückte, tippte ich verschwommen auf gut Glück.

Schmelzen, Gletscherwasser heulen, schmelzen, Gletscherwasser heulen. #SonnenbrandAusMiami

Tränen tropften aufs Display, ich steckte es zurück. Ich weinte. Ich ging. Ich lief. Ich rannte. Ziellos, planlos, ohne

Richtung. In Docs, in Uniformrock. Bis meine Lungen weich, fast flüssig waren. Bis ich keine Luft mehr bekam. Einfach so.

Kapitel 60

Jonah

Wahrheitsdurchsichtig

»Das war fantastisch!«

»Großartig. Wirklich, wirklich, wirklich großartig!«

»Ihr Vater wäre so stolz auf Sie!«

»Sie hätten Konzertpianist werden sollen. Das mit Ihrer Band können Sie sich ja noch mal überlegen!«

»Sie *sind* Ihr Vater!«

»Ich habe Anthony vom Himmel aus applaudieren hören. Ganz, ganz große Klasse, Jonah.«

Sie lächelten, lobten und logen. Sie klatschten, klopften auf den Tisch und mir auf die Schulter. Ich hingegen nickte, schwieg, nickte, schwieg. Das Stück war verquirlt komponierte Scheiße, aber die Presse war hier, filmte und fotografierte. Also war das Label glücklich, denn Jubiläen bedeuteten doch Dollar, Dollar, Dollar. Nach den Reden schaufelte ich mir Pommes, vegetarische Schnitzel und Eiskugeln auf Teller, doch wurde nicht satt. Ich aß und aß und aß. Und dann wurde mir schlecht. Wieder landete ich auf der Toilette, in hellem Anzug auf Knien, in meiner gebunkerten Stammtoilette, als wäre das was zum

»stamm« haben. Im Waschraum lief Musik, die heute Nachmittag noch ausgestellt war. Charthits. Lalalalala, gute Laune, *Baby, baby, love me, love me.* Ich würgte heftiger. Anschließend wusch ich mir die Hände und warf eine ganze Packung Kaugummi ein. Draußen hoffte ich auf Raucher, bei denen ich eine Kippe schnorren konnte. Doch bloß wenige hatten sich hierher verirrt. Wieso auch? Drinnen gab es Champagner, betrunkene Berührungen und gleich 'nen DJ zum Betatschen auf der Tanzfläche. Dads Bild an der Wand war schon fast vergessen.

»Willst du 'ne Kippe?«

Scheiße, ja.

Scheiße, nein.

Mabel stand vor mir. Als hätte sie mich verfolgt. Lächelnd, sprudelnd von ihrer Farbe, sauerapfelgrün, süß und bitter. Sie überließ mir Schachtel und Feuerzeug, ohne dass ich antwortete. Mein erster Zug war so lang wie drei.

»Das Stück war beschissen.«

»Was hast du erwartet?« Ich blies Ringe aus. »Ich habe dir gesagt, ich will es nicht machen.«

»Ich bin trotzdem froh, dass du es getan hast.«

»Wieso?«

»Unser Deal.«

»Es war ein beschissener Deal. *Uns erinnern.* Als hätte ich das alles überhaupt vergessen.«

»Ich hab's vergessen.«

»Verdrängt passt besser.«

»Es tut mir leid, okay?«

»*Es* musst du schon definieren.«

»Du bist so ein Lehrer, Herr Lehrer.«

»*Herr Lehrer* macht mich immer noch nicht an.«

»Wenn deine superheiße Freundin es dir mit ihren super riesigen Kulleraugen ins Ohr flüstert, garantiert. Ich hab sie auf Insta gestalkt. Alter, ich weiß gar nicht, was ich an ihr am schönsten finde.«

»Delilah ist nicht mehr meine Freundin.«

»Was hast du getan?«

»Sie.«

Schweigen.

»Es tut mir wirklich leid, okay?« Plötzlich flüsterte Mabel. »Sex mit dir zu haben, als ich wieder mit George zusammen war, war falsch. Dass du dich gleich volllaufen lässt und zu einem Meme wirst, konnte ich nicht ahnen! Aber wir wollten beide den Sex!«

»Mabel.« Meine Zähne knirschten. »Wir hätten niemals gevögelt, wenn ich gewusst hätte, dass du in einer Beziehung bist.«

Weil ich niemanden betrügen möchte.

Weil meine Mutter meinen Vater betrogen hat.

Weil meine Mutter meinen Vater mit deinem betrogen hat.

Weil wir Freunde waren, bevor wir was miteinander hatten.

Weil du nur mit mir geschlafen hast, um mich zu diesem dämlichen Jubiläumsstück zu überreden.

Weil du dein Gewissen reinwaschen wolltest.

Weil wir das Alibi unserer Eltern waren.

Als Mabel seufzte, klang sie erschöpft. Als hätten wir dieses Thema tausend Jahre lang durchgekaut. Dabei war das Gegenteil der Fall. All die Monate in ihrem früheren Haus, damals in Rainchester, mit meinem Eastpak-Rucksack neben ihrem, am Esstisch, im Wohnzimmer. Mums Summen in der Küche, wenn sie gemeinsam mit Ian gesättigte Fettsäuren in sehr viel Öl angebraten hatte. Das Gequietsche aus dem Schlafzimmer. Den Fernseher, den wir daraufhin lauter stellten. Die roten Mienen unserer Eltern. Unser peinliches Schweigen. Die unterdrückten Fragen. Die ständige Heimlichtuerei. Wir hatten immer so getan, als hätten diese Monate nie existiert. In Fotoalben nämlich lächelten Dad und Ian gemeinsam vor sich hin. Tony und Ian, beste Freunde aus Schulzeiten. Nur Mum dazwischen.

Wir sprechen darüber. Wir erinnern uns. Das war unser Deal gewesen, denn Mabel träumte bis heute von meiner Mum, ihrem Dad und ganz viel Blut.

»Haben die Träume wenigstens aufgehört?«

»Hatte gestern einen.« Sie zuckte mit den Achseln. »Aber lag bestimmt an der Aufregung. Wegen heute und so.«

»Du bist nicht schuld.«

»Ich habe dich dazu überredet, es Tony zu sagen.«

»Weil wir beide wollten, dass es aufhört. Wir wollten ein happy Elternpaar und eine heile Familie. Das ist kein Verbrechen, Mann.«

»Und dann haben wir alles kaputt gemacht.«

»Wir waren zwölf.«

»Wir konnten denken.«

»Es ist passiert. Er ist tot. Meine Mutter schickt mir auf ewig Links zu Veggie-Burgern, die sie für gesund hält. Da können wir nichts mehr machen. Na ja, vielleicht schläfst du vor dem nächsten Jubiläum nicht mit mir. Du weißt schon, bloß um mich zu etwas zu überreden. Hinterher gibt es ein zweites Meme.«

»Wenigstens siehst du hot aus auf dem Video.«

»Das ist ja die Hauptsache.«

»Sei nicht so. Das ist echt gute Publicity für deine Band.«

»Du klingst wie Fitz.« Ich wandte mich zur Tür. Lärm, Klimpern, Lachen. »Wahrscheinlich sollten wir reingehen.«

»Sicher?«

Ich trat die halb abgebrannte Kippe aus, bevor ich tief durchatmete. Dann zückte ich das Handy und öffnete Instagram.

»Äh, Jonah? Es ist ziemlich unhöflich ...«

Mabel redete weiter, doch es war mir egal. Delilahs Story wurde mir als Erstes angezeigt. Wie immer. Verkörntes Straßenbild, warmbrauner Film, ohne Lied, irgendwo versteckt die Nachricht an Penn.

»Hallo, Erde an Jonah, seit wann bist du handysüchtig?«

»War ich nie«, sagte ich und löschte die App.

Weg von Delilah, raus aus den Fragezeichen, zurück in den Saal. Auf dem Weg dorthin passierten wir Tische mit Getränken. Mabel schnappte sich ein Wasserglas und hielt es mir hin.

»Hier, du siehst dehydriert aus.«

Kapitel 61

Delilah

#Kribbelfinger

»L-Lilah?«

»Du musst reden!«

»Was ist passiert?«

»Ich bringe Jonah um!«

»Oder wen auch immer!«

»Hörst du zu?«

»Willst du was trinken?«

»Weinschorle?«

»Lilah, Lilah, Lilah?«

»Du machst mir Angst.«

»Ja«, sagte ich. »Ich mir auch.«

Ich saß am Tisch und weinte Gletscher. In Bächen flossen sie heraus. Kalt, brennend, wie Trockeneis. Niemand durfte mich berühren. Ich trug meinen Medusenblick auf jedem Zentimeter Haut. Ich war gefährlich und ekelhaft.

»Ich kann nicht reden. Ich kann schreiben. Könnt ihr lesen?«

Meine Freundinnen beäugten mich blinzelnd. June

mit Dutt, Livy mit Handtuchturban. Draußen war es dunkel, ich fror, ich brannte, ich wusste nicht mehr, was ich war.

»*Verzwickte Arktiseiswelt.* So heißt ein Text von mir. Könnt ihr den einfach googeln? Ich gehe so lange duschen.«

Sie konnten nichts antworten, denn ich stand schnell auf, flog über Parkett und weinte weiter auf Fliesen. Mein Körper war ein Zittern, mein Herz das Beben. Ich ließ mir das Wasser auf den Kopf regnen, in den Mund fließen, auf Schultern rieseln und auf Haarwurzeln hageln.

Heil mich wie Meer, dachte ich. Heil mich, mach mich ganz, mach was besser, tu was, #pls, #pls, #pls. Aber nichts war besser, alles war furchtbar, ich inklusive. Ich fummelte am Temperaturregler, weiter nach links, ich brauchte es kälter, doch es war schon eisig. Mehr ging nicht, aber ich war doch mehr, selbst wenn Meer mich auch nie wirklich heilte.

Mein Hirn würde platzen. Ganz, ganz sicher.

Da klopfte es.

»Lilah! Stell das Wasser ab! Du stehst schon eine Stunde unter der Dusche! Wir haben den Text gelesen! Komm raus!«

Livy schrie, hysterisch, trotzdem bestimmt. Ich spürte den bohrenden Mathematikerinnenblick durch die Tür. Als ich den Strahl abdrehte, wollte ich länger bleiben. Wie beim Fliegen kurz von der Landung, wenn Wolken brannten. Nur noch ein bisschen länger, dachte ich dann. Trotzdem stieg ich aus der Dusche. Bibbernd. Im Spiegel erkannte ich blaue Lippen, vor der Tür warteten glasige

Augen. Ich wich ihnen aus, denn ich wollte nicht beobachten, wie Pupillen sich weiteten.

Wie konntest du so etwas schreiben, das ist schrecklich, die armen Männer, wie konntest du nur?

Plötzlich Arme. Arme, die sich um mich schlangen. Vier Stück, zwei Menschen, wie Tentakel klebten sie mir am Oberkörper, streichelten und heilten. Mich, die Person mit nassem Haar und einem feuchten Handtuchkleid. Meine Freundinnen sagten nichts, bloß Streicheln und Streicheln und Streicheln. Nach einer gesammelten Ewigkeit machten sie sich von mir los. Junes Augen waren rot gerändert. Eiskönigin Livy weinte mit durchsichtigen Blicken.

»Du hast ihn so geliebt, oder?«, fragte sie.

»Jonah? Ja.«

»Nein, Penn.«

Ich weinte weiter Gletscher. Im Flur, wieder in der Küche, erneut am Tisch sitzend. Ich wollte Wein, June gab mir Tee.

»Zum Aufwärmen.«

Aber ich schmolz doch schon.

Meine Freundinnen versicherten mir, wie leid es ihnen täte. Als wäre irgendetwas davon ihre Schuld. Sie sagten, es sei so schrecklich, unvorstellbar furchtbar, zum Haareraufen verzweifelt. Sie könnten sich nicht vorstellen, *wie* weh das tun muss. Dann die Frage.

»Aber wieso hast du aufgehört zu schreiben? Du hast doch Preise gewonnen. Im Internet steht, du wärst eine der vielversprechendsten Autorinnen ever gewesen. Wolltest du nicht mehr?«

Ich ließ den Blick durch die Gegend schweifen. An dem

aufgeschlagenen Buch blieb ich hängen. Am Tischende lag es da, grau und groß, eine entblößte Frau auf dem Cover. HEALING in nüchternen Schreibmaschinenbuchstaben darüber. Die Autorin hieß Bexley. Junes Lieblingsfotografin.

»Ich wollte nicht mehr nackt sein«, sagte ich.

Und dann hörte ich auf mit dem Kryptischsein, dem Verstecken und Verschweigen. Sie kochten sich ebenfalls Tee, ich erzählte. Sie kauerten auf den Stühlen, ich erzählte. Sie legten mir Decken über die Schultern, ich erzählte. Ich erzählte von Penn, der Suche, dem Nichtfinden und Michverlieren. Ich erzählte von meiner Instagram-Manie, Ryder, dem Schreiben. Ich erzählte so viel von Jonah, mein Buchstabensalat bestand nur aus J, O, N, A, H.

»Er ist verletzt. Er will dir nicht verzeihen. Er ist todtraurig«, murmelte Livy. »Aber, Lilah, er *liebt* dich. Und du liebst ihn. Du *musst* was machen.«

Wir sind nicht mehr zusammen.

Beschissen verletzend.

Du bist ekelhaft.

»Ich kann da nichts mehr machen.«

Ich schloss die Augen.

Dann kribbelten meine Finger.

Kapitel 62

Jonah

Navy blue

»Du musst das lesen.«

Ich blinzelte Delilahs Freundin entgegen, die mir ein Notizbuch hinstreckte. June trug Tights und Laufshirt. Ihr Gesicht war schwitzig, die Hände zitterten. Sie fühlte sich beinahe nach Zitronengelb an, mittendrin himmelblaue Tupfer. Wie immer also.

»Äh, was zum Teufel machst du hier?«

»Ist das nicht offensichtlich? Wieso liebst du Lilah?«

»Sorry, aber –«

»Beantworte einfach die Frage, Jonah.«

Schluckend starrte ich sie an, sie mit glänzenden Wangen in meinem Treppenhaus. Ich sah Delilah in ihr, die Augen, die Lippen, das Killerlächeln. Das Killerlächeln. Immer ihr Lächeln. Es war absurd, aber ich sah Delilah auch in meinem Bett, jedem Lied, stinknormalen Duschen, beiläufigen Push-Benachrichtigungen, in vorbeischwebenden Fliegern, die ich von der Straße aus beobachtete. Delilah, Delilah, Delilah überall. Mein Herz war Beton, mein Herz war dunkel, mein Herz war leer.

»Ich kann nicht, tut mir leid.«

»Ich kann nicht, tut mir leid?«

Ich nickte, eine Bestätigung, ein Ja, ein »Bitte verschwinde wieder«. Doch June schüttelte den Kopf.

»Okay, also, ich sage das jetzt mal so, wie ich denke, und dann nie wieder. Ich bin die Letzte, die Pro-Dating ist. Ich hasse Männer. Ich mag nicht, wie ihr Frauen ständig bewertet, eure sexistischen Kommentare, für die ihr nie zu Rechenschaft gezogen werdet, und dass ihr generell mit allem davonkommt. Hast du von *Know My Name* gehört? Das Memoire von Chanel Miller, die missbraucht wurde? Und ihre eigene Vergewaltigung jahrelang beweisen musste? Das fasst es ziemlich gut zusammen. Anyway, ich bin wirklich die letzte Person, die Lilah, meiner allerallerbesten Freundin Lilah, eine Beziehung aufdrücken möchte. Aber sie liebt dich. Sie liebt dich so roh und heftig. Du *musst* das hier lesen.«

»Hat sie dich geschickt?«

»Ich bitte dich. Wir reden von derselben Delilah. Als ob sie jemanden vorschicken würde. Sie hat das Notizbuch auf der Couch liegen lassen, wo sie eingeschlafen ist. Und wahrscheinlich immer noch schläft. Safe bringt sie mich um, wenn sie checkt, dass ich hier war. Aber das ist es wert. Glaube ich zumindest. Also, kann ich das hier lassen?«

»Möchtest du drinnen was trinken oder so?«

»Nein, wieso? Ich will einfach nur, dass du das liest.«

Mit einem Kloß im Hals betrachtete ich das Buch.

»Sorry. Ich kann echt nicht.«

»Dein Ernst?«

Penn, Penn, Penn.

Sorry, sorry, sorry.

Mein Herz, mein Herz, mein Herz.

»Mein Ernst«, sagte ich.

June schlitzte die Augen, die freien Finger ballten sich zu Fäusten. Ich sah ihr an, dass sie wütend war, schreien wollte, laut, heftig, Idiot, Idiot, Idiot.

»Lilah kann tausend Gründe aufzählen, wieso sie dich mag. Die Er-ist-ein-guter-Mensch-Karte und so weiter. Aber lieben? Lieben tut sie dich einfach so. Als hätte sie nie eine Wahl gehabt. Du …« Sie schloss die Lider. »Jonah, du *musst* das lesen. Bitte.«

In meiner Vorstellung verneinte ich. In meiner Vorstellung ging June. In meiner Vorstellung zog ich die Tür zu, drehte Lieblingssongs auf und vergaß Delilah. Einfach so. So, wie sie mich liebte. So, wie ich es mit uns gewusst hatte. In der Realität seufzte ich. Tief und lang und erschöpft. Dann nahm ich das Buch an. June und ich verabschiedeten uns wortlos. Am Küchentisch bestellte Gus Umzugskartons. Im Schneidersitz ließ ich mich auf dem Bett nieder. *Navy Blue* hing immer noch an der Wand. Als ich Delilahs ersten Satz las, wurde mir übel.

Für Penn

Es war das seltsame Jahr, in dem meine Eltern sich trennten, Schnee im April fiel und ich mich in dich verliebte. Wir waren sechs, mir fehlte ein Schneidezahn, auf deinem Nachttisch stand ein riesiger Atlas. Als wir uns zum ersten Mal begegneten, wolltest du nicht gefunden werden. Du spieltest Verstecken mit deinem Cousin und hattest dich in Dads Auffahrt verirrt. »Gefunden«, sagte ich. »Du machst gar nicht mit«, hattest du gesagt. So wurden wir Freunde. Auf deinem Atlas hast du mir gezeigt, wo die Welt erfriert und erklärt, das Eis rette uns. Du hast gefaselt von Sonnenstrahlen und weißen Flächen und Reflexionen. Du warst sechs, Penny-Penn. Und du wusstest alles. Ich mochte Bücher, du mochtest die Welt. Ich schrieb meinen Namen in Großbuchstaben, du spieltest mit Playmobil-Eisbären. Wir schliefen unter Decken, wo du von Polarkappen erzähltest und ich Geschichten erfand. Einmal deutete ich auf den Atlas und fragte, was sei mit den Menschen. Die machen die Welt kaputt, meintest du. Die seien nicht so wichtig. Ich trug den Pyjama mit Seesternen, du hast mich unter der Brille angeblinzelt. Als wir älter wurden, waren bloß wir wichtig. Du warst mein bester Freund, und wir nur Freunde.

Ich bin davon überzeugt, dass »fast« das schlimmste Wort in jeder Sprache ist.

Er hätte fast überlebt.

Sie hätte ihm fast gesagt, dass sie ihn liebt.

Sie hätte fast nicht mit Thoma geschlafen.

Er hätte ihr fast verziehen.

Aber dieses »nur« Freunde tut auch weh. Früher wollte ich »nur« aus dem Wortschatz entfernen. Ich wollte »nur« streichen, tottrampeln, in die Tonne schmeißen und vergessen. Ich wollte dich nicht lieben. Ich wollte Herzkribbeln, wenn die Jungs mit mir ausgingen, ins Kino, wo sie das Popcorn bezahlten und mich mit Colalippen küssten. Ich wollte wilde Gefühle, wildes Zuspätkommen, wilden Hausarrest, wildes Rausschleichen und mich wild verlieben. Aber ich habe nur dich geliebt. Von Anfang an. Seit »Gefunden«. Seit deinem Tod ist die Mission wiederum erneut Suchen, erfolglos, von Anfang an zum Scheitern verurteilt, aber das ist mir egal. Ich bin *I'm possible.* Selbst wenn dein letztes Wort »Schlampe!« war. Selbst wenn ich es verdient habe. Selbst wenn es mir leidtut.

Penn, ich schreibe das, weil ich wieder schreiben muss. Du warst mein erster Leser. Wenn ich tippe, habe ich deine Stimme im Kopf. *Du schreibst so ehrlich. Wie ausziehen. Deine Texte sind nackter als Haut.* Seit »Schlampe!« will ich mich nicht mehr entblößen. Meine letzte Geschichte sahnte Preise ab. Ich wurde überschüttet von Champagnergefühlen und rosigen Zukunftsaussichten. Noch in derselben Nacht ertränkte ich den Laptop. Ich wollte nicht mehr nackt sein. Also hatte ich mich lieber vor Fremden ausgezogen, weil ich das generelle Ausziehen nicht ablegen kann. Ich muss doch echt sein, lebendig, manisch, alles. Ich habe in Menschen nach dir gesucht. Bewusst, was mir jetzt leidtut, weil ich Menschen verletzt habe, was mir egal war. Unbewusst, als ich es nicht mehr erkannte. Aber es muss aufhören. Es muss aufhören, weil ich mich unter der Welt verbuddelt habe und ersticke. Es muss aufhören, weil ich lüge, wenn ich sage, ich bin ich und bereue nichts. Weil ich doch so gut wie alles bereue. Es muss aufhören, weil ich mich verliebt habe. Verliebt wie infiltriert, Penny-Penn. Ich habe mich nämlich in den großartigsten Mann der Welt verliebt. Er ist ein bisschen kaputt, Leute betiteln ihn als #sadboy, aber das würden sie lassen, wenn sie wüssten, wie es sich anfühlt, von ihm angelächelt zu werden. Er sieht Menschen in Farben, weint bei *500 Days of Summer* und steht auf Ben & Jerry's. Er schreibt Lieder, die sich nach Verliebtsein um drei Uhr morgens anhören, und ist fast immer vor mir wach. Wenn er meinen Namen sagt, laufe ich von mir selbst über. Wenn er mich berührt, schmilzt ewiges Eis. Und wenn er mich küsst, gewittert es in meinem Kopf. Gehirngewitter, denke ich dann und will, dass es für immer donnert. Keine Ahnung, ob du ihn gemocht hättest. Seine Gedanken sind kantig, er ist Musiker, der schönste Typ, den ich kenne, vor allen Dingen innerlich. Da übertrifft ihn niemand. Er baucht bloß »Hallo« zu sagen, und ich habe einen Ohrwurm. Er ist so anders als du. Ich vergesse es, mich an dich zu erinnern, wenn er in der Nähe ist. Wäre mein Leben ein Film, hätte ich mich in ihn verguckt, als er mir seine semi-professionelle Liebeskummer-Playlist erstellt hat. Aber eigentlich passierte es erst danach. Vielleicht als er mich in seinem Kopf küsste. Spätestens als er Britney Spears coverte. Manchmal denke ich darüber nach, welche Farbe er für mich hätte, vorausgesetzt, ich wäre Synästhetikerin. Ich dachte an Ferrarirot, Laubblättergold, Atlantikwellenblau, Sonnenblumengelb oder Eiswürfeltürkis. Doch wahrscheinlich würde nichts passen. Ich glaube, er wäre ein ganzer Himmel mit Sonnenuntergang. Blau, Gelb, Orange und alles dazwischen. Endlos, Penny-Penn. Jonah ist endlos und so endlos in meinen Gedanken.

Ich will nicht schreiben, was ich jetzt schreibe, aber ich platze und schmelze, und ich kann keine Gletscher mehr weinen. Es muss aufhören, ich muss heilen und das wollen, obwohl ich dich so wollte. Du warst ein Ozean, doch mittlerweile kratze ich Erinnerungen an dich in Tropfen zusammen. In meinem Kopf bist du bloß noch Pfützen. Und das tut so weh. Ich kann nicht in dir schwimmen, du bist weg, weg, weg, ich bin da, da, da. Doch niemals hier, präsent, nur abwesend, anwesend bloß für dich. Deshalb ist dieser Brief ein Abschied, Penny-Penn. Das hier bin ich, auf der WG-Couch, mit zitternden Fingern und *This Modern Love* im Hintergrund. Das hier bin ich, die dir sagen will, ich würde es anders machen. Ich hätte Thomas Kuss auf der Party nicht erwidert. Ich hätte dir niemals das Herz gebrochen. Ich hätte dich vor dem Skiurlaub umarmt. Vielleicht hätten wir dich Wochen später trotzdem bestattet, und ein Teil von mir wäre mit dir verbrannt worden. Doch den Laptop hätte ich nicht in die Badewanne geschmissen. Ich hätte meine Gefühle nicht unter einer eigenen Eiswelt verbuddelt. Ich hätte nicht aufgehört zu schreiben. Ich hätte dich nicht gesucht, weil du, genau genommen, noch nie von mir gefunden werden wolltest. Ich hätte Menschen nicht verletzt. Penny-Penn, das hier ist Abschied, obwohl ich noch so viele Fragen habe. Was ist mit dem Mixtape, war das Verzeihen, war das Lieben, war das Freundschaft? Was hast du gedacht, kurz bevor du die Lawine ausgelöst hast? Hast du den rollenden Schnee gesehen? Hat er dich eiskalt erwischt? Warst du auf der Stelle tot? Spürst du mich, wenn ich an dich denke? Wenn ich in die Arktis fliege, fühle ich mich dir dann näher? Wieso überhaupt das Eis? Was hat dich so angezogen? Was passiert, wenn Eisbären aussterben? Glaubst du, wir sterben irgendwann aus? Sterben Erinnerungen aus? Penny-Penn, ich habe unendlich viele Fragen, aber du bist nicht da, um dir die Brille auf der Nase zurechtzuschieben und die Augen zu verdrehen. Du bist nicht mehr da zum Anrufen, zum Antworten, zum Allessein. Klar, ohne dich ist alles ein bisschen nichts. Aber ich habe mittlerweile die Welt gesehen, bereist, mir auf jedem Kontinent das Gesicht verbrannt und bin in jedem Ozean geschwommen. Ich weiß, wie es sich anfühlt, jemanden zu lieben, der nicht mehr da ist, ihn zu suchen, dich zu suchen, zu scheitern, ständig, immer. Ich weiß, wie es ist, sich trotz allem in jemand anderen zu verlieben. So plötzlich, ich hatte nicht die geringste Chance. Wirklich. Mein Herz, Penn, das war voll von dir, selbst wenn du mir deins nie geben konntest.

Mein Herz, Penn, das besteht jetzt zum größten Teil aus mir. Irgendwo bist du noch. Ein Sandkorn, eine Pfütze, du schlägst jetzt woanders Wellen und nicht mehr in mir. Penny-Penn, das hier bin ich, die dir sagt, tut mir so leid, dass ich verlernt habe, dich zu lieben. Das hier bin ich, die sagt *Auf Wiedersehen.* Ich, die dir sagt: Ich hoffe, dein Himmel ist eine unendliche Arktis. Ich hoffe, die Mitternachtssonne scheint für dich, ohne dich zu verbrennen. Ich hoffe, du liebst jemanden so wie ich Jonah. So sehr, dass dein Pulsschlag dich selbst zum Schmelzen bringt. Das hier, Penny-Penn, bin ich, die dir sagt, *do you wanna come over and kill some time* ist vorbei. Weil du tot bist. Weil ich dich nicht mehr suchen kann. Und das nicht mehr will. Weil ich mich verloren hatte. Weil ich mich mit allem, was ich habe, verliebt habe. Das hier ist Abschied. Ein für alle Mal. Und Anfang, weil die Welt sich immer weiterdreht, bis Enden zu Anfängen verschwimmen.

Kapitel 63

Delilah

#Endlos

Wir topften Pflanzen um, weil Erde, Wurzeln und grüne Blätter mich heilten. Dabei hockten wir auf dem Küchenboden, die Finger geschützt von Handschuhen. »Pflanzensprechstunde« nannte ich das. Gerade überlegten wir, was wir kochen würden. Linsenlasagne, Linsenbolognese, Linsentacos. Im Hintergrund lief eine von Livys Playlisten, *Florence-Fantasie.* Wenn ich allein gewesen wäre, hätte *Lichtblau* aus Lautsprechern gedröhnt. Letzte Woche wurde in meinem Punk-Seminar behauptet, Musiker setzten sich von allen Künstlern ab. Schriftsteller, Malerinnen, Schauspieler, sie könnten plotten und zeichnen und üben, aber sie gäben uns nie dieselben Gefühle wie Singer/Songwriter. Musiker schrieben Hooks und Melodien, die sich in uns hineinbrannten. Songtexte kollidierten mit Erinnerungen, Jugendlichsein war plötzlich eine bestimmte Sängerin, der Sommer vor drei Jahren jener Remix, regnerische Novembertage dieses Album.

Wie es sich anfühlte, einen Sänger zu lieben?

Als bestünde die Welt tatsächlich nur aus Musik.

Wie es sich anfühlte, ihn vergessen zu müssen?

Als würde ich Lieblingssongs aus meinem Gedächtnis löschen. Mit allen Lieblingsstellen, Lieblingsmomenten und Lieblingsküssen.

Wenigstens hatte ich eine Liebeskummer-Playlist, ohne seine Stimme, #SoLucky, #AuaAuaAua.

Als mein Handy auf dem Tisch vibrierte, reckte Livy sich.

»Deine Mum hat dir eine Nachricht geschickt. Irgendetwas mit Schwamm. Sie hat sogar den Wassertropfen-Slash-Fuckboy-Emoji hinzugefügt. Autsch. Ich glaube, da steht: Und vergiss nicht, sei ein Schwamm!«

»Äh, wieso sagt deine Mum, du sollst ein Schwamm sein?«

»Frage meines Lebens.« Ich seufzte. »Sie hat diese seltsame Metapher, die sie mir als Kind bei jeder Gelegenheit eingetrichtert hat. Sei ein Schwamm, Delilah, saug die Welt ein und auf!«

»Echt? Schwämme existieren schon seit siebenhundert Millionen Jahren. Eine antarktische Art wird sogar über zehntausend Jahre alt. Hab ich mal irgendwo gelesen.«

»Alles, was du weißt, hast du *einfach mal so gelesen*, Livy.« June schüttelte den Kopf. »Bitte, schenk mir dein Gehirn, thank you very much.«

»Ich werde nie verstehen, wieso Oxford dich nicht genommen hat.«

Als Livy verkrampfte, bereute ich die Worte. Noch vor einem Jahr war sie davon überzeugt gewesen, in Oxford zu studieren. Die Eliteuniversität war ihr Traum gewesen.

Wie eine höhere Mission, die in ihrem Herzen gewohnt hatte. Bis sie abgelehnt worden war. Die Tage hatte sie sogar in einem Kalender abgestrichen, Datum für Datum, als hätte alles in ihr wegen allem in Oxford existiert.

»Sie macht einfach ihren Master dort.«

June wusste immer, was zu sagen war. June mit den friedlichen Gesichtszügen und der Bananenbrotbackmacke. June, die mich zu einem Sandsack geschleift und mir am selben Abend ein Bild von sich gezeigt hatte. Sie als Teenager in kurzer Hose und Sport-BH vor einem Boxring. »Ich war richtig gut. Aber dann habe ich mich verletzt. Und das war's dann. Ich rede nicht so gern darüber, weil ich, na ja, irgendwie *wirklich* gut war.« In manchen Momenten fiel es mir schwer, Teenager-June mit meiner June zusammenzubringen. Ihre Haut zum Beispiel leuchtete nie so wie auf dem Bild. Als trüge sie einen Filter mit minimierten Kontrasten. Anti-Lichtflut, Anti-Ekstase. Unter ihr knirschten meterhohe Eisschichten. Allgemein war ich versucht, Worte abzuwägen und auszuschleudern. Aber nicht heute. Heute war schön und warm und hell. London schien uns in die Wohnung, die Spüle blitzte, meine Pflanzen würden nach der Umtopfaktion garantiert neue Blätter bilden. Schwierige Themen vermieden wir aus Prinzip. Niemand erwähnte Jonah, niemand sprach von Junes Liste, niemand kam auf Roberts baldigen Besuch zu sprechen.

Kurz vor sechs klingelte es. Livy erhob sich sofort, #BoyfriendOfTheYear Nick wollte vorbeikommen.

»Warte.« June stand auch auf. »Wenn wir Pause machen, gehe ich schnell auf Toilette.«

Während Livy den Summer betätigte, streifte ich die Handschuhe ab und ließ mir ein Glas Wasser ein. Im selben Moment hörte ich seine Stimme. Tief, rau, warm. Liebeskummer um drei Uhr morgens, Worte zum Ertrinken, Ohrwurmfaktor hoch tausend.

»Ist sie da?«

»Ja, in der Küche, aber …«

Livy verstummte, seine Schritte echoten schwer. Dann verharrte er im Türrahmen. Ich betrachtete seine zerzauste Frisur, die rot geränderten Augen, den Bartschatten, als hätte er sich seit Tagen nicht rasiert. Das zerknitterte Shirt, die breiten Schultern, die Brust, die sich heftig hob und senkte. Als er sich räusperte, war der Laut wie eine Welle. Bodenlos, alles umschlingend. Aber ich wich ihm aus, sah hastig weg, weil er der Mensch war, den ich liebte. Der, den ich verletzt hatte. Der, der sich von mir fernhalten sollte.

»Können wir reden?«, fragte er leise.

Reden? Wir? Du und ich? Nein, nein, nein. Ich bin doch ekelhaft, ich habe dir das Herz gebrochen, du weißt nicht, wer ich bin.

»W-worüber?«

»Ich habe einen Song geschrieben. Er ist über dich. Ich wollte ihn dir zeigen, bevor wir ihn im Studio aufnehmen. Das …«

»Ja, ich weiß schon, das ist deine Standardaktion, wenn du über Personen textest. *Aus Anstand,* selbst wenn es den *Frauen* nicht gefällt. Ich habe dich interviewt, schon vergessen?«

»Nein. Habe ich nicht.«

Er kniff die Augen zusammen. Dunkle Wimpern, graue Wolken. Manisch blinzelte ich gegen die Decke an.

»Kann ich ihn dir vorspielen?«

»Brauchst du nicht. Was auch immer du getextet hast, ist schon okay.«

»Bist du sicher?«

»Ja.«

Ja, bitte geh. Ja, bitte geh, weil ich sonst heule. Ja, bitte geh, weil ich austrockne, wenn ich noch eine einzige Träne weine.

Doch er verschwand nicht. Stattdessen kam er auf mich zu. Er, mit den Sneakers, die zwischen den Pflanzen Slalom liefen. Bis er mich an der Spüle erreichte. Nicht mal eine Armlänge von mir verweilte er. Ich runzelte die Stirn, denn unsere Nähe war zu nah für zwei Menschen, die sich getrennt hatten. Als er *noch* dichter herantrat, verstand ich nichts mehr. Als seine Augen glasig wurden, schluckte ich. Und als er sie dann schloss, blieb die Welt stehen.

»Du bist Koralle. So richtig leuchtend und wellenartig. Wie ein Meer. Nur in Pinkorange eben. Seit Berlin ist deine Farbe aufgerissen. Da ist lila Blut, das aus Ritzen fließt. Wenn du *Jonah, Jonah, Jonah* sagst, möchte ich dich fragen, ob du meinen Namen bis in alle Ewigkeiten wiederholen kannst, dich einfach nur ansehen, dir sagen, Delilah, Delilah, Delilah, ich liebe dich so krass, mein Körper reicht nicht aus, um so viel Gefühl zu beherbergen. Und das alles gleichzeitig und für immer und ohne Pause.«

»Ähm?« Ich trat einen Schritt zurück und stieß gegen die Arbeitskante. »Was wird das?«

»Das hier?« Er schlug den Blick auf. Feucht, wässrig, er wirkte, als würde er gleich weinen. »Das hier bin ich, der dir sagt, wenn du mich küsst, weiß ich nicht mal, was überhaupt in mir passiert. Ich bin nur Liebe, Delilah. Pure Liebe. Hässliche Liebe, ja. Verzweifelt manchmal, ungeduldig, drängend, alles wollend, viel zu übertreibend, aber ehrliche Liebe. So Allesliebe. Verstehst du?«

Als er aus der Hosentasche mein Notizbuch zog, verkrampfte ich. *Was zum Teufel? Was zur Hölle? Was zum Teufel?* Mit rasendem Herzen starrte ich den Einband an.

»W-woher hast du das?«

»June. Sie hat es mir gegeben. Sie meinte, du würdest sie dafür umbringen. Aber sie meinte auch, das wäre es wert. Bring mich einfach an ihrer Stelle um. Ich finde nämlich auch, dass es das wert war.«

Er streckte den Arm aus. Wie in Zeitlupe. Als wollte er sagen, wenn du nicht willst, rück einfach zur Seite, sag's mir, sag irgendwas. Aber bitte bleib, bleib, bleib. Leise, behutsam strich er mir mit den Fingerspitzen eine Strähne hinter das Ohr. Die Hand ruhte in meinem Nacken, während er noch näher rückte. Wir sahen uns an, in diesem Abstand verschwommen, vibrierend, pulsierend.

»Es tut mir leid, Delilah«, wisperte er.

»Du musst dich nicht entschuldigen. *Mir* tut es leid. Du bist zu Recht verletzt.«

»Ja, ja, das bin ich. Aber das meine ich gar nicht. Mir tut es einfach im Allgemeinen leid. Alles. Das mit Penn.«

Ich nickte, sah weg und spürte Jonah ringsum, überall-überall. In den Lungenbläschen, in den Blutbahnen, in den Ohren. In meiner linken Brust, dort, wo es brauste und sich auftürmte.

Dann sein Mund, plötzlich dicht an meinem Ohr, seine

Nase, die sich in meinem Haar vergrub, die Hand, die sich vorsichtig mit meiner verschränkte.

Herzstillstand.

Ich spürte Jonahs Tränen im Nacken. Salzig, feucht, ein Ozean.

»Kein Verschweigen, kein Verstecken. Ich meinte das ernst. Du bekommst Penn niemals raus. Und das musst du auch gar nicht. Die Situation war schrecklich. Deine Gefühle, das Chaos, die Trauer, das Mixtape. Nur rede mit mir. Verrat mir, was du fühlst, was du willst, okay? Einfach alles.« Er malte mir Kreise auf den Handrücken. »Weil Allesliebe, Daisy Darling.«

»Aber, Jonah ... das ... Ich meine, was machst du hier? Ich habe dich *so* unglaublich verletzt. Wie ... wie kannst du hier stehen?«

»Du hast mir wehgetan, ja. Aber Menschen verletzen, weil Menschen verletzen. Das ist ein Kreis. Menschen heilen, wenn Menschen verzeihen. Das ist auch einer.«

Einen Moment lang blickten wir uns an. Nackt, roh, pur. Und dann, dann lächelte er.

Alles okay, Daisy Darling. Allesliebe, Daisy Darling. Wirklich, Daisy Darling.

Ich umschlang seinen Oberkörper zögerlich. Zitternd, ungläubig, als wäre es ein Traum. Aber dann zog ich ihn dichter heran. Und er war so echt. Wie immer. Und während sein Herz heftig an meinem schlug, weinte ich drei Tränen, weil ich konnte, trotz allem, weil da immer noch Wasser in mir strömte, weil Meere in unserer Welt unendlich sind.

Eine für Penn, eine für mich, eine für ihn.

Fürs Loslassen, fürs Heilen, fürs Endlossein im Endlichsein.

»Jonah«, sagte ich. »Jonah, Jonah, Jonah.«

Calypso Coral

Don't open the window
City lights are haunting me
Petrifying like an almost lover
Longing for one last brush of lips
Darling, keep on burning boats

Oh, do you know that nothing's ever counting
Actually, I do mind drowning
See through me like you see through clouds
At 30.000 miles above the crowds
Spinning kisses in a washing machine
Where did you lose your sunscreen?
Was it India or at age eighteen?
My thoughts are bruised and blue
Maybe I do mind diving into you

Don't go skinny dipping
Memories of Spanish waves will tear you
Like killer whales nagging
Dying just for a kiss
Darling, keep on sinking
With your lips so paper thin

Oh, do you know that nothing's ever counting
Actually, I do mind drowning
See through me like you see through clouds
At 30.000 miles above the crowds
Floating between streetlights
Taking of your Levi's
Classic records, coral smile
Being free is never out of style
My thoughts are violet, bruised and blue
Did I just dive right into you?

Say it's over
Let's break hearts and then change over
The pieces and the creases
And the waves between the graves
I dove right into you
Oh, deep down I breathed you

And darling, in my dreams I'm diving und drowning
Floating and sinking
Killer whales between killer waves
Killing me slowly

Maybe you just dove right into me
Maybe you just dove right into me

Allessonne

Es war das Jahr, in dem mein Ex-Freund Schluss machte, als ich halb nackt vor ihm saß.

Es war das Jahr, in dem ich am selben Tag fast in einem anderen Menschen ertrank.

Es war das Jahr, in dem meine leise Freundin mir sagte, dass sie beinahe Profiboxerin geworden wäre, meine Schwammmutter mit Blogilates konkurrieren wollte und mein Bruder Tinder-Dates immer noch mit »Hey Puppe« anschrieb.

Es war das Jahr, in dem ich lernte, dass Menschen Meere waren und ich kopfüber unterging.

Es war das Jahr, in dem ein regnerischer Sommer zu einem grauen Herbst wurde.

Es war das Jahr, in dem ich mit meinem Lieblingsmeermenschen über Laubblätter gehen konnte und dachte, ich wolle für immer in diesem Moment leben. Nur Stille, Wind, meine Hand fest in seiner, mitten in London City.

Es war das Jahr, in dem ich lernte, dass man manche Dinge nie mehr rausbekam.

Es war das Jahr, in dem ich zweimal träumte, ich träume, ich träume von einem Gröndlandhai.

Der letzte Gröndlandhaitraum hatte mich vor wenigen Stunden verschlungen. Jonah und ich in seinem neuen Bett in Clerkenwell, draußen Schneeflocken, die an seinem Fenster zu Wassertropfen schmolzen.

Es war wie immer. Penn, ich, der Hai, die Lichter, die Unterwassersonne. *This Modern Love,* in dem das Wasser rhythmisch pulsierte. Nur war ich diejenige, die zuerst etwas sagte.

»Wusstest du, dass es einen Riesenschwamm gibt, der zehntausend Jahre alt wird?«

Penn setzte zu einer Antwort an, doch da wurde es schon dunkel. Als hätte jemand die Lichtflut einfach ausgeknipst.

Später, am selben Tag, tippte ich zwischen Pflanzen und zu Hause die letzte geheime Nachricht an meinen toten besten Freund.

Ich höre auf, mich bis auf die spitzen Eiszapfen in meinem Herzen auszuziehen. #IrgendwoIstImmerSommer

Danksagung

Ich danke den Superagenten Micha und Klaus Gröner, meiner Lektorin Greta Frank und meiner Redakteurin Catherine Beck.

Ich danke Sarah Sprinz.

Ich danke Alina, Kim, Liv und Marie.

Ich danke Tarryn Fisher (Olivia), Florence Welch (Delilah) und Dope Lemon (Marinade).

Ich danke Hildesheim für jede Freundin und jeden Spaziergang, für den Wein und die Wahrheiten, die Gespräche und Erkenntnisse, für den Mond und die Haiwolken und die Fallschirmspringer*innen dazwischen.

Ich danke J.

Ich danke jeder Leserin und jedem Leser. Ihr schickt mir Rezensionen um drei Uhr morgens und benutzt dabei meine Lieblingsemojis. Ich schulde euch fast alles.